# 인디언을 보았다

# 인디언을 보았다

ES WAR EINMAL INDIANERLAND

닐스 몰 장편소설
김영진 옮김

창비
Changbi Publishers

차
례

여동생 빕케를 위해

이 소설의 지역적 배경은 독일 함부르크의 옌펠트와 다소 비슷하다. 또 이 책에 나오는 특정 사건들 역시 옌펠트(나 인접 지역)에서 실제로 일어난 사건들을 연상시킨다. 하지만 이 허구의 사건들을 실제 사건들과 혼동해서는 안 된다. 설령 이 소설의 신문 기사가 지역 신문의 엇비슷한 사건 기사를 바탕으로 했다손 치더라도 말이다. 실존하는 인물들이 다른 문맥에서 공개적으로 한 말들이 이 소설 속 등장인물들의 주장이나 말로 인용된 경우도 마찬가지다. 여기에 나오는 등장인물들의 삶과 견해는 옌펠트를 포함한 다른 모든 것들처럼 완전한 허구다.

▶

내게 필요한 건 자동차와 돈과 잠. 그러나 가진 건 동전 하나랑 닷새 남은 여름 방학 그리고 에다의 전동 드릴. 난 에다 때문에 미칠 것 같다. 재키 때문에는 말할 것도 없고. 그 애는 갖은 수를 다써서 나를 홀려 버렸다. 그것도 불과 지난 일주일 사이에. 지금은 떠나고 없다. 며칠 동안 국경 근처에서 열리는 페스티벌, 아니, *파우와우*(어떤 종류의 축제인지는 잘 모르겠지만)를 즐기러 갔다. 마우저도 떠나 버렸다. 나? 나는 여기 이렇게 찌그러져 있다. 어디, 내 기분이 어떨지 한번들 알아맞혀 보시지. 그리고 기왕 알아맞히는 김에, 푸른빛이 감돌 만큼 새까만 머리를 길게 늘어뜨리고 독수리 깃털 모자를 쓴 인디언 추장이(서부 개척 시대가 따로 없군. 정말 쩐다, 하하.) 왜 갑자기 얼마 전부터 날 그렇게 쫓아다니는 건지에 대해서도 한 말씀들 해 주시길. 그런데 무슨 인디언이 그 모양인지. 동에 번쩍, 서에 번쩍 나타나기만 할 뿐 말은 한마디도 없다. 나의 홍인종 형제. 그나저나 가장 믿기 힘든 일은, 다들 알고 있겠지만, 췰녀가 자기 아내를 죽인 거다. 부부 싸움을 하다가 목을 졸랐다. 췰녀가! 도대체 어른들은 두 부류밖에 없는 건가? 살인자 아니면 시체. 너무 단순하다고? 그렇다면 췰녀가 도망치기 전에 한 말을 들려주지. *그 멍청한 여자가 내가 절 얼마나 사랑하는지 알아주질 않았어.* 이게 췰녀가 한 말이다. *얼마나 사랑하는지……* 내가 어떻게 이렇게 시시콜콜한 것까지 다 아느냐고? 살인이 벌어진 뒤 마우저가 췰녀의 집에 있었으니까. 혼자서. 췰녀의 아들 마우저가.

## 마우저와 재키 이야기

### 수요일에서 수요일까지
### (REWIND | 돌려 감기)

# 다이어리

**수요일**

비디오 가게
두 번의 기습
실외 수영장(불시 단속)
(개학까지 12일)

**목요일**

택시 타고 가기
강가 고급 주택촌
꼬마 카우보이들을 위한 교훈(사타구니)
공사장(방학 알바)
집시. 도전장

**금요일**

우편물(엽서)
시위
기구

**토요일**

신발 끈 묶기
호숫가 판자촌
링에서의 4라운드

**일요일**

강변
비 비 비
(살인)

**월요일**

사장과의 작별
염탐
(또 한 장의 엽서)

**화요일**

현장
수배
나무집(밤)

**수요일**

(또다시 수요일)
저택(파우와우로 출발 전)
전동 드릴
고속 도로 다리(마니투)
(개학까지 5일)

**뒤로. 일요일, 개학까지 8일**

미친 듯이 쏟아지는 굵은 빗발이 더러운 강물을 파헤쳤다. 바라보면 볼수록 수면은 더 많은 거품을 내뿜으며 요동치는 것처럼 보였다. 부글부글. 그야말로 지구가 종말을 고할 것만 같은 분위기였다. 미화의 여지조차 없었다.

"비 한번 억수같이도 오네." 내가 말했다.

빗줄기가 모자챙을 계속해서 두드려 댔다. 나는 모자를 이마 아래까지 더 푹 눌러썼다. 축축한 모래 위에 놓인 엉덩이가 내가 파낸 구멍 쪽으로 점점 더 미끄러져 내려갔다. 손에 감은 붕대는 세탁기에서 탈수도 안 하고 꺼내 입은 옷을 연상시켰다.

"더 이상 기다려 봤자야. 안 올 것 같아." 마우저의 목소리가 들렸다.

그 목소리는 절반쯤 빈 교회에 울려 퍼지는 설교자의 말소리처럼 아련하고 불분명했다. 아니, 빗소리 때문에 내 목소리 역시 머릿속에서 이상하게 윙윙댔다.

"그래, 도베르만이랑 검치호(고양잇과 맹수로 빙하 시대까지 살았던 것으로 추정됨—옮긴이)가 싸우는 것처럼 퍼붓네." 내가 말했다.

나는 축축한 모래를 한 줌 퍼내 옆으로 옮겼다. 모래성의 성가퀴 위로 모래가 투두둑투두둑 떨어졌다. 마우저.

"너 완전 바람맞았어. 속은 거라고. 곰 우리로 꼬셔 놓고 끈적끈적한 꿀 샤워까지 퍼부은 격이지."

"샤워는 맞는데 꿀은 아니야." 나는 그렇게 말하며 이마에 손을 짚고 강 상류 쪽을 보았다. 강변에도 산책로에도 인적이라고는 없었다. 그 순간 움직이는 거라곤 제멋대로 자란 둑 앞 덤불뿐. 덤불 가지들은 로데오 경기를 구경하는 관람객들처럼 팔을 휘저어 대고 있었다. 마우저.

"겨우 이러자고 저 끝에서 이 끝까지 시를 관통해서 달려오다니."

"이러자고는 아니었지."

나는 집게손가락 손톱으로 성가퀴 하나를 튕긴 다음 그것이 무너져 내리는 순간 사방으로 흩날리는 모래 알갱이들을 지켜봤다. 그러고 나서 엉덩이는 모래 바닥에 그대로 붙인 채 어깨 너머로 계단을 돌아봤다.

벌써 수십 번째 거듭되는 확인의 눈길.

계단은 강가에서부터 시작돼 작은 꽃밭과 예쁜 집들의 빈 테라스를 따라 초록 언덕길로 죽 이어져 있었다. 물을 아주 많이 묻혀 방금 그려 놓은 듯 희부연 풍경.

아무것도 없었다.

아무도 보이지 않았다. 돌계단 위에는 빗방울의 웃음소리뿐. 그리고 그 위로 작디작은 분수가 한 폭의 그림처럼 아름답게 튀어 올랐다.

대체 뭘 기대한 거지? 재키가 비옷에 장화라도 신고 이렇게 미친 듯이 쏟아지는 폭우를 헤치며 나타나기를? 그럼 서로 손을 꼭 잡고 웅덩이를 건너뛰며 달리다 버스 정류장이나 뭐 그런 데 들어가 비를 피하고, 거기서 그 애가 고개를 살짝 기울여 유혹하는 눈빛으로 나를 쳐다보면 빗물에 젖은 우리의 두 입술을 가까이 가져가는 것? 그게 과연 내가 바란 거였나?

아니야, 아니지?

아니, 유감스럽지만 그랬다.

"한 시간 반." 마우저가 내게 시간을 계산해 보였다.

"7월이야." 내가 말했다. "방학이고. 7월하고도 방학 날인데 강가에서 한 시간 반쯤 못 보낼 것도 없잖아?"

코끝이 시렸다. 그것만 빼면 기온은 흠잡을 게 없었다. 특히 지난 며칠 동안은 미친 듯이 더웠으니까.

"흥." 마우저가 코웃음을 쳤다.

마우저는 재키가 내 운동복을 두 손으로 꽉 끌어안고 얼굴을 파묻는 걸 보지 못했다. 옷에 밴 냄새를 들이켜던 모습도. 그저게 일이었다. 지상 150미터 높이에서. 강변에서 만나기로 약속하기 몇 분 전에.

마우저는 그 애가 세일러 원피스를 입은 모습도 보지 못했다.

실외 수영장 풀 가장자리에 비키니 차림으로 앉아 있는 모습도.

"딱 5분만 더, 오케이?"

나는 마지막으로 한 번 더 젖은 모래를 퍼 모래성 위로 옮겼다, 아주 많이. 탑 하나가 무너져 내렸다. 자리를 털고 일어나 무너진 탑을 발로 편평하게 골랐다.

그제야 딱정벌레 한 마리가 눈에 띄었다. 모래가 잔뜩 묻은 배를 위로 드러낸 채 여섯 다리를 쭉 뻗고 나자빠져 있었다. 검은색. 바퀴벌레 크기. 죽었다. 마우저.

"잊어버려. 재키는 지금 어디 비 안 맞는 데 있을 거야. 촉감 좋은 섀기카펫이 깔린 아늑한 저택에 앉아 커다란 유리창에 빗방울 때리는 거나 감상하고 있을 거라고. 오늘 같은 날에는 새끼발가락 하나 문밖으로 안 내디딜걸."

나는 고개를 끄덕였다. 물이 뚝뚝 떨어지는 바지에 모래 묻은 손을 최대한 깨끗이 닦았다. 옷이 피부에 척척 달라붙었다.

"집은 참 멋진 발명이야." 내가 말했다.

"누가 아니래. 이런 날씨쯤 너끈히 견딜 수 있게 해 주지."

"그래, 맞아." 내가 말했다. "재키처럼 작고 예쁜 계집애들이 고만고만한 여자애들이랑 키 크고 멋진 남자애들이랑 폭신한 소파나 쿠션에 널브러져 앉아서 김이 솟아오르는 차를 후후 불어 가며 홀짝거리는 모습, 안 봐도 눈에 아주 선해. 후후 불며 차를 마시다가 중간중간 국경 근처 페스티벌에 갈 계획이나 세우겠지."

"*파우와우.*"

"그래, *파우와우.*"

나는 동그랗게 모은 입술로 (최대한의 경멸을 담아) 마지막 음절을 길게 늘였다. 그러고는 가래를 끌어올려 퉤하고 뱉었다. 마우저는 잠자코 있었다.

"……."

"차를 마시며 수다를 떨겠지." 내가 말을 이었다. "갈색의 작은 막대 설탕 덩어리를 수다용 찻잔에 담가 가면서 말이지."

나는 그에 걸맞게 찻잔에 막대 설탕 담그는 시늉을 해 보였다. 그러고는 연필심 색깔 같은 잿빛 하늘(먹구름이 켜켜이 두껍게 쌓여 있었다. 그 어디를 둘러봐도 작은 구멍조차 보이지 않았다.) 쪽으로 얼굴을 들고 고개를 저었다. 마우저.

"그래, 그러면서 비 오는 날 바람맞힌 애 얘길 하며 자기들끼리 계속해서 희희덕거리겠지."

"아닐걸." 내가 대꾸했다.

나는 다시 신발 끝을 내려다봤다. 발부리로 죽은 딱정벌레 주위에 원을 그렸다.

"나한테 지금 바람맞지 않았다고 말하려는 거야?"

"아니, 바람맞았지. 하지만 바람은 우리 같은 애들이나 맞는 거고." 내가 말했다. "난 소파나 쿠션 위에서 널브러져 노는 작고 예쁜 재키 같은 여자애들은 바람맞는 남자애들에 대해 농담할 만큼의 관심도 없다는 걸 말하려는 거야.”

“확실해?”

“서부 영화가 언제나 석양 속에서 끝나는 것만큼. 이렇게 장대비 올 때 집 밖으로 발도 안 내미는 재키 같은 애들은 장맛비를 맞으며 도심을 가르는 남자애들에 대해 농담도 안 해. 왜? 그런 남자애들에 대해선 생각조차 허비하지 않거든. 휴대 전화도 없는 남자애들. 방학 때면 주차장 공사판에서 알바 뛰는 남자애들. 멍청하기 짝이 없는 찌질이 로맨티스트들.”

나는 모자챙을 똑바로 하고, 붕대로 눈을 훔쳤다. 마우저는 또다시 입을 다물고 있었다.

“……”

나는 셔츠 밑단을 비틀어 짰다. 바닥으로 굵은 물줄기가 주르르 떨어졌다. 딱정벌레도 물벼락을 맞았다. 그제야 다시 생각이 났다. 케이오된 듯한 딱정벌레의 모습이 어제 벌어졌던 시합을 떠올리게 했다.

“그리고 그거랑 상관없이,” 잠시 뒤 내가 말했다. “따지고 보면 꽤 유익한 나들이였잖아. 도시 저쪽 끝에서 이쪽 끝까지 와 봤으니. 안 그럼 내가 언제 또 여길 와 보겠어.”

“그래, 이렇게 비만 안 퍼부으면 이 모래 놀이터도 인간들로 북적대겠지. 애인이랑 오든 아니든 있기엔 좋은 곳이니까.”

“다음에 또 기회가 있겠지.” 내가 말했다.

그러나 그 말을 내뱉는 순간 누군가가 내 피부 껍질을 산 채로 벗기는 것만 같았다. 재키가 나를 바람맞혔다. 그래, 다 소용없다. 인정하는 수밖에. 마우저가 복장을 뒤집었다.

"다음엔 에다랑 오지그래?"

치명타. 어제 콘도어가 연속으로 맞아야 했던 그런 주먹 중의 하나. 나는 아랫입술을 삐죽이 내밀고 밑으로 처지는 입꼬리로 억지웃음을 지어 보였다.

"에다?!"

"오늘도 찾아갈 수 있잖아, 안 그래?"

혹시 콘도어도 어제 마우저와 싸우면서 이런 느낌이었을까. 아파서 무릎이 후들거리면서도 동시에 아직 버티고 서 있다는 우쭐함에 행복했을까? 그리고 그 덕분에 계속, 계속, 계속해서 글러브를 쳐들고 라운드를 거듭한 걸까?

"내가 왜 에다한테 가야 하는데?" 내가 물었다.

마우저의 낮은 웃음소리가 들린 것 같았다. 운동화 뒤꿈치로 딱정벌레를 다시 모래 속에 박아 넣었다. 이 갑충은 내가 만든 구멍에 빠져 익사한 걸까, 아니면 단순히 빗물에 맞아 죽은 걸까? 마우저.

"글쎄, 왤까? 작고 예쁜 재키랑 있을 때랑은 좀 다를지도 모르니까?"

"어련하려고." 내가 말했다. "할렐루야네, 할렐루야야."

모자챙을 위로 조금 들어 올렸다. 빗물이 얼굴을 때렸다. 나는 무심결에 손가락 마디를 꺾었다. 마우저의 턱에 스트레이트 한 방을 강하게 날리고 싶었다. 정말로 주먹을 들어 허공을 쳤다. 한 번 더.

한 번 더. 때리고 싶은 만큼 때릴 수는 있지만 단 한 번도 상대를 맞히지 못하는, 그러나 절대 끝나지도 않는 악몽 속의 싸움처럼 계속, 계속해서.

마침내 실컷 때리고 나자 팔이 아팠다.

가슴이 풀무처럼 펌프질을 해 댔다.

나는 정리라도 하려는 양 땀과 빗물로 범벅이 된 얼굴을 훔쳤다. 그렇게 하면 모든 게 새로이 정돈되고 모든 걸 쥐어짜 버릴 수 있기라도 한 듯.

분노. 실망. 나를 질식시키는 모든 것을.

어깨 근육을 풀고, 심호흡을 한 뒤 수평선을 바라보았다.

저 아래 강 하류 풍경은 시시각각 현란하게 변하는 잿빛 천으로 바뀌어 있었다. 구름 위에서 가미카제 식으로 줄줄이 뛰어내리는 은빛 좀벌레들의 두꺼운 커튼. 바다는 저기 어디쯤일 것이다, 저기 저 멀리 어디쯤.

매캐한 디젤 냄새 속에서 벌써 바다 내음이 나는 것 같았다. 콧물처럼 찝찔한 맛이 혀끝에 느껴졌다. 바다에 가 본 게 언제던가. 지금 당장 바다로 가고 싶은 마음이 굴뚝같았다. 아무 목표라도 가지기 위해. 그 목표 덕에 기쁨을 느낄 수 있도록. 그러나 나는 정반대 방향으로 질주했다.

팔꿈치가 왼쪽 오른쪽에서 휙휙 날았다.

주변 세상이 흐릿했다.

재키는 왜 날 바람맞혔을까? 왜?

‖

# 내가 재키에 대해
# <u>확실히</u> 아는 세 가지

- **갈색 모랫빛 피부, 주근깨, 여우 털처럼 붉고 긴 머리.**
  (좋고 싫고는 개인 취향. 내 취향에는 맞음.)

- **지하실에는 수영장이, 정원에는 테니스 코트가 있는 집에 산다.**
  (이런 문맥에서 집이란 그리 정확한 단어가 못 되는군.)

- **우리는 지금까지 한 여섯 번쯤 만났다.**
  그 애는 지금까지 단 한 번도 똑같은 신발을 신고 온 적이 없다.
  (끈 묶는 신발도 신은 적이 없다.)

■

### 뒤로. 토요일, 개학까지 9일

전등갓도 없이 소켓에 덜렁 끼워진 백열등이 벽지 바른 천장에 매달린 채 머리 위에서 대롱거리고 있었다. 때 묻은 전선에 매달린 털실 두께의 먼지. 그 끝이 외풍에 살랑거렸다.

80킬로그램을 걸고, 모공 넓은 인조 가죽이 씌워진 벤치에 드러누워 바벨을 들어 올렸다.

"넷, 다섯, 여섯, 일곱……."

긁힐 대로 긁힌, 얼룩 때문에 군데군데 잘 보이지도 않는 (누군가 내다 버린 쓰레기 더미에서 주워 온) 거울에 번들거리는 내 맨 가슴이 비쳤다.

"여덟…… 아홉……."

숨을 멈춘 채 잠시 쉬면서 땀이 목 골짜기로 괴어드는 것을 느꼈다. 긴 바짓가랑이가 다리에 들러붙었다. 팔이 덜덜 떨렸다. 있는 힘을 다해 폐에 들어 있던 공기를 전부 토해 내며 마지막으로 천장을 향해 바벨을 힘껏 들어 올렸다.

"……열! 야호—오—오오오!"

끝. 숨 고르기. 나는 숨을 가쁘게 몰아쉬었다.

"아령."

마우저가 지시를 내렸다. 오른쪽 아홉 번, 왼쪽 아홉 번. 팔 흔들기. 근육 풀기. 거울 앞에서 섀도복싱. 레프트 잽 두 번. 가상의 상대를 향해 훅 두 번. 라이트 훅, 레프트 훅.

스텝.

그러고 나서 창밖으로 눈길을 돌렸다. 콘크리트 아파트들. 3층, 4층, 5층, 6층짜리, 아니, 12층이나 16층짜리 건물들도 여기저기 흩어져 있었다.

그러나 죄다 잿빛 성냥갑들뿐(운석이 여기 이 변두리에 떼로 쏟아져 내린 듯). 나름 부린다고 부린 멋이 알록달록 칠한 발코니, 그리고 치석 아니면 나일론 스타킹 색깔의 위성 안테나.

그리고 그 한가운데에 4층 내 방에서 아주 잘 보이는, 두 개의 탑이 우뚝 솟은 우리 단지 쇼핑센터.

"이렇게 이상적인 관측소도 없을 거야."

창문 유리에다 이마를 식히며 내가 말했다. 외계인이 우리 단지 중앙부에서 일어나는 움직임을 본다면 우리가 개밋둑 주변의 분주함을 지켜볼 때처럼 현혹되고 말 것 같았다.

"단, 이 변두리에 사는 개미들은 건물에 들어갈 때는 빈손으로 들어가고 나올 때는 물건을 잔뜩 짊어지고 나오지."

마우저.

마우저와 나는 이 문제에 대해 벌써 여러 번 이야기를 나눴다. 힘겹게 장을 보는 인간들의 그 기이한 비극. 봉투에 혹은 쇼핑 캐리어에 담아 들고 끌고 가는 무거운 짐. 그 짐과의 품위 없는 싸움. 절로 축 늘어지는 어깨.

물론 특이 케이스로, 쇼핑 카트째 물건을 옮기는 전문가들도 있었다(이 경우 길에서는 미친놈 수저통 흔드는 소리가 난다).

울퉁불퉁한 길 위로 철제 쇼핑 카트를 밀고 가는 사람들의 몸에 전달되는 떨림도 안쓰럽지 않은 건 아니지만 이 경우 진짜 비극은 무지막지한 소음에, 그리고 쇼핑 카트를 아무렇게나 함부로 다루는 자신들의 태도에 전혀 개의치 않는 그들의 무신경에 있다. 집에 도착하면 물건만 내려질 뿐, 카트는 근처 덤불에 버려진다.

다음 날이면 어린 개미들이 그 안에 들어앉아 주차장 경사로에서 덜컹덜컹 미끄럼을 탄다. 오락 도구. 돈이 필요한 누군가는 쇼핑 카트에 꽂힌 돈을 챙기기도 한다.

"외계인도 불평 못 할걸." 내가 말했다. "세계 도처에서 모인 개미들이 이 동네에 다 있잖아. 그것도 연령별로 말이야. 게다가 새로운 개미들이 계속해서 꾸역꾸역 모여드는 걸 보면 이 동네가 아주 매력적이긴 한가 봐……."

마우저는 침묵을 지켰다.

"……."

나는 내 입김으로 뿌예진 창밖을 계속 지켜보다 이윽고 한 걸음 뒤로 물러나 금세 엷어지는 수증기 자국 너머로 단지를 내려다보았다.

저녁 8시가 다 되어 가는 시간. 석양이 맞은편 아파트 유리창에

서 황금빛으로 춤추고 있었다. 서늘한 금속 손잡이를 밀어 올려 창
문을 활짝 열었다.

여름 방학의 후텁지근함이 나를 파도처럼 밀치며 방 안으로 훅
밀려들었다. 칵테일처럼 한데 뒤섞인 끈적끈적한 타르와 먼지와
쓰레기와 매연 그리고 음식과 바비큐 냄새도 함께 들어왔다. 창문
을 열자마자 심연에서 즉각적으로 크게 올라오는 어지러운 소리
도 빼놓을 수 없었다.

바람에 실려 오는 목소리들. 잔디 깎는 소음.

아이들 고함 소리.

지나가는 자동차에서 쿵쿵 울려 퍼지는 베이스 음.

이번에는 우리 아파트 앞을 내려다보았다. 퇼너의 부인 라우라
가 막 건물 안으로 들어오는 게 보였다. 라우라는 나를 보지도, 내
게 신경을 쓰지도 않았다. 앞이 거의 배꼽까지 트인 옷을 입은 채
뾰족구두를 신고 계단을 오르느라 바빴다. 쓰레기를 버리고 오는
길일까?

저기 버스 정류장에서 도시 외곽 서민주택 단지 방향으로 가는
10번 버스가 막 출발했다. 누군가 주차된 차량과 차량 사이의 좁은
공간에서 오토바이를 수리하고 있었다. 그게 다였다. 별다른 일은
없었다.

개미 E 역시 아직은 보이지 않았다.

이제 곧 저 아래에 모습을 드러내야 하는데. 날 가지고 장난을

친 게 아니라면. 그래, 이 수수께끼 같은 인간아. 내 잠시 뒤 가까이서 관찰해 주지. 과학자의 의무.

내일은 다시 재키를 만나기로 되어 있었다. 개미 E에 대한 관심은 과학자의 순수한 본능일 뿐이었다. 재키의 심각한 경쟁자가 되려면 과연 어느 정도의 미모를 갖춰야 하는 걸까?

(내 속마음을 늘 쉽게 읽어 내는) 마우저.

"점점 더 긴장되는걸. 이제 곧 데이트할 시간이잖아."

"콘도어와의 결전까지 세 시간밖에 안 남았어." 내가 응수했다.

주의를 돌리기 위한 작전. 그러나 마우저는 아무 반응도 보이지 않았다. 계속 꼬치꼬치 캐묻지도, 내 발언을 맞받아치지도 않았다. 그래서 나도 그냥 입을 다물고 손에 붕대가 잘 감겼는지 확인한 뒤 모자를 집어 들었다.

모자는 창턱에 놓여 있었다. 어제 온 엽서 옆에. 그런 종류의 우편물을 받아 보기는 17년을 살면서 처음이었다.

수취인이 잘못된 것 같은데?

처음에 든 생각은 그랬다. 그러나 내 이름이 연필로 또박또박 눌러쓴 글씨로 우표 아래 수취인란에 적혀 있었다. 아주 정확하게. 여자 글씨가 분명했다.

처음에는 재키라고 생각했다. 그러나 재키가 썼다고 보기에는 엽서의 내용이 너무 이상했다. 물론 내용을 다 이해한 것은 아니었다. 그러나 확실한 것은, 엽서를 보낸 소녀가 나랑 사귀고 싶어 한다는 사실이었다.

우린 이미 한 번 만난 적도 있는 듯했다.

나의 숭배자는 다음과 같은 계획을 세웠다. 엽서에 적힌 대로라면 그 애는 이제 곧 내 집 창문 아래서 신발 끈을 맬 게 분명했다.

끈 묶는 신을 신는 여자라고 해서 사귀지 못할 건 없었다. 그러나 그 모든 일이 너무 희한했다. 내 생각만 그런 게 아니었다. 마우저가 다시 끼어들었다.

"지금 이건 말도 안 되는 짓이야, 너도 알지? 창문에서 내려다보는 게 대체 무슨 소용이야? 접선을 한다면서 말이야, 접선."

영 근거 없는 이의 제기는 아니었다. 엽서에는 보내는 사람이 빠져 있었다. 서명도 이니셜 하나가 다였다. 그러나 나는 내 인생 모든 면에서 스파링 파트너가 돼 주는 마우저를 이번만큼은 예외적으로 한 발짝 앞서 가고 있었다.

"개미 E가 날 창가에서 발견하는 일은 없을 거야." 내가 말했다.

"그럼?"

"함정에 빠지게 될 테니 두고 봐."

나는 흐린 거울 속에 비친 나 자신에게 윙크를 보낸 뒤 모자챙을 위로 젖혀 올리고 출발했다. 음식 냄새(커틀릿, 마늘, 양배추)가 진동하는 아파트 계단을 뛰어 내려갔다.

3층, 칠녀가 마우저의 새엄마 라우라와 함께 사는 집도 빠르게 지나쳤다. 2층을 통과해 1층으로 성큼 내달았다.

건물 밖으로.

주차장 한쪽 구석. 찔레꽃 덤불 뒤에 자리를 잡았다. 내 방 창문 아래 인도가 아주 잘 보이는 곳이었다.

윤기가 사라진 덥수룩한 털. 무더위에 호박벌 한 마리가 내 앞에 말라 죽어 있었다. 나는 녀석을 발로 차 시야 밖으로 쫓아 버렸다.

저녁 8시. 이제 1분 남았다.

석양이 목덜미를, 벌거벗은 등을 내리쬤다.

8시 1분. 모든 게 예고된 대로였다. 꼭 그대로였다.

그러나 나는 놀라 자빠질 것만 같았다.

*맙소사!*

내가 머릿속에 그렸던 것과 전혀 달랐다. 전혀.

지난 며칠 동안 내가 머릿속에서 틀어 댄 영화에서는 엽서를 보낸 소녀가 우리 단지에 사는 재키류의 여자애였다. 예외는 없었다.

그러니 현실이 상상에 못 미치는 건 당연했다.

그래, 그 정도는 나도 생각했다. 혹은 막판에 장난치기 좋아하는 녀석이(혹시 콘도어? 안 된다는 법도 없지.) 튀어나와 4층 창문 앞에 서 있는 나를 놀려 대는 것까지도 상상할 수 있었다.

그리고 그에 대한 마음의 준비는 되어 있었다. 그러나 개미 E에 대해서는 전혀 무방비 상태였다.

나는 슬로 모션으로 다가오는 그녀를 지켜봤다.

*오, 이런 젠장. 야, 이 애송이야, 쟤는 지금 장난이 아니야!*

그 애를 발견한 순간, 그리고 그 애가 내 방 창문 아래에서 허리를 굽혀 신발 끈을 고쳐 맨 뒤 다시 몸을 일으켜 내 방을 잠깐 올려다보고는 곧장 근처 길모퉁이로 총총히 사라지는 모습을 지켜보는 동안 내 머릿속에는 정확히 그런 생각이 스치고 지나갔다.

동료 악당이 방금 총으로 교수대 목줄을 끊어 줘 목숨을 건진 서부의 무법자처럼 트렌치코트 자락을 휘날리며.

이제 내 벌거벗은 웃통에서 흘러내리는 것은 여름날 흐르는 땀이 아니었다. 더웠다. 추웠다. 더웠다. 개미 E는 무슨 얼어 죽을 놈의 개미 E.

외계인.

모자(털모자, 그늘에서도 30도가 넘는 날씨에).

무법자 트렌치코트(텐트나 다름없는).

그 밑으로 헐렁한 줄무늬 정장 바지. 그리고 닳고 닳은, 당연히 끈 묶는 투박한 신발.

그 모든 것을 현실로 인정하기까지 나는 시간이 좀 필요했다. 아니, 개미 E는 실제로 전혀 안면이 없는 사람은 아니었다. 나를 따라다니는 그 사람은 내가 아는 사람이었다.

*바보, 그 엽서를 좀 더 자세히 들여다봤어야지. 그 멧돼지! 그 안경테(슐라우베르거 안경테)!*

나는 멍한 상태로 그녀가 신발 끈 고쳐 맨 곳을 바라보았다.

그리고 거기! 나는 그제야 길 건너편에 인디언이 있는 것을 알아차렸다.

저 사람, 스패너로 자기 오토바이를 고치고 있던 그 사람 아닌가? 독수리 깃털로 만든 추장 모자는 쓰지 않았지만 긴 머리, 수두 자국이 팬 얼굴, 그리고 이쪽을 돌아보는 순간 얇은 입술에 떠오른 우월한 미소. 그가 나를 보고 있는지는 확실치 않았다. 그러나 내게 마치 충고라도 하려는 것처럼 고개를 한 번 끄덕였다. *따라가라.*

나는 어느새 내가 숨어 있던 곳에서 나왔다.

그리고 개미 E를 쫓기 시작했다.

인디언의 지시를 따랐다기보다는 보통의 상식에 따른 행동이었다. 적에 대해 많이 알면 알수록 그의 공격에 더 잘 대처할 수 있는 법이니까. 이거야말로 인생의 모든 면에 다 적용되는 원칙 아니던가?

‖

## 칠녀 사건에 대한 신문 기사 1

　라우라 Z가 살해된 것은 일요일 저녁. 용의자로 지목된 에리크 Z는 사건 발생 이틀 뒤인 화요일에야 비로소 같은 아파트에 사는 자신의 아들 M(17)에게 범행을 자백했다. 두 사람은 싸움을 벌인 것으로 알려졌다. 사소한 말다툼으로 시작된 싸움은 격심한 감정싸움으로 치달았고 마침내 한 사람의 죽음으로 끝났다. 범인은 범행 직후, 군데군데 찢기고 피가 묻은 옷을 시신의 몸에서 벗겨 냈다. 나중에 침실에서 발견된 라우라 Z가 팬티만 입고 있었던 이유를 설명해 주는 대목이다. M은 경찰에 사건을 신고했다. Z는 M 앞에서, 일단은 자신의 행위에 스스로 당혹해하며 협조하는 모습을 보였다. 그러나 경찰이 도착해 조사를 시작하기 전, 자동차에 놔둔 안경을 가지러 가겠다며 아파트를 떠나 행방을 감추었다. 현재 법원에서 구속 영장이 발부된 상태다.

■

### 뒤로. 수요일, 개학까지 12일

수영장. 어느새 자정이 가까운 시각. 딱 한 번의 허위 경보. 소탕 작전을 수행하는 경찰들은 보이지 않았다. 아직까지는. 그 애가 머리 위로 팔을 쭉 뻗으며 등을 뒤로 젖히자 비키니 입은 상체가 내 쪽으로 한결 더 와 닿았다.

앤 도대체 어디서 이런 걸 배웠을까? 몸짓 하나하나가 도발적이기 짝이 없다.

우리는 잡담을 나눴다. 매캐한 염소 가스 속에서 공기를 걸러 내며, 다른 무리와 조금 떨어진 곳에서. 실외 수영장 주위를 에워싼 갈기 더부룩한 나무들에서 바람 소리가 들렸다. 풀 안에는 물이 찰랑댔다. 재키는 상당히 취해 있었다. 그래도 나는 그 애를 숭배했다. 우리가 안 지는 이제 막 13분.

"넌 아무것도 안 마시니, 어떤 경우에도?"

"물은 마시지. 새해로 넘어갈 때 스파클링 와인도 한잔 정도는 하고." 내가 말했다. "맥주도 먹어 봤는데 맛이 없더라. 그거 말고 다른 이유는 없어."

재키가 눈썹을 치켜세웠다. 남자애 하나가 조인트(종이에 말아 피우는 대마초―옮긴이)를 피우며 우리 쪽으로 다가오더니 재키의 어깨에 팔을 둘렀다. 메시지가 적힌 티셔츠를 입고 있었다. *인생은 놀이동산이 아니다.* 우리보다 열 살은 더 먹은 것 같았다. 내가 제대로 봤다면 아까 시위꾼들(나중에 알고 보니 대학물 먹는 놈들이었다.)과 같이 있던 녀석이었다.

놈 자체는 미래의 고속 도로 저격수 같은 모습이다. 빡빡 민 머리. 기름기 번들거리는 얼굴. 뿌연 안경알 뒤에는 눈알이 배불뚝이 물고기처럼 헤엄치고 있었다.

"한 대 피울래?"

나는 녀석을 그대로 지나쳐 출입문 쪽을 바라봤다. 아직은 눈에 띄는 움직임이 없었다.

재키가 놀이동산의 손에서 조인트를 받아 들더니 한 모금 깊이 빨았다. 치지직 소리와 함께 빨간 불꽃이 종이를 태웠다.

놀이동산은 그 사이 열 손가락 끝을 모두 맞붙여서 제 작은 손으로 북미 인디언들의 티피 텐트를 만들어 보였다. 그러면서 마치 저는 보안관이고 나는 지명 수배 전단에 얼굴이 찍혀 온 도시에 뿌려진 범죄자인 양 나를 향해 씩 웃었다.

"겁나서 그래? 형법 123조 무단 침입 죄. 1년 이하 자유형 또는 벌금형. 그래, 오늘처럼 한밤중에 실외 수영장 놀러 오는 거, 걸렸다 하면 돈깨나 들지. 최소한 쓸 만한 가죽점퍼 두 벌 값은 각오해야 할 거야. 더 들면 더 들었지 그 이하는 아니야."

그 순간 놀이동산의 친구들은 탈의실 건물 벽에 자신들의 혈기

넘치는 구호들을 그리고 있었다, 립스틱으로. 두 사람은 콜트 자동 소총 들듯 생크림 스프레이 통을 들었다. 왜 이런 짓을 하느냐고?

국경 근처에서 열리는 페스티벌에 맞서 대안 행사를 열자는 게 한 가지 이유였다. 하지만 그 외에도 전쟁, 재해, 참사, 거짓말에 저항하기 위해서였다. 기아, 인구 과밀, 이제 곧 모든 게 붕괴되고 세계가 멸망할 거라는 상투적인 문제들. 자본가를 타도하자, 모든 게 달라져야 한다 등등.

하지만 하는 꼴을 보니 이런 문제들을 해결하는 방법은 세계가 멸망하기 전에 마지막으로 한 번 더 달빛 아래서 난리 블루스나 추고, 대갈통이 몽롱해질 때까지 조인트나 피우고, 영업시간 지난 실외 수영장 벽에 낙서나 하는 것이 고작인 듯했다.

글쎄, 이런 식으로 해서 문제가 해결될지. 어쨌거나 콘도어한테는 먹혀드는 듯싶었다. 대학물 먹는 놈들이 녀석에게 플라스틱 병에 든 맥주를 건네고 자기들 조인트를 피우게 해 줬다. 녀석들은 저런 식으로 서로를 부추기다가 금세 또 10미터 다이빙대에 서 있었다.

저럴 거면 아예 확성기를 손에 들고 가까이 있는 순찰차를 부를 일이지. 그리고 또 한 가지, 내가 과연 세계를 돌볼 필요가 있을까? 세계는 나를 돌봐 주기나 하나? 그래, 뭐. 결점 없는 인간은 없으니까.

허리를 굽혀 근처 덤불에 떨어진 유리 조각을 주워 올리며 놀이동산에게 말했다.

"지난달에 난동꾼들이 표지판 수십 개랑 파라솔, 파라솔 받침 그리고 수조 청소기를 풀에 던져 버렸어. 2주 전에는 수영장 관리인이 아침에 물에 떠 있는 남자를 건져 냈고. 탈진해서 빠져 죽은 거지. 모르긴 몰라도 경찰이 이 수영장을 주목하고 있을 거야. 겹이랑은 아무 상관도 없어."

"오호, 아는 게 많은데." 놀이동산이 나를 칭찬했다.

놀이동산은 인정한다는 듯 아랫입술을 앞으로 쭉 내밀었다. 나는 녀석의 허연 얼굴을 바라보았다. 눈썹이 말끔하게 정리되어 있었다. 녀석이 물었다.

"어디 출신이야?"

나는 유리 조각을 살펴봤다. 재키를 곁눈질하면서. 놀이동산에게 내 이력 몇 토막을 불완전한 문장으로 읊조렸다. 그사이 재키는 놀이동산에게 비스듬히 기댔다. 녀석의 펑퍼짐한 엉덩이에 팔을 두르며.

재키와 녀석이 이중창으로 자기들이 *파우와우*라고 부르는, 국경 근처에서 벌어지는 페스티벌의 대안 행사에 대해 내게 설명했다. 일종의 *번개 모임*이 아주 크게 벌어질 예정이란다. 지금 이 수영장에서 벌어지는 야단법석도 그래서였다. 놀이동산.

"장담하는데 아주 어마어마할 거야. 다들 알아야 해. 역대 최대 자발적 집회이자 파티가 될 테니까. '축제가 아니라 투쟁이다'가 우리 모토야!"

재키와 놀이동산이 백성들에게 막 자신들의 약혼을 발표한 미래의 왕과 왕비처럼 나를 바라보았다. 불꽃놀이만 빠져 있었다.

순간 여봐란 듯이 불꽃이 터지기 시작했다.

구령이라도 떨어진 것처럼 경찰차들이 일제히 달려오기 시작한 것이다. 네다섯 대쯤 되는 것 같았다.

경찰이 출동했다는 소식은 도화선을 타고 오르는 불꽃보다 더 빠른 속도로 수영장에 퍼졌다. 저 앞 입장권 판매소에서는 이미 한바탕 소란이 일고 있었다.

고함 소리.

손전등 불빛.

경찰 지휘부가 영리하다면 이제 곧 저 뒤 잔디밭에서도 검거가 시작될 테지. 놀이동산이 들입다 뛰기 시작했다, 바로 그 잔디밭 쪽으로.

녀석은 지금 이게 경찰의 소탕 작전이 아니라 무슨 사격 축제의 시작이기나 한 것처럼 두 팔을 휘저으며 이상야릇한 괴성을 질러댔다.

녀석의 멍청함이 지불해야 할 가죽점퍼를 생각하며 나는 재키의 손목을 잡았다(첫 번째 신체 접촉). 재키는 금색 끈 없는 운동화 한 켤레를 손에 쥔 채 놀이동산을 따라 잔디밭 쪽으로 달리려 했다. 나.

"바보 같은 생각이야. 저리로 내려가면 안 돼. 울타리에서 멀어 져야 해."

"……?"

재키가 반쯤은 기분 나쁘다는 듯, 반쯤은 재미있다는 듯 나를 바라봤다.

"잠수할 수 있어?" 내가 물었다.

바람에 비벼 대는 나뭇잎 소리.

재키의 어깨에 달빛이 내려앉았다.

우리 주위에는 아무도 없었다.

나는 어지러이 움직이는 손전등 불빛 쪽으로 재키를 조금 끌어 당겼다. 그 애의 손에서 운동화를 빼앗아 덤불 속에 던져 버렸다. 그러고는 겨드랑이 밑을 꽉 잡고 낮은 담벼락을 넘을 수 있도록 도와주었다(두 번째 신체 접촉). 내 손바닥이 그 애의 가슴을 살짝 스쳤다.

우리는 어느새 실내 수영장에 붙은 작은 옥외 풀 앞에 서 있었다. 실내 풀이 우리의 목표였다.

"어서 물속으로 들어가. 그리고 저 앞에서 잠수를 해." 내가 말했다. "바닥까지 창살을 내리지는 않거든. 자, 어서."

우리는 물속으로 뛰어들었다. 그리고 잠수를 해 작은 틈을 비집고 안으로 들어갔다. 실내 수영장에 딸린 작은 방. 벽과 바닥은 온통 타일로 덮여 있고 염소 소독제 냄새는 아까보다 더 강하게 코를 찔렀다.

　나는 좁은 철제 사다리의 맨 위에 걸터앉았다. 재키는 어스름을 더듬어 바로 내 옆에 자리를 잡았다. 우리는 실내에서 실외로 연결되는 곳임을 보여 주는 뿌연 플라스틱 여닫이문을 바라보았다. 그 뒤로 창살이 어른거렸다. 내 위팔과 재키의 위팔이 닿았다. 계속해서. 살과 살이. 아주 꼭 붙어 앉아 있었기에. 그리고 조금은 의도적으로.

　실외 수영장 쪽에서 경찰들 목소리와 대학물 먹는 놈들의 악쓰는 소리가 들렸다(이 안에서는 아스라이 들렸다).

　"저 사람들이 우리 옷도 다 가져갈까?"

　여우 털처럼 붉은 재키의 머리칼은 축축이 젖어 있었고, 흑갈색 조약돌 같은 눈동자는 지쳐 빛을 잃은 상태였다. 흰자위에는 붉은 실핏줄이 엉켜 있었다.

　"울타리에서 초짜들만 다 따 담아도 차가 꽉 찰 거야. 그 금색 운동화가 그렇게 마음에 걸려?"

　"운동화가 아니고 스니커즈."

　"그 금색 스니커즈가 그렇게 마음에 걸려?"

　다리에 척 들러붙은 내 수영복. 시커멓고 곱슬곱슬한 털이 보였다. 햇볕에 그을린 갈색 피부 위로 동글동글 말린 털은 허벅지 밑과 배꼽 위로 자라 있었다. 페니스의 윤곽이 어슴푸레 드러났다. 뚜렷하지는 않았다. 그러고 있자니 여간 힘든 게 아니었다.

타일을 노려보고 염소 냄새를 들이켜고 손바닥에 쥐고 있던 유리 조각을 꽉 움켜잡았다. 유리병 목에서 떨어져 나온 활 모양 조각.

유리 조각의 뾰족한 모서리로 내 아래팔을 그었다.

바깥 소음이 썰물처럼 서서히 빠져나갔다. 재키가 다시 기지개를 켰다. 물이 우리들 복사뼈 위로 찰랑거렸다. 누가 보면 꽤나 따분해 보일 듯.

"아무 말이나 좀 해 봐."

"난 빨대로 개구리에 공기를 불어넣은 다음 길에 내려놓고 자동차 바퀴 밑에서 팡! 하고 터지는 거 보면서 낄낄거리는 게 취미야."

재키의 눈 흘김은 정말 명품이었다.

"간 것 같은데." 재키가 입을 열었다. "아니면 함정인가?"

우리의 어깨가 또다시 맞닿았다.

"빨대 구하느라 자전거 타고 15분씩이나 단지를 돌 때도 있어." 내가 말했다.

내가 이런 이야기를 늘어놓는 것은 그 적막감이 함정인지 아닌지 정말 몰라서, 숨어 있는 녀석들이 죄다 다시 기어 나오기를 기다리며 경찰들이 어쩌면 진짜로 밖에서 대기 중일지도 몰라서였다. 하지만 나 역시 크게 급할 건 없었다. 게다가 재키가 내 손에 들린 유리 조각을 화제로 삼고 나선 참이니.

"그 유리 조각…… 와우, 너 정말 하나 찾아냈구나." 재키가 말했다.

나는 뾰족한 부분을 손등에 갖다 댔다.

"그래." 내가 대답했다. "그런데 너, 오늘 내 덕분에 인생 편해진 줄 알아. 너희 부모님이 오늘 밤에 너 데리러 경찰서에 오지 않으셔도 되지, 친구 잘못 사귄 버르장머리 없는 여자애 소리 안 들어도 되지, 아빠 자동차 뒤에 찌그러져서 집에 가지 않아도 되지, 그리고 뭣보다도 가죽점퍼 값 아꼈잖아. 그래, 안 그래?"

"그래, 너 잘났어."

"자, 이제 네 전화번호 말해. 나야 뭐 휴대 전화 같은 거 없지만."

"가르쳐 주면?" 재키가 말했다. "그럼 오늘 밤엔 네 같잖은 자전거로 집에 데려다 주고, 내일 아침엔 거지 같은 공중전화 부스에서 나한테 전화하려고?"

"번호부터 말해. 가르쳐 준다고 했잖아."

재키가 숫자 몇 개를 댔다. 나는 유리 끝으로 깊지 않게 번호를 새겼다. 하지만 손등에서는 벌써 피 두세 방울이 솟아올랐다. 아주 드라마틱했다. 재키가 흠칫 놀라는 게 느껴졌다. 이마를 찌푸리며 고개를 기울여 그 애를 봤다. 가는 일직선처럼 꼭 다물린 재키의 입술. 내가 말했다.

"이건 통신사 번호고."

내 눈길이 미끄러져 내려갔다. 재키의 젖꼭지가 단단해져 있었다. 개구리 얘기를 늘어놓은 나 자신이 싫었다. 하지만 재키가 젖은 머리를 돌돌 말아 대는 건 마음에 들었다.

"전화도 없으면서 번호는 무슨? 말도 안 돼, 정말."

개구리 얘기는 카우보이 애들을 빗대어 한 얘기였다. 나는 그 두 아이가 동물들을 학대하는 걸 알고 있었다. 고양이한테 장난감 총을 쏘고, 비둘기한테 돌을 던졌다. 개구리를 정말로 불 수 있는지는 나도 몰랐다.

"동물 학대자한테는 친절한 게 좋아." 내가 말했다. "그러는 게 현명할걸."

"개구리 좋아하네. 불어 본 적도 없으면서."

재키의 목소리에는 걱정도 두려움도 담겨 있지 않았다. 혹시 눈곱만큼의 존경심이라도?

"그러는 넌?"

인간이 자석이라면 난 지금 아마 음극이겠지. 그럼 재키는?

재키 역시 음극이었다. 우리는 커플이 될 수 없었다. 바로 그 순간 갑작스러운 양전하가 몰려왔다. 재키가 내 허벅지에 손을 올린 것이다. 나는 그 애의 아래팔에 굴러떨어지는 물방울에서 더 이상 눈을 뗄 수가 없었다. 투명한 물방울. 재키.

"너 나랑 하고 싶지, 그치?"

바깥의 고요함. 재키의 단단한 젖꼭지. 서로 맞닿은 어깨. 붉은 머리카락. 내 손의 유리 조각. 손등의 피. 내 수영복. 따뜻하고 부드러운 그 애의 손. 그리고 그 손이 조금 더 위로 올라왔다.

"뭐 하는 거야?" 내가 속삭였다.

나는 죽은 곤충의 신체 일부를 찾아냈다. 날개가 타일에 들러붙어 있었다.

"널 보는 거야. 너도 나 좀 봐 봐." 재키도 속삭였다.

나는 말없이 그 애를 곁눈질했다. 비키니의 어깨끈을 흘려 내려 뜨리는 모습을.

"……"

"난 허영심 많고 까다롭고 정조 같은 거 안 지켜." 재키가 말했다. "널 사랑하게 되는 일은 없을 거야."

수영 바지가 갑자기 작아진 것 같았다. 나는 골반을 뒤로 뺐다. 햇볕에 살짝 탄 그 애의 가슴을 들여다보며 점 두 개를 찾아냈다. 그러면서 머릿속으로 열심히 뇌까렸다. *밤이 너무 늦었어. 너무 늦었어. 너무 늦었어.*

순간 마른하늘에 날벼락처럼 나타난 손전등 불빛이 플라스틱 여닫이문을 비췄다. 아주 환한 불빛이었다.

‖

# 첫 번째 엽서

**앞.**
안경 쓴 멧돼지 그림(판지에 직접 그린 연필 소묘).


**뒤.**
주소. 도장 찍힌 자판기 우표. 글(또박또박 눌러쓴 글씨).

젠장, 요즘 난 무슨 생각을 하든 항상(항상!) 같은 곳에서 끝나.
그리고 거기에는 항상(항상!) 똑같은 얼굴이 있어.
나 생각나? 넌 얼마나 용감해? 토요일. 저녁 8시 1분.
네 방 창문 아래. 신발 끈을 매고 있을게. E.

**추신:** 넌 가끔씩 정말 재미있어.
그리고 나는, 흠흠, 이 엽서만큼 사이코는 아니야.
그럼 우리, 보는 거지?


■

**앞으로. 목요일, 개학까지 11일**

비틀. 하마터면 몸의 중심을 잃고 앞으로 고꾸라질 뻔했다. 손에 들고 있던 잡지가 떨어지면서 광택지가 보도블록 모래 위로 죽 미끄러졌다.

비스듬히 고개를 들어 밤하늘을 쳐다봤다. 콘도어?

녀석이 내 다리를 건 거였다.

"내 별자리 운세가 어떻다고 나와 있어?"

뺨과 입꼬리에 돋아난 누런 부스럼. 늘 그렇듯 올백으로 넘겨 하나로 묶은 기름기 번들거리는 머리. 나는 허리를 굽혀 붕대 감은 손으로 내 읽을거리(스포츠 뉴스, 해설, 인터뷰)를 집은 뒤 돌돌 말았다.

싸우고 싶은 마음은 눈곱만큼도 없었다. 하지만 이 동네는 물이 원래 이랬다. 비보호 구역.

"……."

"어디, 내가 한번 알아맞혀 볼까? 수영장에서 만난 그 계집애 때문에 못 자는 거지?"

"버스 정류장 지키는 거야." 내가 대꾸했다.

녀석이 두 손으로 나를 밀쳤다. 물론 우호적인 제스처일 수도 있었다. 그러니 나도 녀석을 밀쳐 줄밖에. 물론 우호적인 뜻에서. 녀석이 씩 웃더니 입술을 앞으로 삐죽 내밀고 눈을 감은 채 뜨뜻한 밤공기에다 키스를 해 댔다.

"걔가 허락하디?"

"그럼, 밤새 아주 질펀했지. 구슬이랑 뭐랑 할 거 다 해 봤어."

"네 것도 빨아 주고?"

녀석은 그러면서 볼 안쪽에다 혀를 갖다 대고 볼록 내밀어 보였다.

"……."

"뭐야, 신사는 즐길 뿐 말은 안 하겠다는 거야?"

버스 한 대가 지나갔다. 덜렁 운전사뿐. 텅 비었다. 나는 모자챙을 잡아 뜯다가 입에 손을 갖다 대고 하품을 했다.

"……."

"왼손은 왜 그래, 연습을 너무 많이 했나?"

콘도어가 턱으로 붕대를 가리켰다. 주홍색 핏물이 붕대 위로 살짝 스며 나와 있었다. 나는 멀어져 가는 10번 버스의 미등을 바라보며 둘둘 만 스포츠 잡지로 녀석의 어깨를 툭 쳤다. 그러고는 휙 돌아서 콘도어를 뒤로한 채 자리를 떴다.

"그 대결전 날이 언제였지?" 녀석이 뒤통수에 대고 소리를 질렀다. "다음 주 일요일이던가?"

나는 대답 없이 계속 걸었다. 녀석이 쫓아오는 소리가 들렸다.

나를 자극하려는 수작. 녀석은 계속해서 말도 안 되는 소리를(대개는 추잡한 얘기를) 지껄여 댔다. 헛수고였다.

나는 한 귀로 듣고 다른 귀로 흘려 버렸다.

덕분에 내가 사는 (총 18개의 출입문, 1,200여 영혼들의 촌락) 맨 끝 동 앞에서 녀석에게 한 번 더 밀침을 당했다.

우정 어린 짧은 인사.

그러고 나서 콘도어는 우리 단지 미로 속으로 사라졌다. 오늘 밤 들어 벌써 두 번째로 보도블록에 얼굴을 처박히고 잡지를 집어 드는 동안 녀석은 알아들을 수 없는 욕지거리를, 아마도 제 모국어로 (공식적으로는 집시어라던가) 퍼부어 댔다.

나는 아파트 출입문 맞은편 울타리에 걸터앉았다. 눈으로 건물 외벽을 훑어 올라갔다. 외벽에 붙여진 네모난 콘크리트 블록들. 그 블록을 뒤덮은 조약돌들은 얼어붙은(또는 얼어붙은 것처럼 보이는) 시커먼 진흙 혈관 속에 갇혀 있었다.

나는 등허리를 활처럼 쭉 폈다.

고문이라도 당한 느낌이었다. 오후 내내 말뚝에 매달려 있기라도 한 것처럼 양팔의 근육통이 완전 장난이 아니었다. 팔꿈치부터 어깨까지 감각이 없었다. 방학 알바. 나는 알바를 하러 갔었다. 기특하게도.

재키는 (이 이유 때문에라도) 내일에나 다시 만나기로 되어 있었다.

*재키.*

*도시의 다른 편.*

나는 목을 뒤로 젖히고 이리저리 천천히 돌렸다.

가로등 불빛 주위로 먼지와 나방들이 어지러이 날아다녔다(생의 마감이 얼마 남지 않았음에도 여유롭기 짝이 없었다).

밤 11시가 넘었다. 마지막 햇빛은 벌써 몇 시간 전 감청색의 비현실적인 박명으로 바뀌었다. 바비큐 숯에서 피어오른 연기와 냄새는 여전히 남아 있었다. 그러나 건물 앞은 텅 비었다. 플라스틱 컵 하나가 뿌리째 황야에서 구르는 덤불처럼 길 위를 굴러다녔다. 밤의 정적.

오로지 쓰레기 컨테이너 근처에서만 그림자 두 개가 잠시 어른거렸다. 꼬마 카우보이들이었다. 그중 한 명은 죽은 동물 같아 보이는 뭔가를 들고 있었다(검은 고양이, 목덜미를 움켜쥔 모습).

아니, 그냥 끝을 동여맨 젖은 수건일지도 몰랐다. 여차하면 상대를 때리는 무기로 쓰려고.

아직 여름 방학이기는 했다. 그럼에도 나는 일곱 살밖에 안 된 저 어린 카우보이 녀석들이 이 밤중에 길에서 도대체 뭘 하는 건지 의아하지 않을 수 없었다.

신발을 벗었다.

낮의 온기로 바닥이 아직 따뜻했다. 양말 신은 발에 그 따뜻함이 느껴졌다.

마우저의 안부가 궁금했다. 마우저였다면 잔돈 몇 푼 벌자고 바보처럼 손에 못까지 박혀 가며 일을 했을까?

마우저는 분명 알바를 집어치웠을 것이다. 운동 연습이나 좀 하고 나머지 시간은 재키와 보냈을 것이다. 그 애와 함께 있었을 것이다.

나는 무릎에 팔꿈치를 대고 형형색색의 프리즘이 눈앞에 어른 거릴 만큼 손바닥으로 눈을 꾹 눌렀다. 새빨간 색은 립글로스. 윤기가 자르르 흐른다. 어찌나 반짝이는지 입술에 마우저의 얼굴이 비칠 정도다. 키는 크지 않지만 그리스 조각상처럼 탄탄한, 운동으로 단련된 마우저가 그 애 앞에 서 있다.

재키가 마우저 쪽으로 얼굴을 갖다 댄다. 그러나 마우저는 아직 재키가 안달하도록 둔다. 두 사람은 조금 걸으면서 이야기를 한다. 재키는 가는 어깨끈이 달린 상의를 입었다.

마우저가 맨살이 그대로 드러난 재키의 견갑골 사이로 손을 올린다.

마우저는 그런 행동을 할 수 있다. 나는 확신한다.

그다음에 무슨 일이 벌어질지를 상상하는 것은 어렵지 않다.

재키가 걸어가면서 마우저의 위팔에 머리를 기댄다. 이제 두 사람은 걸음을 멈춘다. 마우저가 재키의 허리를 껴안으며 얼굴을 그 애의 목에 파묻는다. 모랫빛으로 그을린 다리 위로 치맛자락이 바람에 펄럭인다.

두 사람은 격렬하게 입을 맞춘 뒤 서로의 눈을 들여다본다. 재키가 다시 입술을 벌리며 고개를 옆으로 살짝 숙인다. 마우저는 한 손을 재키의 골반에 올려놓은 채 다른 한 손으로는 엉덩이를, 등허리를 그리고 나서는 목덜미를 더듬는다.

신체에서 가장 민감한 부분.

생각이 거기까지 이르자 어찌나 고통스럽던지 나는 배를 움켜잡고 고꾸라져 버릴 것만 같았다. 마치 그 애가 옆에 있기나 한 것처럼 그 모든 것이 너무나 생생했다. 어젯밤 실외 수영장을 나선 뒤로는 말 한마디 못 나눴는데. 휴대 전화 번호도 앞자리 네 개밖에 모르는데.

"손들어, 안 그럼 쏜다!"

두 명의 카우보이 꼬마들. 나는 놀라지 않은 척, 허리만 천천히 폈다. 말없이.

"……."

"콘도어 형이 너 찾아." 한 아이가 말했다.

"형이 널 묵사발로 만들어 논댔어. 오늘 아침 일도 있고 하니까." 다른 녀석이 덧붙였다.

"우리가 다 일렀어."

나는 어깨를 유유히 뒤로 젖히며 혀로 윗니를 하나씩 짚었다(송곳니, 앞니 네 개, 한 번 더 송곳니).

"……."

카우보이 꼬마 둘(사람들 말이 콘도어의 사촌이란다.)이 한 걸음 뒤로 물러서 안전거리를 확보한 다음 내게 장난감 총을 겨눴다. 발사는 하지 않았다. 한 녀석이 말했다.

"머리 가죽 벗긴 고양이 좀 볼래?"

그냥 젖은 수건이기를. 젖은 수건이 있으면 상대를 멋지게 쫓아 버릴 수 있다. 맞으면 여간 아프지 않으니까. 또 다른 카우보이 꼬마.

"콘도어 형이 널 뭉개 놓으면 꼭 이런 꼴이 될걸."

순간 그 두 아이 뒤로 어느새 콘도어가 다시 와 서 있었다.

"야 야, 너무 그렇게 까불지들 마!"

가족사진 한번 멋지군. 암흑가의 사촌 콘도어가 가운데다. 녀석은 후드라도 뒤집어쓴 사람처럼 머리를 숙이고 몸을 살짝 굽혔다. 한쪽 손에는 접이식 버터플라이 나이프를 들고 능숙한 손목 놀림으로 놀랄 만큼 빠르게 칼을 접었다 폈다 했다.

콘도어가 카우보이 꼬마들을 어둠 속으로 쫓아 버렸다.

우리는 한동안 이 작고 친숙한 끝 동 세계에, 거의 절대적이다시피 한 정적과 평화라는 흔치 않은 순간 속에 단둘이 서 있었다.

누군가 볼륨을 죽이기라도 한 것처럼.

계단부에서 울려 퍼지는 발자국 소리도,

쓰레기 이송관에서 덜커덩거리며 지하로 내려가는 쓰레기 소리도,

길바닥을 튕기는 공 소리도 들리지 않았다.

낮에는 발코니에 매달린 새장에 앉아 부리로 모이를 쪼거나 석회암 덩어리를 긁어 대는 잉꼬 소리도 들리지 않았다.

오가는 자동차 소음도.

우리 아파트 단지 위를 날아다니는 비행기들의 아련한 소음도.

아니, 말리려고 창틀에 널어놓은 털이 보슬보슬한 욕실 매트에서 들릴 수도 있는 발톱 떨어지는 소리조차 들리지 않았다.

"애들 가랑이 사이에 손 집어넣는 짓 당장 그만둬. 아프니까."

정적에 일격을 가한 것은 콘도어의 목소리였다.

"걔네들이 너한테 뭐라고 했는지 모르겠지만 그 카우보이 녀석들, 남의 얼굴에 무기를 들이대며 놀면 안 된다는 것 정도는 배워야지."

"그건 생각하기 나름이지."

콘도어가 또다시 칼을 휘둘렀다. 아마도 반사작용인 듯.

"자해하지 마, 콘도어." 내가 말했다. "나 오늘 너 때문에 비디오 가게에 돈 엄청 갖다 날렸어. 온종일 삽질해서 번 돈인데 말이야. 난 안 싸워. 적어도 이런 식으로는."

우리는 계속해서 서로를 향해 으르렁댔다. 이윽고 콘도어가 콘돔을 던졌다.

"자, 선물이야. 내가 너 좋아하는 거 알잖아. 난 너 같은 타입을 좋아해. 권투 선수들이야말로 진정한 전사지."

"……?"

콘도어가 이를 드러내며 씩 웃었다.

"조심하란 뜻이야." 녀석이 말했다. "그 빨간 머리 여자애, *섹시게토 남자애*한테 완전 사족을 못 쓰더만."

"입 닥쳐, 콘도어."

나는 입술을 꽉 깨물었다.

"이크! 내가 아물지 않은 상처를 건드렸나 보지? 어쨌든 걔가 또 누굴 다리에 끼고 놀아날지 모를 일이니까."

손가락으로 콘돔 포장을 만지작거렸다. 금속성 포장재, 날카로운 모서리. 갑자기 손등의 상처가 욱신거렸다. 재키의 전화번호 앞자리. 나.

"자, 이제 그럼 나한테 볼일은 다 본 거지?"

"아직. 우리 조카들한테 널 가볍게 손봐 주겠다고 약속을 했거든. 가족의 명예 뭐 그런 것도 있고. 애들한테 체면 깎이기 싫어."

콘도어가 내 쪽으로 건들건들 걸어왔다.

"좋아, 콘도어. 하지만 여기서 말고."

순간 나는 더 이상 내가 아니라 (가면을 쓰고 망토를 펄럭이며 선을 수호하기 위해 어둠 속에서 악과 싸우는 그런 유의) 다른 사람인 것만 같았다.

"장소는 아무래도 좋아." 콘도어가 말했다.

녀석이 어느새 어찌나 가까이 와 있던지 숨결에서 묻어나는 향

수 냄새와 머리에 바른 왁스에서 풍기는 인공 과일 향이 코끝을 찔렀다. 녀석의 칼끝 역시 내 어깨를 쉽게 찌를 수 있는 거리였다.

"그거 치워. 그런 거 치우고 우리 둘이 해결해. 너랑 나랑. 조용히. 권투 시합으로."

지금 이건 허공에서 갑자기 뚝 떨어지듯 나타난 진짜 마우저였다.

콘도어도 마음에 들어 했다. 뒤로 확 떠밀리면서도. 결코 우호적인 밀침이 아니었건만. 어둠 속에서 녀석의 눈이 만족감으로 빛나는 게 보였다. 어린애 같은 기쁨.

"드디어 붙게 되는군." 녀석이 말했다. "좋아. 아주 좋았어. 날짜랑 시간은 네가 정해, 전사."

"토요일 22시. 체육관 열쇠랑 글러브는 네가 구해. 나중에 집에 업고 갈 사람도 한 명 찾아 놓고."

■

### 뒤로. 수요일, 개학까지 12일

숨결처럼 얇고 하얗게 반짝이는 베일이 하늘을 뒤덮었다. 그러나 이글거리는 태양은 그 베일을 뚫고 담벼락과 창문과 위성 안테나에 북을 치고 망치질을 해 대며 인정사정없이 도시 변두리에 내리쬐고 있었다. 만화에 나오는 것 같은 여름날. 휘발유가 타오르는 것처럼 아지랑이가 아롱댔다.

그날 아침, 아무도 짐작하지 못했던 모든 일이 시작되었다.

마우저는 아무것도 몰랐다. 나도 몰랐다.

"주차장 말이야, 주차장."

길을 따라 걸으면서 태닝 샵(태닝 오아시스), 케밥 가게, 병원 건물을 차례차례 지났다. 나는 자동차와 오토바이에서 뿜어져 나오는 매연을 들이켰다.

"주차장?"

마우저가 방학 알바에 대해 집요하게 캐물었다. 마우저는 그 모든 걸 완전히 시간 낭비라고 여겼다. 나는 장난을 좀 쳤다.

"그래, 주차장. 너 주차장 건물 자세히 한번 살펴본 적 있어? 그 놀라운 단순미 말이야."

"단순미는 무슨. 콘크리트. 단조로운 색깔. 여기 이런 아파트 건물을 까뒤집은 다음 그 앞에 차단기만 하나 덜렁 세워 놓으면 그게 주차장이지."

나는 엄지손가락을 바지 주머니에 껄렁하게 걸고 걸으면서 상대의 패스 미스를 거리낌 없이 잡아채 역습을 가했다.

"그래, 바로 그거야. 지저분한 장식도 없어, 좋은 의미에서 유행도 안 타, 딱히 건물 유지비도 안 드니 얼마나 실용적이야? 허연 벽에 무인 요금 계산기만 하나 세워 놓으면 만사 오케이잖아. 목만 좋으면 노다지가 따로 없다고."

"그게 모래 구덩이 파는 네 일이랑 무슨 상관인데?"

콘도어와 남자애들 몇 명이 육교에서 손을 흔들었다. 육교는 우리 단지를 통과하는 4차선 중앙 도로 위에 놓여 있었다. 강철과 콘크리트로 된 이 눈썹처럼 둥그런 구조물은 쇼핑센터 건물 위로 솟아 있는 주거 전용 타워와 길 건너편 주거 전용 타워를 이어 주었다.

기름이 번지르르한 말총머리에 선글라스를 낀 남자애들은 밑에서 아무런 반응이 없자 손 흔들기를 그만두고 고함을 지르며 다리 위에서 충동적인 섀도복싱을 거칠게 해 댔다. 그러나 그것도 상황을 바꿔 놓지는 못했다.

마우저는 그들을 무시했다. 나도 그들을 무시했다.

"작게 시작해서 크게 되는 거야. 이번 달 말이면 모래 구덩이가 주차장이 돼. 주차 건물만큼 확실한 사업도 없다고 내가 말했잖아. 그리고 이게 내 장래에 어떤 가능성을 열어 줄지 누가 알아."

"넌 고작 나무뿌리나 캐고 있잖아."

"천 리 길도 한 걸음부터야." 내가 말했다. "그리고 벌이도 꽤 짭짤하고."

"……."

마우저가 입을 다물었다. 요즘 들어 돈은 절실한 주제였다. 아니 사실은 늘. 나.

"세상에 공짜는 없어. 얼마 전에 주문한 샌드백을 생각해 봐."

"그래, 한가격 하지. 나도 알아."

"월요일이면 배달될 거야." 내가 말했다. "휠너한테 전동 드릴이나 늦지 않게 빌려 놔. 그래야 그 보물을 쳐 보지."

여기 이 아파트에 사는 사람들은 누구나 그 전동 드릴을 빌렸다. 벌집 같은 자기 집 벽에 구멍을 뚫을 일이 있으면 누구나 마우저의 아버지를 찾아갔다.

"그래, 알았어." 마우저가 대답했다. "라우라가 주말에 집을 비우면 휠너가 샌드백 값을 줄지도 몰라."

나는 모자챙을 위로 젖히고 걸음을 멈췄다. 비디오 가게 바로 앞. 쇼핑센터는 여기서 끝났다.

"저기 무슨 일이지?"

몇 미터 앞에 놓인 막다른 골목. 그 너머로는 높은 철조망이 둘러쳐진 학교 운동장. 방학 때는 운동장 근처에서 교육의 의무를 지는 녀석들을 찾아보기 힘든 게 보통이었다.

그런데 오늘은 아니었다. 가로수 옆에 어린것들이 한 무리 모여 있었다. 손에 손을 잡고 고개를 숙인 채 바닥을 내려다보며.

꽃들이 놓여 있었다, 한 송이씩 혹은 다발로.

팔랑거리는 촛불. 투명한 서류 봉투에 끼워 넣은 글이나 그림도 눈에 띄었다(시나 편지, 호소문인 듯).

"교통사고?"

더운 날씨에 땀이 목을 타고 흘러내렸다.

마우저.

"아니면 더 심각한 일? 새로운 볼거리?"

나는 마우저가 무슨 말을 하는 건지 금방 알아차렸다(여기 사는 사람은 누구나 다 아는 일이었다). 사오 년 전. 정말이지, 그해 겨울에는 그 청회색 아파트 건물을 보기 위해 사방에서 외지인들이 몰려들었다. 입김을 허옇게 내뿜으며 빨갛게 언 코를 해 가지고. 그들은 고개를 뒤로 젖힌 채 7층 창문을 찾느라 정신이 없었다.

내가 권투를 시작한 것도 그때였다. 마우저는 나의 지속적인 동반자가 되었다. 열두 살인가, 열세 살 적 일이었다.

우리 단지 사람들은 (예외적으로) 시시콜콜한 것까지 아주 정확히 알고 있었다.

"단 한 번도 놀이터에 나온 적이 없대."라고 사람들은 말했다.

부검 결과 위에서 머리털이 발견되었다. 소녀가 자기 머리를 잡아 뜯은 거였다. 그 아이는 카펫 털을 긁고 보푸라기를 쥐어뜯고 벽의 회칠을 벗겨 냈다. 라디에이터도 없는 어두운 방에는 곰팡이가 피었고 하나밖에 없는 창문은 나사로 잠가 놓고 블라인드 살 돈마저 아까워 비닐로 가려 놓았다더라고 소위 그 지옥 같은 집 바로 아래층에 산다는 누군가가 탈의실에서 떠들어 댔다.

"그건 방이 아니라 감옥이야, 감옥."

마지막에 여자애의 몸무게는 아이 부모가 당연하게 끼니를 챙겨 주던 수고양이 정도밖에 나가지 않았다. 여자애 방 바로 옆 거실에서 텔레비전을 틀어 놓고 슈퍼마켓에서 사 온 싸구려 술을 마시던 아이 부모의 다리에 몸을 비비며 가르랑대던 수고양이.

그들은 일곱 살 난 딸을 굶겨 죽였다.

"영화 하나 빌려 올게." 나는 혼잣말처럼 중얼거렸다.

슬퍼하는 무리들로부터 눈길을 돌려 비디오 가게로 들어섰다. 햇빛과 형광등 불빛으로 가득 찬 공간.

내구성이 엄청난 타일이 깔린 일종의 테라리엄(식물이나 양서류를 넣어 기르는 유리 용기—옮긴이), 하지만 실내 장식은 테라리엄이라기보다는 성당을 연상시켰다. 앞쪽으로는 가슴 높이의 진열장들이 회당의 긴 의자들처럼 중앙 통로 양옆으로 길게 늘어서 있고, 그 뒤에는 제단처럼 생긴 계산대가 서 있었다. 그리고 벽 쪽에는 고해소로 들어가는 입구처럼 18세 이상을 위한 영화만 모아 둔 구역이 있었다.

바깥과 달리 시원한 온도로 맞춰진 가게 안에는 나 말고는 아무도 없었다.

나는 늘 하던 대로 슬슬 가게 안을 돌아보다 이내 영화를 하나 집어 들고 계산대로 갔다. 내 쪽으로 등을 돌린 종업원이 계산대 뒤에서 일하고 있었는데, 상자에서 뭔가를 분류하는 것 같았다. 새로 들어온 영화들.

"꼼짝 마, 강도다!" 내가 외쳤다.

종업원이 고개를 돌리더니 누군가 얼굴에 손전등 불빛이라도 들이댄 듯 안경 너머로 눈을 깜빡였다.

"⋯⋯?!"

보초르크는 어디 갔지? 보통 수요일에는 비극의 주인공 마르틴 보초르크가 계산대를 지키는데. 부스스한 레게 머리. 땋아 묶은 턱 수염. 걸어 다니는 영화 사전. 추정 성별―남. 나.

"새로 왔어?"

상대가 고개를 끄덕였다. 곧이어 웃음소리가 굴러 나왔다. 슈퍼마켓에 세워 놓은 통조림 탑이 와르르 무너지는 소리.

큰 키에 집에서 자른 듯한 짧은 머리(손질은 고사하고 마구 헝클어진 머리 모양)의 상대는 마르틴 보초르크가 아니었다. 성별은 누가 보나 여자인 게 확실했다(웃을 때마다 옷 밑에서 출렁이는 가슴).

"이제 손 내려도 돼?"

웃기고 있네. 올리지도 않았으면서. 여자애는 이제 계산대 앞에

서서 스캐너로 내 회원증을 읽고 있었다. 그녀의 얼굴과 손을 정확히 관찰할 수 있는 기회였다.

손톱은 매끈하니 둥글게 깎여 있고, 어린애(여자애) 손톱처럼 분홍색이 감돌았다.

하지만 가장 두드러진 특징은 왼쪽 콧방울 밑에 있는 흉터였다. 윗입술 쪽으로 곧게 내려온 희미한 자국. 갈라진 입술을 솜씨 좋게 꿰매 기형을 제거한 것처럼 보였다. 나.

"손들어라곤 하지 않았어."

나는 보너스 카드를 뽑아 들었다. 여자애.

"지금 쓸 거야?"

늘어질 대로 늘어진 색 바랜 터틀넥 스웨터의 소매가 여자애의 손가락 마디를 덮고 있었다. 눈을 들었다. 여자애가 추궁하듯 나를 바라보고 있었다.

내가 고개를 끄덕이며 물었다.

"보초르크는 어디 있어? 내 말은, 마르틴 말이야."

여자애가 몸을 숙이자 체취가 훅 풍겼다. 향수 냄새도 땀 냄새도 나지 않았다. 가을 무렵의 강처럼. 아니면 호숫가처럼. 귀족 같은 창백함에 잘 어울렸다. 여자애.

"어제 깜찍해 보이는 주머니쥐가 한 마리 들어왔었어. 보초르크가, 내 말은 마르틴 말이야, 그걸 손에 올려놓고 입을 맞췄지. 그랬더니 자기도 텍사스 방울뱀으로 변했겠지? 그 녀석, 좋다고 꼬리를 흔들어 소리를 내며 그 귀여운 주머니쥐를 그 자리에서 잡아먹더니 기어서 도망갔어."

"……?"

다소 약해진 통조림 웃음소리. 이어지는 질문.

"그런데 보초르크가 누구야? 내 말은 마르틴 말이야."

나는 그녀의 전임자에 대한 정보를 간략히 말해 주었다. 여자 친구 키티가 작년에 죽었다고. 뇌졸중으로. 보초르크 대리녀가 네모 난 안경의 코를 한 번 밀어 올렸다.

"난 이 근처로 이사 온 지 일주일밖에 안 됐어." 여자애가 어깨를 으쓱하며 말했다, "고속 도로 다리 뒤쪽에."

"아, 거기 호숫가 판자촌."

순간 나는 여자애의 무엇이 날 계속 그렇게 혼란스럽게 했는지 마침내 알 것 같았다. 그녀의 외모에 마지막 광택을 더해 주는 그것은 터틀넥 목 부분에 꽂힌 은색 물체로, 보안관 별만큼 큼직한 동물이었다. 나.

"예쁜 브로치네. 멧돼지 좋아하나 봐?"

여자애가 얼마 동안 나를 아주 찬찬히 들여다보는 것 같더니 마침내 얼굴에 미소가 번졌다.

"예뻐? 엄청 촌스럽지. 하지만 유품이야. 내게 행운을 가져다주는 토템. 이게 생긴 뒤로 젊고 매력적인 남자들이 끊이질 않고 말을 걸어."

"수멧돼지?"

나는 카드 게임에서 막 으뜸패를 내려놓은 사람처럼 미소를 지으며 유유히 팔짱을 꼈다.

"암멧돼지야." 여자애가 말했다.

나를 완전 새끼 멧돼지로 만들어 놓는 대답이었다.

"암멧돼지라." 내가 따라 했다. "그래, 그렇겠지."

나는 얼른 화제를 바꿔 학교 앞 위령소와 애도의 무리에 대해 물어보았다.

"간밤에 오토바이 사고가 났대. 사고 운전자는 뺑소니를 쳤나봐. 죽은 애는 열여덟 살밖에 안 됐다는데."

"많은 나이는 아니군."

"아니지."

여자애가 커버를 들고 벽 쪽 책장으로 갔다. 그러고는 콧노래를 부르며 DVD를 꺼내 다시 돌아왔다. 여자애가 계산대 위로 그걸 밀었다. 하지만 소녀스러운 분홍빛 손톱의 손은 DVD 케이스 위에 그대로 올려져 있었다.

"아직 열여덟 살 안 된 거 아니야?"

그 영화는 16세 이상 관람가였다. 하지만 꽤 괜찮은 유머였다. 나는 내 팔목을 쓸어내리며 말했다.

"얼마 전에 열일곱 됐어."

나는 그러면서 혼란스러운 마음으로 여자애의 저 소녀스러운 손톱을 한번 만져 보고 싶다는 생각을 했다. 하지만 그 애는 벌써 손을 거둔 뒤였다.

"농담 한번 해 본 거야." 여자애가 말했다.

"난 여기 수요일마다 와."

여자애가 웃으면서 이마 위로 내려온 짧은 머리카락을 잡아당 겼다. 어색한 눈빛이 오갔다.

"그거 내일 밤 10시까지 반납이야." 여자애가 말했다. "안 그럼 벌금 물어야 해. 그리고 만에 하나, 잃어버리는 날에는 돈 엄청 깨 질 각오해. 너도 알겠지만 운동화 몇 켤레 값은 날아간다고 봐야 할 거야. 그러니까 조심해."

나는 인사를 한답시고 조금 바보같이 모자챙을 두드린 뒤 문으 로 향했다. 진열대들 사이에 서서 DVD 케이스의 뒷면을 읽고 있 는 듯한 기골이 장대한 남자가 눈에 들어왔다. 인디언 같은 외모에 (손에 장을 지지건대) 분명 깃털 모자를 쓰고 있었다.

비디오 가게에 들어오는 걸 못 봤는데. 그러나 그의 옆을 지나는 순간 나는 내 뇌가 장난을 치는 걸 수도 있겠다는 생각이 들었다.

혹시 그냥 입간판 아니었을까. 영화 광고용 실물 크기의 입간판. 아니면 내가 정신이 어떻게 된 걸까?

물론 한 번 더 뒤를 돌아볼 수도 있었다. 하지만 그러면 보초르 크의 후임자가 오해를 할 수도 있기에 그만두었다.

Ⅱ

## 췰너 사건에 대한 신문 기사 2

두 사람 사이에 싸움이 벌어졌다. 먼저 폭력을 사용한 것은 아내 쪽이었다. 남편이 반격하자 아내는 복도로 도망쳤고, 남편은 도망치는 아내를 쫓아가 여덟 계단 아래로 밀었다. 이웃 주민들은 아무 소리도 듣지 못한 듯하다. 라우라 Z(36)를 다시 집 안으로 데리고 들어온 에리크 Z(45)는 의사를 불러 달라는 아내의 거듭되는 부탁에도 불구하고 구급차를 부르지 않았다. 대신 과거 수영 선수로 활약했고 현재는 영업 사원으로 일하는 Z는 자신의 가혹 행위가 드러날 것을 우려, 잔혹한 결정을 내렸다. 아내를 죽이기로 한 것이다. Z는 12년 동안 결혼 생활을 해 온 아내의 목을 졸라 숨지게 했다. ■

▶▶

**앞으로. 수요일, 개학까지 5일**

반짝이는 유리 수납장. 반질반질 닦인 나무 바닥. 책들로 가득 찬 벽. 그랜드 피아노. 재키가 앞장서 걸어갔다. 나는 팔을 들어 티셔츠에서 풍기는 겨드랑이 냄새를 맡았다. 희미한 세제 냄새, 확연한 땀 냄새, 후각이 예민한 사람이라면 맡을 수도 있을 구토 냄새. 무법자 외투의 먼지처럼 어제의 낮과 밤이 내게 고스란히 묻어 있었다.

두려움, 아드레날린, 찜통 같은 더위.

"와 줘서 정말 기뻐……."

마치 그저께 내가 아무런 소동도 벌이지 않은 듯.

"……난 너한테 전혀 연락이 안 되잖아." 재키가 말했다.

넓은 계단을 통해 2층으로 올라가기 전, 나이 든 부인이 우리에게 인사를 건넸다. 연한 화장, 실크 머플러, 무테 안경. 우아하고 고상한 외모. 재키가 부인 곁을 지나치며 다섯 마디를 던졌다.

"텔레비전이나 계속 보세요, 내 손님이니까."

나는 위층으로 올라오자마자 누구냐고 물었다.

"너희 할머니?" 내가 넘겨짚었다.

재키가 웃음을 터뜨렸다.

"우리 집 가정부야."

둥그런 창문으로 푸른 나무들의 바다가 눈에 들어왔다. 한쪽 모퉁이를 차지한 테니스장을 빼면 그 어디를 돌아봐도 공원 같은 정경이 펼쳐져 있었다. 이 동네에는 사유 도로, 자동 스프링클러, 장식용 연못, 셀 수도 없을 만큼 다양한 나무들 그리고 그 무성한 이파리 뒤에 감춰진 성만 한 크기의 저택들이 널려 있었다.

"자, 여기서부터가 내 왕국이야." 재키가 말했다.

재키는 걸음을 멈추고 어떤 복도 앞에서 내 쪽으로 돌아섰다.

서부극 술집에 나오는 여닫이문만 달려 있으면 그림이 완벽할 것 같았다. 재키는 카우보이처럼 술이 치렁치렁한 톱을 입고 있었는데 브래지어를 하지 않은 게 확실했다. 머리는 틀어 올렸고, 가녀린 목에는 까만색 실크 밴드를 하고, 귓불에는 작은 앵무새가 별 어려움 없이 그네를 탈 정도로 큰 링 귀걸이가 달랑대고 있었다.

하지만 우리가 들어선 곳은 서부극 무대가 아니라 방이었다. 우리 아파트 사람들은 텔레비전이나 혹은 병원 대기실에 비치된 인테리어 잡지에서나 보던 그런 방.

워크인 옷장 문은 열려 있었고 벽에 걸린 평면 TV는 혼자 떠들고 있었다.

침대는 커튼으로 가려진 채 널찍하게 파인 벽감 속에 자리 잡고 있었다.

방 분위기를 망치는 라디에이터 따위는 보이지 않았다(바닥 난

방 덕인 듯싶었다). 대신 윤기가 자르르 흐르는 아주 이국적인, 아마도 동양에서 건너온 듯한 꽃들이 둥그런 꽃병에 가득 꽂혀 있었다. 그리고 그 옆에는 숟가락이 꽂힌 요구르트 컵이 눈에 띄었다.

"방금 막 짐을 싸던 참이야. 드디어 오늘 오후에 출발이잖아. 하긴, 너도 다 알지."

짧은 치마 차림의 재키가 팔걸이 없는 안락의자에 털썩 몸을 던지더니 발을 털어 신발(하얀색 모카신)을 멀리 벗어 던졌다.

그 애의 다리(비엔나 소시지 껍질처럼 탱탱한 허벅지 피부!)는 매끈하고 완벽했다.

나는 열린 창문으로 밖을 내다보았다. 창밖에는 자작나무가 한 그루 서서 방 안으로 들어오는 햇살을 걸러 주고 있었다.

바람에 커튼이 부풀었다. 바닥에는 내 눈에도 익숙한 운동복 상의가 떨어져 있었지만 나는 거기에 대해 묻지 않았다. 다른 걱정거리가 있었으니까. 전혀 다른.

나는 동이 트자마자 나무집에서 나와 버스에 몸을 실었다. 그리고 지하철을 갈아타고 항구에서 내려 여기까지 걸어왔다. 중간에 가판대에서 훔친 신문을 겨드랑이에 끼고.

머릿속이 윙윙대고 눈앞이 번쩍거렸다. 수면 부족 때문만은 아니었다. 그런 상황에서도 내 뇌는 뻔뻔스러운 장난질을 그만둘 줄 몰랐다.

재키가 알몸으로 실크처럼 부드러운 새하얀 시트 위에 누워 있는 상상. 그런 잡생각을 몰아내고 *파우와우*와 그곳으로의 여정 따위에 대해 떠들고 있는 재키의 독백을 다시 들어 주려니 여간 힘든 게 아니었다.

"······내일부터 일요일까지 어마어마한 일이 벌어질 거야. 나흘 동안. 지금까지 한 번도 경험 못 한 그런 일 말이야. 손자 손녀들한테까지 두고두고 이야기하게 될 테니 두고 봐."

재키는 흘러내린 머리카락을 손가락으로 돌돌 말면서 요염한 카우걸 목소리로 한껏 들떠 재잘거렸다.

"······."

"내 말 듣는 거야?"

여행 가방을 보았다. 주위에 흩어진 전단지들.

"······."

"그러지 말고 말 좀 해 봐. 대체 무슨 생각을 하는 거야? 여기가 마음에 안 들어?"

눈꺼풀이 떨렸다. 양미간에 불쾌한 힘이 들어갔다, 터져 나오는 울음을 애써 참을 때처럼.

"아니, 그런 게 아니야."

"너 지금 어항에서 금붕어 잡아먹고 시침 떼는 수고양이 같아. 뭐야, 도대체? 어서 불어. 여자 문제야?"

나는 더듬더듬 마우저의 아버지에 대해 내가 아는 것을 털어놓았다. 그러고는 신문 기사를 보여 주었다. 신문은 펼쳐진 채 내 무룰 위에 놓여 있었다. 나는 네 개의 짧은 문단과 그 옆에 흐릿하게 나온 사진을 손가락으로 두드렸다.

"이 사람이야." 내가 말했다.

사진을 보여 주는 게 특별히 중요하기라도 한 것처럼.

긴 침묵. 재키가 기사를 훑더니 췰너의 흐릿한 사진을 들여다보았다.

"쩐다. 황당해." 마침내 그 애가 말했다.

재키의 표정이 어두워졌다. 다리를 긁었다. 그러더니 고개를 들었다. 내가 무슨 말을 할 거라고 생각하는 것 같았다. 그러나 나는 할 말이 없었다.

"……"

기분이 꺼림칙했다. 신문에 실린 범인이 췰너가 아니라 마치 나인 것처럼 재키가 날 보겠지. 나는 잠자코 신문을 접은 뒤 눈을 내리깔았다. 아직 손등에 남아 있는 딱지를 보았다. 유리 조각으로 번호를 새긴 지 꼭 일주일이 지났다. 자국은 희미해져 있었다.

"후, 너무 끔찍해." 재키가 마침내 우리 두 사람 사이에 위태롭게 존재하던 침묵을 깼다.

"……"

나는 여전히 할 말을 찾지 못하고 있었다.

"이런 사람이 내 남편이라면…… 당장 헤어질 거야, 너무 늦기 전에."

"아니야, 네가 생각하는 거랑은 달라." 나는 얼른 반박했다.

순간 내가 휠너에 대한 재키의 그릇된 선입관을 얼마나 바로잡아 주고 싶어 하는지 깨달았다.

"무슨 말이야?"

"네가 상상하는 거랑 완전히 다르단 뜻이야. 바지 뒷주머니에 빗이나 꽂고 다니는 그런 사람이 아니야. 멋 낸답시고 하와이언 꽃 남방에 카우보이 장화를 신지도, 주말에 팬 스카프를 목에 두르고 경기장에 가지도, 이쑤시개를 입에 꽂고 소파에 앉아서 트림을 하지도 않아. 회사에 갈 때는 양복을 입고, 여자들이랑 얘기할 때 마음에 든다고 괜히 몸에 슬쩍 손을 대거나 그러지도 않아. 지금 내가 하는 말, 이상하게 들리겠지만 남을 대할 땐 늘 공손한, 아주 호감 가는 사람이야. 야간 학교 다니면서 대입 자격도 땄고."

"첫 번째 부인은?"

"암."

나도 더 자세히는 몰랐다. 다행히 재키는 곧 어제 사건에 관한 질문들로 돌아왔다. 나는 내가 아는 것들을 기꺼이, 심지어 다소 우쭐한 열정에(증인이라는 사실에) 휩싸여 모두 말해 주었다.

다시 집 앞에 서 있는 나 자신이, 빨간색과 하얀색 바리케이드 테이프 뒤에서 어정거리는 사람들이 눈앞에 어른거렸다. 그들의 휘둥그레진 눈. 그 속에는 경악과 호기심과 난감함과 무례함이 깃들어 있었다.

누가 됐건 집을 나서는 사람들한테는 사진 기자들의 카메라 세례가 쏟아졌다. 사진 찍히는 사람들의 얼굴은 번쩍이는 플래시 불빛에 엉망으로 망가졌다.

나는 재키가 묻지도 않았는데 24시간 전, 문제의 화요일 오전에 내게 일어난 일들을 나 스스로 모두 털어놓기 시작했다. 버려진 마당의 헐거워진 울타리에서 떨어져 나온 판자처럼 나는 모든 것을 말해 버렸다.

"변한 건 하나도 없었어. 하지만 동시에 모든 게 다 변해 있었지." 내가 말했다. "나는 우두커니 서 있었어. 이웃집 사람들도 마찬가지였고. 내 느낌이 그랬어. 경찰이 개들을 데리고……."

말을 멈췄다. 미친 듯이 목줄을 당기던 개들에 대한 생각이 목구멍을 조여 오면서 눈이 축축해졌다.

어디로든 빨리 나가야만 했다. 방 밖으로.

"복도 오른쪽에 있어." 재키가 등 뒤에서 외쳤다.

문을 걸어 잠갔다. 가슴을 짓누르던 무게가 조금 누그러지는 것이 느껴졌다. 숨을 한 번 깊이 들이쉰 다음 재키의 욕실을 이리저리 걷기 시작했다. 욕실이 어찌나 크던지 한방향으로 열 걸음은 족히 걸을 수 있었다.

나는 변기 뚜껑을 열고 사용도 하지 않은 물을 내렸다. 물이 빈 변기 속에서 소용돌이치며 내려갔다.

거울 앞에 섰다. 옆 벽, 타일 한가운데 앉아 있는 모기가 눈에 들어왔다. 주먹을 쥐고 엄지손가락을 들어 올렸다.

모기는 꼼짝도 하지 않았다.

싸움 한번 벌이지 않고 모기를 죽여 버렸다. 내장 찌꺼기가 묻은 핏자국을 닦았다. 그러고는 거울을 들여다본 순간 경악을 금할 수 없었다. 일그러진 얼굴. 텅 빈 시선.

이게 나?

수도꼭지를 틀었다. 떨리는 손으로.

물줄기가 세라믹 세면대를 세차게 때렸다.

허리를 굽히고 얼굴에 물을 적셨다. 얼음처럼 차가운 물을. 흰 눈을 비벼 댄 것처럼 얼굴이 화끈거릴 때까지.

"췰너 부인은 몇 년 전에 유방 확대 수술을 했어." 내가 말했다. "수술 뒤 통증이 말도 못했나 봐. 꼴은 또 얼마나 우스워졌는지. 도대체 무슨 생각으로들 그러는 건지, 아니 온종일 뭘 하기에 그런 짓을 저지르는 건지 모르겠어."

나는 다시 재키의 방으로 돌아와 앉았다.

재키는 창틀에 웅크리고 앉아 재떨이에 담배를 비벼 끄더니 머리카락(내가 없는 사이 머리를 풀었었다.)을 끌어당겨 목을 감쌌다. 어깨선을 따라 부드럽게 팬 부분에 키스 자국이 보였다.

"나도 작년 가을에 코 수술했어." 재키가 말했다. "난 성형 수술이 비난받을 짓이라고 생각하지 않아, 원칙적으로는. 하지만 제대로 된 의사한테 가야지."

머리를 한 대 맞은 것 같았다. 왠지 사기당한 느낌, 아니 최소한 좀 당황스러웠다. 재키는 내가 자신의 대답을 마음에 들어하지 않는 것을 알아차리고 얼른 경찰 수사에 관한 질문을 던져 화제를 바꿨다. 그러고는 미소로 좀 전에 자기가 한 말을 내 의식 속에서 지워 버렸다.

"경찰이 뭐 하고 있느냐고? 글쎄, 미지근하게 식은 자판기 커피나 마시고 있겠지. 연필들 먼지 털어서 크기 순으로 정리하고……."

나는 어깨를 한 번 으쓱했다. 이유는 알 수 없지만 재키가 나 아닌 낯선 사람과 이야기하고 있는 기분이 들었다.

"여기 이 키스 자국 보여?"

또 다른 미소. 매번 복부를 가볍게 얻어맞는 기분. 나.

"주말에 기공 워크숍에 갔었어?"

재키는 손으로 배를 두드려 장단을 맞추며 대꾸했다. 눈이 반짝거렸다.

"바보. 네가 금요일에 남긴 거잖아."

내가 그랬다고? 나는 다시 한 번 작품을 들여다보며 물었다.

"이제 우린 어떻게 되는 거야?"

"그 질문, 진심이야?"

"그 대답, 진심이야?"

재키가 다가왔다. 희미한 담배 냄새, 선크림 냄새와 뒤섞인 여자애 땀 냄새.

여우 털처럼 붉은 머리칼이 역광을 받아 구릿빛 실루엣으로 감싸였다.

나는 그 애가 하는 모든 말과 행동을 좋게 여길 준비가 되어 있었다.

"여행 때문에 쇼핑 좀 해야 해." 재키가 말했다. "너도 같이 가자."

"쇼핑에, 아님 여행에?"

재키는 무릎까지 올라오는 가죽 부츠의 지퍼를 올리더니 깃털처럼 가볍게 계단을 뛰어 내려갔다.

앞마당으로 나가니 미풍이 스프링클러에서 뿜어져 오르는 물을 우리 쪽으로 흩뿌렸다. 나무 그늘이 가볍게 드리운 잔디는 정오의 햇살에 비현실적이리만치 눈부시게 (총천연색 초록으로) 반짝였다. 예술적으로 풍화돼 가는 담장 위로는 담쟁이덩굴이 뻗어 있었다.

재키가 앞장섰다. 우리는 강가 주택가를 거닐었다.

고급 주택촌 입구에 세워진 주사위 모양의 경비실 안에는 유니폼에 모자까지 갖춰 쓴 수위가 모스 신호기 위에 고개를 숙인 전신 기사처럼 신문 위에 머리를 파묻고 있었다.

철문 옆 덤불에 숨겨진 감시 카메라도 눈에 띄었다.

심지어 하얀 뭉게구름조차도 이 동네 구름은 우주의 다른 지역

구름들보다 더 새하얗고, 더 뭉실뭉실해 보였다.

그 순간 모든 것이 화소로 변했어도, 혹은 그 총천연색 인공물들이 내 눈앞에서 갑자기 덩실덩실 춤을 추기 시작했어도 나는 조금도 놀라지 않았으리라.

"그러지 말고 오늘 오후에 우리랑 같이 가지그래? 차에 자리도 있는데."

이틀 동안 사막에 내버려 둔 군인의 물통처럼 머릿속이 갑자기 텅 비었다. 고고학자가 발굴한, 아무것도 적혀 있지 않은 시신처럼 할 말을 잃고 말았다. 나 역시 꼭 그렇게 죽어 있는 것 같았다.

"……."

뭐라고 대답해야 좋을지 막막하기만 했다.

"자, 그러지 말고 키스나 해 줘. 난 지금 그게 필요하단 말이야."

재키가 내 눈을 똑바로 들여다보며 말했다.

"……?"

나는 내 귀를 의심했다. 뭔가 다른 말을 한 건 아닐까? 우린 오늘 손도 안 잡았는데. 재키가 내 소매를 잡아당겼다.

"어서. 딱 한 번만."

내가 키스하자 재키가 나를 팔로 감싸 안더니 깊은 절망에 빠진 사람처럼 끌어당겼다.

나는 아무런 저항도 하지 않았다. 붉은 머리칼이 손가락 사이로 흘러내리도록 내버려 뒀다.

"*파우와우*에 가는 거 한번 생각해 봐." 재키가 속삭였다. "네가 같이 가면 나도 기쁠 거야. 일요일 일은 네가 바보같이 오해한 거야, 바보. 그러지 말고 이제 너도 제발 전화 좀 장만해."

아무 거리낌도 없이 이 역할에서 저 역할로 넘어가는 것. 이런 건 여자애들만 할 수 있는 걸까? 나는 우리가 서 있는 드러그스토어 입구를 바라보았다. 사람들이 들어가고 나올 때마다 자동문이 열렸다 닫혔다.

"이제 그만 집에 가 볼게. 전동 드릴 가지러 가야 하거든." 내가 침묵에 종지부를 찍었다.

물론 나는 재키가 한 번 더 내 어깨를 붙잡고 품 안으로 끌어당기며 *가지 마*……라고 말해 주기를 바랐다. 그러나 그런 일은 벌어지지 않았다. 재키.

"그래."

뭔가가 나를 재키로부터, 그리고 그곳으로부터 멀어지게 하고 있었다. 그래, 나는 이 도시를 떠나기 전에 전동 드릴을 구하는 게 아주 중요하다고 정말로 믿고 있었다. 그리고 몇 가지 일을 처리하기 위해 가급적이면 그 순간 당장 떠나야 한다고. 다만 그 처리할 일이란 게 뭘까?

"먼저 출발해. 뒤따라갈게, 꼭." 내가 말했다.

# 내가 에다에 대해
## <u>확실히</u> 아는 세 가지

- **21살. 생각을 말로 내뱉는 유형의 인간.**
  (그럴 때면 고속 도로에서 역주행을 결심한 사람처럼 눈빛이 변한다.)

- **왼손잡이. 엄청나게 세게 따귀를 때릴 수 있다.**
  예상도 못한 따귀를 때리기 때문에 손이 날아오는 게 보이지도 않는다.
  (남자를 넘어가게 만드는 그 애 나름의 방식.)

- **내 주소는 보너스 카드를 건네받았을 때 적어 놨다.**
  (글 하나는 정말 쓸 줄 아는 듯.)

■

## 뒤로. 수요일, 개학까지 12일

비디오 가게를 나와 다시 환한 햇살 속으로 들어서니 성스럽지 못한 기온이 나를 반겼다(무더위가 나를 감쌌다). 조여져 있던 땀구멍들이 즉각적으로 다 열렸다.

모자를 눌러쓰고 눈살을 찌푸렸다.

주차장 건물에서 타워를 잇는 육교 쪽으로 눈길을 돌렸다. 콘도어와 친구들은 더 이상 보이지 않았다.

비디오 가게에서 엎어지면 코 닿을 거리에 있는 장난감 가게의 쇼윈도 앞에서 걸음을 멈췄다. 분홍색 장난감 비행기가 실에 묶여 허공에 매달려 있었다. 프로펠러기였다. 기체에는 Lilly 7이라고 적혀 있었다.

진열된 장난감 중에는 구경꾼들을 향해 웃고 있는 분홍색 봉제 인형도 있었다. 인형의 발 하나는 머리 옆으로 들린 채 철사로 고정되어 있었다. (거의 파시즘을 연상시키는) 인사라도 하는 듯이. 마우저.

"토끼가 무서워? 살짝 넋 나간 사람처럼 보여."

쇼윈도에 내 그림자가 어른거렸다. 마우저 말이 옳았다. 넋이 살짝 나가 보였다. 비디오 가게 출입문을 돌아보았다. 인디언은 없었다.

"괜찮아, 아무 일 없어." 내가 말했다.

보초르크 후임자와의 만남을 다시 한 번 떠올렸다. 마우저는 잠자코 있었다.

"……."

"전혀 호감이 안 가는 타입은 아니었어." 내가 말했다. "하지만 분홍색 봉제 인형만 안겨 놓으면 딱 미친 여자 같았을 거야."

"분홍색 봉제 인형을 안고 있는데 미친 여자 같아 보이지 않을 여자는 없을걸."

"글쎄, 귀여워 보이는 여자들도 있을걸."

"소녀들이야 더러 그렇게 보일 수도 있겠지. 하지만 어른 여자들이 그러고 있으면 덜떨어져 보일 뿐이야. 예외는 없어. 그리고 여자애가 봉제 인형을 들고 있으면 소아 성애자들이 침을 질질 흘릴 테고. 100퍼센트야."

"그래, 거기다 혀를 발갛게 물들이는 동그란 막대 사탕까지 물고 있으면 금상첨화겠지. 머리는 당연히 땋아 내려야 하고, 아래는 면도한 상태여야 할 테고 말이지."

"보초르크 후임자가 성인물 코너에 들어가도 된다고 허락이라도 한 거야?"

"……."

나는 유리창에 비친 내 그림자와 미소를 주고받았다. 그러고는 다시 한 번 앞발을 치켜든 토끼 인형에 초점을 맞춘 뒤 들어 올린 발을 따라 이어진 봉제선을 보았다. 그러자 보초르크 후임자의 작은 흉터가 자동적으로 떠올라 그 얘기를 했다. 마우저.

"언청이였단 말이야?"

"아니야, 그건 아닌 것 같고, 그 흉터 때문에 약간 그래 보이는 거야. 심하진 않아. 그보다는……."

나는 적당한 표현을 찾았지만 생각이 나지 않았다. 순간 가게 바로 뒤쪽 버스 정류장에 세 종류의 노선버스 중 한 대가 도착했다.

치이익 하고 문 열리는 소리. 한 무리의 사람들이 인도로 우르르 내려왔다. 주의가 산만해졌다(나를 에워싼 소란스러움 때문에 불안해졌다). 나는 서둘러 쇼윈도 앞을 떠났다.

"콘도어랑 그쪽 애들, 오늘 저녁에 수영장에 간대." 몇 걸음 걷다가 내가 입을 열었다.

"호수? 아니면 실외 수영장?"

"시내 공원에 있는 실외 수영장."

"방학이라 더 위험해졌어. 건방 떠는 놈들이 너무 득실거려. 경찰도 거의 날마다 뜨고."

"게다가 콘도어까지." 내가 말했다.

"그렇지, 콘도어까지."

마우저가 수영장에 가고 싶어 하지 않는 이유는 분명했다. 다음 달에 벌어질 시합을 완벽하게 준비하고 싶어서였다. 소중한 미래,

단 하나의 기회가 걸린 일이었다. 잡아야만 했다. 후보자 지명이 코앞으로 다가와 있었다.

"은행을 털자는 것도 아닌데 뭐." 나는 혹시나 싶어 한 번 더 찔러 보았다.

마우저와는 달리 머리를 식히기 위해 분위기를 약간 바꿔 보는 것도 나쁘지 않다는 게 내 생각이었다. 방학이 시작된 이래 계속된 혹사, 목표를 향한 뼈를 깎는 고된 훈련. 마우저.

"턴다는 얘기가 나와서 말인데, 너 지금 주머니에 얼마나 있어?"

"동전 몇 개밖에 없어. 배꼽에 낀 때하고."

"좋아, 그럼 길 안 건너고 그냥 계속 가도 되겠어."

어차피 길을 건너기에는 너무 늦은 듯했다.

마우저도 나도 녀석을 미처 보지 못했다. 콘도어가 교차로 너머 약국 옆에서 길을 가로막고 서 있었다. 이죽거리는 얼굴. 녀석이 침팬지처럼 몸을 이리저리 흔들며 다가왔다.

곧 침팬지 쇼가 시작되었다.

"야, 권투 선수!"

무더위에도 불구하고 콘도어는 무거워 보이는 검은색 가죽점퍼(지퍼 손잡이의 딸각거리는 소리)에 전면 보호 헬멧만큼 큰 선글라스를 끼고 있었다.

"콘도어가 혼자 있을 때도 있네?"

녀석의 부러지고 남은 앞니 조각이 나를 향해 반짝 빛났다.

"비즈니스 좀 하라고 보냈지."

녀석은 그렇게 말한 뒤 길에 퉤하고 침을 뱉었다. 나.

"스키 마스크 쓰고 주유소 방문하기에는 너무 덥지 않냐?"

누구나 알다시피 녀석들은 일상적으로 불법적인 짓을 했다. 하지만 심각한 범죄는 저지르지 않았다. 우리 아파트 단지에서 활동하는 모든 자잘한 깡패들의 배후 인물, 브란트 3세가 막았기 때문이다. 덕분에 콘도어는 내 빈정거림을 아직까지는 가볍게 웃어넘길 수 있었다.

"노가다는 우리 애들한텐 안 맞아." 녀석이 말했다.

"외근?"

"글쎄, 나는 관리라고 부르지."

"그래." 내가 말했다. "나이가 들면 길바닥에서 실무 뛰는 것보다 관리 업무가 낫겠지. 맞는 말이야."

콘도어는 나보다 불과 몇 달 어렸다. 녀석과 녀석의 이복동생 엠멤은 얼마 동안 나와 같은 초등학교에 다녔다. 엠멤은 올 4월, 팔에 주삿바늘이 꽂힌 채 발견되었다, 역 앞 패스트푸드점 변기 옆에서.

콘도어.

"물론 누구처럼 운동에 남다른 소질이 있으면 다른 가능성이 있겠지, 직업적으로 말이야……."

콘도어가 번들거리는 머리 위로 선글라스를 밀어 올렸다. 점퍼에서 가죽 구겨지는 소리와 지퍼 손잡이 달그락거리는 소리가 났다. 구두 상자에서 나는 것과 비슷한 냄새가 확 풍겼다.

"……."

마우저는 침묵을 지켰다. 저 때문에 이러는 건데. 후보자 지명 가능성 때문에.

"이번 대회도 여느 대회나 마찬가지야." 내가 말했다. "최고가 승자가 되는 거야."

"참가자들 가운데 최고겠지."

콘도어가 맞받아치더니 땅에 한 번 더 침을 뱉었다. 한동안은 콘도어와 엠멤도 권투를 했었다. 법과 갈등을 빚기 전까지. 그리고 엠멤이 학교에서 퇴학을 당하기 전까지(케이오를 당한 결정적 이유). 나는 그때 관장이 권투부 단원들 앞에서 한 말을 아직도 기억한다.

"이 빈민가에서 벗어나기 위해 머리를 쓰지 않는 놈, 자기 훈련이 부족한 놈은 링에 올라갈 자격이 없어. 난 용납 못 해."

엠멤은 빌었다. 욕했다. 그리고 마지막에는 울기까지 했다.

그러나 알코올 중독 목장 일꾼의 아들로 태어나 유럽 헤비급 챔피언까지 지낸 관장은 일말의 동정심도 보이지 않고 엠멤의 가방을 손수 문밖으로 던져 버렸다. 단원들 중에서 마우저와 함께 가장 재능 있는 선수로 꼽히던 엠멤은 그 뒤로 두 번 다시 체육관에 발을 디디지 않았다.

그러고 얼마 안 가 콘도어가 그 뒤를 따랐다. 이후 녀석은 범죄의

늪 위를 맴돌았고, 엠멤이 죽은 뒤로는 더더욱 그랬다. 나쁜 친구들을 사귀고 그들 마음에 들고 싶다는 잘못된 욕망에 사로잡혔다.

"스파링 상대가 필요하면 말해. 기꺼이 도와줄 테니."

멍한 눈. 무표정한 얼굴. 녀석은 늘 좀 지루해 보였다. 그러나 녀석이 뭘 원하는지 나는 알았다.

"……"

마우저는 여전히 잠자코 있었다. 콘도어는 자기가 아직도 마우저의 상대가 된다고 굳게 믿고 있었다. 마우저도 그것을 알고 있었다.

"지금은 스파링 안 해." 내가 말했다.

"그럼 할 수 없지. 대신 오늘 저녁 수영 약속은 지키는 거야."

콘도어가 선글라스를 다시 코 위로 내렸다.

"당연하지." 내가 말했다.

(싫다고 말해 봤자 소용없을 게 분명하니까.)

"……중간에 무슨 다른 일 없으면 수영장 앞으로 갈 테니까 거기서 봐."

나는 콘도어가 내 말을 믿지 않는다는 걸 알아차렸다. 녀석은 번번이 바람을 맞았다. 사람을 대할 때 변덕이 죽 끓듯 하는 녀석의 태도가 바람을 자주 맞는 이유 가운데 하나였다. 언제는 아무것도 못하는 어린애처럼 마구 들러붙다가 또 언제는 아주 노골적으로 시비를 걸었기 때문이다.

"같이 가." 콘도어가 말했다.

나는 발끝을 응시했다. 벌 한 마리가 땅에서 한 뼘 정도 떨어진 곳을 맴돌고 있었다. 탐사 비행. 벌은 다시 멀리 날아갔다. 우리만 남겨 놓고.

"들어 봐, 콘도어." 내가 입을 열었다.

머릿속으로 적당한 변명거리를 찾으며 숨을 들이켜 길거리 공기를 폐에 채웠다(돌 부스러기, 타르, 먼지). 뜨겁고, 건조하고, 인공적이지 않은.

"차는 내가 구하지." 녀석이 말했다.

그러자 마우저가 드디어 입을 열었다.

"솔직히 말하면 다른 일이 좀 있어."

"영화를 하나 빌렸거든." 내가 덧붙였다.

콘도어가 입술을 핥더니 몸을 앞으로 숙였다.

"목소리에 왜 그렇게 날이 서 있지? 나랑 상대하기 싫어서 그래? 서서히 그런 느낌이 드는데?"

마우저.

"그만 찡얼대, 콘도어."

나.

"수요일은 영화 보는 날이야. 늘 그랬어."

내 말 덕분에 콘도어의 관심이 DVD로 옮겨 갔다. 녀석이 내 손목을 움켜잡았다.

"그래, 수요일마다 영화를 보면서 이 사랑스런 콘도어님은 초대를 하지 않는다 이거지?"

내가 별다른 역공을 취하지 않자 콘도어는 내 손을 놓고 대신 DVD를 뺏어 케이스를 열어젖혔다.

"그러지 말고 그거 이리 내." 내가 말했다.

"이제 그 소리도 찡얼거리는 것처럼 들리는데? 그나저나 무슨 영화지?"

은색 원반에 반사된 빛이 콘도어의 얼굴 위에서 춤을 췄다.

"일종의 서부 로드 무비야, 어린애들 나오는." 내가 말했다.

"우리 같은 애들?"

"그럴 거야."

감탄의 휘파람.

"호오, 아주 신나겠는데. 쓰레기 같은 일들이 많이 일어나겠군. 이런 영화에는 머릿속에 나쁜 생각만 든 악당이 빠지는 법이 없으니까."

콘도어는 그렇게 말한 뒤 한 손에 둥근 DVD를 든 채 다른 손으로 버터플라이 나이프를 꺼내더니 칼끝으로 원반 위에 X 자를 그어 버렸다.

"콘도어, 지금 그 행동이 나한테 얼마짜린 줄 알아. 지금 막 운동화 몇 켤레가 요단 강을 건너갔다고." 내가 말했다.

내가 건성으로 DVD 케이스를 다시 빼앗으려 하자 녀석은 권투

하듯 스텝을 밟으며 뒤로 물러섰다.

"운동화는 내가 구해 주지. 까짓것 일도 아니야. 몇 밀리면 돼?"

길 가는 사람들은 우리를 철저히 무시했다. 우리가 마치 공기인 것처럼. 마우저.

"그거 이제 이리 내."

그러자 콘도어는 DVD를 플라스틱 원반 던지듯 약국 지붕 위로 던져 버렸다. 내 발치에 빈 케이스가 툭 떨어졌다. 콘도어.

"자, 이제 별일 없는 거지? 오늘 저녁 영화 관람은 취소됐어. 그러니까 같이 수영 가는 거야. 사람들이랑도 좀 어울려 주는 게 좋다고, 권투 선수."

그러고는 악당의 미소로 작별을 고했다. 가운뎃손가락을 들어 보이는 외설스러운 욕과 함께. 물론 지극히 우정 어린 행동일 수도 있었다.

■

**앞으로. 목요일, 개학까지 11일**

우리 말고는 아무도 없었다. 수영장 안전 요원의 꿈. 지극히 평범한 수영장은 밤이면 늘 그렇듯 사람들은 모두 떠나고 문은 닫혀 있었다. 달빛에 덮인 수면. 경찰 단속이 시작되기 전까지 이곳에서 뒤죽박죽으로 놀던 초대받지 않은 손님들의 흔적은 오로지 탈의실 벽에 쓰인 문구로만 남아 있었다. (저기 스프레이 생크림으로 갓 적어 놓은 문구의 냄새를 맡고 있는 게 진짜 쥐인가?)

재키와 나는 우리 옷을 주워 모았다(우리가 벗어 둔 자리에 그대로 놓여 있었다). 심지어 담뱃갑도 되찾았다. 그리고 나서 회전식 개찰구 쪽으로 살금살금 다가갔다.

나는 재키가 문을 기어오를 수 있도록 도와주었다.

"자, 이제 자전거 가져오시죠, 거북이 킬러님."

재키는 비치 원피스에 금색 스니커즈를 신고 내 앞에 서 있었다. 온몸을 벌벌 떠는 걸로 봐서 몹시 피곤한 게 틀림없었다. 내 손길이 닿았는데도 물거품처럼 허공으로 사라지지 않았다는 사실에, 그리고 경찰 단속에서 무사히 벗어났음에도 불구하고 가능한 한 빨리 나를 떨어내 버리려고 하지 않는다는 사실에 나는 여전히 놀라고 있었다.

"자전거 여행은 나중으로 미뤄야 할 것 같아." 내가 중얼거렸다.

(나는 수영장에 자전거로 오지 않았다. 콘도어 패거리 중 하나가 자동차로 녀석과 나를 수영장 문 앞까지 태워 주었다.)

"그럼 우릴 태워 줄 기사를 찾아봐야겠네." 재키가 말했다.

"난 땡전 한 푼도 없어."

그러자 재키가 비키니 브래지어에서 지폐를 꺼냈다. 물에 젖어 잘 펴지지도 않는 종잇조각에 불과했지만 결국엔 그걸 받고 우리를 시외 방향으로 태워 주겠다는 택시 운전사를 찾아냈다. 재키의 매력도 한몫했다. 우리는 서쪽으로 달렸다. 항구와, 점점 더 높아지는 담벼락과 생울타리, 그리고 점점 더 커지는 공원들을 지나쳐서.

나는 또렷한 정신으로 택시 뒷자리에서 휙휙 지나가는 풍경을 감상했지만 옆에 앉은 재키는 그냥 잠들어 버렸다. 내 어깨에 머리를 기댄 채.

"거기 뒤에 닭살 커플, 받은 돈 다 됐으니까 내려요……."

택시 기사는 영업을 끝낸, 대형 테라스가 딸린 고급 레스토랑 진입로 앞에다 차를 세우더니 실내등을 켰다.

"……끝이에요. 더는 못 가요. 미안해요."

운전사가 택시 미터기를 두드렸다.

재키의 눈은 여전히 감겨 있었다. 내가 재키를 쿡 찔렀다.

"어, 뭐?"

재키는 눈을 깜빡이며 미소를 지어 보였다. 순간 얘가 과연 내가 누군지, 날 지금 어디로 데려왔는지 알기나 할까 싶은 의구심이 솟았다. 재키의 시선이 내 손등에 꽂혔다. 유리 조각으로 낸 상처, 갈색 딱지가 앉기 시작한 피부.

모든 게 다 기억난다는 표정. 나는 재키를 부축해 택시에서 내렸다.

"내가 집까지 데려다 줄게. 돈이 모자랐나 봐."

택시가 방향을 돌렸다.

"저런 돈만 밝히는 나쁜 놈 같으니라고." 재키가 택시 뒤에 대고 욕을 했다. "마지막 몇 미터쯤 그냥 태워 줄 수도 있잖아."

새벽 2시였다. 우리는 걷기 시작했다. 재키는 나를 돌아보지 않았다. 나도 마찬가지였다. 말도 하지 않았다. 그러나 몇 분 뒤 재키가 갑자기 내 팔짱을 꼈다. 실외 수영장에 갔다가 돌아오는 새벽 2시마다 늘 그랬던 것처럼.

"손 좀 줘 봐."

몇 걸음 안 가 재키가 손을 달라더니 깍지를 꼈다. 미끄럼틀 위에서 막 내려가려고 할 때 느껴지는 짜릿한 전율. 나는 발끝을 내려다보며 내 걸음걸이에 맞춰 머릿속으로 말했다. *재키가. 나랑. 걸어가네. 심지어. 손에. 손을. 잡고. 이렇게. 끝내주는. 애가.*

그러면서 재키를 슬쩍 훔쳐보았다. 그대로 녹아내릴 것만 같았다.

재키의 아래팔에 난 금색 솜털이 가로등 불빛을 받아 확연히 드러났다. 주근깨는 이루 다 셀 수도 없었다. 심장이 쿵쾅거렸다. 가슴이 외륜선 기관실이라도 된 것 같았다. 그 순간은 모든 것이 완벽했다.

(단 한 가지만 빼고. 방광이 심하게 눌려 오기 시작했다.)

"수영장에선 운이 좋았어." 내가 말했다.

"운이 좋아서가 아니야. 네가 어디 숨어야 하는지 정확히 알고 있었던 거지." 재키가 말했다.

우리는 이야기를 나눴다. 얼마나 아슬아슬하게 화를 면했는지에 대해서도. 손전등은 플라스틱 여닫이문을 그야말로 영원할 것처럼 비췄다. 우리는 그 뒤에서 어깨에 어깨를 기댄 채 앉아 있었다. 쇼윈도 마네킹처럼 꼼짝 않고.

"이 안으로 들어올까?" 재키의 속삭임.

재키가 그 아슬아슬함을 얼마나 즐기고 있는지가 느껴졌다.

"수영을 해서? 그런 일은 절대 없어."

아무 일도 일어나지 않았다(정말?). 그럼에도 불구하고 재키의 손이 내 손을 잡았다. 딱딱한 가짜 손톱이 내 살을 파고들었다, 지금처럼.

나는 재키의 옆에서, 그 애를 볼 수 있도록 조금 물러서서 걸었다. 그걸 눈치챈 재키는 야생 표범처럼 으르렁거리며 나를 덥석 잡아먹는 시늉을 했다. 그러나 곧 손을 놓고 담배에 불을 붙였다.

"넌? 담배 피워 본 적 없어?"

(걸음을 옮길 때마다 방광이 점점 더 차올랐다.) 나.

"우린 옛날에 휘발유 냄새 맡곤 했어. 담배는 버스 정류장에서 꽁초 주워서 다시 말아서 피우고. 열두 살 때 피우기 시작해서 끊은 것도 열두 살이야. 5년 됐지."

"맛이 없어서?"

"나도 나지만 아버지 입맛에 안 맞았지."

"하!"

"그래, 내가 사는 동네는 풍습이 좀 거칠어. 근데 여긴 어때? 이 동네 애들은 열두 살만 되면 코카인 가루 모아서 들이마실 때 쓰라고 신용 카드 선물받겠지?"

재키가 깔깔거리며 담배 꽁초를 던져 버렸다.

"이 동네 한 번도 안 와 봤어?"

그래, 나는 이 동네에 한 번도 와 본 적이 없었다. 그리고 정말로 깊은 인상을 받았다. 염소 냄새 진동하는 수영장이나 매연으로 가득 찬 도시와 달리 이곳 공기는 엽록소와 근처 강물에서 피어오르는 바다 냄새가 났다. 어디를 둘러봐도 나무와 꽃과 덤불이 우거져 있었다. 초록 이파리들은 밤을 맞아 검은색처럼 보였다.

(위협적이 아니라 비현실적으로 보인다는 말.)

아무래도, 모든 게 영화 같았다. 장면 하나하나가 모두 완벽하게 설정된 그림이었다. 심지어 우리 곁을 빠르게 스쳐 지나간 구급차조차 뭔가 영화적으로 느껴졌다. 끔찍한 응급 상황이 아닌 구조를 약속하는 파란 불빛. 밤의 어두운 배경 속에 흥미진진한 무늬를 뿌려 대는 그 빛.

"이거 다 세트장이라고, 저기 저 저택들 안에 실은 아무도 안 산다고 해도 믿을 것 같아." 내가 말했다.

"잘 들어." 재키가 내 귀에 더운 김을 내뿜었다. "지금 이거 사실은 저녁 방송분 녹화하는 거야. 하지만 비밀이야. 나한테 들었다는 거 말하면 안 돼."

"알았어, 모르는 척할게."

우리는 모퉁이를 돌아 한적하기 짝이 없는 골목길을 천천히 걸었다. 길 가장자리에는 내가 단 한 번도 본 적이 없는 자동차가 주차되어 있었다.

"여기야." 재키가 말했다.

재키는 거대한 아치 모양의 대문 앞에서 걸음을 멈췄다. 창살형 대문의 뾰족한 끄트머리가 하늘을 찌를 듯 우뚝우뚝 솟아 있었다.

귀뚜라미들이 우리를 위해 최고 수준의 음악을 연주하고 있었다.

(방광은 여전히 터지기 일보 직전.)

"굉장한데." 내가 말했다(인정한다는 듯이 아랫입술을 비죽 내밀어 줬다).

그러자 재키도 뭐라고 뭐라고 말을 했다. 하지만 내 귀에는 더이상 아무 말도 들리지 않았다. 그 애의 머리가 내 어깨를 가볍게 스쳤다. 우리는 누가 먼저랄 것도 없이 자연스럽게 껴안았다.

재키가 제 입술을 내 입술에 살포시 포갰다.

담배, 맥주, 립밤 맛. 키스를 하는 동안 그 애의 차가운 코끝이 뺨에 느껴졌다. 이 대목이야말로 음악이 흐르기 시작하는 장면이 아닐 수 없었다. 크레셴도. 점점 더 격정적이 되어 가는 현악기에 따라 점점 더 커져 가는 선율.

우리의 턱은 끊임없이 움직였다. 잠시나마 나를 둘러싼 모든 것이 잊혔다. 과거가 되었다. 내 환경은 물론 나 자신까지(방광을 포함해서).

"근데, 너 이름이 뭐야?"

음악이 꺼졌다. 중력이 힘을 되찾았다.

나는 얌전히 이름을 말해 주었다. 그러고 나서 우리는 다시 한번 입을 맞췄다. 혀로 타액을 교환했다. 술 맛, 담배 맛. 재키가 내 목덜미를 잡았다. 다른 손은 바짓가랑이 사이를 주무르고 있었다. 나(궁지에 몰린 상태로).

"그만해. 난 아직 준비가 안 됐어."

나는 재키의 손을 위험 지역에서 떼어 냈다. 골무 절반 정도의 물만 더 채워도 방광이 터질 것 같았다.

"*난 아직 준비가 안 됐어.*" 재키가 내 말을 따라 했다.

웃음이 터져 나왔다. 높은 소리로. 키득키득 참다가 또다시 유리 구슬 부딪히는 소리.

"……너 진짜 엄청 웃긴다."

재키가 거리낌 없이 같이 들어가자고 제안했다. 자기 집에 같이 들어가자고. 재키 그 애가. 내게! 그에 대한 내 대답은 진부하기 짝이 없었다.

"너희 부모님은?"

"우리 부모님? 엄마 아빠 지금 저 멀리 어디 백사장에 누워 계실 거야. 파란 바다가 출렁이는 야자수 섬에."

내 안의 힘줄 하나하나가, 분자와 원자 하나하나가 구호를 외치기 시작했다. 바보처럼 굴지 마, 바보처럼 굴지 마. 그러나 내 안에 깃든 대영혼이 방광의 편에 서더니 분위기를 완전히 망치고 말았다.

"고맙지만 다음에 들어갈게."

그 말을 내뱉기가 무섭게 나 자신이 혐오스러워졌다. 그러나 다른 한편으로는 더할 나위 없이 자랑스럽기도 했다.

(혐오. 그 멋진 기회를 팽개쳐 버렸기에.)

(자랑스러움. 순간의 쾌락을 위해 무릎 꿇지 않고 기다릴 줄 알았기에.)

"에이, 그러지 말고 들어가. 안 깨물게. 아니, 혹시 깨물더라도 안 아프게 살살 깨물게."

재키. 애교스럽게 눈 깜빡거리는 소질은 타고났지 싶었다. 아랫입술 깨무는 소질도. 그렇지만 나는 내 뜻을 굽히지 않는 데 성공했다. 나.

"오늘은 신사가 될 거야. 그리고 난 원 나이트 스탠드용이 아니야."

"정말…… 누가 거북이 킬러 아니랄까 봐."

재키는 화난 척 발을 굴렀다. 팔짱을 끼고 나를 노려보다가 곧 다시 팔을 풀었다.

"코하고 잘 시간이야." 내가 말했다.

나는 미안하다는 듯 손바닥을 내보였다. 하지만 새 약속을 잡았다.

"너 나 바람맞히기만 해 봐." 재키가 말했다.

재키는 입술을 오므리고 아주 세게 제 집게손가락 끝에 입을 맞춘 뒤, 그 손가락으로 다시 내 입술을 지그시 눌렀다. 그러고는 가짜 손톱으로 내 콧잔등을 아주, 아주 부드럽게 긁어 내렸다.

이제 가도 될 것 같았다. 내 눈은 이미 반쯤 감겨 있었다.

"전화번호 뒷자리 아직 안 가르쳐 줬어." 내가 말했다.

(뒷걸음질 치면서.)

"전화 없으면 번호도 없어." 재키가 내 쪽을 향해 소리쳤다. "바이 바이."

재키가 마그네틱 카드로 대문(정말로 어마어마한 대문) 여는 모습이 보였다. 대문은 조용한 모터 소리와 함께 옆으로 스르르 열렸다. 집은 보이지 않았다.

재키는 작은 돌계단을 올라가 꽃이 활짝 핀 관목 뒤로 사라졌다. 그 장면이 내 안에 새겨지는 것이 느껴졌다. 언제나 떠올릴 수 있도록 기억 속에 아주 또렷이 각인되었다.

나는 엉덩이에 힘을 주고 미친 듯이 걸었다. 다행히 얼마 안 가 나무 한 그루가 눈에 띄었다. 몸이 금세 가벼워졌다.

나는 또 다다음 버스 정류장 휴지통에서 아직 유효한 버스표와 스포츠 잡지도 찾아냈다(광택지 200쪽짜리).

인생이 오늘처럼 나한테 잘해 준 날은 일찍이 없지 싶었다.

심지어 심야 버스조차 얼마 기다리지 않아 와 주었다. 나는 버스에 올라탔다. 종점까지 가서 다음 버스로, 그러고 나서 한 번 더 갈아탔다. 우리 단지까지는 몇 구역만 더 걸으면 됐다.

아파트 건물 뒤가 이미 조금씩 환해지고 있었다. 부지런한 새들은 벌써부터 먹이를 찾고 있었다. 재키와의 키스에 입술이 아직도 간지러웠다. 손가락 끝에서 불꽃이 튀었다. 정신이 말똥말똥했다. 나 자신이 불사신처럼 느껴졌다.

■

**앞으로. 일요일, 개학까지 8일**

건물 입구 보도블록 위로 빗방울이 희부옇게 흩날리며 춤을 춘다. 하늘은 여전히 재처럼, 시멘트처럼, 시궁창 쥐처럼 시커멓다. 가느다란 실 같은 무늬가 낮게 드리운 먹구름과 땅바닥 사이의 공간을 메우고 있다.

나는 현관 지붕 밑으로 뛰어 들어가 빗물이 뚝뚝 떨어지는 모자와 운동화를 벗었다. 축축한 양말 속에서 퉁퉁 불어 버린 발가락 사이로 까끌까끌한 모래 알갱이가 느껴졌다. 심지어 모래 알갱이는 발톱 밑으로 파고들기도 했다.

건물 로비로 들어서자 지난 40년 동안 밴 퀴퀴한 냄새가 상큼한 레몬 향 세척제에 뒤섞여 나를 맞았다. 누군가가 위에서 계단 청소를 하고 있었다.

나는 1층에 서서 현관문 유리 너머로 밖을 내다보며 귀를 기울였다. 쇼핑센터 타워가 보였다. 희부옇게. 어쩌면 내가 타워의 존재를 알기 때문에 보이는 건지도 몰랐다.

"아랫도리 내렸을 땐 들킴 안 돼……."

칠녀가 팔을 걷어붙인 채 2층과 3층 사이 층계참에 서서 대걸레를 들고 얼룩덜룩한 바닥을 힘차게 닦고 있었다. 칠녀가 나를 바라보았다. 바지춤 위로 배가 불룩 나와 있었다.

"……오줌만 싸고 얼른 다시 입어야죠." 나는 맥없이 대꾸했다.

어깨를 잔뜩 움츠리고 물을 뚝뚝 떨어뜨리며 마우저의 아버지 쪽으로 무거운 발걸음을 조심조심 옮겼다. 물을 바가지로 뒤집어쓴 코요테보다 더 젖어 있었다.

허벅지는 한 시간 반 이상 마라톤을 한 사람 같았다.

나는 항구까지만 버스를 탔다. 항구쯤 오니 그 양철통을 더는 견딜 수 없었다. 그래서 내렸다. 그리고 뛰었다.

강을 따라. 인적 없는 부두를 지나.

부교에 묶인 바지선들. 유서 깊은 대형 범선. 그리고 페리 한 척.

맞은편 부두의 컨테이너선들. 그 뒤로 멈춰 선 기중기들.

나는 점퍼 하나를 함께 뒤집어쓰고 걸어가는 남녀 한 쌍을 지나쳤다. 가슴이 저몄다. 발걸음이 저절로 빨라졌다.

운동화 밑창 아래서 물이 튀었다.

걸음을 옮길 때마다 신발에서 쩍쩍 소리가 났다.

시선이 흩어졌다. 저기!

선미에는 빨간색 외륜을, 상갑판에는 가짜 굴뚝을 세운 관광용 증기선 한 척이 막 배 한 척을 따라잡고 있었다. 배에는 건장한 남자가 앉아 하류 쪽으로 유유히 노를 젓고 있었다.

먼 거리였음에도, 빗줄기가 한 치 앞을 내다보기 힘들 만큼 굵었음에도 불구하고 나는 그것이 인디언 추장임을 분명히 알아볼 수 있었다. 추장은 교묘하게 균형을 잡으며 증기선이 일으킨 파도를 헤쳐 나가고 있었다. 나한테 손을 흔드는 건가?

한 무리의 젊은이들을 지나쳐야 했다. 대여섯 명의 젊은이들. 하나같이 휴양지에서 흔히 볼 수 있는 빨간 멕시코 밀짚모자 솜브레로를 쓰고 오토바이 운전자들이 입는 것 같은 청조끼를 입고 있었다.

그들은 꺽꺽 소리를 지르며 맥주병을 들어 올려 내게 건배하는 시늉을 했다. 한 명은 장난삼아 내 뒤를 몇 미터쯤 졸졸 따라왔다.

배는 시야에서도, 머릿속에서도 사라졌다.

나는 혼자서 계속 달렸다.

길은 빗물로, 머리는 잡생각으로 넘쳐 났다. 상처받은 마음이 뭍에 내던져진 물고기처럼 팔딱거리는 것을 느끼며 세상이 가라앉는 것을 바라보았다.

철길 굴다리 밑, 도로가 낮아지는 곳에 자동차 한 대가 엉덩이 높이까지 차오른 물에 둥둥 떠 있었다. 자동차 주인인 듯 보이는 남자가 한 손은 차에, 다른 한 손은 귀에 갖다 댄 채 엉덩이 높이의 흙탕물 속에 서서 휴대폰으로 전화를 하고 있었다.

나는 어떤 식의 도움도 주지 못하는 데 부끄러움을 느꼈다. 그러나 겁이 나서 도저히 걸음을 멈출 수가 없었다. 멈췄다가는 그대로 되돌아서 다시 재키의 집 대문 앞에 서 있게 될 것 같았다. 헛되이 초인종을 눌러 대면서.

(나, 심판의 카운트를 들으며 비실대는 얼간이.)

"헤어드라이어가 필요해 보이는구나. 이런 날엔 우산을 쓰면 좋을 텐데. 써 본 적 있니?" 췰너가 물었다.

내 생각이지만, 난 최근 들어 꽤 여러 가지를 시도해 보았다. 그러나 아무 말도 하지 않았다.

"……."

"쓰지 않는 우산이 하나 있는데 혹시 필요하면……."

췰너가 대걸레를 옆쪽으로 아무렇게나 세워 놓았다. 점호받는 예비 보병이 총 내려놓듯. 면도하지 않은 얼굴. 표정도 평소와 좀 다른 것 같았다(피곤한 걸까?). 티백처럼 축 처진 눈물주머니. 얽히고설킨 이마 주름살(공중에서 내려다본 협곡).

"……."

나는 고갯짓만으로 췰너의 제안을 거절했다.

"그래, 미안하다. 네가 무슨 생각 하는지 말 안 해도 알 것 같구나. *빌어먹을 우산 네 똥구멍에나 집어넣고 펴라!* 대충 뭐 이런 거지?"

췰너가 억지웃음을 웃었다. 나도 웃어 보려고 애를 썼다. 췰너는 좋아할 만한 사람이었다. 유아기가 없었을 것만 같은 대부분의 어른들과는 달리 췰너는 분명 어린 시절을 겪었을 것 같은 몇 안 되는 어른 가운데 한 명이었다. 마우저가 아직 어렸을 때 췰너는 놀이터나 쇼핑센터 옆 운동장에서 아이들과 함께 정기적으로 농구를 했고, 한번 했다 하면 그야말로 최선을 다했다. 공을 던질 때면 이를 드러냈고, 공이 골대에 맞고 튕겨 나오거나 드리블할 때 공을 놓치면 욕을 하며 분해했다. 그리고 골을 넣으면 주먹을 불끈 쥐고 좋아했다. 어느 날 발목을 삐끗할 때까지. 그 뒤로는 더 이상 농구를 하지 않았다.

"고맙지만 전 방수 피부예요. 마음도 순결하고요." 내가 말했다.

칠녀가 웃었다. 나는 손잡이를 잡고 몸을 끌어당겨 칠녀가 서 있는 층계참으로 올라섰다. 그러고는 칠녀를 지나쳐 3층을 흘깃 쳐다보았다.

칠녀 집 현관문에 꽂힌 열쇠 꾸러미. 잠시나마 전동 드릴을 생각했다. 그러나 빨리 올라가 버리고 싶은 마음이 이겼다. 적어도 칠녀와 같은 높이에 올라섰을 때는 더 이상 갈등의 여지가 없었다.

칠녀의 구강 청정제 냄새.

내가 그 냄새를 맡은 것은 칠녀가 내 머리를 쓰다듬은 순간이었다.

턱을 가슴팍에 바짝 붙인 채 계속 올라가려는데 칠녀가 손을 뻗는 게 보였다. 칠녀는 축구에서 져 풀이 죽은 꼬마 소년한테 하듯 내 젖은 머리를 쓰다듬으려 했다.

이상한 건 칠녀가 그러는 게 별로 싫지 않았다는 거다.

마음은 그랬지만 몸을 움츠려 손길을 피했다. 순간 벽과 천장이 맞닿는 모서리 부분에서 거미줄에 걸린 (붙잡혀 죽은) 모기 한 마리를 발견했다. 췰녀 얼굴에 상처가 난 것도 그제야 눈에 띄었다. 눈 바로 옆에서부터 길게 긁힌 자국.

손톱이 남긴 작품?

나는 계단을 두 개씩 뛰어오르다 말고 멈춰 서서 고개를 돌렸다. 그러고는 췰녀를 내려다보며 넌지시 떠보았다.

"라우라는요? 별일 없죠?"

"그럼. 너도 알다시피 나쁜 사람들은 늘 잘 지내잖니."

내 생각을 꿰뚫어 본 듯한 대답. 목소리가 다소 큰 감이 있었다. 대답도 너무 빨리 튀어나왔다. 마치 그런 질문을 예상하고 있었던 것처럼.

미소가 곁들여졌다. 한쪽 입꼬리로만.

코끝에 레몬 향마저 잊게 만드는 그 냄새가 아직도 맴돌았다. 구강 청정제. 어쩌면 치약 냄새도 같이 섞여 있었을지도.

췰녀는 한동안 하루에 열 번에서 열두 번씩 이를 닦았다. 중독 치료를 받는 사람들의 보상 행위. 그러나 이전 중독과 비교하면 이 닦는 강박증쯤은 아무것도 아니었다.

첫 번째 부인의 죽음, 조부모에게 잠시 맡겨야 했던 아이, 제대로 발동 한번 걸어 보지 못하고 끝나 버린 운동선수 경력, 성공과는 거리가 먼 두 번째 결혼 생활.

당시 서른 중반의 췰녀가 빠진 수렁은 깊었다.

"그럼 잘 쉬세요." 내가 말했다.

내가 막 다음 계단을 올라서는데 휠녀가 문득 다른 말을 꺼냈다.

"라우라가 얼마 전에 널 약국 앞에서 봤다고 하더라. 지난 수요일이었나. 그래, 수요일 맞는 것 같다. 라우라 말이……."

휠녀가 무심코 꺼낸 말을 멈췄다.

처음에는 나를 보다가 곧 창밖으로 시선을 돌렸다.

비를 맞으며 서 있는 우리 아파트 단지를 아주 유심히 내다보는 것 같았다.

나.

"수요일이요? 글쎄요."

휠녀가 다시 날 올려다보며 어깨를 으쓱했다.

"콘도어랑 무슨 일이 있었던 거니? 아침에 아파트 근처에서 어슬렁거리는 걸 봤어. 얼굴에 멍이 잔뜩 들었던데."

"……."

나는 아무 대꾸도 하지 않았다. 대신 꼼짝 않고 서서 휠녀 발 뒤로 보이는, 물에 젖어 반짝이는 층계참 굽도리만 들여다보았다. 오늘은 청소를 아주 말끔히 하네.

"콘도어가 나쁜 애는 아니야. 다만 승자가 될 재목이 못 되는 거지. 승자는 계획을 해." 휠녀가 말했다. "패자는 변명만 할 뿐이고. 개가 권투 팀에서 어떻게 쫓겨났는지 너도 알지?"

휠녀가 엄지손가락으로 윗입술을 쓸었다. 그러고는 과학자에게서나 볼 법한 객관적 시선으로 날 관찰했다.

어느새 내 주위 발밑으로 물이 잔뜩 고여 있었다. 손에 감은 붕대는 족히 들소 머리 가죽 두세 장 무게는 나가지 싶을 만큼 무거웠다. 콘도어는 쫓겨난 게 아니고 엠멤과의 의리를 지킨 거라고, 만에 하나 패자라 할지라도 맷집만큼은 최고라고 말해 줄 수 있었지만 하지 않았다.

너무 피곤했다(밖은 비로, 안은 재키로 너무 가득 차 있었다).

나는 기운 없이 고개를 끄덕이며 대꾸했다.

"다 지난 얘기예요. 이젠 그것 때문에 더 이상 슬퍼하고 그러지 않을 거예요."

나는 퀼너가 콘도어 같은 아이들을 왜 싫어하는지 알고 있었다. 운동에 소질이 있으면서 목숨을 걸고 최선을 다하지 않는 게 거슬리는 거였다. 그러나 인생의 전부였던 운동이 어느 날 갑자기 끝나 버리면 어떻게 되는 거지?

퀼너는 꿈이 무너진다는 게 어떤 건지 잘 알고 있었다.

계단에서 가스총을 난사한 적이 있을 정도니. 여자 옷을 입고. 가까스로 기어 다닐 수만 있을 정도로 술에 만취해서.

"다들 잘 들어. 우리 집이 지옥이야, 우리 집이 지옥." 퀼너는 소리를 질러 댔다.

인생의 최저점. 술을 끊자 모든 게 나아졌다. 퀼너는 다시 일을 시작했고, 딱히 야망을 불태우는 모습은 아니었지만 버젓하게 새 직업에 임했다(슬롯머신 영업직).

라우라와도 그럭저럭 타협해 나가기 시작했다(적어도 그렇게 보였다). 두 사람 다 끊임없이 바람을 피우면서도 늘 다시 결합했다. 물론 그 전에 그릇이 날고, 목이 쉬어라 비명이 터지고, 손찌검이 오갔다.

"격전 없이는 부부 생활이 너무 심심한가 봐."

마우저(눈으로 보고 귀로 듣는 증인)의 가설 가운데 하나.

(농담. 그러나 진심이 깃든.)

추측건대 진실은 췰너가 이혼을 절대 용납하지 않기 때문인 듯했다. 인생 앞에 또 한 번 무릎을 꿇고 싶지 않기에.

"너 이런 얘기 아니?"

췰너가 궁금증을 더하려는 듯 헛기침을 하며 뜸을 들였다. 나는 한 번 더 췰너를 돌아보았다(나는 3층에 거의 다 올라가 있었다).

"……?"

췰너의 입꼬리가 실룩거렸다. 곧 일어날 일의 즐거움 때문인 듯했지만 다른 이유일 수도 있었다(도움을 요청하는 신호?). 어쨌든 췰너는 재미있는 이야기를 막 끝내고 이제 내가 웃음을 터뜨리기만을 기다리는 사람 같은 얼굴로 나를 쳐다보았다.

"무슨 얘긴가 하면," 췰너가 마침내 입을 열었다. "사내 둘이 술집에 앉아서 얘기를 주고받고 있었어. 한 사람이 말했지. 요즘 우리 아파트 13층에 사는 할머니가, 남편이 얼마나 미우면 밤에 할아버지가 잠만 들었다 하면 무슨 북어 패듯 미친 듯이 두들겨 팬대.

그러자 이야기를 듣던 다른 남자가 어리둥절해하며 물었어. 아니, 왜? 첫 번째 남자가 말했어. 아, 그래야 그 할배가 악몽을 꾼 건가 보다 하고 착각하니까."

"*악몽……*." 내가 췰녀의 말을 따라 했다.

"재미있지?" 췰녀가 물었다.

"네, 괜찮네요."

"뭐야, 그냥 *괜찮은 정도야……?*"

나는 고개를 끄덕여 작별을 고했다. 그러고는 그의 집에서, 더 정확히는 열쇠 꾸러미가 꽂힌 현관문에서 여덟 계단 떨어진 층계참에 췰녀를 혼자 남겨 두었다.

(췰녀, 서글픈 유머나 지껄이고 일요일이면 계단 청소나 하는 어른 몸에 갇힌 어린애.)

다시 바닥을 닦는 대걸레 소리가 들렸다. 대걸레의 플라스틱 부분이 굽도리에 쿵쿵 부딪혔다. 집에 도착해 차가운 라디에이터에 젖은 바짓가랑이를 대고 서 있는 동안에도 그 소리는 귓전에 계속 울렸다.

유리창에 흘러내리는 빗물 너머로 도시의 서쪽 하늘이 보였다. 그저께 재키와 함께 있던 곳(고도 150미터). 이번에는 코앞 유리창을 보았다(150밀리미터 앞).

밖을 보았다. 안을 보았다. 창에 비친 나 자신과 마주 서서 나 자신을 보았다.

머릿속은 여전히 쿵쿵 울렸다.

*넌 누구야? 넌 정말로 누구냐고?*

■

◀◀

## 뒤로. 금요일, 개학까지 10일

전투에 나선 야만스러운 아파치 인디언들과 며칠 동안 굶주린 현상금 사냥꾼들에게 에워싸인 채 유령 도시의 판잣집 사이를 어슬렁거리는 하이에나가 된 기분.

재키는 어디 있는 거지? 설사 이곳에 있다 해도 여기서 그 애를 어떻게 찾는담?

짙은 화장, 마스크, 가발, 변장. 평범한 옷차림을 한 사람은 거의 없었다. 나는 가장자리에서 군중의 물결을 두 번씩이나 따라 걸었다. 재키는 없었다.

인파 속으로 헤집고 들어간다고 나아질 건 없었다.

*축제가 아니라 투쟁이다.* 한쪽 귓가에서 누군가 소리쳤다.

*즐기자, 즐기자, 즐기자.* 이번에는 다른 쪽에서 소리가 들렸다.

현란한 옷차림을 한 무리가 와자지껄하게 웃으며 내가 막 뚫고 들어가려는 시위대 곁을 한 줄로 줄지어 지나갔다. 꿀벌로 변장하고 흔들거리는 더듬이 머리띠까지 한 남자를 선두로 해골, 광대버섯, 간호사 두 명, 스티로폼 깁스에 진짜 목발을 짚은 환자 두 명, 핫도그 등등이 줄줄이 따랐다.

분장. 행렬. 플래카드. 흥겨움.

날씨마저 인심을 팍팍 썼다. 붓으로 그린 것처럼 푸른 하늘은 아주 환한 하늘색부터 하얀색까지 경계선 없이 펼쳐져 있었다. 눈부신 햇살과 소란스러움 때문에 머릿속이 왕왕거렸다.

수영장에서의 야간 만남 이후 몇몇 구호는 나도 알고 있었다.

*시간 없다, 시위하지 말자*라는 소리가 들렸다. 한 사람이 외치는 소리였다. 또 다른 독주자도 *너희는 아무것도 못 바꿔!* 라고 외쳤다.

나는 재키 생각을 하고 있었다.

목욕을 하고 치실로 이 사이사이를 닦고 주머니에 콘돔까지 챙겼는데.

주머니에는 모르는 여자애한테서 받은 엽서도 들어 있었다. 그것은 오늘 아침 우편함 속에 들어 있었다. 나는 이제 시내를 걷고 있었다. 내 속은 감자를 심으려 일궈 놓은 들판처럼 마구 파헤쳐져 있었다.

팔꿈치에 팔꿈치를 맞댄 채 바짝 붙어 걷고 있는 이들은 온통 머리에 피도 안 마른 젊은 녀석들로 대부분 대학물 먹는 놈들이었다.

재키와 나는 만날 장소와 시간을 따로 정하진 않았다.

"시위하는 날 봐." 재키가 말했다.

수영장에서의 야간 만남 끝 무렵에.

얼마나 무모한 계획이었는지. 빽빽한 인파에 갇혀 있자니 숨이 막히기 시작했다. 나는 열기를 뿜어내는 몸뚱이들을 헤집고 시위대를 빠져나왔다. 줄지어 걷는 사람들 꽁무니를 따라 걷다가 샛길이 나오자마자 돌아 들어가 패스트푸드점에서 콜라를 주문했다.

콜라를 들이켜자 이에 얼음 조각이 닿았다. 나는 얼음 조각을 입속에 와르르 부어 넣고 어금니로 부수기 시작했다.

엠멤은 이곳 줄지어 늘어선 유리 건물들 중 하나의 화장실에서 발견되었다. 생애 마지막 싸구려 햄버거, 곧바로 이어진 *약물 과다복용*. (우리는 우리가 사는 아파트 단지를 벗어나는 순간 생존 능력을 잃는 걸까?)

우리가 연습을 하고 있던 체육관에 엠멤이 죽었다는 소식이 전해지자 다들 뼛속까지 전율을 느꼈다. 충격, 슬픔, 먹먹함, 심지어 잠재적 죄책감까지.

"엠멤은 너희가 죽어라 매달리고 있는 대안을 보지 못했어." 관장이 말했다. 갈라지는 목소리로. "비통한 날이다."

나는 작게 부순 얼음을 꿀꺽 삼키고, 식도가 차가워지는 걸 느끼며 유리창 너머로 바깥을 내다보았다.

바로 그때 누군가 내 어깨를 두드렸다. 뒤를 돌아봤다.

아무도 없었다.

"우후!"

다른 쪽으로 고개를 돌렸다. 거기 있었다!

재키. 길게 땋아 내린 붉은 머리, 검은색 세일러 원피스, 반짝반짝 빛나는 에나멜 가죽 플랫 슈즈. 우리는 약 1미터를 사이에 두고 서로를 마주 보며 서 있었다. 섬유 유연제와 아주 흐릿한 미니 양파 냄새가 내 코에 와 닿았다. 머릿속에서 폭죽이 터졌다. 재키가 손을 흔들었다.

"몽상가님, 여기 창가에서 뭐 하시는 거예요?"

"......?"

나는 어깨를 으쓱했다. (오늘은 키스도 안 해 주나?)

"어서 나가." 재키가 말했다. "오늘 우리가 좀 더 살기 좋은 곳으로 만들려는 세상은 저 밖에 있단 말이야. 자, 어서."

키스도, 신체 접촉도 없었다. 우리는 순진한 시선만 주고받았다. 수영장에서의 밤과 우리의 산책이 이틀 전이 아닌 2년 전의 일이기나 한 것처럼. 아니, 그런 일이 아예 없었던 것처럼.

"자, 빨리!"

몇 초 뒤 우리는 길가에 서 있었다.

귀청이 떨어져 나갈 것 같은 호루라기 콘서트가 절정을 이루고 있었다. 재키는 깡충거리며 앞으로 조금 나아갔다. 땋아 내린 머리가 자유분방한 오랑우탄의 팔처럼 위아래로 덜렁댔다. 걸음을 옮길 때마다 엉덩이가 이쪽저쪽으로 흔들렸다. 천박함과 우아함의 정확한 경계선.

우리는 떠들썩한 대규모 *시위 인파*를 삼삼오오 무리 지어 뒤따르는 소그룹들을 여럿 지나쳤다. 그러다 재키가 갑자기 누군가의 목을 뒤에서 와락 끌어안았다. 수영장에서 본 금발 녀석이었다. 가만 보니 녀석 외에도 아는 얼굴이 몇몇 더 있었다.

"그저께 밤에 날 구해 준 기사님." 재키가 나를 간단하게 소개했다.

그러면서 재키는 까치발로 뒷걸음질 치며 우리를 앞서 갔다.

대학물 먹는 놈들이 날 바라보았다. 재키가 다른 녀석들의 이름을 줄줄이 늘어놓았다. 족히 열 명은 됐다. 그중 하나가 다비트였다. 흡착판이 붙은 장난감 화살이 안경 위 이마에서 대롱거렸다. 놀이동산이었다.

"*축제가 아니라 투쟁이다.*" 녀석들이 입을 모아 소리쳤다.

그러자 영화 속 인디언들의 공격 신호 같은 소리가 뒤이어 울려 퍼졌다. 나는 모자를 고쳐 쓰고 재키와 놀이동산 사이에서 묵묵히 걷기 시작했다. 잠시 뒤 정확히 뭣 때문에 시위를 하는 거냐고 놀이동산에게 물었다.

"우리에게 가해지는 억압. 그것도 날마다. 우린 짓눌리고 있어. 우리 모두⋯⋯."라고 놀이동산은 입을 열었다. 달달 외운 것처럼 들렸다.

"⋯⋯학교에 들어가면서부터 벌써 그렇게 물이 들지. 100퍼센트 성과를 내야 한다, 최소한 100퍼센트의 성과를. 쉬지 말고 달려라."

"스펙의 노예가 되신 걸 환영합니다." 재키가 덧붙였다.

"바로 그거야." 놀이동산이 맞장구를 쳤다. "우린 거기에 대항해 싸우려는 거야. 우리의 문제 첫째, 억압받는 자가 해결책을 찾으려

들지 않는다. 둘째, 요즘 청소년들 사이에는 개인주의가 팽배하다. 셋째, 혼자 싸워서는 효과를 거둘 수 없다. 해결책은?"

"파티! 광란!" 머스터드소스 튜브가 전투적으로 외쳤다.

"맞았어." 놀이동산이 말했다. "투덜거리면서 기다릴 게 아니라 우리 스스로가 나서야 해. 정의를 위해 북을 치고 날뛰어야지. 다 같이, 지금 당장. 그게 우리의 메시지야. 현 체제는 인간성을 말살하는 광란을 멈춰야 해. 두고 봐, 늦어도 다음 주에 *파우와우*에 가서 페스티벌의 진부함을 폭로하는 것만으로도 기대한 목적은 달성할 테니. 우리 세대가 평판보다 낫다는 걸 보여 줘야지, 이상."

말은 청산유수였다! 팔도 잘 흔들어 댔다. 재키(내게).

"어때?"

어떠냐니, 뭐가? 재키가 눈썹을 치켜세우며 머리 한 갈래를 코 밑으로 끌어당겨 수염을 만들었다. 재키의 눈이 아주 분명하게 말하고 있었다. 자, 이제 네 차례야!

나는 놀이동산을 보았다. 녀석은 만족스러운 조랑말처럼 히죽 웃었다. 나.

"아주 좋은 일이라고 생각해."

아주 좋은 일이라고 생각해? 일? 좋은? 생각한다고?

머릿속으로 문장을 토막 내며 다시 재키를 보았다. 그 애의 칭찬 어린 미소는 거짓이 아닌 것 같았다. 놀이동산.

"왜 좋은 일이라고 생각하는데?"

이유는 알 수 없었지만 놀이동산의 질문은 황당하게도, 장난감 가게 진열장에서 본 분홍색 토끼 인형을 상기시켰다. 나.

"난 솔직히 이런 문제에 대해 별로 아는 게 없어. 하지만 여기 모인 사람들은 뭔가를 타도하기 위해서가 아니라 뭔가를 성취하기 위해 싸우고 있어. 그게 마음에 들어."

"넌 뭘 성취하고 싶어?"

"……?"

뭐라고 답해야 할지 알 수가 없었다. 아니, 어디서부터 시작해야 좋을지 몰랐다는 게 옳을까?

아무 말도 못하고 한참 뜸을 들이고 있는데 떨렁거리는 소 방울 소리가 나를 구해 주었다. 기뻤다. 소 방울은 우리 귓전에서 울려 댔고, 덕분에 한동안은 대화가 불가능했다. 그리고 나자 다들 좀 전에 하던 이야기를 잊어버린 것 같았다.

재키가 걸으면서 내 운동복에 붙은, 보이지도 않는 보푸라기를 무심히 떼 냈다.

"저 앞이 무대야." 재키가 말했다. "이제 다 왔어!"

걷던 길이 탁 트이면서 분수 광장이 나왔다.

사방에서 구호가 들렸다. 왼쪽 오른쪽 앞뒤 할 것 없이.

*우리가 바꾼다. 아무도 막지 못한다!*

*고칠 수 있다면 망가진 게 아니다!*

*축제가 아니라 투쟁이다!* 등등.

무리 지어 걸어온 시위대가 뿔뿔이 흩어졌다. 한 무리의 젊은이들이 화려한 색깔의 트럭 한 대를 둥글게 에워쌌다. 트럭 덮개는 양쪽 모두 지붕 위로 말아 올려져 있었다.

"침착해, 흥분하면 안 돼." 트럭에서 누군가가 확성기에 대고 짖었다.

순간 환호성이 일었다. 무수히 많은 풍선과 종이 테이프들이 트럭 양쪽에 대기 중인 한 무리의 헬멧과 방패로 무장한 경찰 쪽으로 날아갔다.

시위대가 경찰들 얼굴에 대고 파티 나팔을 불고, 박수를 치고, 시끄럽게 소리를 질러 댔다.

"여기 너무 멋지다, 그치?" 재키가 내게 소리쳤다.

우리는 몸뚱이들에 갇힌 채 제자리걸음만 계속했다. 진로를 정하지 못한 움직이는 모래 언덕의 일부인 것처럼.

"여기 너무 좁아!" 내가 대꾸했다.

나는 인파에 부대껴 앞사람(놀이동산)과 옆 사람(재키)에게 차례로 가 부딪혔다. 이제 우리의 몸은 아주 꼭 맞닿아 있었다. 손과 손이 서로를 찾아냈다. 이마가 싸늘해지는 게 느껴졌다.

"난 이렇게 좁은 거 잘 못 견뎌!" 내가 소음을 뚫고 재키의 귀에 대고 외쳤다.

재키가 붕대를 감지 않은 내 손을 더 꼭 잡았다.

그사이 앞에서는 페인트 폭탄 하나가 경찰의 방패에 명중했다.

곧 두 번째, 세 번째 폭탄 세례가 이어졌다. 그러자 맨 앞 열에서 대치 중이던 경찰들이 앞으로 움직이기 시작했다. 모든 상황이 순식간에 벌어졌다.

패닉.

서로가 서로를 밀치며 뒤로 물러났다. 가장자리에 서 있던 사람들은 뿔뿔이 흩어졌다. 거인이 머뭇거리는 모래 언덕을 향해 재채기를 내뿜은 듯했다.

우리는 다행히 대열 가장자리에 서 있었는데, 사람들이 밀치자 옆 골목으로 밀려나 버렸다. 우리는 달리기 시작했다. 다른 사람들도 죄다 뛰었다.

재키와 나는 손을 잡고 달렸다. 더 이상 도망칠 이유가 없었지만 그래도 무작정 달렸다. 우리는 어느새 쇼핑 인파로 넘치는 도심으로 들어와 있었고, 주위에는 평범한 행인들뿐이었다. 놀이동산을 비롯한 다른 일행은 보이지 않았다.

"우리 왜 뛰는 거야?"

재키가 웃음을 터뜨렸다.

"뛸 수 있으니까." 내가 대답했다.

우리는 계속해서 달렸다. 중앙역을 지나고, 흩어지는 사람들 목소리와 딸그락거리는 스케이트보드 소리와 자동차 소음을 들었다. 달리면서.

"잠깐만!"

재키의 걸음이 느려졌다. 재키가 날 잡아당겼다, 숨을 헐떡이며.

"왜 그래?"

우리는 복잡한 교차로에 서 있었다. 옆으로 차들이 쌩쌩 지나갔다. 가까이에서는 고가 도로 밑을 달리는 차들이, 저쪽 좀 떨어진 곳에서는 원형 교차로나 터널 쪽으로 향하는 차들이 달리고 있었다. 얽히고설킨 도로 건너편, 두 채의 유서 깊은 창고 건물 앞 광장에는 관광객들을 불러 모으는 거대한 기구가 바람이 휘몰아치는 가운데 팔뚝 굵기의 밧줄에 묶여 하늘 높이 떠 있었다. 재키.

"이젠 준비됐니?"

나는 지름이 천체 투영관의 반구 정도 되는 화려한 색깔의 기구를 쳐다보다 재키의 아래팔에 땀이 난 것을 느꼈다. 나.

"넌?"

우리는 서로의 입술을 거칠게 눌러 댔다. 질식하지 않도록 잠깐씩 공기를 들이켜야 했다.

재키가 제 윗몸을 내 윗몸에 바짝 갖다 댔다. 옷과 옷을 사이에 두고 내 가슴에 그 애의 가슴이 와 닿는 걸 느끼며 나는 재키의 목을 세게 빨았다.

재키가 내 다리 사이로 허벅지를 들이밀더니 두 손으로 목덜미를 감싸 쥐며(모자가 떨어졌다) 머리카락을 마구 헝클어뜨렸다.

지나가던 자동차가 경적을 울렸다.

팔을 푸는 순간 볼에 재키의 온기가 느껴졌다. 모자를 주웠다.

재키가 순진한 시골 소녀표 미소를 지으며 물었다.

"무슨 생각 해?"

"너랑 같이 날아올라야겠다는 생각."

■

**앞으로. 토요일, 개학까지 9일**

두 블록 만에 그 애를 빠짝 따라잡았다. 무법자처럼 트렌치코트 자락을 휘날리며 앞서 가는 그 애가 단 한 번도 뒤돌아보지 않았기 때문에 가까이서 쫓아가는 일은 식은 죽 먹기였다.

나는 우선 대문들 그늘에 몸을 숨겼다. 그러나 곧 용기를 내어 허리를 굽힌 채 전나무 울타리 뒤로 해서 그 애를 다시 따라갔다. 얼마 동안 나와 보초르크 후임자는 생울타리를 사이에 두고 거의 나란히 걷다시피 했다.

그 애는 노래를 흥얼거리고 있었다.

실망한 목소리가 아니었다. 이상하게도 나는 그 애가 실망하지 않았다는 사실에 화가 났다(길에서는 고사하고 멀리서도 날 보지 못했으면서). 나는 머리를 굴리기 시작했다.

대체 나한테 원하는 게 뭐지?

내 창문 아래서 신발 끈 고쳐 묶은 것부터 해서 이 괴상망측한 짓들이 다 뭐냐고?

나는 포기하지 않고 호숫가 판자촌까지 우리 단지 비디오 가게에서 만난 수수께끼의 인물을 줄기차게 따라갔다. 마치 대단히 중요한 일이라도 되는 것처럼.

(우리를 걷게 만드는 뭔가가 있는 걸까? 우리 둘 다 사이코라는 사실 말고 또 다른 뭐가? 배고픔과 욕구 외에 다른 뭔가가?)

고속 도로 다리를 건너자 길이 확 꺾이면서 포장된 보행로가 사라지고 좁은 도로 옆으로 잡석 깔린 길이 이어졌다. 커브를 한 번 더 돌자 도시를 완전히 빠져나온 기분이 들었다.

나는 30초 간격을 두고 기다란 가로수 길로 미지의 인물을 쫓아갔다.

길 한쪽은 공원이었다. 잔디 깔린 언덕 밑에서는 2차 대전 쓰레기가 장장 60년 동안 썩어 가고 있었다. 반대편은 잡초만 무성한 묵정이 땅이었다. 땅바닥은 낡은 권투 글러브 가죽처럼 쩍쩍 갈라져 있었다. 순수한 초원.

길 끝에는 공동묘지가 있었다. 그리고 그 공동묘지 앞에 조성된 지 오래된 주말농장터에 허름한 오두막이 몇 채 서 있었다.

이곳은 아직도 재래식 화장실밖에 없다는 말을 들은 기억이 났다.

재래식 화장실! 꽃밭과 채마밭. 말뚝 울타리.

그래, 보초르크 후임자가 여기 산다 이거지? 지난 50년 동안 인근 지역에서 죽음을 맞이한 거의 모든 사람들의 마지막 안식처에서 엎어지면 코 닿을 거리에.

그리고 바로 그 지점에서 우리는 다시 어둠에서 빛으로 걸어 나왔다. 그 애가 먼저, 그러고 나서 내가.

불과 10분 거리. 그럼에도 불구하고 내 집이 있는 곳과는 완전히 다른 세상.

축축한 검은 흙냄새가 강하게 풍겨 왔다. 모든 걸 바싹 말려 버릴 것 같은 하루였는데. 누군가 방금 뜨거운 오븐 문을 열어 놓은 것처럼 날은 여전히 더웠다.

하늘에는 반짝이는 구름 몇 조각이 떠 있었다. 노을이 재키의 집이 있는 서쪽 하늘을 붉게 물들이고 있었다.

그런데 정신을 차리고 보니 정작 트렌치코트가 더 이상 보이지 않았다.

나는 조심스레 모퉁이를 돌았다. 그러고는 삐죽삐죽한 산울타리 길을 따라 벽돌이나 양철로 허름하게 지은 오두막들이 서 있는 주말농장들 사이를 살금살금, 정처 없이 걸어 다니기 시작했다.

없었다. 놓쳤다. 방향 감각마저 잃어버렸다.

그러나 다음 순간, 한 걸음 뒤로 물러서려다 그 애와 맞닥뜨리고 말았다. 내 몸이 다른 몸에 부딪혔다. 나는 얼른 뒤로 물러났다.

나무들 사이로 갑작스러운 정적이 흘렀다.

이파리 서너 장이 소리 없이 허공을 맴돌며 떨어졌다.

나뭇가지 하나가 사막에서 말라 죽은 독수리의 뼈다귀처럼 내 발밑에서 우두둑 부러졌다. 한 무리의 참새가 파드닥 날아올랐다.

"안녕." 내가 말했다.

그러고는 최대한 딱딱하고 건조하게 내 이름을 소개했다.

(로맨틱한 느낌이 싹도 못 트게.)

"안녕."

"보너스 카드." 내가 말했다. "맞지?"

"에다라고 해." 에다가 말했다.

갑작스러운 바람이 불어와 그 애의 앞머리를 헝클어뜨렸다.

"아하, 그래서 엽서에 E라고 쓴 거였군." 내가 말했다.

나는 그 애가 트렌치코트와 모자를 벗었다는 사실을 깨달았다. 하나는 울타리 문에 걸쳐 놓았고, 다른 하나는 손에 쥔 채 비틀어 대고 있었다. 어린애 같은 분홍빛 손톱이 보였다.

"그래, 에다 할 때 E. 아님 에이, 들켰네 할 때도 E라고 할까?"

우리는 결투라도 하는 사람들처럼 서로를 마주 보고 서 있었다. 가슴이 쥐틀에 쥔 것처럼 답답했다.

나는 앞으로 한 걸음 걸어 나가며 손을 내밀었다. 그리고 뇌가 도려내진 사람처럼 한 번 더 이름을 말했다. 덧붙여.

"내 방 창문 아래서 펼친 공연, 아주 멋졌어. 영화가 따로 없던데?"

주위에서 지저귀는 새소리가 갑자기 세 배는 더 커지는 것 같았다. 에다의 딸깃빛 뺨에서 광채가 뿜어 나왔다. 안경알 뒤에서 반짝이는 두 눈동자보다 더 환했다.

"네 관찰력에 비하면 아무것도 아니지." 에다가 대꾸했다.

그러고는 내 손을 꽉 누르며 악수에 응했다.

"후우." 내가 한숨을 내쉬었다.

더 이상 할 말이 없었다. 정확히 내 계획이 뭐였는지 생각이 나지 않았다. 나는 악수한 손을 빼 맨가슴에 쓱 문지른 다음 모자를 고쳐 썼다.

(확실히 해 두자고 온 거 아니었나? 그런데 뭘 확실히 해야 하지?)

"후우." 에다는 에다대로 한숨을 내쉬었다.

에다가 헐렁한 스웨터 소매에서 풀려 나온 실을 잡아 빼며 웃음을 참느라 도톰한 입술을 가만히 깨물었다. 왼쪽 콧방울 아래 하얗고 가느다란 흉터에 주름이 잡히는 게 보였다.

"후우."

그 순간 내가 낼 수 있는 소리는 그것밖에 없는 것처럼 나는 한 번 더 한숨을 내쉬었다. 내 머리통은 실제로 다시 장전해야 하는 헨리 총의 총신처럼 텅 비어 있었다. 나는 계속해서 에다의 흉터를 보았다. 에다가 눈치를 못 챌 리가 없었다.

"좋아, 지금 내 얼굴이 초록색 점투성이라서 그러는 거야, 아님 흉터 때문에 그러는 거야?"

나는 멍청이처럼 고개만 저었다. 초록색 점은 아니었다. 그나저나 어찌나 더운지 숨이 컥컥 막혔다. 한때 천국 같았을 주말농장터에는 바람 한 점 일지 않았다. 에다의 입술 위로 땀방울이 송골송골 맺혀 있었다.

"너무 덥게 입은 거 아니야?" 내가 말했다. "그거 겨울 스웨터잖아."

나는 의식적으로 에다의 얼굴에서 시선을 돌렸다. 그때 세 마당 쯤 떨어진 곳에서 작은 프로판가스 화염 제초기로 포석 사이에 돋아난 잡초를 제거하고 있는 남자가 눈에 띄었다.

"지금 그 말, 엉큼한 속셈이 있어서가 아니고 날 걱정해서 한 거라고 생각할게. 하지만 이 스웨터는 변장용이야. 당연한 거 아니니?"

나는 터틀넥 목 부분에 달린 멧돼지를 바라보았다.

"변장용?"

비디오 가게에서 익히 들은 바 있는 요란한 웃음소리가 에다의 입에서 굴러 나왔다. 덕분에 얼음이 녹기 시작했다. 에다.

"네가 강도 흉내 낸 것에 대한 복수. 그리고 은밀한 행동을 할 땐 눈에 띄지 않는 옷 입는 게 기본 아니야? 영화 보면 늘 그러던데?"

"그런 영화를 콘크리트 아파트 계곡에서 찍는 일은 거의 없지." 내가 말했다.

그럭저럭 지적인 대화가 오고 갔다. 처음에는 이곳 주거 환경에 대한 일반적인 얘기를 하다가 마지막에는 에다의 오두막집에 대한 얘기로 넘어갔다.

"우리 할머니가 사시던 집이야." 에다가 말했다.

에다는 상자처럼 작은 그 집을 상속받았다고 했다. 이곳 진입로에 세워 둔 자동차도. 빨간 바탕에 검은 점이 찍힌 덜컹거리는 자동차였다.

"가짜 비틀이네." 내가 말했다.

"작지만 내 거야." 에다가 말했다. "여기 있는 것들 전부 다."

"그래, 내 집 내 물건이 있다는 건 아주 소중한 일이지."

나는 에다에게 월세와 알바와 주차장 이야기를 늘어놓았다. 마우저를 생각하면서. 마우저가 아직 횔너와 라우라의 집에 살던 때를.

얇은 벽. 그 벽 너머로 들리던 싸움 소리와 그에 못지않던 화해의 아리아. 라우라의 낑낑거림. 횔너의 끙끙거림. 싸우는 건지, 희열에 들떠 포개지는 건지 명확히 구분되지 않던 그 소리.

마우저는 침대를 옮겨 봤지만 크게 달라지지는 않았다.

"이 상태로는 아비투어(독일 인문계 고등학교 졸업 및 대학 입학 자격 시험—옮긴이) 볼 때까지 도저히 못 참겠어요." 마우저가 횔너에게 말했다.

"세 사람이 살기에는 집이 너무 작아요." 라우라도 마우저 편을 들었다.

열여섯 살 생일 직후 횔너는 아들에게 같은 동에 작은 월세 아파트를 하나 마련해 주었다. 마우저의 장래를 위해 저축해 두었던 첫 부인의 생명 보험금 덕에 가능한 일이었다.

"뭐 좀 마시자. 내가 살게." 에다가 말했다. "뭐 마실래?"

나는 그제야 목구멍이 바짝 마를 정도로 이야기를 많이 했다는 사실을 깨달았다. 다소 어리벙벙한 얼굴로 에다의 집을 바라보았다. 금 간 벽. 하루라도 빨리 페인트칠을 새로 해 줘야 할 것 같은 창틀.

"그 전에 먼저 묻지 않겠다고 약속해." 내가 말했다.

에다가 외투를 집더니 문을 열었다.

"아이스티?"

서쪽 하늘은 어느덧 불타듯 이글거리고 있었다.

"고맙지만 이제 그만 가 봐야 할 것 같아."

"묻지 않을게." 에다가 말했다. 웃음을 터뜨리면서.

"사실은 분명히 해 두려고 쫓아온 거야. 나 엽서랑 그런 거 별로 안 좋아해."

하지만 에다는 이번에도 기죽지 않았다. 대신 새들의 울음소리에 귀라도 기울이는 것처럼 내 시선을 살짝 피했다. 무슨 생각을 하는 것 같았다. 그러더니 별안간 역습을 가해 왔다.

"여자 친구 있구나?"

젠장. 나는 숨을 깊이 들이켰다. 나무와 흙 냄새가 짙게 밴 공기가 폐 속을 돌아 다시 나왔다.

"……"

"사랑에 빠진 거야." 에다가 말했다.

"그냥 지금은 너랑 자고 싶지 않아. 그뿐이야……."

(분명 지나친 감이 없지는 않았다.)

"……알아듣지?"

그건 질문이 아니라 그 애의 자존심에 일격을 가하는 소리였다.

그래, 그 정도는 나도 알았다. 적어도 그 애의 대답을 듣는 순간. 아니, 에다의 손은 보지 못했다. 내가 본 것은 에다의 눈 위로 흘러내리는 앞머리뿐이었다. 그리고 그와 거의 동시에 찰싹하는 소리가 들렸다. 에다가 있는 힘껏 내려친 채찍질.

모자가 날아갔다. 뺨에서 불이 났다.

나는 멍청이처럼 뺨에 손을 갖다 댔다.

화염 제초기를 든 남자가 잠시 작업을 멈추더니 이죽거리며 우리 쪽을 바라보았다. 정신은 얼떨떨했지만 맹세컨대 그 남자는 깃털 모자를 쓰고 있었다. (어째서 아까는 안 보였던 거지?)

위액이 고춧가루처럼 쓰리게 입으로 올라왔다.

나는 패배를 인정했다. 구원의 종소리는 울리지 않았다. 너무 창피해서 그대로 돌아서서 무대를 떠나는 것 말고는 달리 어떻게 해볼 도리가 없었다.

그리고 나는 그렇게 했다. 모자를 집어 든 뒤 그대로 도망쳤다.

사실은 속이 후련해야 했다. 에다 문제를 해결했으니 이제 모든 게 다 잘 풀리리라. (하룻밤만 더 자면 재키도 다시 만날 수 있다, 강변에서.)

그런데 이상하게도 영 그 반대였다. 전혀 후련하지 않았다. 나는 덜떨어진 풋내기가 된 기분이었다.

설상가상으로 에다가 날 부르는 소리까지 들렸다.

"잠깐 기다려."

에다가 쫓아왔다. 어느새 날 따라잡은 에다가 내 앞에서 뒷걸음질로 걸었다. 나는 도저히 참을 수가 없었다. 화난 표정으로 그 애를 무시했다.

"……."

"딱 1초만, 부탁이야."

"됐어. 원래 집에서도 많이 맞았어. 괜찮아, 그깟 따귀쯤. 그래, 난 맞아도 싸."

"그렇지 않아." 에다가 말했다.

에다는 계속 뒷걸음질 중이었다. 얼굴과 얼굴이 곧 부딪힐 것만 같았다. 1센티미터만 더 가까워지면.

"벌써 다 잊어버렸어." 내가 말했다.

"그래도 잠깐만 서 봐, 제발."

에다가 두 손으로 내 어깨를 잡았다. 날 막아 보려고 그런 것 같았다. 하지만 덕분에 서로가 서로에게 이상하게 꼬여 버렸다.

비틀.

우리는 손에 잡히는 건 죄다 잡았다. 나는 그 애의 스웨터를, 그 애는 내 위팔을. 그러나 결국은 균형을 완전히 잃고 말았다.

나는 넘어지면서 반사적으로 에다의 손을 잡았다. 흙먼지가 요란하게 일었다. 잠시 뒤 흙먼지가 가라앉자 나는 잡석을 등에 깔고 넘어져 있었고, 에다는 안경을 잃어버린 채 내 위에 엎어져 있었다.

얼굴에 와 닿는 에다의 입김(버터밀크와 나는 듯 마는 듯한 민트 향)을 후 하고 날려 버리며 물었다.

"괜찮아?"

하늘이 대장장이가 망치질하기 직전의 말굽처럼 시뻘건 빛이었다.

"미안해." 시선이 마주치는 순간 에다가 말했다. "정말 미안해."

■

◀◀

### 뒤로. 목요일, 개학까지 11일

비탈 위로 길게 자란 잔디. 그 사이로 반짝이는 시냇물이 보였다. 나는 시냇물을 내려다보며 운동화 끈을 묶기 위해 몸을 숙였다. 두 번째 매듭을 다 묶은 다음에는 스트레칭 체조를 했다. 손등에 갓 낸 상처가 붕대 아래서 따끔거렸다.

얕은 숨소리.

차가운 얼굴.

차가운 피부 속의 뜨거운 혈관.

짧은 밤이었다. 잠든 지 세 시간 만에 자명종이 나를 깨웠다. 그러나 호수를 한 바퀴 돌고 난 지금은 정신이 맑았다. 그것도 아주. 신경 시냅스는 단 한 가지 신호만을 보내고 있었다. 행복.

"당연히 또 봐야지."라고 재키는 말했다.

"언제?"

"그건 네가 정해."

나는 자리에서 일어나 다리를 풀며 조깅로 양쪽에 펼쳐진 (다채로운 초록색 실로 짜인 듯한) 빽빽한 풀밭을 바라보았다. 버드나무와 포플러 꼭대기 사이로 나무집 귀퉁이가 튀어나와 있었다. 연인들의 둥지로 유명했지만 조용히 혼자 있고 싶을 때도 안성맞춤인 곳이었다.

방학이 시작되고 얼마 안 돼 나는 그곳에 숨어 있던 카우보이 녀석들을 놀랜 적이 있었다. 녀석들은 췰너가 침대 협탁 서랍에 보관하는 것과 같은 종류의 파란색 알약을 부수는 중이었다.

"정력제야." 녀석들이 주장했다.

나는 줄사다리 위에 서서 나무집 안을 들여다보았다. 달고 후끈한 초콜릿 향 입김이 얼굴에 와 닿았다.

"그거 가지고 뭐 하려고?"

"새들한테 줄 거야." 한 녀석이 말했다.

"참새들한테 멋진 오후가 될걸." 다른 녀석이 덧붙였다.

나는 두 녀석을 쫓아 버렸다. 급히 도망가면서 녀석들이 놔두고 간 그 약 부스러기에 관심을 보이는 참새는 단 한 마리도 없었다.

"자, 자, 이제 마지막이야. 피치를 올려."

마우저의 목소리가 들렸다. 나는 제자리에서 경중경중 뛰며 팔을 굽혀 달릴 준비를 했다. 눈이 부셨다. 나무 꼭대기 뒤로 보이는 아파트 위층 창문들이 아침 햇살을 반사하고 있었다.

"출발!"(내가 나한테 출발 신호를 보냈다.)

나는 운동복 반바지에 권투용 러닝셔츠를 입고 전력을 다해 마지막 조깅로를 달렸다.

짧은 오르막길. 첫 번째 집들. 길게 드리운 그림자.

그림자 뒤로 아침 햇살을 받은 아스팔트가 새것처럼 반짝였다.

아파트 단지는 잠에서 막 깨어나고 있었다. 그러나 온도계는 벌써 20도를 긁고 있었다.

심장 박동 소리가 머리를 울렸다. 인적 없는 도로를 정확히 4분의 2박자로 하나 둘, 하나 둘 달리는 발자국 소리도.

여전히 밤의 촉촉함이 묻어나는 여름 공기를 게걸스레 들이켜자 폐가 펌프질을 해 댔다. 갑자기 도시 반대편에서 침대에 누워 있을 재키의 모습이 떠올랐다. 꿈꾸는 모습. 눈을 감고 베개에 누워 있는 모습. 붉은 머리카락이 화산 등성이를 타고 흘러내리는 뜨거운 용암처럼 베갯잇 위로 흩어져 있으리라. 나를 날아오르게 하는 생각들.

"모래 놀이터까지 쉬지 않고 한 번에?"

"모래 놀이터까지 쉬지 않고 한 번에!"

나는 쓰레기 컨테이너 앞에서 우리가 사는 마지막 동 안마당으로 꺾어 들어갔다. 수건만 한 크기의 삭막하기 짝이 없는 1층집 뜰. 그 앞 잔디밭은 바싹 타들어 간 데다 납작하게 짓밟혀 군데군데 흙이 드러나고, 두더지가 퍼 올린 흙더미까지 무늬처럼 여기저기 흩어져 있었다. 모래 놀이터는 그 안마당 한가운데에 볼품없이 작은 나무들과 갈라지고 깨진 보행로에 에워싸인 채 자리 잡고 있었다.

나는 그곳으로 달려가 멀리서 뛰어들었다.

"야호, 야, 야!"

늑목 기둥에 터치다운을 한 뒤 손으로 옆구리를 잡고 숨을 몰아쉬었다. 그러고는 모래 위에 털썩 주저앉아 해변에 눕는 것처럼 팔꿈치를 괴고 누웠다. 나.

"멋져."

마우저는 아무 말도 하지 않았다.

"……"

심어 놓은 거라곤 거의 없는 1층집 뜰을 두고 한 말이 아니었다. 죄다 시멘트로 만들어 놓은 듯한(탁구대와 모래 놀이터마저도) 아파트 단지를 두고 한 말도 아니었다. 아니, 정확히 뭘 두고 한 말인지 나 스스로도 알 수 없었다.

"그냥 다 멋져, 모든 게 다."

이를 닦지 않아 재키의 맛이 아직도 혀에 남아 있는 것만 같았다. 나는 그 향의 모든 결정체들을 음미하며 머릿속으로는 그 애의 어깨에 퍼져 있던 주근깨 우주를 보았다.

"뿅 갔구나."

"완전히."

나는 한 번 더 지난밤 일을 되새겼다. 수영장 장면을 비롯, 모든 일들을. 윗몸에 소름이 쫙 끼쳤다. 조깅할 때 났던 땀이 증발해서일 수도 있다. 그래, 땀이 증발해서. 젖꼭지가 볼펜 꼭지처럼 단단해져 있었다.

"……"

마우저는 여전히 말이 없었다.

"걔 옷에서는 섬유 유연제 냄새만 나는 게 아니라 왜 그 있잖아, 종이우산으로 장식해서 갖다 주는 밀크셰이크. 그런 밀크셰이크 향이 나."

시뻘건 얼굴. 땀 때문에 따끔거리는 눈. 숨을 쉴 때마다 목구멍도 여전히 살짝 아팠다. 마우저.

"남자 친구 없대?"

재키 표현에 따르면 그 애는 나비였다. 마음에 드는 꽃이 수도 없이 많았다.

"……."

나는 손가락 사이로 모래를 주르르 흘렸다. 그러고는 이제 막 잠에서 깬 재키가 (무슨 이유에서건 간에) 침대 끄트머리에 걸터앉아 진주알 같은 발가락을 잡고 꿈꾸는 듯한 표정으로 발톱을 가는 상상을 했다. 안으로 살짝 빨아 당긴 두 뺨. 꽃봉오리처럼 봉긋 내민 입술. 옆으로 살짝 누인 머리. 웃으면 볼에 패는 보조개.

"내일 다시 만나기로 했어." 내가 말했다.

플라스틱이었는지 고무였는지 타서 까맣게 녹아 버린, 발끝에 놓인 덩어리를 보며(장난감 사냥칼의 잔해?). 마우저.

"만나서 뭐 할 건데? 도대체 뭣 때문에 만나는 거야? 프렌치 키스라도 하고 싶어서? 아님 스웨터 속에 손 집어넣으려고? 그것도 아니면 가장자리에 설탕 묻힌 유리잔에다 뭐 마시면서 네 이야기라도 들려주려고?”

“피크닉도 하고, 금잔화도 꺾고, 정치 토론도 하고.”

뭘 할 건지는 나도 몰랐다. 나는 손에 묻은 모래를 털어 내기 위해 손바닥을 비볐다. 뒤에 있는 회전대에서 갑자기 삐걱거리는 소리가 들렸다.

고개를 돌렸다. 카우보이 녀석들이었다.

한 녀석은 원숭이처럼 쇠 손잡이에 매달려 있고, 다른 녀석은 회전대가 계속 돌아가도록 가끔씩 발로 밀고 있었다. 하지만 두세 바퀴 돌고 나자 벌써 싫증이 나는 모양이었다.

“저거 좀 봐.” 내가 말했다. “쟤네들도 꽤 일찍 일어나는데?”

녀석들이 내가 있는 모래밭으로 뛰어들더니 늑목 쪽으로 다가왔다. 위에는 맨살에 카우보이 조끼만 입었고, 운동복 바지춤에는 권총집을 찼고, 꾀죄죄한 얼굴은 햇살 아래서 잔인하게 보였다. 한 녀석이 입을 열었다.

“돈이냐, 목숨이냐?”

녀석들이 총을 겨눴다. 손톱 끝이 새까맸다. 또 다른 녀석이 말했다.

“있는 거 다 내놔! 어서.”

“이라면 좀 줄 수도 있지.” 내가 대꾸했다.

“그냥 이가 아니고 사면발니(사람 음모에 기생하는 이 ─ 옮긴이)겠지.”

“너희들 그게 뭔지나 알고 하는 말이니?”

"거시기에 사는 이."

내가 녀석들 쪽으로 턱을 내밀며 말했다.

"야, 애송이들, 이리 좀 와 봐."

"……?"

"……?"

녀석들은 미심쩍은 표정을 지으면서도 순순히 몇 발짝 다가왔다. 총은 여전히 날 겨누고 있었다.

"너희들 다시는 나한테 총 겨누지 마, 알았어? 난 총에 알레르기가 있단 말이야."

나는 그러면서 한 녀석의 사타구니를 꽉 움켜잡았다. 녀석이 비명을 지를 때까지. 그건 내가 이 놀이터에서 뭔가를 빨리 배워야 할 때 형들이 나한테 써먹던 방법이었다.

"이, 이건 그냥 플라스틱 총이야." 나한테 사타구니를 잡힌 녀석이 우는소리를 했다.

"너, 콘도어 형한테 호모라고 일러 줄 거야." 어느새 모래밭 밖으로 도망친 다른 녀석이 짖어 댔다.

"알아들었어?"

"……."

나한테 잡힌 녀석이 눈물이 글썽글썽해서 이를 악문 채 깨금발을 뛰어 댔다. 나는 손에 힘을 더 꽉 주었다.

"알아들었냐고?"

"아, 알았어어어어!"

그제야 녀석을 놔주었다. 녀석이 윗몸을 숙인 채 비틀비틀 도망갔다.

"콘도어 형한테 죽을 줄 알아." 사타구니를 잡히지 않은 녀석이 협박했다.

나는 자리에서 일어나 한쪽 콧구멍을 막고 다른 구멍으로 코를 흥 풀었다. 카우보이 녀석들이 멀어지고 있었다. 마우저.

"이를 테면 일러. 너희 콘도어 형도 우리랑 같은 과니까."

"……?"

난 단 한 번도 그렇게 생각해 본 적이 없었다.

"강한 척하지만 알고 보면 녀석도 맘이 약하잖아. 혹은 날리지만 아침마다 거울을 보면서 좌절할걸. 야, 이 등신아, 넌 대체 왜 사냐, 하고."

"이제 그만 뿌리 뽑으러 가야겠어." 내가 말했다. "콘도어가 어쩌든 관심 없어."

목줄에 묶이지 않은 채 탁구대 근처 덤불 앞을 어슬렁거리는 개(길거리 잡종, 길고 텁수룩한 털) 한 마리가 눈에 띄었다. 마우저.

"넌 지금 너랑 맞지 않는 여자애한테 빠져 있어."

개가 반쯤 벌어진 주둥이 밖으로 혀를 축 늘어뜨린 채 내 쪽으로 걸어왔다. 나는 녀석의 머리를 쓰다듬어 주었다. 텁수룩한 털이 왠지 코요테를 연상시켰다.

"네 생각은 어떠냐?" 내가 개에게 물었다. "재키, 나한테 아주 딱 맞지, 그렇지?"

똥개가 내 손을 핥으며 고개를 위아래로 끄덕였다. 그 우호적인 반응 때문에 녀석은 나한테 세게 한 대 얻어맞았다. 녀석이 도망쳤다. 나는 녀석이 진심이었다고 도저히 믿어 줄 수가 없었다.

■

### 앞으로. 월요일, 개학까지 7일

대홍수 같던 어제의 비가 그치고 기병 장교의 미소처럼 환하게 한 주가 시작되었다.

쇼핑센터 타워를 감싸고 있는 뿌연 수증기는 햇살을 받아 곧 증발해 버릴 게 분명했다. 웅덩진 도로 가장자리에 고인 휘발유 빛깔 웅덩이 물도. 아파트 출입문을 밀어젖히며 눈부신 빛 속으로 나서는 순간, 그리고 반사적으로 모자를 깊이 눌러쓰는 순간 벌써 자신할 수 있었다.

나는 아직도 축축하게 젖어 있는 운동화를 신고 출발했다.

앞마당의 마가목 이파리들이 짙은 초록빛으로 빛났다. 그 초록 색깔과 뾰족한 형태 그리고 무엇보다도 가장자리의 불규칙한 톱니 모양이 (오늘따라 유난히) 살이 베일 만큼 날카로운 유리 조각을 상기시켰다.

닷새 된 상처는 붕대 밑에서 잘 아물고 있었다. 그러나 마음속 상처는 아직도 피를 흘렸다. 그나마 밤이 지나간 것이 얼마나 다행인지.

나는 상상 속에서 거듭 비 오는 강변에 서 있었다. 고통스러운, 구제할 길 없는, 완벽한 무력감을 느끼며.

변화가 필요했다.

그래서 그날 아침 제일 먼저 찾아간 곳이 공사장이었는데 도착하자마자 김이 빠지고 말았다. 시간이 너무 일렀다.

네모반듯한 모래터(대형 슈퍼마켓의 주차장이 될 자리)에는 박새만 몇 마리 뛰어다니고 있었다.

사장은 물론 같이 일하는 애들 세 명 역시(두 명은 아프리카에서, 한 명은 아시아에서 온 애였는데 지난주 목요일 여기서 함께 삽질과 괭이질과 톱질을 했다) 코빼기조차 보이지 않았다.

하는 수 없이 울타리에 쇠사슬로 묶어 둔 손수레를 비스듬히 세우고 그 안에 앉았다(나는 거북이고 손수레는 내 등껍질 같았다). 그리고 기다렸다.

나비 한 마리가 내 무릎 위에 내려앉았다. 쉬지 않고 팔랑대는 날개, 그 위의 화려한 문양, 눈에 확 들어오는 네 개의 동그라미(천적들은 이 동그라미를 맹금의 눈이라고 착각한다는 말을 들은 적이 있다).

그러고 있는데 땅의 떨림이 느껴졌다. 사장이 선인장 같은 초록색 픽업트럭을 덜컹거리며 들어서고 있었다. 나비는 날아가 버렸다.

"야, 너! 금요일에는 대체 어디 처박혀 있었던 거야?"

사장이 휴가 나온 저승사자 같은 얼굴로 차에서 뛰어내렸다. 비쩍 마르고 누르께한 늙은이의 모습. 서른도 안 된 사람인데. 긁힐

대로 긁힌 카우보이 장화, 통바지, 다림질한 반팔 셔츠. 소매 밖으로는 가녀린 자작나무 가지 같은 팔.

"별일 없으셨어요?" 내가 말했다.

안녕히 주무셨느냐는 인사도 덧붙였다.

"너, 목요일에 집에 갈 땐 반나절만 쉬겠다고 하지 않았냐?" 사장이 툴툴거렸다. "내 기억에 주말까지 주—욱 쉬겠다고 한 적은 없는 것 같은데? 대체 오후에 어디 갔었어?"

"금요일이요?"

나는 하늘을 처다보았다. 찢어진 뭉게구름이 8월의 하늘 위를 흘러가고 있었다. 멀리서 올려다보니 해골 손가락처럼 보였다. 금요일 오후 재키와 내가 탔던 기구를 몰던 조종사의 앙상한 손가락이 떠올랐다.

재키와 내가 유일한 손님이었다.

조종사는 상자 모양 계기판에 달린 단추들을 눌렀다. 윈치에 감긴 쇠밧줄이 밑에서 끽끽거리며 돌아가기 시작했다. 기구 안에 든 헬륨 가스가 우리를 하늘로 띄웠다. 바람 없는 날 피워 올린 연기 신호처럼 기구가 허공으로 천천히 떠올랐다.

"와우, 난다." 재키가 말했다. "물론 오늘 같은 날 아주 좋은 생각은 아니지만 말이야."

"그래. 수영장에, 기구에. 너랑 있으면 난 늘 붕 떠 있는 것 같아."

이윽고 현기증이 날 정도로 높이 올라갔다. 우리는 금속 바구니 안을 걸어 다니며 난간 너머로 발밑에 놓인 도시를 두루 살펴보았다. 아래에는 관광 엽서에서나 보던 풍경이 펼쳐져 있었다.

건축 모형 크기로 작아진 건물과 도로들.

도시 한가운데를 관통하는 바닷빛 강. 그 위에 떠 있는 하얀 삼각형 조각들.

"시위가 끝났나 봐." 재키가 말했다.

나는 세일러 원피스를 입은 재키의 옆모습을 물끄러미 바라보았다. 허공을 항해하는 불꽃 머리 소녀 뱃사람. 재키가 몸을 떨었다. 나는 운동복 상의를 벗어 재키에게 입혀 주었다.

"위로 올라오면 공기가 희박하다더니, 희박은커녕 춥기만 하네." 내가 말했다.

고맙다며 나를 껴안는 재키에게 몸을 맡긴 채 노란색과 빨간색 기중기들이 허공에서 침착하게 원을 그리는 모습을 관찰했다. 기중기들은 어마어마한 크기의 터 파기 공사가 진행 중인 땅과 반쯤 올라간 빌딩들을 내려다보며 우뚝우뚝 솟아 있었다.

나는 재키에게 지금 막 공사장 알바를 땡땡이치는 중이라고 말했다.

"무슨 일 한다고 했지?"

"나무랑 덤불 제거 작업."

"힘들겠다."

모자를 쥐었다. 재키의 목소리 때문에 마음이 착잡해졌다. 재키의 품에서 빠져나오는 동안 그 애의 말소리가 내 속을 계속 후벼 팠다. 발밑으로 보이는 난쟁이 인간들과 장난감 자동차, 쓸데없이 요란스러워 보이는 혼잡함에 정신을 집중하는 척했다.

"돈을 버는 거야." 내가 말했다.

DVD를 변상하고 남은 돈을 모두 기구 타는 데 쏟아부었는데. (콘도어의 망나니짓 때문에 첫날 받은 일당의 거의 전부를 비디오 가게에 주고 와야 했다. 보초르크의 후임자가 일하는 시간을 피해 일부러 늦게 갔다.)

"취미로 하는 게 아니란 것쯤은 나도 알아." 재키가 응수했다.

그러고는 더 이상 관심 없다는 듯한 목소리로 재빨리 화제를 바꿨다. 재키가 먼 곳을 가리키며 자기가 사는 동네를 찾았다고 했다.

나도 팔짱을 끼고 보란 듯이 반대편 지평선에서 우리 아파트 단지를 찾았다. 헛수고였다. 나.

"뭐 하나만 물어봐도 돼? 너한텐 내가 혹시 실험 대상이니? 변두리 정글에 사는 귀여운 침팬지쯤 되는 거야?"

무슨 생각으로 그런 질문을 하는 건지는 나도 몰랐다(고산병?). 재키.

"너 지금 진심은 아니지? 내가 *길거리 지식*이나 모으려고 하류층 애랑 사귀는 사람 같아?"

나는 바보 같이 어깨만 한 번 으쓱했다.

"······?"

강한 햇살에 재키가 눈살을 찌푸렸다.

"난 네가 무슨 일을 하는지, 너희 부모가 어떤 사람인지, 빈민가에 사는지 어떤지, 다 상관없어. 됐어?"

빈민가라는 말이 거슬렸다. 아주 많이. 그 말을 떨어내려고 머리를 세게 흔들며 재키에게 등을 돌렸다. 재키의 가느다란 손가락이 내 어깨선을 따라 내려갔다. 다시 돌아섰다. 맥박이 요동치는 게 느껴졌다. 뭔가 잔인한 말을 하고 싶어졌다.

"너 그 놀이동산이랑 자니?"

그게—너랑—무슨—상관인데—눈빛. 그러나 곧이어 분노한 집게손가락이 머리 옆에서 빙빙 돌아갔다. 아니란 뜻. 얼마 뒤 재키가 웃기 시작했다.

기구 조종사가 돌아볼 정도로 크게. 사흘이 지난 지금까지도 재키의 웃음소리가(허리가 정말로 고꾸라졌다) 귀에 쟁쟁했다. 목구멍에서 올라오는 속사포 같은 웃음소리.

"저 이제 그만둘래요. 저한테 그다지 맞는 일이 아닌 것 같아요." 내가 사장에게 말했다. "땅 파는 시간에 뭔가 다른 일을 하는 게 나을 것 같아요."

사장은 곡괭이, 삽, 톱 등등 잡동사니를 차에서 내리는 중이었다. 그 일이 끝나자 손수레를 묶어 둔 자물쇠 좀 풀라는 듯이 내 발치 흙먼지 위로 열쇠를 툭 던졌다. 나는 자리에서 꼼짝도 하지 않았다. 사장.

"젠장, 제발 꼭두새벽부터 찾아와서 그런 말도 안 되는 소리 좀 작작 해. 아니, 정직하게 일해서 돈 버는 게 뭐가 문제야?"

"아무 문제도 아니죠. 그런 뜻이 아니었어요."

"좋아, 그럼 이제부터 내 말 잘 들어, 풋내기. 세상에는 땀내 나는 사람 따로 있고 향기 나는 사람 따로 있는 법이야. 예부터 내려오는 명언이지. 인생이란 게 그런 거야. 너 저기 아파트 끝 동에 살지? 어때, 너한테서 향기가 나?"

사장이 셔츠 단추를 풀어 젖혔다. 파라핀지만큼 얇은 피부 밑으로 갈비뼈가 앙상하게 드러났다. 나는 말없이 모자챙만 잡아 뜯으며 사장을 바라보았다.

"……?"

굶주린 하이에나가 죽은 말 옆에서 냄새를 맡듯 사장이 자욱한 먼지 속에서 코를 쿵쿵댔다.

"아무 향기도 안 나는데?" 사장이 말했다. "자, 그러니까 이쯤 해서 완전 공짜로 조언을 하나 해 주지. 어서 삽 들고 땅 파. 깊이 꽂아서 멀리 던진다, 알지?"

나는 미소를 지었다. 풋내기라, 괜찮군. 그리고 거북이 등껍질에서 천천히 빠져나왔다. 하도 오래 앉아 있었더니 기구를 타고 내려왔을 때처럼 다리가 후들거렸다. 재키가 내 손을 잡으며 말했다.

"네가 질투하는 거, 심지어 살짝 마음에 들어. 내가 그만큼 중요하단 거잖아."

거기에 대한 내 대답은 활짝 웃는 캐리커처였다.

"하하."

"그건 그렇고." 재키가 말을 이었다. "내 생각엔 너랑 다비트랑 서로 잘 통할 것 같아. 너희 둘 다 좀 특이한 구석이 있거든. 다비트는 작가가 되고 싶어 해."

"작가?"

"응, 다비트 말이 이제 자긴 양말보다 소설 습작해 놓은 게 더 많을 거래. 나, 다비트 굉장히 좋아해, 정말로. 다른 애들도 마음에 들고. *파우와우*는 정말 멋질 거야. 그러지 말고 너도 같이 가면 어때?"

"돈 없어. 그리고 알바는 어쩌고?"

바보 같은 대답이었지만 너무 갑작스러운 질문이라 어쩔 수 없었다. 그런 질문을 받게 되리라고는 단 1초도 생각해 보지 않았으니까. 재키.

"갈 때는 우리랑 같이 가면 돼. 나머지도 어떻게 될 거야."

재키가 걸음을 멈췄다. 우리는 어느새 지하도 입구까지 와 있었다(지하철 정거장 입구). 재키는 이제 그만 집에 가 봐야 했다. 주말에는 시외에서 열리는 기공 워크숍에 참석한다고 했다. 나.

"언제 다시 봐?"

"일요일 강변에서." 재키가 대답했다. "거기서 *파우와우* 여행 계획을 짜기로 했어."

"내가 너흴 찾을 수 있을까?"

"당연하지. 내가 3시에 데리러 갈게." 재키가 말했다.

그러면서 놀이동산과 그 떨거지들을 만나기로 한 장소를 내게 자세히 묘사해 주었다.

"중간에 무슨 일이 생기면?"

"그럼 이번엔 동맥을 끊는 게 어때? 당연히 세로로 끊어야지(세로로 끊으면 출혈을 막을 수 없어 자살이 보장된다—옮긴이). 그런 다음 욕조에 누워 계셔. 전화가 안 되니까 어쩔 수 없지 뭐."

재키가 사진이라도 찍히는 사람처럼 또다시 포즈를 취했다. 그런 짓을 하면서도 우스워 보이지 않을 수 있다니.

"좋아. 그럼 강변에서, 일요일에."

"바이 바이." 재키는 연기처럼 스르르 멀어져 갔다.

나는 재키의 뒷모습을 뭔가에 홀린 사람처럼 경탄해 마지않는 눈길로 물끄러미 지켜보았다. 세일러 원피스 위에 내 운동복 상의를 걸치고 사라지는 모습을.

머리 고무줄에 달린 쇳조각이 그 애를 뒤쫓는 한 줄기 햇살에 반짝였다. 아직도 내 발밑에 놓인 손수레 자물쇠 열쇠처럼.

나는 그걸 집어 검지와 중지 사이에 끼운 뒤 피지로 번들거리는 사장의 코에다 들이밀었다.

"진심으로 드린 말씀이에요. 인사드리러 온 거예요."

사장의 얼굴에 존재하는 모든 근육이 불끈 솟아올랐다. 사장이 앙상한 손가락으로 내 솔라 플렉서스(명치. 권투 경기에 명치끝을 가격하는 '솔라 플렉서스 펀치'가 있다—옮긴이)를 쿡 찌르며 이를 드러냈다 (누런 치태가 한 겹 덮여 있었다). 간밤에 한잔 걸친 냄새가 났다.

"금요일에 눈 찢어진 애는 벌써 떨어져 나갔어. 검둥이 녀석들은 내가 그냥 같이 내보냈고. 녀석들, 일은 안 하고 온종일 흙만 주거니 받거니 하는 것 같더란 말이야. 너만큼은 믿었는데 말이지. 쓸 만한 녀석이란 걸 첫눈에 알아봤거든."

사장은 열쇠를 무시했다. 나는 눈싸움으로 응수했다.

"……."

그러나 사장은 눈싸움에 응하지 않았다. 대신 내 목덜미를 잡더니 다시 한 번 얼굴에 대고 술 냄새를 풍겼다.

"이봐, 친구, 이러면 어때? 내 시간당 10퍼센트를 더 주지. 네가 좋아서 이러는 거야. 그리고 이번 주말까지 뿌리를 다 제거하면, 자, 잘 들어, 100유로 보너스! 좋아?"

해가 잠시 구름 뒤로 사라졌다.

나는 모자챙을 툭 쳐올린 뒤 우아한 몸짓으로 사장의 손에서 빠져나왔다.

"죄송해요." 내가 말했다. "돈 때문이 아니에요, 더 이상은요."

전(前) 사장이 열쇠를 확 낚아챘다. 화가 단단히 난 것 같았다. 나를 구슬리느라 틈을 보인 것도 화가 난 이유 중에 하나였으리라.

"자, 그럼." 전 사장이 삽을 집어 들며 말했다.

순간 나비가 다시 눈에 띄었다.

나비는 픽업트럭 위를 날아다니다가 적재함 옆면에 가 앉았다. 날개는 좀 전과 마찬가지로 쉬지 않고 팔랑였다.

"어쨌거나 고맙습니다."

내가 다시 한 번 인사를 하는데 사장의 비쩍 마른 상체가 꼿꼿해지는가 싶더니 허리가 돌아가며 있는 힘껏 삽이 날아갔다. 삽날이 자동차 강철판을 강타했다.

전 사장이 삽을 모래 바닥에 아무렇게나 내던지며 물었다.

"미안, 방금 뭐라고 했니?"

차갑게 식어 버린 맹금의 눈이 나를 보았다.

"별말 아니었어요." 내가 대답했다.

"요즘 젊은 애들 왜 이러니, 어? 대체 무슨 일이냐고?" 전 사장이 물었다.

"저도 가끔은 너무 궁금해요." 나는 그 모든 일에도 불구하고 끝까지 대답을 했다.

머릿속에서는 아직도 허공에서 울던 삽날의 메아리가 윙윙댔다.

잠시 뒤에는 버스 정류장에 앉아 있었다. 나는 내가 전 사장과 악수한 손을 무의식적으로 계속해서 바짓가랑이에 닦고 있다는 사실을 깨달았다.

그리고 그 중간중간에는 동맥을 바라보았다. 손목에서 칼로 그어야 하는 부분을. 10번 버스가 날 태우고 갈 때까지 그런 식으로 시간을 보냈다.

오늘 내가 불쑥 찾아갈 수도 있다는 사실을 재키는 꿈에서라도
생각해 봤을까?

**ǁ**

# 내가 마우저에 대해
## <u>확실히</u> 아는 세 가지

- **뛰어난 타이밍과 탁월한 직관력, 보기 드문 소질을 겸비한 복서.**
  (장차 뭐든 될 가능성이 크다.)

- **스스로를 고립시키는 경향, 친구가 없다.**
  (비버가 사냥꾼 덫 피하듯 사람들을 피한다.)

- **마우저라는 이름은 그가 처음 링에 올랐을 때 내가 지어 줬다.**
  (당시—그도 나처럼—동음이의어 알아맞히기 놀이를 엄청 좋아했다.)

■

◀◀

**뒤로. 토요일, 개학까지 9일**

체육관으로 가기 위해 통닭집 맞은편에서 커브를 돌았다. 콘도어와의 결전을 얼마 앞둔 시간. 날은 여전히 대낮처럼 환했다. 보라색 선글라스라도 끼고 보는 것처럼 인공적으로 느껴지는 빛의 색깔. 지평선 주위로 분홍빛이 끈덕지게 퍼져 있었다. 하늘은 잔광으로 반짝였고, 내 왼쪽 볼 역시 여전히 후끈거렸다(적어도 나는 그렇게 느꼈다).

허둥대지는 않았지만 빠르게 걸었다.

에다한테 따귀를 맞고 이런저런 시비를 벌이느라 생각보다 늦어졌다. 그렇다고 약속 시간을 지킬 수 없을 정도로 늦은 건 아니었다. 그럼에도 나는 체육공원이 눈에 들어올 때까지 발걸음을 늦추지 않았다. 체육공원을 보자 내 집에 온 듯한 편안함이 느껴졌다. 나는 다시 평온 그 자체가 되었다.

"굉장하지 않아?" 내가 말했다. "저녁마다 단 하루도 빠지지 않고 가로등이 켜지기 시작하면 펼쳐지는 이 엄청난 광경 말이야. 입장료라도 받아야 하는 거 아닌가?"

그 익숙한 풍경에 대한 나의 기쁨은 진심이었다. 육상 트랙에서 산책을 하는 여자 두 명이 보였다. 두 여자 모두 시커먼 부르카(머리에서 발목까지 덮는 무슬림 여성의 겉옷—옮긴이)를 뒤집어쓰고 있었다. 둘은 자동차 한 대 정도의 간격을 두고 앞뒤로 걸었는데 두 명다 유모차를 밀고 있었다.

"……."

마우저는 침묵을 지켰다. 나는 잠시 걸음을 멈췄다.

"저 여자들은 새장 속이 안전하다고 느낄 거야." 내가 말했다. "거긴 자기들 영역이니까. 나 역시 저 여자들을 보면 저절로 기분이 좋아져."

"딱히 널 지켜 주는 사람도 없는데 말이지?"

"그런 건 중요하지 않아. 그렇다고 믿는 게 중요한 거지." 내가 대꾸했다.

눈길을 옮겼다. 오래된 체육공원은 길게 뻗은 아파트들 사이에 있었다. 공원 안에는 두 개의 축구장(잔디 구장과 클레이 구장)과 육상 경기장 그리고 가건물로 허름하게 지은 권투 도장과 클럽 회관이 있었다. 공원은 깃대 높이의 철조망으로 에워싸여 있었다. 덕분에 그 수준에 걸맞게 동물 우리 같은 분위기가 물씬 풍겼다.

"저기 반대쪽 직선 코스 앞에 보여? 벌레들 득실거리는 블랙베리 덤불 앞에 말이야."

"응." 내가 말했다.

멀리뛰기 경기장 너머쯤에 정말로 부르카 여자들을 지키고 있는 남자가 눈에 띄었다. 여름 양복에 넥타이를 하고 모자를 쓴, 그리고 입에는 이쑤시개를 문 중년 남자였다. 남자는 트랙에서 벌어지는 두 여자의 희한한 경주를, 채널 돌리는 게 귀찮아 계속 보고 앉아 있는 따분한 텔레비전 방송 보듯 인상을 구긴 채 지켜보았다. 마우저.

"저 남자도 실은 피에 굶주린 채 야생에서 살아가는 여자들이랑 동물적인 격투 그리고 아슬아슬한 모험 같은 걸 동경할 거야."

"저 남자도라고?"

"……!"

구체적인 설명 따위는 필요 없었다. 마우저가 뭘 말하는지는 충분히 알아들었으니까. 아까 넘어지면서 입은 어깨와 등허리의 상처가 또다시 따끔거렸다. 아주 약간. 심하지는 않았다.

"생리 중이라 별거 아닌 일에 부르르 끓어오른 건지도 모르지." 내가 말했다.

나는 계속 걸으면서 다시 한 번 아까 일을 떠올렸다. 길 한복판에서, 에다에게 깔린 채 자빠진 내 모습. 에다가 재빨리 제 몸무게를 거둬 가기 전까지(상당히 유연했다.) 가슴에서 느껴지던 그 애의 심장 박동(두세 박동 정도).

"혹시 내 안경 어디 떨어졌는지 보이니?"

에다는 내 옆에 무릎을 꿇고 앉아 손바닥으로 바닥을 더듬었다.

"솔직히 말하면 부서진 조각들만 보이는데."

"하여튼, 늘 이 모양이라니까." 에다가 목소리를 높였다. "분노,

고집 그리고 뭣보다도 이런 재주넘기는 사람을 장님으로 만들어 버려. 특히 나 같은 근시들한테는 치명적이라는 거 이제 알 때도 됐는데 말이야."

에다는 그럼에도 불구하고 무력하게 앉아 있기는커녕 나보다 먼저 일어나 내게 손을 내밀었다. 심지어 모자도 집어 주었다. 먼지까지 탁탁 털어서.

마우저.

"요는, 새 비디오 가게를 찾아야 한다는 거야."

"요는," 내가 응수했다. "이제 아무 문제도 없다는 거야. 내가 안경알을 테에 다시 끼워 줬잖아. 아주 인도적인 행위였지. 그리고 그걸로 다 잘된 거야."

나는 붕대로 눈을 훔쳤다. 마우저.

"그나저나, 에다가 재키랑 뭐가 그렇게 달라?"

"해부학적으로? 지금 농담하는 거야……?"

나는 철조망 구멍을 비집고 들어가며 머릿속으로 에다와 재키를 비교하기 시작했다. 그러고는 발목 위까지 자란 잔디밭으로 해서 체육관 쪽으로 발길을 옮겼다. 부르카를 뒤집어쓴 여자들을 다시 한 번 바라보며.

"……질문을 던질 거면 어떤 여자애들이 최고냐, 그런 애들을 어떻게 알아보느냐, 뭐 이런 질문을 던져."

"어떻게 알아보는데?"

"젤 멋진 애들은 쉽게 넘볼 수 없는 애들이야. 그 누구도 범접할 수 없어 보이는 애들. 단 한 사람 말고는 아무도 딸 수 없는 체리랄까? 그런 여자애들은 가슴속을 파고들지. 밤낮으로. 그리고 심장을 갈기갈기 찢어 놓기도 하고. 우습게 들리지?"

"응."

"그래, 유치한 로맨스 소설처럼 들릴 거야. 잠든 소녀를 지켜 주고, 장대비 속에서 입을 맞추고, 들판에서 사과를 깨물어 먹는 그 애를 물끄러미 지켜보고, 대충 그런 수준."

"아."

"섹스랑 욕정이 아니야."

"그래, 하지만 골수 낭만주의자들도 언젠가는 사모하는 그녀와 침대에 눕게 돼 있어."

"그래?"

"그래. 자연의 법칙이 그러니까. 그게 바로 자연의 법칙이지."

몸 풀기가 시작됐다. 나는 육상 트랙에서 부르카 여자들과 반대 방향으로 가볍게 걸었다. 팔을 돌리고, 사이드 스텝을 밟고, 발꿈치가 엉덩이에 닿도록 잡아당기고. 그러면서 다시 한 번 좀 전에 하던 이야기로 돌아갔다.

"한 가지 이상한 건 에다가 재키보다 날 더 흥분시킨다는 거야. 하지만 분명히 말하는데, 바로 그것 때문에 에다는 덜 매력적이야. 난 어떤 여자애와 내가 운명적인 관계라는 상상을 하고 싶지, 개랑 어떻게 잘지 상상하고 싶진 않아."

"……?!"

"요점은, 섹스는 누구나 할 수 있다는 거야. 그건 특별한 게 아니라고."

"지금 그 말은 오히려 에다가 할 소리처럼 들리는데."

"집어치워."

"이 세상의 재키들은 네가 말하는 그런 특별함 따위에 관심 없을 수도 있어."

"그럴 수도 있지."

"재키들은 그냥 섹스만 하고 싶어 할 수도 있다고."

"그렇지 않을 수도 있고."

나는 팔을 들어 허공에 잽을 몇 번 날렸다. 레프트, 레프트, 라이트, 레프트, 레프트. 마우저.

"됐어, 너무 깊이 생각하지 마."

그 말이 무슨 신호라도 된 듯 철조망 반대편에서 콘도어가 껄렁한 무리들을 이끌고 걸어왔다. 나.

"네 데이트 상대."

"……"

마우저는 대꾸가 없었다. 나는 천천히 체육관으로 들어갔다. 콘도어가 손을 흔들었다. 머리 위로 파란색 권투 글러브 한 쌍을 쳐들어 보이며. 나(콘도어가 내 말을 들을 수 있는 거리는 아니었다).

"저 글러브, 엠멤 거 아니야?"

바람이 불기 시작했다. 체육관 뒤 나무들에서 아련한 박수 소리가 들렸다. 마우저.

"그 생각도 이제 그만해."

지평선 위로 구름이 두꺼운 담요처럼 변하기 시작했다. 내일은 비가 예보되어 있었다. 더위가 한풀 꺾일 것이다. 그러나 콘도어의 곁쇠(원래 열쇠 대신 쓰는 열쇠—옮긴이) 덕에 사용이 가능해진 탈의실 내부에서는 그런 기미가 전혀 느껴지지 않았다.

"4라운드까지 하는 거야." 콘도어가 고개를 까딱이며 다그쳤다. "알았지? 알았지?"

콘도어는 이미 옷을 갈아입은 상태였다. 더러운 형광등 불빛이 녀석의 벌거벗은 상체를 때렸다. 먼지 알갱이가 흩날렸다. 콘도어가 1.5리터짜리 병에서 뭔가를 마시더니 트림을 내뱉으며 부러진 앞니 위로 마우스피스를 밀어 넣었다.

"*최대* 4라운드." 내가 말했다.

나는 퀴퀴한 운동화 냄새를 맡으며 콘도어의 맞은편에 앉았다. 그리고 손톱으로 벤치 밑에 붙은 껌을 떼어 내며 콘도어와 떨거지들에게 다시 한 번 경고했다. 마우저는 위험을 무릅쓰고 시합에 임하는 거라고. 만에 하나라도 반칙하면 당장 그만두겠다고.

"알았어, 알았어." 콘도어가 마우스피스를 문 채 웅얼거렸다.

콘도어는 파란색 글러브를 꼈다. 손목 찍찍이에 새겨진 이니셜.

엠멤의 글러브. 콘도어의 얼굴은 돌처럼 굳어 있었다. 더 이상 변두리 망나니도, 루저도 아니었다. 투사가 일어섰다. 마우저.

"준비됐어?"

마우저도 붕대 위에 글러브를 끼더니 가슴 앞으로 주먹을 들어 두 번 마주 쳤다. 콘도어가 고개를 끄덕였다.

"그럼 시작." 내가 말했다.

끈적거리는 리놀륨 바닥에 운동화 밑창이 닿을 때마다 들리는 마찰음. 옆 샤워실에서 똑똑 떨어지는 물방울 소리. 벽 위의 곰팡이와 낙서. 바퀴벌레 군단이 우리 뒤를 따라온다고 해도 놀라지 않을 것 같았다. 콘도어.

"아, 오랜만에 집에 오니 반갑군!"

콘도어는 링 뒤편, 기다란 거울 벽을 바라보았다. 그 벽 덕분에 체육관은 약간 발레 연습실 분위기가 났다. 거울에 고무되었는지 콘도어가 팔을 올리더니 승자의 포즈를 취하며 알통을 불끈 내밀어 보였다. 마우저는 침묵을 지켰다.

"……."

나도 입을 다문 채 거울을 들여다보았다. 고대 석고 조각상처럼 허공을 응시하는 마우저의 모습이 보였다. 두 뺨에는 결전 때마다 늘 그렇듯 검은색 줄무늬 두 개가 그려져 있었다.

"한 방에 날려 버려, 콘도어."

"애송이 복서한테 한 수 가르쳐 줘."

"엠멤을 위해."

콘도어 진영에서 고함이 터져 나왔다. 마우저는 그 모든 소리를 무시한 채 끽끽대는 로프를 벌리고 링에 올랐다. 그러고는 가볍게 제자리 뛰기를 하며 폐부 깊숙이 숨을 들이켰다.

시합 직전의 터널 상태.

나도 익히 알고 있었다. 글러브가 허벅지에 닿으면, 아무도 보이지 않고 아무 소리도 들리지 않고 완전히 혼자가 되면, 그러면 역류 훈련 장치에서 터져 나오는 물살처럼 온몸을 짓누르는 긴장감 밖에는 느껴지지 않았다. 활력이 되어 주는 긴장감.

드디어 시합이 시작되었다.

"땡땡." 내가 말했다. 종소리 흉내.

콘도어가 코너에서 뛰쳐나오며 마우저의 머리를 향해 첫 주먹을 날렸다. 너무 성급했다. 마우저가 상체를 숙여 주먹을 피하더니 오른손으로 턱을 치는 척하며 왼손으로 콘도어의 갈비뼈를 때렸다. 다음 펀치는 정말로 머리를 향했지만 콘도어의 귀를 살짝 피해가고 말았다.

마우저가 콘도어에게 잠시 숨 돌릴 틈을 주었다. 마우저의 수비가 허술한 틈을 타 콘도어의 주먹이 코를 명중시킬 뻔했다. 그러나 그저 뻔했을 뿐이다.

"좋아, 좋아." 콘도어 진영에서 함성이 터졌다.

하지만 얼마 안 가 콘도어의 몸에 연타가 쏟아졌다. 마우저의 주먹이 꽂힐 때마다 낡고 버석버석해진 홑청 찢어지는 소리가 났다.

"겨우 이거야?" 콘도어가 신음 소리를 냈다.

마우저는 고집스럽게 무시했다.

"……."

정확한 거리 감각, 타이밍, 기본 체력. 콘도어는 그 어떤 점에서도 마우저의 상대가 되지 못했다. 그러나 1라운드는 버텼다. 2라운드 역시.

3라운드. 마우저는 월등했다. 자칫 거만하다고 느껴질 정도로 냉정하고 우아했다. 콘도어는 어느덧 마우저의 수비에 대고 절망적으로 펀치를 날리고 있었다. 오른쪽 눈 위의 상처에서 피가 흘렀다. 부풀어 오른 눈두덩.

똑똑 떨어지는 피가 바닥에 작은 핏자국을 남겼다.

마우저가 잠시 주춤하는 것 같았다. 마치 내가 주춤하는 것 같았다.

승부는 갈렸다.

1초 동안 모든 동작이 멈춘 듯했다. 내 귀에는 숨소리만 울려 퍼졌다. 조금 전 에다의 심장이 그랬듯 이번에는 내 심장이 두세 번 쿵쿵 뛰었다.

이윽고 싸움이 계속되었다. 내 주먹은 정확히 어깨에서부터 나왔다. 나는 다리의 무게 중심을 옮겨 가며 가볍게 이리저리 뛰었다. 글러브 너머로 콘도어의 상처 난 얼굴을 바라보았다.

"난 아직 쓰러지지 않았어." 4라운드가 시작되기 전 콘도어가 지친 목소리로 웅얼거렸다.

그가 비틀거리며 내게 다가왔다.

내 왼쪽 주먹이 잔뜩 오므려 놓은 용수철처럼 계속, 계속 튀어나갔다. 콘도어의 수비가 허물어질 때까지. 이번에는 내 오른쪽 주먹이 잽싸게 목표물을 향했다. 그가 비틀거렸다. 나는 알고 있었다. 나보다는 녀석이 이 싸움을 절실히 원했다는 것을. 그리고 녀석은 끈질기게 버텼다. 그러나 어느새 피가 볼을 타고 턱까지 줄줄 흘러내렸다.

콘도어가 비틀거리며 로프를 잡았다.

"그만해, 복서." 구석에서 누군가가 외쳤다.

"안 돼, 안 돼." 콘도어가 중얼거렸다. 거의 웃다시피.

그의 무릎이 휘청였다. 마우저가 마지막 어퍼컷을 날렸다. 명중. 마우저는 콘도어가 쿵 하고 바닥에 쓰러지기도 전에 돌아서 버렸다.

||

## 촐너 사건에 대한 신문 기사 3

아버지가 도주한 지 하루가 지난 오늘까지도 아들 M은 무슨 일이 일어났는지 전혀 납득하지 못하는 표정이었다. M은 "최근 새엄마와 아버지 사이에는 큰 싸움이 없었으며 이런 일이 벌어질 만한 징후가 전혀 보이지 않았다."라고 말했다. 부부는 불과 한 달 전에 함께 휴가를 다녀왔고 휴가지에서도 원만한 관계를 보였다고 한다. M은 "그동안 쌓인 여러 사소한 문제들이 도화선이 된 것 같다."라며 적절한 표현을 찾기 위해 오랫동안 고민했다. "나도 내 기분을 잘 모르겠다. 딱히 무력감도, 그렇다고 실망감도 아니다. 그러나 그런 유의 느낌이다. 진심으로 바라건대 아버지가 어서 체포돼 이 모든 일에 마침표를 찍었으면 좋겠다."

▶▶

**앞으로. 월요일, 개학까지 7일**

껴안으며 인사하려 드는 재키를 밀어내는 순간 그 애의 손이 날 꽉 붙잡았다. 그렁그렁한 눈물이 내 마음을 잠시 약하게 만들었다. 그러나 재키의 입맞춤이 내 입꼬리를 성공적으로 스치고 지나가자 나는 다시 마음을 굳게 먹은 뒤 비 오는 날 바람맞고 뒤탈 없이 넘어갈 리 없는 개자식 역할을 하기 시작했다. 재키.

"그냥 부슬비가 아니었잖아. 이런 좀팽이 같으니. 대못이 쏟아졌어. 어제 세상이 멸망했다고. 우르릉 쾅쾅. 그러지 말고 그냥 이리로 오지 그랬어?"

"왔었어. 아무도 없던데."

"아니 도대체 왜 전화기를 안 사는 거야?"

재키의 속눈썹을 타고 떨어지는 눈물이 보였지만 여전히 무뚝뚝한 태도로 내가 사는 데서는 약속을 얼마나 중요하게 여기는지 아느냐, 약속은 약속이다 등등의 설교를 주르르 늘어놓았다. 별로 감동하는 눈치는 아니었다.

"그래서?" 재키가 말했다. "화는 나도 낼 수 있어. 너 나 감시하는 거야? 스토커처럼 여기 대문 앞에 서서 대체 지금 뭐 하는 거야? 얼마나 이러고 있었어? 왜? 나 만나면 화내고 밀치려고?"

재키는 스토커라는 말을 하면서 허공에다 강조의 따옴표를 그렸다. 나는 걱정 말라고, 지금껏 빨간 머리 여자애는 토막을 낸 적도, 염산을 들이부은 적도 없다고 대꾸했다. 재키.

"유치하게 굴지 마."

나는 속으로 안 될 건 뭐냐고 물으며 야비한 말을 던졌다.

"그럼 네 생각엔 내가 어떻게 굴어야 하는데? 어른스러운 태도로 냉정하고 무감각하게 아무래도 상관없는 척?"

*너처럼 말이지*란 빈정거림은 생략했다. 재키가 얼굴에서 눈물 자국을 훔쳤다. 그 애 눈 위로 보이지 않는 가면이 철컥하고 덮였다. 그러나 그것만으로는 충분치 않았던지 빨간 머리 위에 놓여 있던 또 하나의 가리개가 이마를 쓸며 내리덮였다. 선글라스.

"알았어, 화났다 이거지? 알아들었어, 알아들었다고." 재키가 말했다. "그러니까 이제 그만 화 풀고 나랑 같이 가. 저 아래에서 커피 마시기로 했어."

속임수? 나는 잠시 생각을 해 봐야 했다. 멀지 않은 곳에서 잔디 깎는 기계의 모터 소리가 들렸다. 술 달린 밀짚모자를 쓴 정원사가 눈앞에 보였다. 정원사는 덜컹대는 잔디깎이 운전석에 몸을 맡긴 채 조용히 콧노래를 흥얼거리며 공원 같은 언덕을 천천히 달렸다. 서부 시대, 마부석에 앉아 포장마차를 몰고 가던 개척자처럼.

"방해하고 싶지 않아. 빈민가 남자애, 슬슬 지겨워지기 시작한 것 같으니까."

나도 모르게 입에서 그런 말이 불쑥 튀어나왔다. 게다가 *빈민가 남자애*라는 말을 할 때 쪽팔리게도 나 역시 그놈의 따옴표를 허공에 그리고 말았다.

"정상으로 돌아오면 연락해. 아님 지옥으로 꺼져 버리든지."

그래, 기꺼이 그래 주지. 나는 비참하고 모욕당한 심정으로 운동화를 내려다봤다. 여전히 뿌옇게 앉아 있는 공사장 먼지. 겨우 이따위 쇼를 하자고 마다해 버린 사장의 보너스가 생각났다. 돌아서긴 했지만 갑자기 어디로 가야 할지 알 수가 없었다. 아니, 부글거리던 나의 분노는 몇 걸음도 채 못 가 완전히 사라지고 말았다.

이제 이 보도블록 위에 내 그림자가 어른거릴 일은 절대 없는 건가?

이걸로 끝인가?

다시는 재키를 보지 못한다니. 내 알량한 자존심을 위해 너무 비싼 대가를 치렀다는 생각이 들었다. 결국 조심스레 다시 뒤를 돌아보았지만 재키는 벌써 대문 뒤로 사라진 뒤였다. 약속이 있다고 하지 않았나?

나는 덤불 뒤로 뛰어 들어가 다시 기다리기 시작했다. (덕분에 정찰 대원의 스릴 만점 인생이 실은 나무의 성장을 지켜보는 데 대부분 바쳐진다는 것을 알게 됐다.) 아까는 세 시간이나 걸렸는데 이번에는 단 3분밖에 걸리지 않았다.

재키가 내 앞을 지나갔다. 환한 햇살을 받으며 고양이처럼 날쌔

게 사뿐사뿐. 광고 모델이 포스터에서 걸어 나온 듯한 모습. 무지방, 무결점, 완벽한 자신감. 재키의 걸음걸이는 이렇게 외치고 있었다. *자, 다들 여기 좀 봐, 재키님이 나가신다!*

재키는 짧은 치마에 목선이 넓게 팬 아주 얇은 풀오버를 입고 있었다. 그 속으로 표범 무늬 비키니 브래지어가 비쳤다. 에스파드류(캔버스 천에 가벼운 밑창을 댄 신발—옮긴이)를 신고 손에는 작은 가죽 가방을 들었다. 머리에는 비키니와 무늬가 똑같은 선글라스가 얹혀 있었다.

(저것 때문에 다시 집에 들어갔던 건가? 머리에 선글라스를 다시 얹으려고?)

나는 맥박이 뛰고 재키는 머리카락이 날렸다. 재키의 뒤를 쫓지 않을 수 없었다.

이제 슬슬 여자, 아니 여자애들 미행하는 게 습관이 되는 듯했다. 난 정말 제정신이 아닌지도 몰랐다.

재키의 야생적 산책은 밝은 색 목재 가구로 꾸며진 아주 우아한 카페에서 끝났다. 그 애 부모네 집에서 채 15분도 떨어지지 않은 곳이었다. 카페는 도로가 끝나는 물가에 있었다. 거기서 사람들은 페달 보트나 노 보트를 빌리고 매점에서 음료수나 아이스크림, 과자를 살 수 있었다.

빈자리는 거의 없었다. 태닝 오일과 모기 퇴치 크림 냄새가 허공에 가볍게 걸려 있었다. 가끔씩 돌풍이 불어와 의자와 테이블 위에 펼쳐 놓은 파라솔을 부풀렸다.

양 볼에 입맞춤, 입맞춤.

재키의 약속 상대는 놀이동산이었다. 녀석은 나무 의자에 후드 티를 걸어 재키의 자리를 잡아 놓고 있었다. 나는 카페에서 조금 떨어진 곳에서 뙤약볕이 내리쬐는 벤치를 하나 찾아냈다. 벤치는 두 사람에게서 사각지대에 놓여 있었고 공들여 다듬은 관목에 가려져 있기까지 했다.

벌 한 마리가 앞쪽 테이블, 노란 음료수가 담긴 유리잔 속에서 죽어 가는 것이 보일 정도로 가까운 위치였다.

지도를 들여다보는 사람들도 많았고, 햇볕에 탄 쭈글쭈글한 목에 비싼 카메라를 건 사람들도 많았다. 인기 있는 유원지인 것 같았다.

"……."

"……."

사람들 사이에서 오가는 이야기를 알아듣기에는 거리가 너무 멀었다. 그러나 보는 것만으로 충분했다. 재키가 다리를 꼬는 모습이 보였다. 신발 뒤꿈치가 벗겨졌다.

나는 재키와 놀이동산의 웃는 모습을, 이야기를 주고받으며 파라솔 그늘 밑에서 끊임없이 신체 접촉이 이루어지는 모습을 지켜보았다. 내가 뙤약볕 아래서 바삭바삭 구워지는 동안 두 사람의 손은 상대방의 어깨와 팔과 허벅지를 토닥였다.

죽어 가는 벌, 들리지 않는 웃음소리, 무자비한 열기, 이상적인 휴양소. 그러고서 얼마 안 가 그 일이 벌어졌다!

또 다른 녀석이 나타난 것이다. 까무잡잡하게 탄 피부, 호리호리한 몸매, 머리부터 발끝까지 흰색으로 고급스럽게 차려입은 옷차림, 도장 반지를 낀 가녀린 손. 녀석이 재키와 놀이동산이 앉아 있는 밝은 나무 테이블로 다가갔다.

그러고는 재키에게 입을 맞췄다. 입술에.

모자 밑이 부글부글 끓었다. 보이지 않는 누군가가 내 목에 혈압 측정 띠를 둘렀다. 그러곤 펌프질을 했다. 천천히. 띠가 부풀어 올랐다.

그사이 도장 반지가 놀이동산 뒤로 갔다. 놀이동산이 고개를 뒤로 젖혔다. 도장 반지는 놀이동산에게도 입을 맞췄다. 오래. 피상적인 입맞춤이라고 하기에는 너무나 오랫동안. 재키와의 입맞춤보다 훨씬 더 길게. 그것도 입술에다가. 혈압 측정 띠에서 퓨우웅 공기가 빠져나갔다.

"내 이럴 줄 알았다니까!"

내가 앉은 벤치에서 2미터도 채 떨어지지 않은 곳에 세 사람이 (아빠, 엄마, 아이인 듯) 서 있었다. 어른 둘이 이맛살을 찌푸린 채 네 살쯤 되어 보이는 소년을 내려다봤다. 아이의 손에는 텅 빈 콘이 들려 있었다. 거기에 올라 있어야 할 초콜릿 아이스크림은 아이의 샌들 위에 철퍼덕 떨어져 있었다.

아이가 울음을 터뜨렸다.

"그래서 엄마가 똑바로 들고 있으랬잖아?"

여자가 아이의 팔을 끌어당겼다. 가족이 사라졌다.

나는 남은 초콜릿 아이스크림 덩어리를 지켜보았다. 몸을 굽혀 팔꿈치를 무릎에 대고 손바닥으로 턱을 괬다.

(녹아내리는 아이스크림을 바라보는 게 얼마나 의기소침해지는 일인지. 고속으로 돌려 보는 세상 만물의 소멸 드라마).

단 1초도 눈을 떼지 않았다. 그 차가운 것이 더 이상 아무 형태도 지니지 않게 될 때까지, 마지막 조금 남은 덩어리마저 모두 끈끈한 웅덩이로 녹아 버릴 때까지. 그리고 그 액체가 땅속으로 방울방울 스며들어 사라질 때까지.

남은 건 승산 없는 싸움을 하고 있는 고집스러운 변두리 소년과 그림자 모양의 얼룩. 놀랍게도 그 얼룩의 윤곽은 아파트로 돌아온 뒤에도 한 번 더 생생히 눈앞에 떠올랐다.

침대에 누웠다.

바깥 차양은 완전히 내리지 않았다. 좁은 띠 모양의 빛이 방 안으로 들어왔다. 나는 알고 있었다. 밤이 되면 저 밖에 불 켜진 창문들이 보인다는 것을. 아파트 피부의 곪은 상처들.

나는 알고 있었다. 아무 일도 없는 집은 없다는 것을. 이 동네뿐만 아니라 이 도시의 모든 가정이 다 마찬가지라는 것을. 그러면서도 한편으로는 세상에 내 방 말고 아무것도 존재하지 않는다 해도 놀랍지 않을 것 같았다. 재키도, 에다도. 존재하는 거라곤 오로지 내 두 귀 사이에서 끊임없이 왕왕대는 소음.

이불을 더 꼭 끌어당겼다.

어쩌면 도시 저편에 있던 그림자 형태의 초콜릿 아이스크림 얼룩도 실재하지 않았을지 모른다. 내 머릿속에만 있었을지도. 조금 전 이를 닦을 때 타일 위에서 눌러 죽인 은빛 좀벌레 두 마리도, 반짝이던 두 개의 자국도.

(내가 정말 그 두 좀벌레를 재키와 에다라고 이름 지었던가?)

나는 반쯤 잠든 상태로 음모를 면도한 여자들 꿈을 꾸었다. 여자들은 얼굴이 없었다. 그러나 기분은 나쁘지 않았다. 아니, 오히려 그 반대였다.

그녀들이 머릿속 소음을 줄여 주었다.

(나머지는 내 손이 처리했다. 손은 뭘 해야 할지 알고 있었다.)

그 일이 끝나자 내 방이 지금까지와는 비교도 안 될 만큼 다시 현실로 다가왔다. 나는 이제까지 내 방의 꾸밈새에 대해 생각해 본 적이 없었다. 밤에는 그저 차양을 내렸고, 아침에 일어나면 다시 올렸다.

침대(간이침대에 가까운). 옷장(직사각형 상자). 책상(작업대 다리로 받쳐 놓은 싸구려 나무판, 그리고 그 위에는 DVD를 보기 위한 노트북). 바벨 운동용 벤치. 죄다 중고품. 내가 누워 자는 매트리스까지도. 단, 무슨 돈으로 값을 치러야 할지 막막한 최신 샌드백이 든 상자. 그 샌드백만큼은 새거였다(오늘 도착했다).

콘크리트 벽에 그걸 매달려면 전동 드릴이 필요했다. 쵤너의 것처럼 성능 좋은 전동 드릴이. 벽이 두껍다.

"됐어, 너무 깊이 생각하지 마."

마우저의 목소리가 울렸다. 되감았다 다시 튼 것처럼.

"너무 깊이 생각하지 마."

눈을 감았다. 다시 떴다.

철제 쓰레기통은 여전히 거기 있었다, 책상 밑에. 그리고 에다의 두 번째 엽서도 여전히 그 안에 들어 있었다. 우표를 붙이지 않은. 그건 곧 에다가 직접 엽서를 배달했다는 뜻. 나는 그 엽서를 읽지도 않고 버려 버렸다.

"알았어, 화났다 이거지? 알아들었어, 알아들었다고."

재키의 목소리.

"여자 친구 있구나?"

에다의 목소리.

나는 다시 한 번 눈을 감았다. 양을 셌다. 거꾸로도 셌다. 늑대들이 양을 덮치도록 뒀다. 침대에서 일어나 종이 쓰레기 사이를 뒤졌다.

읽었다.

한 번 더 읽었다.

이번엔 신발 끈 얘기는 없었다. 아무런 과제도 없었다.

잠이 확 깼다. 저 먼 세상으로 귀를 기울였다.

아무 소리도 들리지 않았다.

내 숨소리와 고속 도로의 부드러운 자장가뿐. 그리고 내가 완전히 착각한 게 아니라면, 저 멀리 끝 동 어느 벌집에서 어린아이의 울음소리가 들려오고 있었다.

■

▶▶

**앞으로. 화요일, 개학까지 6일**

나뭇가지 사이로 밤바람이 바스락거렸다. 발걸음 소리. (정말로 내 발소리뿐인가?) 뒤를 돌아보았다. 포플러와 버드나무 가지들이 조깅로 위로 뻥뻥 구멍 뚫린 지붕을 만들어 놓았다. 나는 어둠으로 이루어진 터널을 다시 한 번 응시했다.

췰너는 오늘 아침부터 도주 중이었다. 경찰은 그의 행방을 알지 못했다. 그건 나도 마찬가지였다. 어두운 대초원에서 반짝거리는 맹수의 눈처럼 하늘에서 별들이 총총히 빛나는 이 시간에 내 머릿속에 떠오른 생각은 그리 좋은 게 못 됐다.

"거기 누구 있어요……?"

온몸이 땀으로 한 겹 뒤덮였다. 누군가 손에 마체테(길을 내거나 사탕수수 같은 작물을 자르는 데 쓰는 큰 칼—옮긴이)를 쥐여 준다면 이 후텁지근한 공기를 조각조각 썰어 놓을 수도 있을 것 같았다.

"누구예요?"

대답이 없었다. 나는 나무집이 있다고 추정되는 방향으로 고개를 돌렸다. 어렴풋한 형체만 눈에 들어왔다. 두 손을 턱까지 치켜들고 덤불을 헤치며 더듬더듬 잡풀 속을 걸었다. 덤불은 빽빽하기 짝이 없었다.

잔가지가 얼굴을 때렸다. 쐐기풀 이파리가 맨 종아리를 스쳤다. 얼마 안 가 피부가 가렵고 따끔거리기 시작했다. 몸을 움직일 때마다 뭔가가 부스러지고 부러졌다. 그림자가 흐릿한 빛 속에서 이리저리 춤을 췄다.

걸음을 재촉했다. 쿵. 뭔가가 나를 쳤다.

우르르 내몰린 물소 떼를 향해 기습적으로 쏘아 대는 화살처럼 아드레날린이 핏속으로 뿜어져 나왔다.

하마터면 고꾸라질 뻔했다. 누군가가 등 뒤로 뛰어올랐다.

그러고는 고통스럽게 목덜미를 조이며 매달렸다.

나는 나무집 아래 빈터로 비틀비틀 걸어갔다. 머리털 속에서, 귓가에서 녀석의 숨결이 느껴졌다. 찰칵대는 금속성 소리가 들렸다. 바닥에 꿇어앉았다.

녀석은 내 목에 헤드록을 걸어 나를 휙 돌렸다. 나는 미처 손써 볼 틈도 없이 땅바닥에 드러눕고 말았다.

"꼰대 찾으러 온 거야? 여기선 못 찾을걸."

차가운 버터플라이 칼날이 내 동맥에 와 닿았다. 여전히 팅팅 부은 눈가. 얻어터진 얼굴. 의기양양한 미소.

"……."

콘도어가 밤을 판초처럼 두르고 나를 올라타더니 무릎으로 내 위팔을 꽉 조였다.

"이런 게 운명이지, 복서. 난 네가 그 빨간 머리 계집애랑 벌써 국경 페스티벌에 갔을 거라고 생각했는데 말이야."

"원하는 게 뭐야, 콘도어!"

그 난폭한 순간은 터무니없는 아름다움을 지니고 있었다. 그렇게 누워 있자니 부드럽게 나부끼는 어두운 나뭇잎들 사이로 우리 아파트 맨 끝 동의 꼭대기 층이 보였다. 달빛이 푸르스름한 은색 띠를 옥상 능선에 드리우고 있었다. 콘도어.

"너한테는 오늘이 별로 유쾌한 날이 아니었을 거야. 하지만 날 좀 봐. 나도 힘든 시간을 견뎌 냈잖아."

"그래." 내가 말했다. 꼼짝도 않고. "정말 심하게 얻어터졌군."

콘도어가 내 목에 칼날을 더 바싹 갖다 댔다. 반대쪽 손마디로는 내 볼을 쓰다듬었다.

"심하게 얻어터졌다? 그래, 맞아." 녀석이 말했다. "하지만 내 *상대*도 한번 봤어야지. 겁나냐? 얼굴이 창백한데? 사시나무처럼 벌벌 떨고 있는 것 같네."

기름기 번들거리는 콘도어의 말총머리에서 구불구불한 머리카락이 찡그린 미간 사이로 몇 가닥 흘러내려 얼굴에 그림자를 드리웠다. 칠녀처럼 콘도어의 눈 옆에도 작은 상처가 남아 있었다.

*칠녀.*

일요일, 내 눈앞에서 범행의 흔적을 지우던 살인자.

콘도어의 몸무게에 짓눌린 창자가 점점 더 위로 밀려 올라왔다.

"그래, 네 말이 맞아." 내가 대꾸했다. "겁나 죽을 것 같아."

콘도어의 표정이 어두워졌다. 내 자백을 어떻게 받아들여야 할지 몰라 망설이는 듯했다.

"지금 날 가지고 노는 거야? 등신 새끼." 콘도어가 말했다. "난 착한 인간이란 말이야."

녀석이 칼끝을 내 뺨에 대고 돌렸다. 가까이 다가왔다. 어깻죽지 사이로 고개를 쑥 내밀며. 지금 당장 날 무자비하게 쪼아 먹을 준비가 된 맹금.

"지금 제정신이야? 그 칼 당장 치워."

콘도어의 버터플라이 날이 내 얼굴을 추처럼 스쳐 댔다. 얼굴에 상처를 내지는 않았다. 숨을 멈췄다. 콘도어.

"너 같은 녀석, 링 밖에선 한 손으로도 잡을 수 있어. 어디로 도 망치든. 나한텐 능력과 힘이 있단 말이야. 난 싸울 수 있어, 알아?"

지나치게 큰 소리였다. 콘도어는 악을 쓰다시피 했다. 달빛에 침이 튀었다. 콘도어가 칼을 내리더니 두 손으로 내 얼굴을 잡고 입을 맞췄다.

"......"

나는 할 말을 잃고 말았다. 콘도어의 입술이 내 입술을 눌렀다. 적어도 3초 동안. 나는 안간힘을 쓰며 콘도어의 손아귀에서 빠져나온 뒤 녀석을 밀쳤다.

"일어서." 녀석이 말했다.

콘도어가 어느새 일어서서 손을 내밀고 있었다.

"꺼져." 내가 말했다.

(그대로 흙먼지 속에 누워서.)

"……제발 부탁이야, 콘도어."

"금방 꺼져 주지." 녀석이 대꾸했다. "하지만 축하 인사부터 받아야겠어. 기관차를 상대로 싸우는 기분이더라. 하지만 난 여전히 여기 서 있어. 죽지 않았다고."

"축하해." 내가 말했다.

녀석은 재빠른 손놀림으로 버터플라이 나이프를 다시 닫았다. 그러고는 엉덩이에서 묻지도 않은 흙을 털어 냈다. 콘도어.

"한 가지 궁금한 게 있어. 시합이 끝나자마자 왜 그렇게 황급히 체육관을 빠져나간 거지?"

"제발 좀 그만해." 내가 말했다. "지금 너랑 한가하게 수다 떨 기분 아니야. 모르겠어? 엠멤 때 어땠는지 기억 안 나?"

콘도어가 고개를 끄덕였다. 그러면서 두 손을 옆구리에 갖다 대고 침을 뱉었다.

"아까 만났어. 이야기를 나눴지."

콘도어의 말을 알아듣기까지 시간이 좀 걸렸다.

"누굴 만났다는 거야? 췰녀를? 언제?"

"페스티벌에 보내 버렸어."

"뭘 어쨌다고?"

콘도어가 자신의 멋진 생각을 으스대며 늘어놓았다.

"사람도 많을 테고, 텐트도 많을 테고, 며칠 동안 눈에 띄지 않고 잠수 타기에는 아주 안성맞춤이지. 게다가 국경에서도 얼마 멀지 않고……."

나는 할 말을 잃은 채 만족스러운 표정으로 입술을 핥고 있는 콘도어를 올려다보았다.

"페스티벌에 가라고 했어, 아니면 *파우와우*에 가라고 했어?" 내가 물었다.

자리에서 일어섰다. 콘도어의 호의를 무시한 채.

"그게 그거지." 콘도어가 말했다.

녀석이 계속 지껄여 댔다. 콘도어는 브란트 3세와의 *좋은 관계* 덕에 췰너한테 돈까지 구해 줬다며 담보로 잡은 췰너의 신용 카드를 자랑스레 내밀었다.

"탁탁, 콘도어는 워낙 착해서 곤경에 빠진 사람을 돕는다고." 녀석이 신용 카드를 두드리며 말했다.

얼마 뒤 나는 드디어 나무집에 혼자 올라와 있었다. 콘도어가 한 짓이 마우저에게 정말로 도움이 되는 일일까?

*착한 콘도어, 탁탁.*

나는 달빛이 희미하게 들이치는 나무집에 앉아 무릎을 굽혀 팔로 다리를 꼭 감싸 안은 채 구석에 버려진 구깃구깃한 빈 담뱃갑을 보았다. 노란색 포장에는 인디언 추장의 옆얼굴이 그려져 있었다.

"다시 나타나셨군요." 내가 말했다.

웃음소리가 터져 나왔다. 죽기 전 마지막 숨을 몰아쉬는 듯한 소리.

자랑스러워 보이는 추장의 얼굴 위로 개미 한 마리가 기어갔다.

(위풍당당한 모습. 그것 때문에 아이들은 추장 놀이를 좋아하는 걸까?)

추장은 말이 없었다.

"……."

"콘도어의 눈을 보셨어야 해요." 내가 말했다. "녀석이 사라지기 전 말 꼬랑지 같은 뒤통수에 대고 콘도어, *기회 되면 휴대 전화 하나 부탁해*라고 했거든요. 그 말 한마디에 녀석의 눈이 어찌나 빛나던지, 제 말이 무슨 광택제 같더라니까요."

그러나 구태의연한 광택제 농담은 먹혀들지 않았다.

"……."

추장은 웃지 않았다. 하긴, 억지웃음은 나 스스로에게도 어설프게 느껴졌다.

"왜 아무도 나랑 얘기를 안 하는 거지, 왜……."

나는 그 말이 무슨 주문이라도 되듯 한 번 더 뇌까렸다.

"……왜 아무도 나랑 얘기를 안 하느냐고? 마우저는 어떻게 된 거야?"

진심이었다. 정말로 대답을 원하기에 던진 질문이었다. 그러나 나의 귀 기울임은 부질없이 정적을 향할 뿐이었다.

멀지 않은 곳에서 비둘기가 구구거렸다. 그게 다였다.

나는 구겨질 대로 구겨진 담뱃갑에 내 비참한 심경을 털어놓기 시작했다.

갈비뼈를 만지작거리며. 널빤지 벽을 만지작거리며. 마우저의 이름이 새겨져 있었다, 내 이름이.

나는 배 속의 태아 같은 자세로 바닥에 웅크렸다. 눈을 크게 뜨고 구석을 응시했다.

칠녀를 생각했다. 대걸레를 들고 층계참에 서 있던 어린애의 모습이 다시 떠올랐다. 허튼 유머를 해 대던. (왜 자수하지 않는 걸까?)

나무집 출입구를 통해 들어온 달빛이 닳을 대로 닳은 모래투성이 나무 바닥에 웅덩이를 만들었다. 나무 뒤 잔디밭을 은색으로 물들이고 있는 바로 그 달빛. 그리고 여전히 아파트 옥상 능선을 비추고 있는. 약 일주일 전 실외 수영장 풀에서 재키가 깔고 앉아 있던 바로 그 달빛이었다. 마법의 힘을 지닌 빛. 나는 얼굴을 벽 쪽으로 돌렸다. 손톱으로 나무를, 마우저의 이름을 긁었다. 머릿속의 생각을 내몰았다. 더 이상 슬프지는 않았다. 앞으로 어쩌나 싶은 막막함뿐. 사실 난 정말로 아무것도 느끼지 못했다.

그렇다고 평온해진 것도 아니었다.

칠녀와 마우저 생각에서 다시 나에 대한 생각으로 돌아왔다. 빙글빙글 원을 맴도는 생각. 물속에 빠진 느낌. 벌써 반쯤 의식을 잃고 방향 감각을 상실한 느낌. 수면은 어느 쪽일까? 공기는 어디에 있을까?

손끝으로 나무에 새겨진 하트를 더듬었다. 하트를 꿰뚫은 화살.

재키네 대문 앞에 서 있는 내 모습이 보였다. 내가 옆으로 밀치자 솟구쳐 오르던 그 애의 눈물. *지옥으로 꺼져 버리든지!* 그 애의 마지막 인사말.

"추장, 재키한테 한 번 더 찾아갈까요? 찾아가서 최소한 사과라도 해야 하는 것 아닐까요? *파우와우*는 이제 어쩌죠?"

나는 돌아누웠다.

"또, 에다랑은 어떻게 되는 거죠?"

(누가 말하고 있는 거지? 이런 말을 하고 있는 게 정말 난가?)

"오늘 에다가 있어서 위로가 되지 않았나?"

(아니, 그럴 리 없어. 마우저는 지금 여기 없잖아. 그리고 마우저는 이런 식으로 말하지 않아.)

나는 주먹으로 볼을 꽸다.

소원을 빌었다. 아주 절실히.

손가락 마디로 눈썹 아래 이마뼈 언저리를 눌렀다.

있는 힘껏.

머릿속이 금방이라도 빵 하고 터져 버릴 것만 같았다.

"나도 여기서 누가 질질 짜는 모습은 보고 싶지 않아." 내가 중얼거렸다.

(내가 나한테. 오로지 나한테만.)

눈꺼풀 뒤, 방금 전까지 깜깜하기만 했던 그곳에 뭔가 붉은 것이 나타났다. 어두운 방에 형광등이 켜질 때처럼 붉은빛이 내 눈 속에서 깜빡였다. 그리고 그 빨간색은 살인이라는 단어로 변했다. 이어 '살'은 '죽'으로, '인'은 '음'으로 바뀌었다. 새로 나타난 그 단어는 증식에 증식을 거듭했다.

죽음.

죽음.

죽음.

죽음.

죽음.

죽음.

죽음.

죽음.

죽음.

죽음.

죽음.

죽음.

죽음.

죽음.

무슨 소원을 빌었느냐고? 제발 딱 한 번만 조용하게 해 달라고, 여기 이 내 머릿속을.

∥

# 두 번째 엽서

**앞.**
부러진 다리를 접착테이프로 둘둘 감아 놓은 안경 그림(판지에 파란색 형광펜
으로 직접 그림).


**뒤.**
글(또박또박 눌러쓴 글씨).

화요일 주차장 어때? 두 번째 시도. 저녁 6시 조금 지나서. 짧게 인사만. 간단
히 요약하면 섹스도, 허튼소리도 안 해. 이상한 옷도 안 입을게. 오케이?
나오기 싫으면 나오지 마. 불평 없이 받아들이고 더 이상 귀찮게 하지 않을게.
인디언 맹세. 에다.

**추신:** 나오기 싫어도 따귀 때리러 잠깐 나와. 그럼 쌤쌤이잖아. 어때?

◀◀

### 뒤로. 화요일, 개학까지 6일

장님거미 한 마리가 허리 높이의 주차장 난간 위에 꼼짝 않고 앉아 있었다. 나는 한 뼘 정도 되는 그 시멘트 난간 윗면에 팔을 쭉 뻗어 기댄 채 녀석의 긴 다리를 세었다. 메마른 공기를 힘겹게 들이쉬며.

둥글고 끈질긴 해가 저 아래 아파트촌을 따분하게 내리쬐고 있었다.

아스팔트에 왜 물집이 생기지 않는 걸까?

(불가능할 게 없어 보이는 날인데.)

눈앞에 투명한 점들이 보였다. 시시각각 산소가 떨어져 가는 느낌으로 헤매고 다닌 지 벌써 몇 시간째.

내 폐는 바짝 말라 버린 두 장의 가죽 조각이었다.

뜨거운 열기만으로도 숨통을 조이기에 충분할 것 같았다. 목 부분이 너무 좁은 터틀넥 스웨터처럼. 목을 짓누르는 두 손처럼(아주, 아주 세게 짓누르는 손).

"여덟 개. 거미야. 곤충이 아니고." 내가 중얼거렸다.

다시 아파트 쪽으로 눈을 돌렸다. 내가 사는 동이 바로 맞은편에 우뚝 서 있었다. 주차장과 아파트 입구 사이에는 잔디밭과 도로뿐이었다. 아파트는 아무도 마음대로 드나들 수 없었다.

1층 현관에 경찰 초소가 마련되었다. 앞뜰에 쳐 놓은 경찰 바리케이드(빨간색과 하얀색 테이프) 주위로 호기심 어린 사람들이 이글거리는 햇볕을 받으며 진을 치고 있었다.

(뭐가 궁금한 거지? 더 많은 뒷얘기가 흘러나올까 싶어서?)

"대체 무슨 일이야? 저기 왜 저래?"

뒤에서 목소리가 들렸다. 고개를 돌렸다.

"......?"

뒤에는 아파트가, 코앞에는 얼굴이 있었다. 흉터. 그래, 에다가 만나자고 했지, 하는 생각이 떠올랐다. 나는 그곳에 나와 있었다. 에다도 나왔다. 그러나 에다는 아무것도 모르고 있었다.

"맙소사, 안색이 말이 아니네." 에다가 말했다.

에다의 안경다리는 은색이 감도는 접착테이프로 친친 감겨 있었다. 손에는 망가진 작은 양산이 들려 있었다.

"그래." 내가 멍하니 대꾸했다. "여기서 만나기로 했지."

"괜찮은 거야?"

"아니, 안 괜찮아……."

오늘은 모자와 스웨터와 트렌치코트 대신 여름 원피스를 입고(의사 가운처럼 앞쪽에 단추가 달린 꽃무늬 원피스), 거기에 얼추 어울리는 머리핀(하트 모양)을 꽂았다. 브로치는 당연히 하고 있었다(토템). 입술 위에는 오늘도 땀방울이 송골송골 맺혀 있었다.

"무슨 일이야?" 에다가 물었다. "경찰들이 왜 너희 집 앞에 있어?"

"……."

나는 큰 소리로 공기를 들이켜 귀까지 끌어올린 다음 잠시 숨을 멈췄다가 볼을 불룩하게 만들며 천천히, 거의 소리 없이 다시 내뱉었다. 에다.

"내가 뭐 도울 일이라도?"

나는 고개를 저었다.

뇌의 일부가 완전히 말라 버린 느낌이었다.

"악몽이야." 내가 말했다. "아주 끔찍한 악몽. 넌 내 허를 찌르는 데 아주 천부적인 재능을 지녔어."

나는 내가 아는 것들 중에서 몇 가지를 더듬더듬 늘어놓기 시작했다. 우리 단지에 사는 사람들이라면 어느새 다 아는 것들. 가령 마우저가 췰너의 집에서 경찰에 신고했다는 것. 그런데 갑자기 시체와 단둘이 있게 됐다는 것. (그래서 그 사실을 깨닫자마자 계단으로 나와 기다렸다는 것.)

"제 생각에 도망치신 것 같아요, 마우저가 경찰한테 그렇게 말했어."

마우저는 췰너를 두고 한 말이었다. 그 애는 코 주위가 새하얗게 질려서 3층 차가운 돌계단에 앉아 있었다. 두 손을 허벅지 사이에 꼭 끼운 채. 아마도 팔이 떨리는 걸 막기 위해서였으리라.

"경찰에 신고한 게 너니?" 제복을 입은 경찰이 물었다.

경찰은 신고를 받은 지 몇 분 만에 경찰차 세 대를 몰고 달려왔다. 마우저는 두 명의 여자 경찰과 네 명의 남자 경찰을 대면해야 했다.

"네." 마우저가 대답했다.

"잘했다." 호두까기 인형처럼 턱이 억세 보이는 남자 경찰이 마우저를 안심시켰다.

"네." 마우저가 다시 한 번 같은 대답을 되풀이했다.

수갑은 허리띠 수갑집 속에 그대로 남았다. 권총도 마찬가지였다. 췔너는 정말로 사라지고 없었다. 강력계 사복 형사 다섯 명과 함께 먼저 온 기자들도 모습을 드러냈다. 처음에는 몇 안 되는 신문 기자가 다였다. 그러나 시간이 지나자 텔레비전 방송국에서도 기삿거리를 찾아 네 팀이나 들이닥쳤다.

"아버지 범행에 대해서 어떻게 생각하니?" 기자들 가운데 한 명이 물었다.

그에게서는 재떨이와 면도용 화장수의 아린 냄새가 풍겼다.

"제가 지금 무슨 생각을 하는지 저도 잘 모르겠어요." 마우저가 답했다.

"실망감이나 무력감?"

"모르겠어요." 마우저.

"아버지가 곧 체포되길 바라니?"

코털 몇 가닥이 기자의 콧구멍 밖으로 나와 있었다. 마우저는 모자 챙을 만지작거렸다. 눈은 운동화 끝을 향했다.

"체포되신다고 모든 문제가 끝나는 건 아니에요." 마우저가 말했다.

그사이 현장 감식 팀이 앞마당에 출입 금지 원뿔을 세운 뒤 모자가 달린 작업복을 입고 마스크를 쓰고 피부에 착 달라붙는 장갑을 끼고(은막처럼 죄다 하얀색) 계단을 꼼꼼히 조사하기 시작했다.

"일요일에 계단 청소하실 때 얘길 나눴었어." 내가 에다에게 말했다. "어쩌면 그땐 아직……."

나는 말을 끝맺지 못했다. 신선로가 끓는 전기 레인지 불판처럼 볼이 뜨겁게 달아오르며 위가 뒤집혔다. 토했다.

"됐어, 괜찮아." 에다가 말했다.

에다가 무슨 말인가 더 했지만 나는 아무것도 알아듣지 못했다.

"……."

입을 벌리고 계속 헛구역질을 했다. 배 근육에 경련이 일어날 때까지. 그러나 공기만 올라왔다. 나는 웩웩거리며 기침을 해 댔다. 그러다가 드디어 위장의 내용물이 헛구역질과 기침에 딸려 쿨럭 올라오더니 난간을 치고 시멘트 바닥에, 우리 발끝으로 흘러내렸다.

"미안." 나는 눈물을 흘리며 기어들어 가는 소리로 겨우 입을 열었다.

구토물에 섞여 나온 음식 찌꺼기들 사이로 장님거미의 다리가 보였다. 장님거미는 마디란 마디는 죄다 휘저으며 둔하게 허우적대고 있었다. 녀석은 자신의 목숨을 구하기 위해 다리를 차며 싸우는 중이었다. 또다시 구역질이 나왔다. 한 번, 또 한 번 더.

"이제 좀 괜찮으면," 에다가 말했다. "어디 시원한 데로 가는 게 좋겠어."

"……."

나는 난간에서 몸을 일으켜 휘청휘청 걸었다. 에다의 부축을 받으며 그 애가 날 주차장에서 데리고 나가도록 놔두었다. 그 순간 나는 아무런 의지도 없었다. 경찰차를 타고 경찰 본부로 향하던 마우저의 심정과 비슷한 상태였다.

"넌 우리가 묻는 질문에," 그곳 경찰 하나가 말했다. "답을 할 수 있는 거지, 꼭 답을 해야 하는 건 아니야. 이건 아주 중요한 거야."

마우저는 답을 했다. 도움이 되고 싶었다.

"전 아버지를 잃고 싶지 않아요." 마우저는 그런 말도 했다.

아무 장식도 없는 경찰 사무실에서 탁상용 선풍기 한 대가 탁한 공기에 미풍을 일으키고 있었다. 서류철 밖으로 삐져나온 종이 끄트머리가 천천히 돌아가는 바람에 팔락였다.

"왜 아버지를 찾아갔지?" 솔처럼 머리를 짧게 깎은 이중 턱 경찰이 질문을 던졌다.

마우저는 샌드백 이야기를 했다.

"전동 드릴을 빌릴 생각이었어요." 마우저가 말했다. "저희 아파

트 사람들도 다 아버지한테 빌리거든요. 정말 죄다 아버질 찾아와
요……."

마우저는 뒤통수로 손을 올려 모자를 고쳐 썼다.

"……물론 오늘은 그럴 만한 상황이 못 됐어요. 전동 드릴 얘기
는 당연히 꺼내지도 못했죠."

"음—흠." 이중 턱이 손수건으로 이마를 훔쳤다.

"너, 권투 선수라며?" 이중 턱의 동료가 물었다.

이중 턱의 동료 경찰은 빈약한 가슴 위로 팔짱을 끼더니 살점
없는 엉덩이로 책상 가장자리에 걸터앉았다.

"저희 아버진 아주 뛰어난 수영 선수셨어요." 마우저가 말했다.

왠지 마우저는 그 순간 그 정보가 아주 중요하다고 생각했다.
(경찰과 이야기를 나누는 동안 마우저의 머릿속에는 *혐의를 경감
한다*는 말이 거듭 떠올랐다.)

"도와줘서 고맙다." 질의가 끝나자 책상 맞은편에 앉은 이중 턱
경찰이 말했다.

"더 못 도와 드려서 죄송해요." 마우저가 대꾸했다.

고개를 떨어뜨렸다. 마우저는 손톱 끝의 각피를 벗겼다. 내가 손
톱 끝의 각피를 벗겼다. 에다.

"그러고는 그냥 집으로 돌려보낸 거야?"

"응, 청소년 보호소에서 일하는 여자도 오긴 했는데 기본적으로
는 그게 다였어."

나는 마우저가 아직 미성년자이기 때문에 실은 이모(친엄마의 여동생)가 데리러 왔어야 옳다는 말은 하지 않았다.

"경찰이 찾아낼 거야." 에다.

"사람을 죽였어." 나.

아연 관이 떠올랐다. 은색 술이 달린 새까만 벨벳 덮개가 벌거숭이 관을 가려 주었다. 얼굴이 창백한 남자 두 명이 검은색 양복에 땀을 질질 흘리며 말끔히 청소된 라미네이트 복도 바닥, 수납장 바로 앞에 관을 내려놓았다. 전화 테이블 옆에는 신문과 잡지가 가지런히 쌓여 있었고, 옷걸이 아래에는 반짝반짝 닦은 신발들이 짝을 맞춰 줄지어 놓여 있었다. 벽에 걸린 액자 유리에서는 광채가 번득였다. 도대체 지저분한 것이라고는 없는 집이었다.

"얼마 동안이나 시체랑 단둘이 계셨다고?" 에다가 물었다. "이틀?"

"이틀." 내가 대답했다.

"후우." 에다가 한숨을 내쉬었다.

그러나 그게 다였다. 나는 그런 에다의 행동이 더할 나위 없이 고마웠다.

"지난 토요일에 라우라를 봤어." 내가 말했다. "쓰레기 버리러 내려가는 걸. 그런데 이상한 건 지금 아무 느낌도 없다는 거야. 모든 게 마비된 것 같아. 누군가 내 신경으로 통하는 관을 죄다 끊어 놓기라도 한 것처럼 말이야."

"……."

에다는 이번에도 그저 고개만 끄덕였다. 우리는 공원 벤치에 나란히 앉아 있었다. 그러고 나서 긴긴 산책이 이어졌다. 도움이 됐다. 다시 숨을 쉴 수 있었다. 호수를 바라보았다. 빛으로 만들어진 썩은 작살이 고요한 수면 위에서 산산조각 나듯 햇살이 물 위에서 반사되었다.

"아까 점심 때 헬리콥터가 여길 날아다녔어. 여기하고 고속 도로하고. 경찰견도 투입됐는데 아마 저기 시냇가부터는 더 이상 자취를 찾지 못했을 거야." 내가 말했다.

"어디 머무실 만한 데 알아? 근처에 계실 것 같니?"

에다의 양산은 접힌 채 허벅지에 놓여 있었다. 나는 고개를 저으며 에다를 바라봤다.

"몇 군데 짚이는 덴 있는데 그게 다야."

에다는 얼마 동안 마네킹이라도 된 것처럼 꼼짝 않고 앉아 호수를 내다봤다. 눈길은 멀었지만 생각은 아주 가까이 있다는 느낌이 들었다.

"도움이 필요하니?" 에다가 마침내 물었다. "찾는 거 도와줘?"

"아니." 내가 대답했다.

"여기 있어 줘?"

"응."

내 대답은 머뭇머뭇 튀어나왔다.

"꺼져 줄까?"

"응."

에다는 내 눈을 깊숙이 응시했다. 터져 나오려는 울음을 참는 모습이 역력했다. 그 애의 턱이 가볍게 떨렸다. 어쩌면 그것 때문에 그 애의 왼손이 움직이는 걸 또 놓쳤는지 몰랐다. 그 애의 오른손 역시 뒤늦게 알아차렸다. 그러나 이번에는 따귀를 때리려는 게 아니었다. 에다는 그저 내 얼굴을 감싸 쥐었을 뿐이다.

"무슨 일 있으면 찾아와. 내가 어디 사는지 알잖아."

나는 미소를 지었다. 손은 촉촉하고 따뜻했다. 에다가 손을 거두었을 때 내 뺨의 열기는 그 애 손바닥에 엷게 배어 있던 축축한 땀 덕분에 어느새 가라앉아 있었다. 나.

"고마워, 한결 좋아졌어."

에다가 일어섰다. 그러나 두 걸음쯤 가다가 다시 제자리에 멈춰 섰다. 한 손으로는 양산을 펼쳐 들고, 다른 손으로는 저 자신을 어루만지다 가슴 위에 얹었다. 에다.

"정말 내가 해 줄 일은 없는 거야?"

입에서 김빠진 탄산수 맛 같은 씁쓰레함이 느껴졌다. 뇌가 머리뼈에 가하는 고통스러운 압력. 흠씬 두들겨 맞은 듯한 텅 빈 느낌. 그러면서도 한편으로 희한한 생각이 번뜩 떠올랐다.

"중요한 건 아닌데," 내가 말했다. "혹시 전동 드릴 있어?"

## 칠녀 사건에 대한 신문 기사 4

경찰은 여전히 라우라 Z 살해 사건의 유력한 용의자인 에리크 Z(41)의 행방을 쫓고 있다. 에리크 Z를 마지막으로 본 사람은 그의 아들로, 화요일 오전 10시경이었다. 에리크 Z는 집 앞에 주차해 둔 승용차에서 잠시 뭔가를 가져오겠다며 집을 나섰다고 한다. 당시 에리크 Z는 머리를 검게 물들였고 하얀 셔츠와 검은 소매의 회색 점퍼에 검은색 코르덴 바지를 입고 있었다. 특히 관자놀이에서부터 오른쪽 뺨 밑까지 길게 난 상처가 눈에 띈다. 에리크 Z(사진)의 행방을 아는 사람은 아래 번호로 경찰에 신고해 주기 바란다.

■

## 뒤로. 수요일, 개학까지 12일

이런 경험을 할 수 있는 장소는 지구상에 오직 이곳뿐. 오직 이 순간뿐. 그 애는 우리 쪽으로 등을 돌린 채 풀에 걸터앉아 있었다. 꿈꾸는 듯한 표정을 한 채 손으로 수영장 물을 갈랐다. 나는 불과 몇 발자국 떨어진 곳에 서 있었다. 지금 그리고 여기, 한밤중 실외 수영장에. 그 애는 수면에 은빛으로 반사되는 달빛을 뜨려는 것처럼 보였다.

행복감에 배까지 살짝 아팠다. (마음에 들었다. 어떻게 된 거지?)

"할렐루야." 콘도어가 외쳤다. "오늘 이 실외 수영장 심야 개장하는 날인가 보네……."

우리는 조금 전에 회전식 개찰구를 기어 넘어 들어왔다. 풀 가장자리에서 부드럽게 찰랑대는 물결 소리가 가장 먼저 우리를 맞았다. 풀 너머로 넘쳐난 물이 쿨럭쿨럭 소리를 내며 하수구로 사라지고 있었다. 그러나 이리저리 뛰노는 수많은 사람들의 소리가 더 크게 우리를 반겼다. 콘도어.

"……우리뿐일 줄 알았더니 아니네."

"그러게." 내가 대답했다.

아이들 고함 소리에 방해받지 않고 수영 연습을 하려는 수영광이나 한낮의 열기가 아직 남아 있는 야간에 조용히 수영을 즐기고 싶어 하는 연인들 혹은 고독을 즐기는 로맨티스트들과 마주칠 수 있다는 건 나도 알고 있었다. 그러나 오늘 밤은 분명 정상이 아니었다. 콘도어.

"정신 똑바로 차리고 있어. 꼴을 보니까 오늘 분명 일제 단속이 뜰 거야."

그럴듯한 말이었다.

"그래, 아주 불법적인 일이 벌어지고 있군." 내가 말했다.

나는 티셔츠를 벗었다. 이미 옷을 다 벗고 수영 바지만 입고 있던 콘도어가 내 뒤통수를 치며 말했다.

"야, 그만 좀 봐."

풀 가장자리에 앉아 있는 빨간 머리 여자애를 가리키는 말이었다.

"저런 애한테 마음 뺏기면 불이 확 붙어서 너만 화상 입어!"

"콘도어 소방관님?"

"저 애 비키니가 얼마짜린 줄 알아? 네 원룸 아파트 두 달치 월세보다도 비싸." 콘도어가 말했다. "내 말 믿어, 그런 거 알아보는 눈은 정확하니까."

콘도어는 말이 끝나기가 무섭게 요란스레 풀로 뛰어들어 다이빙대를 향해 헤엄쳐 갔다. 나는 그사이 10미터 높이에서 도움닫기를 해 아래로 뛰어내리는 녀석들을 보며 눈을 크게 뜨고 귀를 종굿 세웠다.

물이 튀어 올랐다.

왁자지껄한 웃음소리 속에서 녀석들은 잠시 물속으로 사라졌다가 다시 물 위로 모습을 드러냈다. 그러고는 풀 가장자리까지 자유형으로 헤엄쳐 간 뒤 다시 다이빙대로 올라가거나 잔디밭 혹은 탈의실 쪽으로 향했다.

"우리가 보호자다!" 한 녀석이 소리를 질렀다.

녀석은 내 앞을 전력 질주해 수심이 얕은 물놀이 풀로 뛰어들었다. 이미 그곳에는 다 큰 애들이 술집 안채 목욕통 속에 동그랗게 둘러앉은 서부의 악당들처럼 자리를 잡고 앉아 물장난을 치고 있었다. 녀석들은 담배를 피우고 건배를 하고 술을 마셨다. 뭔가를 축하하는 것 같았다.

아주 자유분방한 분위기.

심지어 출입구 근처에는 스파클링 와인 병을 손에 들고 인디언 말처럼 생긴 코인 라이더(동전을 넣고 타는 놀이기구—옮긴이) 위에 앉아 있는 녀석도 있었다. 동전 투입기는 화려한 색깔의 토템 기둥이었다. (토템으로 숭배되는 동물은 늑대였다. 아님 혹시 여우?)

"어이, 친구, 다음 주에 *파우와우*에도 같이 갈 거지?"

"……?"

비버 이빨을 한 녀석 하나가 머리에서 물을 뚝뚝 떨어뜨리며 내 손에 전단지를 쥐여 주었다. *축제가 아니라 투쟁이다*라는 문구가 크고 진한 글씨로 전단지 위쪽에 쓰여 있다. 비버 이빨.

"국경 근처에서 벌어지는 페스티벌의 대안 행사야. 올여름 최고 흥밋거리가 될걸."

"그래?"

내가 전단지를 돌려주었다. 이미 그날 저녁 최고 흥밋거리에 정신이 나가 그런 일에는 관심이 가질 않았다. 뭣보다 빨간 머리 여자애가 방금 전 잠깐 몸을 돌렸다. 정신이 아찔해지는 것 같았다.

"그냥 가져." 비버 이빨이 뒤에서 외쳤다.

그러나 나는 벌써 모자를 벗어 놓고 풀로 걸어가는 중이었다. 그 애가 발을 들어 올릴 때마다 물소리가 찰랑댔다. 반짝거리는 정강이. 살짝 벗겨진 페디큐어.

(그 사소한 결점. 어쩌면 그것 때문에 그 애에게 마음을 빼앗겼는지도 몰랐다.)

나는 그 애를 놀래지 않으려고, 그리고 그 애에게 시간적 여유를 주기 위해 수영장 출발대를 따라 반대편으로 걸었다. 그러고는 거기서 사다리를 이용해 물속으로 들어가 그 애 쪽으로 곧장 헤엄쳐 가기 시작했다.

나는 알고 있었다. 그 애도 알고 있었다. 내가 단 한순간도 놓치지 않고 그 애만을, 오로지 그 애만을 바라보고 있다는 사실을. 그 애는 눈을 감은 채 내가 몸길이 정도 떨어진 거리만큼 바짝 다가갈 때까지 그 사실을 즐기고 있었다.

"헤이, 결혼해 줘!" 내가 외쳤다.

"……."

눈 흘기는 데 소질이 있는 아이였다. 나는 방향을 돌렸다. 모든 걸 포기하기 일보 직전이었다. 하지만 이 모든 게 내 진심이었으면 어쩌지? 나는 수영을 하면서 생각했다.

(그래, 사람이 한 번 살지 두 번 사나?)

다시 방향을 바꿨다.

"이름이 뭐야?"

바로 그때 햄스터 볼에 부스스한 금발 곱슬머리를 한 여자애가 짜증스럽게도 그 애 옆에 자리를 잡고 앉았다.

"재키! 얘 이름은 재키야." 금발 머리가 깍깍댔다.

나는 두 사람에게게서 사람 키만큼 떨어진 곳의 물에 몸을 맡긴 채 드러누워 눈앞의 광경을, 정확히는 그 애의 모습을 즐겼다. 갈색 모랫빛 피부. 일광에 붉게 그을린 어깨. 까만 아이라인. 반짝이는 눈. 그리고 그 모든 게 붉은 머리카락 액자에 끼워져 있었다. 그 애의 머리카락 한 올 한 올은 숲을 집어삼키며 언덕을 내려오는 불길 같았다.

"안녕, 재키." 내가 말했다.

(이름 첫 글자를 *재애애애 ─ 키*라고 늘여 부르는 즐거움을 누리며.)

"……보니까 달빛을 훔치고 싶어 하는 것 같던데?"

금발 머리가 킥킥거렸다. 재키는 아무 반응도 보이지 않고 계속 침묵만을 고집했다.

"……."

하지만 그러면서도 비키니 끈을 올리거나 귀걸이를 만지작거렸는데(왼쪽, 오른쪽 모두 짧은 체인 끝에 별이 하나씩 달린 귀걸이) 그럴 때면 그 애의 손가락 끝에서 은빛이 똑똑 떨어졌다. 몸놀림 하나하나가 가볍게 혀를 차듯 자유분방했다.

내가 마음을 빼앗긴 건 이것 때문이었을 수도 있다. 아니면 낫등처럼 피부 위로 툭 튀어나온 골반뼈 때문이거나. 이도저도 아니라면 그저 여름 방학의 포근한 밤기운 때문이었을지도 모른다.

"온 지 오래됐어?" 내가 물었다.

완전 졸렬한 수준. 하지만 밑져야 본전이었다. 그런데 이번에는 그 애 입에서 대답이 나왔다. 정곡을 찌르는 재치 넘치는 대답.

"이제 막 17년 됐어."

그러고 나서 재키는 입꼬리에 묻은 보이지 않는 뭔가를 핥았다. 그 애의 입술은 눈부시도록 새하얗고 가지런한 이와 멋진 대조를 이루었다.

"나랑 똑같네. 천생연분인 것 같은데? 그나저나 내가 한번 알아맞혀 볼까? 너 영화배우지? 요즘 무슨 영화 찍어?"

재키가 눈을 들었다.

"아마추어들 나오는 영화. 네 생각엔 해피엔드일 것 같아, 아닐

것 같아?"

"해피엔드. 아마도." 내가 말했다.

내 대답이 재키 옆에 앉아 있던 금발 머리를 쫓아 버렸다.

"글쎄, 과연 그럴까." 재키가 대꾸했다. "대본이라도 읽은 거야?"

나는 재키의 몸을 뜯어보고 있었다. 활처럼 휜 턱, 목, 어깨. 아치처럼 둥그스름한 가슴, 옆구리, 엉덩이. 둥근 천장처럼 부드럽게 굽어 내리는 허벅지, 종아리, 복사뼈. 너무나 많은 굴곡에 현기증이 날 것만 같았다. 나.

"오늘 밤이 어떻게 끝날지 가르쳐 줄까?"

"잘났어, 정말."

재키가 두 손을 허벅지 사이에 끼었다.

"그러지 말고 이리 들어와 봐." 내가 말했다. "검은 벨트 아가씨."

"거긴 너무 축축해."

"그래. 그리고 사실 건강에도 아주 나쁘지. 다음 날 손님들에게 말끔히 살균된 풀을 제공하기 위해 저녁마다 염소를 몇 톤씩 물에 쏟아붓거든."

"이젠 정말 못 들어가겠어."

"그럼 내가 나갈게." 내가 제안했다.

나는 물에서 나와 그 애 뒤를 쫓아갔다. 재키는 잔디밭에서 놀고 있는 녀석들한테 가서 아이스박스에 든 맥주 한 병을 집어 들었다. 그러고는 담배에 불을 붙였다. 재키가 병에 입을 대고 맥주를 한 모금 마시더니 내게도 내밀었다.

"그래, 오늘 밤이 어떻게 끝나는데?" 재키가 물었다. "혹시 구깃구깃한 담뱃갑 종이에 전화번호 몇 자 받아 적는 걸로 끝나는 거 아니야? 그리고 그 종인 얼마 안 가 쓰레기통에 버려지고?"

재키가 미간과 관자놀이를 찌푸리며 재를 털었다. 내가 손짓으로 맥주를 거절하며 입을 열었다. "아니, 내가 너한테 입을 맞추게 될 거야. 내 손등에는 깨진 유리 조각으로 네 전화번호가 새겨질 테고. 그리고 넌 날 다시 만나고 싶어 할 거야, 내일 당장."

재키의 눈썹이 비웃듯 치켜 올라갔다. 재키는 나를 가만히 뜯어보며 피우던 담배를 끄지도 않고 근처 덤불 속으로 휙 던져 버렸다.

"아야야." 재키가 아픈 시늉을 냈다. "듣기만 해도 아파."

"참을 수 있어." 내가 말했다.

"하, 그러시면 어서 유리 조각을 찾아보셔." 재키가 말했다.

아침에 피어오르는 따뜻한 우유 향처럼, 고된 훈련 뒤의 톡 쏘는 콜라처럼 내 머리를 띵하게 만드는 미소와 함께.

"키스부터 하고." 내가 말했다.

내 쪽으로 한 걸음 다가오는 재키는 내면의 빛이 땀구멍을 통해 피부 밖으로 새어 나오는 것처럼 찬란했다. 다리가 아주 살짝 후들거리면서(물론 밤공기 때문이었을 수도 있다) 턱이 뻣뻣해졌다.

"개구리로 변하면 안 돼." 재키가 말했다.

심장이 미친 듯 뛰었다. 재키의 입술이 내 입술에 바짝 다가왔다.

"이 녀석, 아주 굉장한 복서야." 어디선가 갑자기 꽥꽥대는 콘도어의 목소리.

녀석의 축축한 손이 또다시 내 목덜미를 후려쳤다.

"······진짜 전사지."

녀석은 지금 나와 마우저를 혼동하고 있는 게 분명했다. 전사라니, 나는 전사와 거리가 멀었다. 아니, 전사는커녕 거친 서부에 갓 도착한 겁쟁이에 가까웠다. 나.

"정말 고마워, 콘도어."

재키가 나를 혼자 남겨 둔 채 가 버렸다. 키스는 물거품이 되었다. 콘도어.

"아이고, 이거 미안해서 어쩌나. 근데 쟨 왜 그냥 가 버린대?"

녀석은 눈을 동그랗게 뜨고 두 손으로 입을 막으며 호들갑스럽게 연극을 해 댔다.

"너처럼 타이밍을 못 맞추면 권투에선 문제가 되지."

내가 아닌 마우저의 말이었다.

콘도어의 부늑골에 한 방 먹였다. 장난으로.

(녀석은 과장되게 쓰러졌다.)

"의사 좀 불러 줘." 녀석이 죽는소리를 했다.

녀석을 뒤로한 채 자리를 떴다.

지금 나한테 필요한 것은 끝이 뾰족한 유리 조각뿐이었다.

‖

# 내가 나에 대해
# <u>확실히</u> 아는 세 가지

- **아버지가 특히 집착하는 복서 마우저는 나의 일부다.**
  (그렇다고 내가 정신 분열증 환자는 아니다. 다만 마우저가 있어서 필요한 경우 좀 더 어른스럽게 행동할 수 있을 뿐이다.)

- **나는 내가 진짜 누구인지 알고 싶다.** (동시에 이런 소망은 부싯돌 대신 비누를 쳐서 불을 피우려는 것처럼 헛되게 느껴진다.)

- **나는 첫눈에 재키에게 반하고 말았다. 에다한테는 아니다.**
  **그 반대였다면 더 낭만적이었을까?** (이런 망할 놈의 유리 멘탈 낭만주의!)

■

**앞으로. 수요일, 개학까지 5일**

조금 전에는 컴컴하고 잡초가 무성한 에다의 앞마당에서 실수로 민달팽이 한 마리를 밟는 바람에 가짜 비틀의 지붕(무당벌레 갑옷)을 더듬다 말고 넘어질 뻔했고, 지금은 언제 쓰러질지 모르는 기우뚱한 의자에 앉은 사람처럼 '느긋한' 마음으로 쿠션이 푹 꺼진 에다의 거실 소파에 쭈그리고 앉아 운동화에 묻은 진흙을 내려다보고 있었다.

"차에 설탕 넣을 거야?"

에다는 거실에 없었다. 올록볼록한 줄무늬 판유리가 달린 부엌문 뒤에서 뭔가를 열심히 준비 중이었다. 질문과 함께 에다가 잠깐 고개를 들이밀었다.

"그 뭐지, 설탕은 설탕인데 막대에 꽂힌 설탕, 그런 것도 있어?" 내가 물었다. "왜 차에 살짝살짝 적셔 가며 녹여 먹는 설탕 있잖아."

나는 차에 막대 설탕 적시는 시늉을 해 보였다. 통조림 무너지는 웃음소리가 한바탕 울려 퍼지더니 에다의 머리가 다시 사라졌다. 그리고 곧이어 쟁반에 뭔가를 잔뜩 받쳐 든 에다의 전신이 내 앞에 나타났다. 차에서 피어오르는 수증기와 함께 전나무 비슷한 향이 내 앞으로 훅 밀려왔다.

"아쉬운 대로 설탕 집게랑 각설탕도 괜찮지?"

"이건 설탕 집게가 아니라 바비큐 집게잖아." 내가 대꾸했다.

에다가 찻잔과 찻주전자 등등이 담긴 쟁반을 탁자 위에 올려놓았다. 표지가 너덜너덜한 책은 옆으로 치웠다. 책에는 책갈피가 끼워져 있었다. 에다는 차를 따르더니 잠시 뜸을 들였다. 이윽고 공원 벤치에 혼자 남겨진 뒤 무슨 일이 있었느냐고 조심스럽게 물었다. 에다.

"결국 못 찾았지?"

부드러운 실내 공기와 소파의 푹신함이 내가 얼마나 피곤한지를 나와 내 몸에 일깨워 줬다. 나는 하품을 참으려고 입속 살을 꽉 깨물었다.

"응." 내가 말했다. "찾으려고 한 게 바보짓이었지."

밤에 나무집 근처에서 콘도어를 만난 것과 아침에 재키네 집에 갔던 것은 일단 비밀에 부쳤다. 그러고는 입을 꾹 다문 채 거실 안을 둘러보았다. 화분들. 조약돌을 모아 놓은 접시. 창턱에는 몽당 양초가 담긴 작은 유리잔. 텔레비전은 눈에 띄지 않았다. 에다.

"내내 네 생각만 했어."

에다는 다리를 가슴으로 끌어당겨 턱을 무릎에 받친 채 팔걸이 의자에 쪼그리고 앉아 있었다. 머리는 양 갈래로 짧게 묶었다. 닳고 닳은 헐렁한 남방. 유행이 지난 지 수십 년은 된 남자 조깅 바지. 발은 맨발. 나.

"별로 유쾌한 날은 아니었어. 아직도 모든 게 비현실적으로만 느껴져. 좀 전에, 늘 하던 것처럼 운동 연습을 하러 가려고 했는데 헛수고였어."

나는 미끈하게 잘 빠진 에다의 가늘고 단단한 종아리를 바라보았다. 슬쩍 훔쳐보는 정도가 아니라는 사실을 깨닫자 머리가 혼란스러워졌다. 조금 부끄러운 생각마저 들었다. 에다.

"너랑 같이 있어 주지 않고 나 혼자 와 버려서 얼마나 자책했는지 몰라."

에다는 그 말을 하면서 자신의 정강이를 부드럽게 쓰다듬었다. 좀 이상한 말이었다. 거의 주제넘게 들린다 싶은.

"자책? 왜?"

에다가 동정 어린 표정을 눈썹에 담았다.

"난 네가 좋아." 에다가 말했다. "하여튼 인생은 가끔씩 너무 불공평하다니까."

아드레날린이 왈칵 분비됐다. 나는 모자를 벗고 두 손으로 두피를 벅벅 긁었다. 조금 전의 피곤함은 이제 흔적도 없이 사라지고 대신 능숙한 손놀림에 의해 팽팽 돌아가는 연발 권총의 기름 친 탄창처럼 머리가 갑자기 마구 돌아가기 시작했다.

"뭐라고? 다시 한 번만 말해 봐." 내가 말했다.

"인생은 가끔씩 너무 불공평하다고."

"아니, 그거 말고 그 전에 한 말."

"난 네가 좋아……."

그 말이 머릿속에서 증식하기 시작했다. *난 네가 좋아. 난 네가 좋아. 난 네가 좋아.* 정신을 차리고 보니 에다는 어느새 안경을 벗고 있었다. 그 애의 얼굴은 적개심을 누그러뜨리는, 마음을 뒤흔드는 관대함과 온화함과 친밀함을 아주 적나라하게 드러내고 있었다. 옷을 벗을 생각이냐고 물어보고 싶은 충동이 거의 반사적으로 나를 엄습했다. 혹시라도 그 애가 내 속마음을 알아차릴까 봐 나는 반쯤은 허둥지둥, 또 반쯤은 퉁명스럽게 내 충동에 저항했다.

"말도 안 되는 소리 하지 마. 네가 나에 대해서 뭘 안다고."

에다에게 또다시 내 의지와는 상관없는 말을 내뱉었다는 사실을 깨달았다. 에다는 말없이 나를 바라보고만 있었다.

"……."

에다가 발을 다시 바닥으로 내려놓더니 무릎 위에서 손깍지를 끼었다. 나를 바라보는 벌거벗은 눈빛. 나는 그 애에게 이런 말들을 할 수 있었으리라. *횔녀가 어디 있는지 알아. 아니면 머릿속에서 재키가 도무지 떠나질 않아. 그것도 아니면 다시 내 방으로 돌아가거나 아님 한 번 더 나무집에서 자야 한다는 거, 생각만 해도 끔찍해.* 그러나 내 입에서는 정작 다른 말이 튀어나오고 말았다.

"혹시 전동 드릴 아직도 빌려 줄 수 있으면…… 아니, 됐어. 이제 슬슬 일어나 볼게. 미안해. 내가 지금 제정신이 아니라서 그래."

(평소에도 여자애들 다루는 게 이렇게 서투르냐고? 천만의 말씀. 정말 아니다.)

"당연히 아직 빌려 줄 수 있지."

에다는 유연한 동작으로 팔걸이의자에서 빠져나왔다. 그러고는 거의 고마워하는 듯한 인상을 풍기며 나더러 복도로 따라오라고 했다.

"그래, 좀 우스울 거야." 내가 말했다. "하지만 샌드백 매달고, 운동하고 그러는 게 나한테 좋을 거란 생각이 들어서 그래."

"하나도 우습지 않아." 에다가 대꾸했다.

나는 더 이상 아무 말도 하지 않았다.

"……."

에다가 앞장서 걸으며 옆구리를 잠시 긁었다. 헐렁한 셔츠가 들려 올라갔다. 바지 밖으로 나온 꼬리표가 반짝였다. 살짝 드러난 엉덩이 라인이 나를 향해 환하게 웃었다, 허리께 척추 양쪽으로 움푹 파인 엉덩이 보조개와 함께. 에다.

"아마 빠진 거 없이 다 들어 있을 거야. 난 아직 한 번도 안 썼거든."

에다가 현관 옆 구석진 곳에서 먼지가 뽀얗게 쌓인 작은 공구 가방을 꺼냈다. 놀라우리만치 가벼웠다. 기본 날이 포함된 충전 드릴 세트.

(이걸로 과연 콘크리트에 구멍을 뚫을 수 있을까?)

"멋진데." 내가 말했다. "고마워."

목구멍에 시멘트가 찬 것 같았다. 혀는 나무토막이나 다름없었다. 가방을 건네받는 순간 손가락과 손가락이 닿았다. 단순한 우연도, 단순한 스침도 아니었다. 그보다 더 분명한 암시는 있을 수 없었다. 에다가 고개를 살짝 기울이며 물었다.

"괜찮아? 어디 좀 안 좋은 거 아니야?"

(장터에 마련된 깡통 투척장 앞에 서 있는 느낌이었다. 자, 이제 마지막 깡통 하나로 탑을 다 무너뜨려야 한다.)

"……."

턱을 내밀었다. 입술에 에다의 이가 닿았다. 입을 벌렸다. 에다가 넓적한 혀를 밀어 넣으며 키스를 퍼부었다. 엷은 박하 맛이 느껴졌다. 아까 마신 그 차. 눈을 감았다. 순간 에다가 나를 갑자기 뒤로 확 밀었다.

"아니," 에다가 말했다. "지금은 안 되겠어."

에다가 발개진 얼굴로 숨을 몰아쉬었다.

"왜 그래?"

나는 에다의 어깨를 어루만졌다. 재능 없는 배우들의 동작을 어설프게 따라 하는 모양새.

"이게 옳은 건지 확신이 없어." 에다가 말했다.

그러고는 입을 다물었다. 나는 그 상황을 설명할 길이 없었다.

순간 곧 일어날 일에 대한 두려움이 나를 엄습하는 게 느껴졌다. 특히 내 입에서 곧 튀어나올 말에 대한 두려움이. 아니나 다를까, 나는 에다에게 *파우와우*에 같이 가지 않겠느냐고 묻고 말았다. 에다.

"그러니까 네 말은 지금 출발하자는 거야?"

"그래, 어쩜 내가 정말로 제정신이 아니라서 이러는 건지도 몰라. 하지만 네가 어제 뭐 도와줄 게 없느냐고 물었잖아⋯⋯."

에다의 의아한 표정.

"어떤 식의 도움을 생각하는 거야?"

"넌 차가 있잖아."

에다가 이맛살을 찌푸렸다. 막상 입 밖으로 내뱉고 보니 내가 생각해도 참 미친 짓 같았다. 내가 정말 국경에 가고 싶어 하는 걸까? 에다.

"너, 거기 계실 거라고 생각하는구나. 그래서 거기 가려는 거야, 맞지?"

정말 그런가? 나는 정확한 대답을 회피한 채 놀이동산과 그 떨거지들한테서 주워들은 *파우와우*에 대한 몇 가지 기본 정보들을 늘어놓았다. 그러자 갑자기 재키가 사무치게 그리웠다. 마침내 나는 에다를 그대로 세워 두고 유턴해 버렸다.

"미안해, 좀 전에 내가 한 말은 그냥 잊어버려. 넌 일하고, 난 훈련해야지. 지금 이거 무슨 영화도 아니고."

카펫에 떨어진 부스러기를 내려다보았다. 내 운동화. 내 신발에 묻혀 들어온 으깨진 달팽이. 에다의 발가락.

"그래, 이건 영화가 아니지." 에다가 말했다.

(거의 알아들을 수 없는 소리로. 그러고는 또다시 입을 다물었다. 하지만 뭔가 계속 생각하고 있는 게 분명했다.)

유리창과 블라인드 사이에 끼어 갈팡질팡 날아다니는 파리 소리가 들렸다. 현관문을 보았다. 문손잡이.

파리의 비행 소리가 정적 속에서 점점 소음으로 차올랐다.

"이번 주는 어째 계속 꼬이네." 내가 말했다.

손에 든 전동 드릴 가방은 어느새 적어도 엘크 새끼 정도의 무게로 변해 있었다. 고막에서 쿵쿵 북소리가 울렸다. 파리가 내는 소음이 자꾸자꾸 커졌다. 더 이상 견딜 수가 없었다. 그러다 갑자기 나는 밤의 어둠 속에 서 있었다.

끊긴 필름.

에다의 집에서 어떻게 나왔는지 알 수가 없다. 하지만 어느새 호숫가 판자촌 앞에 있는 가로수 길로 돌아들어 가고 있었다.

있는 힘껏 달리기 시작했다.

그러나 고속 도로 다리에 오르는 순간 쇼크라도 먹은 사람처럼 제자리에 멈춰 서고 말았다. 꼬마 카우보이 녀석들이 기다렸다는 듯 난간에 기대서 웃고 있었다. 손에는 또 플라스틱 권총이 들려 있었다. 그게 진짜 무기가 아니라는 것쯤은 나도 알았다. 그럼에도 나를 겨누고 있는 장난감 살인 도구를 보자 다리에서 힘이 쭉 빠졌다.

"어이, 복서." 두 녀석 중 한 명이 먼저 입을 열었다.

"이번엔 무사히 못 넘어갈 줄 알아." 다른 녀석이 꽥꽥댔다.

나는 난간을 꽉 붙들었다. 아래는 고속 도로. 가운데 하얀 차선이 각각 하나씩 그려진 기다란 잿빛 혀 두 개(아니면 혀 하나가 갈라진 걸까?). 앞에는 가로등. 그 차가운 불빛 속에서 안달하고 있는 나방들.

"한밤중에 뭐 하자는 거야?" 내가 건조하게 물었다.

멀리서 개 짖는 소리가 들렸다.

"뭘 하는 것 같아?" 한 녀석이 물었다.

"꼼짝 마, 손들어." 다른 녀석이 외쳤다.

나는 주저앉았다.

*꼼짝 말*라는 말에 머리가 핑핑 돌기 시작했다. 내 기억은 180시간 전으로 되돌아갔다. 지금, 그러니까 수요일 자정 조금 못 된 시각에서 일주일 전 수요일 오전 11시 55분으로.

비디오 가게에 갔던 일. 살이 타들어 갈 것처럼 뜨겁던 날씨.

에다의 웃음소리. 보너스 카드.

분홍색 봉제 토끼 앞에 서 있던 나.

약국 지붕 위로 DVD를 던지던 콘도어.

녀석과 함께 회전식 개찰구를 기어 넘어 수영장에 들어가던 나.

재키. 물에서 떠올린 달빛. 유리 조각.

그 모든 게 비현실적으로, 거짓으로 느껴졌다. 기억의 단편들이 이 장면, 저 장면 제멋대로 뛰어다니는 내내. 그러나 눈을 한 번 깜빡이자 나는 다시 두 개의 총구를 바라보고 있었다. 이곳, 우리 아파트 단지와 저곳, 나머지 세상의 경계가 되어 주는 고속 도로 다리 위에서.

카우보이 꼬마 중 한 녀석.

"넌 진짜 전사잖아. 그러니까 분명히 알 거야……."

"……아님," 다른 녀석이 보충 설명을 했다. "이제 곧 알게 되든지……."

"뭘 곧 알게 될 거란 말이야?" 내가 물었다.

나는 미동도 않고 눈길만 총신을 따라 녀석들의 얼굴로 옮겨 갔다. 그러다 별안간 손을 확 움직였다. 카우보이 꼬마 녀석들이 질겁을 하며 몸을 움칠했다. 녀석들이 고래고래 소리쳤다, 벌써 반쯤 뒤로 물러서면서.

"마니투(북미 인디언들이 신봉하는 정령 ─ 옮긴이)한테 반말로 비는 거야, 아님 존댓말로 비는 거야?"

카우보이 녀석들이 내 얼굴에 완두콩을 발사하기 시작했다. 그러더니 겁이 나서 덤불 속으로 도망쳤다.

"마니투님, 제 말 좀 들어 보시죠." 나는 큰 소리로 혼잣말을 지껄이기 시작했다.

(확신하건대 이때 나는 얼굴에 미친 사람의 미소를 띠고 있었

다.)

"……제가 필요한 건 자동차와 돈과 잠이에요……."

옆에는 에다의 공구 가방이 놓여 있었다. 나는 모자를 만지작거리다 벌떡 일어섰다. 그리고 목이 컬컬해지도록 계속해서 고함을 쳐 댔다.

"그런데 제가 가진 건 닷새 남은 여름 방학과 모자 그리고 에다의 전동 드릴뿐이에요!"

나는 가로등을 걷어찼다. 불빛이 깜빡거렸다. 한 번 더 그리고 또 한 번 더. 그러면서 마니투에게 내 고통을 하이라이트만 정리해서 토로했다. 웃음이 나왔다. 나 자신에 대해 큰 소리로 웃었다. 그러다 결국에는 콧물을 들이마신 뒤 얼굴을 쥐었다. 눈물이 흘러내린 곳을.

코끝에는 콧물 풍선이 대롱대롱 매달려 있었다.

발목이 뻐근했다. 주저앉았다.

"지금 이건 장난이 아니에요." 내가 말했다.

심호흡.

"……마우저가 겪은 일을 겪고 나면 삶이 어떻게 되는 거죠?"

마니투는 말이 없었다.

"……."

다리 난간에 몸을 기댔다.

그러고는 문득 깨달았다.

우리 단지 아파트들이(위에서 보니 아주 잘 보였다) 밤하늘을 향해 뾰족뾰족 솟아 있었다. 그리고 그 위로 어마어마하게 큰 달이 떠 있었다. 버터플라이 칼날처럼 환한 은색 동그라미. 밑에서는 자동차들이 아스팔트의 울음소리 위를 질주했다. 불빛으로 어둠을 찢어 가르며.

나는 혼자였다.

혼자. 나.

▶ ❙❙ ▶▶ ◀◀ ■

풋내기와 에다 이야기

**목요일에서 토요일까지**

(FAST FORWARD | 빨리 감기)

▶▶

# 다이어리

**목요일**

가짜 비틀(야간 운행)
자동차극장
계획 변경(바다)
여우
(개학까지 4일)

**목요일 밤**

첫 번째 악천후
(천둥 번개를 동반한 소나기)
모텔(고백)
욕조

**금요일**

세 번째 엽서
교통 체증
페스티벌(파우와우에는 아직 도착 못 함)
야영장(페스티벌 장소 근처 숲 속에서)
네 번째 엽서

**금요일 밤**

치프. 환각
파우와우(멈춤)
야영장으로 되돌아옴
솜브레로 갱(셋이서 춤을)
주차장에서의 숨바꼭질
간주곡(텐트)

**토요일**

말뚝
두 번째 악천후(우박 비)
빈터(해돋이)
멧돼지
카누(호수)
해결
(개학까지 2일)

**앞으로. 금요일, 개학까지 3일**

감청색과 핏빛 오렌지색과 분홍색과 붉은색으로 물들었던 하늘이 서서히 보랏빛으로 변해 갈 무렵 고원에 다다랐다. 나는 마지막으로 한 번 더 뒤를 돌아보았다. 아무도 없었다. 그러자 갑자기 미행당하는 것 같던 느낌이 비누 거품 터지듯 한순간에 사라져 버렸다. 도착했다. 나무들 사이로 텐트 몇 개가 처음으로 모습을 드러냈다. 텐트 앞에 파 놓은 구멍에는 타다 남은 나뭇가지와 신문지 조각 그리고 재가 가득했다. 침엽을 밟으며 숲 속으로 계속 걸어 들어갔다. 바람에 실려 음악 소리(기타 퉁기는 소리와 노래)가 들려왔다.

"올 유 니드 이즈 러브(*All you need is love*)! 딥―딥―디―디―디이!"

이글루 모양의 텐트 앞에서 소리를 죽인 영화 한 편이 하얀 엉덩이에 투사되어 돌아가고 있었다. 굵은 흑백 픽셀들에 뒤덮인 여자의 둥근 엉덩이. 배 한 척이 호수에 떠 있었다. 버려진 것처럼 보였다. 배는 가라앉고 있었다. 장면이 바뀌자 배 바닥에 인디언이 누워 있었다. 의식을 잃었거나 심지어 죽은 것 같았다.

(음악이 안 나오는 뮤직비디오? 옛날 서부 영화?)

"축제가 아니라 투쟁이다!"

걸음을 멈췄다. 상의를 입지 않은 여자애 한 명(탄력 있는 가슴, 동전 크기의 발그스름한 젖꼭지)이 그 희귀하고도 스펙터클한 예술 영화를 말없이 지켜보는 무리에서 빠져나오더니 내 쪽으로 다가왔다.

갈지자걸음. 잠자리의 겹눈을 연상시키는 선글라스. 여자애가 내게 팔을 둘렀다(급커브를 도는 버스에서 막대 손잡이를 잡듯 단순히 넘어지지 않기 위해 그런 것일 수도). 여자애가 내 볼에 축축하게 입을 맞추더니 귀에 입술을 바짝 갖다 대고 속삭였다.

"우리한테 와. 우린 물지 않아."

"……."

여자애의 팔에서 몸을 빼냈다. 매끈한 인조모 가발이 피부에 와 닿았다. 여자애는 단발 모양의 백금색 패션 가발을 쓰고 있었다. 여자애를 제대로 보지도 않았고 시선 역시 여전히 영화 쪽에 고정하고 있었지만 그 애 얼굴과 주근깨투성이 팔에 그림이 그려진 건 알아차릴 수 있었다. 재로 그린 것? 구불구불한 뱀 무늬. 왠지 인디언스러웠다.

"너도 한 모금 마셔 볼래?"

여자애가 어눌한 발음으로 물었다. 여자애는 발 바깥쪽으로 서서 균형을 잡으려고 애썼다.

"……."

고개를 저었다. 머리로 손을 가져갔다. 늘 모자가 씌워져 있던 곳. 여자애가 내 쪽으로 병을 하나 내밀었다. 수영장에서 내게 맥주를 권하던 재키의 몸짓을 연상시켰다.

"정말 싫어?"

"어, 정말 됐어." 내가 말했다.

그 애는 유리병한테 화라도 난 사람처럼 안에 든 술을 벌컥벌컥 혼자 다 마셔 버렸다. 내가 사람을 찾고 있다고 하자 반라의 그 여자애는 갑자기 따분해졌다는 듯 가슴 앞으로 팔짱을 끼었다(이 역시 전형적인 재키의 몸짓). 여자애.

"야, 여기 사람이 얼마나 많은 줄 알아? 네 친구들은 저기 호숫가 공연장에 있을 수도 있고, 대형 위그웜(북미 인디언들의 천막—옮긴이)에 모여 있을 수도, 아님 저쪽 큰 바위나 여기 야영장에 있을 수도 있어. 여긴 *파우와우*야. 그냥 즐기면 돼."

그런가? 그러려고 여기까지 온 건가? 그런데 어떻게 하는 게 즐기는 거지? 주위는 마치 전쟁터 주변을 방불케 했다(패잔병 캠프). 움직이는 모든 것에는 느리고 게으르고 축 늘어진 뭔가가 들러붙어 있었다. 모닥불을 피웠던 자리에서 불씨가 반짝였다. 아무렇게나 내버린, 혹은 비닐봉지에 대충 쑤셔 넣은 쓰레기가 여기저기 널려 있었다. 음식 찌꺼기가 그대로 남아 있는 빈 유리병. 더러운 그릇과 포크.

나는 전동 드릴이 든 가방을 다른 손으로 옮겨 잡으며 파리 떼가 들끓는 그 장애물들을 뛰어넘었다.

어디를 둘러보건 텐트가 쳐져 있었다. 모양도 색깔도 제각각인 천막들(딱히 이렇다 할 만한 체계는 보이지 않았다) 앞에는 반라의, 혹은 대충 뭔가로 변장한 젊은이들이 맥주 궤짝을 옆에 두고 캠핑 매트나 에어 매트 위에 쭈그리고 앉아 있었다. 침낭으로 몸을 휘감은 채 뭍에서 옴짝달싹하지 않는 바다표범처럼 누워 있는 사람들도 눈에 띄었다.

저 아래 목초지와 경작지에 세워진 페스티벌 야영장과 달리 이곳은 언뜻 봐서는 간밤 폭우의 흔적이 눈에 띄지 않았다. 빗물이 고인 곳도 질퍽한 땅도 보이지 않았다. 그러나 다시 잘 보니 찢어진 텐트며 옷가지를 널어 말리고 있는 임시 빨랫줄 그리고 부러진 유리 섬유 폴대가 삐죽삐죽 튀어나온 텐트들의 잔해가 눈에 띄었다.

"재키……? 재키!"

붉은 머리가 보였다. 머리카락은 우람한 나무에 걸어 놓은 해먹 밖으로 늘어져 있었다. 발걸음이 빨라지다 곧 다시 제자리에 멈춰 섰다.

착각.

재키가 아니었다. 그러나 나는 이 근처에서 재키를 찾을 수 있다는 확신이 든 사람처럼 마음을 다지며 다시 수색에 나섰다.

"*여긴 파우와우야.*"라는 소리가 머릿속에서 메아리쳤다.

하지만 막상 재키를 찾으면 뭘 하지? 그런 질문을 던지자마자 곧바로 에다가 떠올랐다. 에다는 지금쯤 다시 집으로 가고 있을까? 바지 주머니에 들어 있는 엽서를(벌써 세 장이나 모였다) 생각하자 명치끝이 쿡 쑤셔 왔다. 그렇게 몰래 도망쳐 버리다니. 여기까지 그 먼 길을 함께 왔는데. 신사답기는커녕 그야말로 치졸하기 짝이 없는 행동이었다.

손에 든 가방이 점점 더 무거워졌다. 가방 손잡이와 손바닥 사이에 땀이 고였다. 티셔츠. *저 티셔츠!* 갑자기 총 개머리판에 뒷머리를 얻어맞기라도 한 듯 정신이 번쩍 들었다.

저 앞 텐트 지붕에 문제의 티셔츠가 축축이 젖은 채 맥없이 널려 있었다. 오리지널 *인생은 놀이동산이 아니다* 티셔츠. 검은 바탕에 흰 글씨. 나는 순례자고 그 옷은 이천 년 된 예수의 수의인 듯 똑바로 달렸다.

"쿵!"

어두컴컴한 숲 속에서 미처 보지 못한 뭔가에 발이 걸리고 말았다. 물통?

물통이 아니었다. 침낭에 누운 사람이었다. 녀석이 꼼지락거리기 시작했다. 밖으로 나온 머리통은 내가 익히 아는 사람의 것이었다. 까까머리 두피가 까만 양귀비 씨를 뿌려 구운 빵 윗부분처럼 보였다.

"축제가 아니라 투쟁이다." 내가 짐짓 쾌활한 목소리로 외쳤다.

그러고는 침낭에 처박힌 인물이 느낌상 30분은 되겠다 싶은 긴 시간 동안 애벌레가 번데기에서 나비로 변하듯 껍데기에서 빠져 나오려고 몸부림치는 광경을 지켜보았다. 신음을 토하고 욕을 하면서.

"아니, 이게 누구야?!"

그러나 변태의 과정은 마무리는커녕 본격적으로 시작도 못한 채 흐지부지 끝나 버렸다. 애벌레의 머리 부분에는 이전과 변함없는 놀이동산의 허연 얼굴이 달려 있었다. 상체는 벌거벗은 상태였다(허연 피부, 출렁출렁 가슴). 녀석은 조금 전까지 누워 있던 침낭 안을 더듬어 세련된 맛이라고는 전혀 없는 안경을 꺼내 쓰더니 졸린, 그리고 술이 덜 깬 게 분명한 눈으로 나를 바라보았다.

"모자는 어디다 뒀냐?" 녀석이 물었다.

콧등 피부가 벗겨져 있었다(햇볕에 그을린 건 아니었다).

"왜 텐트에서 안 자고 옆에서 자?" 내가 물었다.

"모자를 벗어서 못 알아볼 뻔했다."

"나름 변장 좀 해 봤지. 모자는 벗고 머리는 드러내고."

놀이동산이 기지개를 켜다 말고 얼굴을 찌푸렸다.

"왜 그래, 괜찮아?" 내가 물었다.

"아니, 안 괜찮아" 녀석이 대답했다. "일단 나한테 어제 학살이 감행됐고, 이놈의 개미들 때문에도 미치겠어. 텐트 안에 있는데 어찌나 물어뜯는지 밤을 꼬박 새우다시피 했어. 뭐 어차피 상처 때문에도 잠을 못 잤겠지만."

놀이동산이 또다시 인상을 쓰며 입술에 손을 갖다 댔다.

"재키는 어디 있어?"

"어디 나갔어?"

놀이동산이 두리번거렸다. 나도 주위를 둘러보았다. 녀석의 것으로 보이는 텐트는 모닥불을 중심으로 비교적 멀찍이 떨어진 채 나름 둥그렇게 모여 있는 여덟 개의 텐트 중 하나였다.

텐트 문은 모두 열려 있고 안은 텅 비어 있었다.

눈에 띄는 사람이라고는 대각선 건너편, 캠핑 의자에 앉아 있는 사내 녀석들이 다였다. 녀석들은 빨간 멕시코 밀짚모자 솜브레로를 쓰고 솜브레로 모양의 뚜껑(역시 빨간색)이 달린 술병(데킬라 병을 가리킨다―옮긴이)을 돌리고 있었다. 나.

"어디 간 거야?"

"……."

어깻짓으로 여겨지는 몸짓.

"혼자?"

"나 참, 여기선 아무도 혼자가 아니야."

"너희 전화 있잖아." 내가 제안했다.

"있음 뭐해? 터지질 않는데. 우린 지금 국경에 와 있어, 세상 끝. 빌어먹을 오지 한가운데 와 있다고."

순간 무슨 명령이라도 받은 듯 기러기 떼가 나무 꼭대기를 지나 바다를 향해 어둠 속으로 사라졌다.

"아마 여기 어디 쪽지를 남겼을 거야. 몰라, 대개는 그래."

놀이동산이 텐트 입구 쪽으로 기어가더니 물건을 뒤지기 시작했다. 그 와중에 침낭이 엉덩이 아래로 흘러내렸다. 녀석의 옆구리에 피가 흥건히 배어 나온 천이 덧대여 있었다. 천은 아쉬운 대로 청테이프로 몸에 고정되어 있었다.

"심각하네."

"……?"

놀이동산이 두루마리 휴지, 통조림 따개, 손전등, 꾸깃꾸깃 뭉친 냅킨을 차례차례 밖으로 내던졌다. 나는 그 물건들은 거들떠보지도 않았다.

"네 그 상처 말이야. 차에 붕대 없어?"

녀석이 다시 텐트 앞으로 와 앉았다. 손에는 물티슈 봉지가 들려 있었다. 녀석이 접착테이프를 열더니 향기 나는 티슈 한 장을 끄집어내 창백하고 민숭민숭한 가슴과 겨드랑이 그리고 허연 두 팔을 꼼꼼히 문질러 닦기 시작했다. 놀이동산.

"우린 야만인이야."

"어디 좀 봐 봐. 이거 팬티야?"

그건 정말로 압박 붕대로 둔갑한 팬티였다. 여러 번 접은, 더러운, 피가 흥건히 밴 팬티. 나는 텐트 앞에 전동 드릴을 내려놓고(솜브레로 갱들의 눈길이 가방에 꽂히는 게 느껴졌다. 지대한 관심의 눈길.) 청테이프와 상처에 들러붙은 팬티를 단번에 잡아뗐다. 놀이동산의 비명 소리.

"아악, 젠장…… 집에 가고 싶어. 다 싫어. *퍄우와우*도 싫고 이놈의 세상도 싫고 다 싫다고!"

"도대체 무슨 일이 있었던 거야?"

성냥 두 개비쯤의 길이로 찢어진 상처는 속살이 훤히 들여다보일 정도로 벌어져 있었다.

"부러진 마이크대 끝에 찔렸어."

어젯밤 토론 모임이 끝나고 몸싸움이 벌어졌는데 놀이동산은 그걸 말릴 생각이었다고 했다. 호숫가 작은 공연장에서 시작된 주먹싸움이 시간이 지남에 따라 피를 뿌리는 난투극으로 번졌다고. 놀이동산.

"폭우가 쏟아졌기에 망정이지 안 그랬으면 무슨 험한 꼴이 벌어졌을지 아무도 몰라. 술 취한 얼굴에 드러난 증오심을 네가 봤어야 하는데."

"뭣 때문에 그랬는데?"

"왜 지난번 시위할 때 페인트 폭탄 던진 거, 기억나?"

당연히 기억났다. 더불어 녀석이 떠벌렸던 말도. 나.

"우리 세대가 평판보다 낫다는 걸 보여 줘야 한다고 말한 게 누구더라?"

"그래, 놀려 먹어라, 놀려 먹어. 하지만 농담 아냐. 난 정말 어제까지만 해도 우리가 그때 폭력적으로 돌변한 배후에는 경찰이 있다고 생각했어. 축제 분위기 속에서 벌어지는 우리의 평화 시위를 음해하고 조작하려는 계산된 전략이라고. 도발 내지는 음모라고 불러도 좋겠지. 하지만 어제 이후로 미련한 놈들을 데리고는 트로이 목마를 만들 수 없다는 사실을 깨달았어. 우리한텐 지도자가 필요해. 일치단결해서 저항하는 태도도. 아니, 모든 걸 다 새로 정비해야 해. 지난번 시위는 정말이지 진부한 마을 축제, 그 이상은 아니었어. 아예 무력 행사에만 관심 있는 녀석들도 있었다고. 정말 침울한 얘기지."

"정말 뼈아픈 경험이네." 내가 대꾸했다.

놀이동산이 솜브레로 갱들을 바라보며 고개를 끄덕였다.

"그래, 우린 아마 이 행사가 끝난 뒤에도 그만그만한 개인들로 남을 거야. 끔찍한 얘기지. 저길 좀 봐. 저기 저 녀석들은 지난 수요일 저녁부터 저렇게 텐트 앞에 죽치고 앉아서 죽어라 술만 들이켜고 있어."

놀이동산은 그제야 생각났다는 듯 말을 마치기가 무섭게 스스로 와인 병을 집어 뚜껑을 돌려 딴 뒤 한 모금 길게 들이켰다.

"너도 좀 마실래? 아 참, 넌 안 마시지."

녀석은 대화를 다시 치료 관련 주제로 돌렸다.

"내 상처 좀 어떤 것 같아?"

"죽진 않을 거야." 내가 말했다. "하지만 한 번 제대로 손봐 주는 게 좋을 것 같아. 어디 멀리 주차했어?"

녀석이 고개를 저었다. 나.

"그럼 같이 구급상자 가지러 가자, 어서."

몸을 일으키던 놀이동산의 무릎이 꺾였다.

"아직은 무리야. 이건 모기 물린 거랑은 다르다고."

"그래, 됐어. 그럼 내가 혼자 가져올게."

놀이동산이 열쇠와 손전등을 건네며 주차한 장소를 대충 알려 주었다. 그러면서 한마디를 덧붙였다.

"재키는 나타날 테니까 걱정 마……."

그러고는 와인 병을 입에 물고 한 번 더 죽 들이켰다.

"…… 우리가 찾아낼 거야."

얼마 지나지 않아 나는 놀이동산의 자동차 앞에 서 있었다. 구급상자를 꺼낸 뒤 트렁크 문을 다시 닫으려는 순간이었다. 혈관 속의 피가 급브레이크를 걸었다. 심장이 멈췄다.

정신이 멍한 상태로 자동차 열쇠를 바지 주머니에 쑤셔 넣었다. 그러고는 손전등을 어둠 속으로 비췄다.

의심의 여지가 없었다. 세 대의 자동차 뒤에 에다의 가짜 비틀이 서 있었다. 나는 트렁크 문을 쿵 내려 닫고 우리를 바닷가로, 그리고 다시 이곳 국경으로 데려다 준 그 차로 다가갔다. 에다가 왔다. 이제 어쩌지?

문을 전부 잡아당겨 보았다. 잠겨 있었다.

평소 모자가 잡히는 곳으로 손을 올렸다. 뒤통수의 머리를 쓸어 올렸다. 순간 앞유리 와이퍼에 끼워진 종이가 보였다. 네 번째 엽서.

귀뚜라미 소리가 들렸다. 모기 소리가 들렸다. 엽서를 빼냈다. 내게 쓴 엽서가 분명했다. 엽서에 손전등을 비쳤다.

에다. 재키. 췰너.

나는 여기서 누굴 찾는 걸까? 정말로 누구를 찾고 있는 걸까?

‖

# 내가 재키에 대해
## <u>모르는</u> 세 가지

- 끈 묶는 반장화가 있는지.
  (신발 끈을 싫어할 이유가 있을까?)

- 성형 전에는 코가 어땠는지.
  (이런 걸 굳이 궁금해할 필요는 없다. 그래도 나는 궁금하다.)

- 재키에게 연정 어린 황홀감 말고 다른 감정도 느낄 수 있을까?
  (그 애의 겉모습 뒤에는 무엇이 있을까?)

◀◀

**뒤로. 목요일, 개학까지 4일**

땅거미가 내려앉기 직전(하늘에는 먹구름이 몰려들고 있었다),
에다가 급브레이크를 밟으며 차를 세웠다.

"왜 그래?"

나는 그제야 도로에 서 있는 동물 한 마리를 보았다. 길을 건너
다 얼어붙기라도 한 것처럼 녀석은 제자리에 가만히 서 있었다. 내
디디려던 앞발을 여전히 허공에 치켜든 채.

"저거 분명 암컷일 거야." 에다가 말했다.

여우는 자동차 한 대만큼도 떨어지지 않은 곳에 옆모습을 고스
란히 드러내 보이며 도로를 가로질러 서 있었다. 오렌지색이 감도
는 붉은 털옷. 뺨의 하얀 얼룩, 가슴, 허리 그리고 털이 탐스러운
꼬리.

"암컷? 정말?"

고양이 눈처럼 생긴 눈, 개의 것과 비슷한 길고 뾰족한 주둥이
그리고 삼각형 모양의 귀. 여우는 얼굴을 우리 쪽으로 향하고 있었
는데 고개를 약간 숙인 덕에 등허리 위로 어깻죽지가 선명하게 드
러나 보였다.

"내기해도 좋아." 에다가 말했다.

나도 에다와 같은 생각을 했지만 그 대상은 완전히 달랐다. 에다는 재키에 대해 모르고 있었다. 자기가 나를 지금 여우 털처럼 붉은 머리를 한 여자애한테 데려다 주는 중이라는 사실도 전혀 알지 못했다. (나란 녀석은 얼마나 치졸한지.)

"왜 그렇게 생각하는데?"

"당연하잖아. 심장이 써늘해질 정도로 차가운 저 눈빛 좀 봐. 하마터면 우리 차에 치일 뻔했는데도 두려움이라고는 없어. 대신 아주 당당한 몸짓으로 지금 이 상황은 제 잘못이 아니라 하필 자기가 길을 건너려는 순간에 달려온 우리 잘못이라고 말하고 있어. 저런 건 수컷들은 못해, 죽었다 깨어나도. 두고 봐. 저 녀석 분명 되돌아가지 않고 애당초 제가 계획했던 대로 길을 건널걸. 그것도 아주 사뿐사뿐. 내기할까?"

에다의 말대로였다. 우리는 계속 달렸다. 어스름한 저녁 속으로, 위협적으로 보이는 시멘트색 하늘을 따라 차를 몰았다. 차량이 눈에 띄게 줄어 있었다. 마을의 규모는 점점 작아지는 반면 마을들 간의 간격은 점점 커졌다. 지도에는 그 어느 마을도 나와 있지 않았다.

"지금 우리 제대로 가고 있는 거야?" 내가 물었다.

자동차 앞유리에 부슬비가 떨어지는가 싶더니 곧 멈췄다. 잡석과 타르가 튀어 오르면서 가짜 비틀의 차체 하부를 두드려 댔다.

운전에만 몰두하던 에다가 다시 입을 열었다.

"저기 보여? 엄청 시커먼데."

에다가 손가락으로 앞을 가리켰다. 저 멀리 시커먼 빗줄기가 무거운 잿빛 커튼처럼 우리와 지평선 사이를 가로막고 있었다.

"응." 내가 말했다. "이제 곧 요란하게 퍼붓겠어."

출발 직후부터 돌아가기 시작한 주행계의 숫자판이 400킬로미터를 넘어갔다. 우리는 지금 일정에 없었던 바다 방문을 끝낸 뒤 해안과 국경 사이 어디쯤을 달리고 있었다. 오래된 국도(여기저기 땜질된 울퉁불퉁하고 망가진 도로)는 구불구불한 끈처럼 어둠 속으로 굽이굽이 이어졌고, 그 위로는 도로 양편의 나무들이 시커먼 머리를 맞대고 끝없이 서 있었다.

문과 창문 틈새로 요란스레 휘파람을 불어 대는 외풍.

보이지 않는 소용돌이를 일으키며 내닫는 차 뒷전에서 빙글빙글 휘도는 나뭇잎들.

조금 전 유리창에 외로이 떨어진 길 잃은 빗방울이 홀로 헤엄치는 정자처럼 꼬리를 부르르 떨며 유리창을 기어오르고 있었다. 에다.

"아주 전형적인 영화의 첫 장면 같지 않아?"

구름이 부글부글 끓어오르나 싶더니 하늘이 환해지며 첫 번개를 땅에 내리꽂았다. 그러자 채 셋도 세기 전에 천둥소리가 천지를 뒤흔들었다. 이어 비가 내리기 시작했다. 와이퍼가 당해 내지 못할 정도로 많은 양의 비가 앞유리를 마구 두드렸다. 어디가 하늘이고 어디가 땅인지 더 이상 구분이 가지 않았다. 나는 에다의 말을 알아듣고 장단을 맞췄다.

"쓸쓸한 시골길. 고장 난 자동차. 길 잃은 남녀 한 쌍. 인적이라고는 없는 그곳에 갑자기 어둠을 가르며 나타난 허물어져 가는 작은 고성의 불빛."

"늑대 울음소리가 들리고." 에다가 말을 이었다.

(고개를 끄덕이며 음흉한 미소까지 지어 보였다.)

"……잿빛 구름 뒤로는 어둠을 비추는 보름달."

에다가 원거리 전조등을 켰다가 금세 다시 껐다. 빗줄기가 워낙 빽빽해 빛이 통과하지를 못했다.

강한 폭풍에 차가 흔들렸다. 있는 힘껏 운전대를 붙잡은 에다의 모습이 눈에 들어왔다. 길 양쪽에 늘어선 나무와 덤불이 제멋대로 요동치는 물줄기처럼 마구 휘어졌다. 폭우가 잠시 잠잠해지는가 싶더니 곧 다시 더 세차게 쏟아지기 시작했다.

에다가 클러치를 밟으며 기어를 중립으로 놓더니 천천히 차를 세웠다. 순간 낯설지 않은 불쾌한 느낌이 배 속으로 스멀스멀 기어 올라 왔다. 나.

"혹시 뒷자리에 인디언 없지?"

우리는 표지판 없는 사거리에 서 있었다. 에다가 실내등을 켜더니 백미러를 들여다보며 이맛살을 찌푸렸다.

"……?"

"그래, 됐어." 내가 말했다.

나는 잠시 모자를 만지작거리다 지도를 펴 들었다. 유리창을 두드리는 빗소리가 모닥불 불똥 튀는 소리처럼 들렸다. 에다.

"여기가 지금 어디쯤 같아?"

"차라리 아까 고속 도로 쪽으로 나갈 걸 그랬나 봐." 내가 말했다. 여러 가지 색깔로 얽혀 있는 선과 이름과 숫자를 들여다보며.

"그랬으면 5킬로미터쯤 가다가 러시아워에 걸려 다른 차들처럼 오도 가도 못했을걸."

그건 에다가 옳았다. (에다가 실내등을 다시 껐다.)

"그랬을 수도 있지." 내가 대꾸했다.

나는 뒷유리 쪽으로 고개를 돌려 불빛이라고는 없는, 애도의 색깔로 칠해진 무(無)를 내다보았다. 뒷좌석에 인디언은 없었다.

다시 앞으로 돌아앉았다. 전조등 불빛에 도로와 적막한 들판만 조금 보일 뿐 그 외에는 누군가 내버린 소총의 총신 속처럼 깜깜하기 그지없었다.

"오늘은 어디다 텐트도 못 치겠는데? 노천에서 자는 것도 그다지 즐겁진 않을 것 같고." 에다가 말했다.

"……."

나는 고개를 끄덕였다. 이런 문제가 생기리라고는 생각도 하지 못했다. 에다가 나를 물끄러미 바라보았다. 그러더니 잠시 쉬어 갈

만한 숙소를 찾아보자고, 한잠 자고서 다시 출발하자고 제안했다.

"숙박료는 내가 기부할게. 어때?"

에다의 가짜 비틀에서 보낸 지난밤을 떠올리며 내 속마음에 귀를 기울여 보건대 썩 괜찮은 생각이 아닐 수 없었다.

"근처에 숙소가 있으면." 내가 대답했다.

에다가 기어를 1단으로 올렸다.

"지구는 둥그니까 언젠간 하나 나오겠지."

그러나 한참을 달려도 숙소 따위는 보이지 않았다. 딱 한 번 식당을 지나쳤는데 화염에 휩싸여 있었다. 건물보다 두 배는 더 높은 불길이 지붕 위로 치솟았다.

"저거 봐, 번개를 맞았나 봐." 내가 말했다.

"빨리도 알아본다." 에다가 대꾸했다.

화재 발생 장소에서 뿜어 나오는 밝은 빛이 에다의 얼굴에 반사됐다. 소방대가 소방차 두 대로 진화 작업을 벌이고 있었다. 빗물에 뒤섞인 재와 먼지가 앞유리에 눈발처럼 떨어졌다. 에다.

"날씨가 이런데 페스티벌에서 어디 숨을 만한 곳을 찾으셨을까?"

횔너 얘기였다. 순간 나는 또다시 에다의 동기에 의심을 품지 않을 수 없었다. 과연 내가 횔너를 찾을 수 있도록 도와주려는 게 다일까? 나는 잘 모르겠다는 듯 어깻짓을 해 보였다.

"글쎄, 페스티벌이 열리는 곳까지 무사히 가셨다면."

라디오를 켰다. 뉴스가 나왔다. 이 단추, 저 단추 아무거나 눌렀다. 다른 방송은 잡히지 않았다. 다시 라디오를 껐다.

"저 앞에 다시 고속 도로 진입로야."

에다가 어둠 속에서 나타난 도로 표지판을 가리키더니 곧이어 깜빡이를 켰다.

"어, 이쪽이 아니라 저쪽인데." 내가 말했다.

그러나 나는 곧, 말을 채 마치기도 전에 에다의 판단이 옳았다는 것을 알았다. 반대 방향에는 국경 방향 차들이 꼬리에 꼬리를 물고 있었고, 그쪽으로 갔더라면 결국 1미터도 못 갔을 게 뻔했다.

한편 우리 쪽은 크게 붐비지 않았다. 우리는 느슨한 차량 행렬 사이로 가뿐히 진입했다. 도로에 고인 빗물이 바퀴를 따라 분수처럼 튀어 올랐다. 얼마 안 가 주유 및 휴게 시설 전광판이 나타났다.

"찾았다!" 에다가 외쳤다.

에다는 구불구불한 미로로 차를 몰더니 상자처럼 생긴 저층 건물 입구 바로 앞에 주차했다. 굵고 가는 물줄기가 되어 자동차 앞 유리로 흘러내리는 둥근 빗방울들 속에 모텔의 네온 간판 불빛이 반사되고 있었다. 나.

"허물어져 가는 작은 고성."

에다가 자동차 열쇠를 확 잡아 뺐다. 전조등의 쌍둥이 불빛이 꺼졌다.

"한 폭의 그림 같지 않아?" 에다가 말했다. "근데 달은 어디 있지?"

차 문을 열었다. 고속 도로에서 들리는 늑대 울음소리가 귓속을 파고들었다. 우리는 물웅덩이를 뛰어넘어 현관 지붕 밑으로 들어갔다. 서로를 바라보았다.

"준비됐어?" 내가 물었다.

머리 위에서 요란하게 휘날리는 깃발들. 빗물에 젖은 에다의 얼굴. 안경알에 맺힌 빗방울. 탁한 현관 조명 아래 희미하게 보이는 왼쪽 콧방울 밑 흉터.

(아까 바다에서 느낀 좋은 느낌이 또 잠시 올라왔다.)

"어, 네가 됐음 나도 됐어."

에다가 엉덩이로 문을 밀어젖히면서 말했다.

‖

# 페스티벌에 대한 라디오 뉴스 1

국경 페스티벌이 우박을 동반한 최고 시속 117킬로미터의 강풍 때문에 이번 주말, 예정보다 빨리 막을 내렸습니다. 행사 첫날인 목요일 오후까지만 해도 약 25만 명의 방문객들이 눈부신 햇살 아래 국내 최대 야외 콘서트를 즐겼지만 저녁이 되면서 갑자기 몰아닥친 소나기 때문에 페스티벌 장소가 진흙탕으로 변해 버렸습니다. 수많은 음악 밴드의 공연 역시 중단 또는 취소되었습니다. 기상 상황은 잠시 진정되는 듯했으나, 금요일과 토요일 밤사이 상황이 다시 악화돼 때에 따라서는 테니스공만 한 우박이 떨어지기도 했습니다.

### 인터뷰: 페스티벌 주최자

— 당시 페스티벌은 당연히 열광의 도가니였습니다. 하지만 하늘에서 우박이 내리자 관중들의 분위기는 순식간에 180도로 바뀌었습니다. 순간 행사를 계속 진행하는 게 불가능하다는 걸 누구나 느꼈지요. 이번처럼 극심한 기상 변화는 난생처음입니다.

■

**앞으로. 토요일, 개학까지 2일**

녀석들은 내 입에 재갈을 물린 채 알몸이 반쯤 드러난 나를 어깨에 메고 함성을 지르며 거센 바람이 몰아치는 한밤중의 야영장을 이동했다. 자신들의 텐트가 있는 언덕을 내려와 에다가 나를 기다리고 있는 주차장을 지났다. 주위는 어느새 별빛 하나 없이 칠흑 같은 어둠에 감싸여 있었다. (재키가 에다를 찾았을까?)

"어이, 그 위 공기가 어때, 복서?"

나는 입에 든 낡은 양말 때문에 아무 대답도 할 수 없었다.

"······."

입뿐만이 아니었다. 손도 등 뒤로 결박당했고 발목도 손바닥 너비 정도 되는 엄청 질기고 접착력 강한 청테이프로 꽁꽁 묶여 옴짝달싹할 수가 없었다.

그러나 가장 괴로운 것은 내가 입고 있던 에다의 티셔츠가 재키의 텐트에 있다는 사실이었다.

"자, 좀 전에 이기셨으니 한 바퀴 도셔야지!"

한바탕 웃음. 솜브레로 녀석들은 나를 어깨에 걸머메고 텐트 사이를 누볐다. 그러나 우리의 이 특이한 행렬에 관심을 보이는 야영객은 거의 없었다. 다들 짐을 싸고 텐트를 해체하고 떠날 채비를 하느라 정신이 없었다. 그저 술 취한 형상들만이 이따금씩 입을 쩍 벌리고 나를 쳐다볼 뿐이었다. 덫 사냥꾼 차림에 비버 털모자를 쓴 (오늘 이미 마주친 적 있는) 녀석은 심지어 웃으며 구호를 외쳤다.

"축제가 아니라 투쟁이다!"

어둠 속에 갑자기 푸른 불빛이 번쩍였다. 그러나 그 불빛도 나를 구해 주지는 못했다. 찌그러진 전자음.

"비상, 비상, 훈련 상황이 아닙니다! 긴급 폭풍 경보입니다!"

경찰차 확성기의 지직거리는 안내 방송. 경찰차는 야영장의 좁은 아스팔트 길을 행사 차량처럼 느릿느릿 달리고 있었다. 내 눈에는(목덜미 쪽으로 고개가 완전히 젖혀진 상황) 그 상자 모양 자동차가 거꾸로 뒤집혀 가는 것처럼 보였다. 단 1초도 안 되는 시간이었지만 경찰차 불빛이 사라지기 전 아주 가까이서 내가 잘 아는 사람의 눈빛을 본 듯한 느낌이 들었다. 그 사람 눈도 내 눈을 보고 있었다.

"끄응······!"

나는 안간힘을 쓰며 어떻게든 양말 뭉치 밖으로 소리를 내보내려고 했다. 그러나 그 노력은 한낱 신음 소리로 끝났을 뿐, 내 납치범들의 고집스러운 행진은 계속됐다. 내 앞에 나타났던 형상이 다시 사라졌다.

(정말 칠녀였을까? 날 알아봤을까?)

"비상, 비상, 훈련 상황이 아닙니다! 우박을 동반한 시속 120킬로미터의 폭풍이 이곳 야영장으로 다가오고 있습니다! 약 15분 뒤 이곳을 휩쓸고 지나갈 예정입니다!"

솜브레로 녀석들은 경찰차에서 흘러나오는 속보를 무시한 채 계속해서 숲 속으로 걸어 들어갔다. 손에 횃불을 든 두 녀석이 앞장섰다. 제대로 겁(진짜 겁)도 나지 않을 정도로 지쳐 있었지만 머릿속에서는 생각이 끊임없이 맴돌았다. 솜브레로 녀석들이 뭘 원하는지는 뻔했다. 복수, 내게 굴욕감을 주는 것. 나는 도와 달라고 소리라도 질러 볼 요량으로 한 번 더 혀로 양말을 입 밖으로 밀었다. 헛수고였다.

"다 왔다!"

빈터. 높이 자란 풀. 바다처럼 끊임없이 일렁이는 표면. 그 주위를 에워싼 어두운 나무들. 빠르게, 아주 빠르게 움직이는 짙은 구름 사이로 잠시 얼굴을 내민 잿빛 달 조각. 그 빛을 받아 주변의 모든 것들이 순간적으로 환해지면서 진줏빛 비늘에 감싸인 듯 보였다가 이내 암흑으로 되돌아갔다. 빛이라고는 내 코앞에서 널름거리는 횃불뿐이었다.

"여기 이 나무?"

녀석들은 우람하고 울퉁불퉁한 나무 기둥에 나를 세웠다. 나는 양말에 걸러진 싱거운 맛의 빗물이 뒤섞인 침을 꿀꺽 삼켰다. 모자(불과 얼마 전에 되찾은 내 모자)는 반쯤 벗겨져 있었다.

"올가미 이리 내." 솜브레로들 가운데 한 녀석이 말했다.

햇불을 든 녀석이 청테이프를 건넸다. 우리가 아까 벌였던 싸움의 흔적이 나와 마주한 녀석의 얼굴에(섀기카펫이었다) 여전히 남아 있었다(뺨과 코와 턱에 말라붙은 핏자국). 나는 녀석의 부릅뜬 눈을 보았다. 굳은 의지와 자기도취가 묘하게 뒤섞인 눈빛.

섀기카펫이 모자를 쳐 떨어뜨렸다.

"주워." 녀석이 외쳤다. "어서!"

녀석이 갈비뼈에 훅을 한 대 먹였다. 아니나 다를까, 내가 배를 깔고 엎어지자 한바탕 비웃음이 쏟아졌다. 녀석들이 내 손에 묶인 테이프를 풀더니 나를 다시 똑바로 일으켜 세웠다.

나는 온몸에 있는 대로 힘을 주었다.

그러나 녀석들은 내 두 팔을 뽑아 버리기라도 할 듯 나무 기둥 뒤로 억세게 잡아당기더니 청테이프로 묶기 시작했다.

"앙탈 부리지 마, 로미오. 앙탈 부리지 말라고!"

섀기카펫은 테이프를 다 쓸 때까지 처음에는 똑바로 서서, 나중에는 몸을 굽힌 채 나무 둘레를 빙글빙글 돌며 내 몸을 결박했다. 녀석은 종이심을 덤불에 던져 버린 뒤 두 번째 테이프를 건네받아 절반 정도 더 썼다. 그러고 나서 제 친구들과 함께 자신의 작품을 감상했다. 바람이 굉음을 내며 사방에서 불어닥쳤다.

"이 녀석 좀 긴장한 것 같은데, 너희들 보기엔 어때?"

섀기카펫이 내 머리에 깃털을 꽂으며 말했다. (이런 걸 어디서 이렇게 빨리 구했을까?)

"자, 젖은 양말 추장······."

녀석들이 내 입에서 양말을 빼냈다. 나는 동정심을 유발하기 위해 마지막 남은 모든 설득력을 쥐어짰다.

"자, 이 정도면 됐지? 너희도 즐길 만큼 즐겼잖아. 그러니 이제 그만 보내 줘. 기다리는 사람이 있어서 얼른 가 봐야 해."

솜브레로들이 내 얼굴에 횃불을 바짝 갖다 댔다.

"지금 누구랑 얘기하는 거야?"

"아니, 그보다 얘 지금 *뭐라는* 거야?"

자기 자신에게 감출 수 있는 비밀이 존재할 수 있을까? 나.

"못 알아듣겠어? 내 도움을 필요로 하는 사람들이 여기서 헤매고 있어. 그들이 날 찾고 있다고······."

솜브레로 녀석 하나가 지포 라이터를 꺼냈다.

"돌았군." 녀석이 말했다. "아깐 반쯤 벗은 인형이랑 텐트에 누워 있더니 이제는 돌아온 탕자에 사마리아인 흉내까지······?"

라이터에 불이 붙었다. 불길이 바람에 발작적으로 일렁였다. 나는 작전을 바꿨다.

"너희도 좀 전에 들었지." 내가 말했다. "이제 곧 우박을 동반한 폭풍이 여길 휩쓸고 지나갈 거야······."

"아가리 닥쳐." 섀기카펫이 외쳤다.

다른 한 녀석이 내 귀싸대기를 올려붙였다.

"그래, 로미오. 넌 말이 너무 많아."

녀석들이 내 모자를 태우려고 했다. 내 입에서 비명이 터져 나왔다.

"안 돼!"

녀석들은 내 머리를 그슬리다가 곧 다시 내 모자를 작살내기 시작했다. 나는 모자챙이 연기를 내며 타들어 가기 시작하는 것을 보고 고래고래 소리를 질렀다.

"모자는 안 돼, 제기랄, 모자는 놔 둬! 그리고 이제 이거 좀 풀어!"

녀석들은 내 입에도 테이프를 붙였다. 한 녀석은 내 발에 오줌을 갈겼다.

"울보 같으니라고!"

솜브레로들이 내 배에 주먹질을 해 댔다. 시큼해진 콩 요리가 올라왔다. 횃불이 모자의 둥근 지붕을 파먹어 들기 시작했다. 뚱뚱한 녀석(빌트루트라고 불리는) 하나가 그걸로 담배에 불을 붙이다 갑자기 불어온 강한 돌풍에 넘어질 듯 비틀거렸다.

"젠장, 이건 또 뭐야?"

솜브레로들이 하늘을 올려다보았다. 나도 고개를 쳐들었다. 부챗살처럼 뻗어 나간 시커먼 나뭇가지들이 고래 꼬리처럼 팔딱거리고 있었다.

"경찰 녀석들, 농담이 아니었나 보네."

자연이 요동치고 있었다. 거센 바람에 빈터를 에워싼 나무들이 몸을 어찌나 깊이 숙이는지 나무 꼭대기가 뻣뻣한 늙은이들이 바닥에 손 뻗기 운동하는 것처럼 휘어졌다.

"녀석한테 모자 줘!"

녀석들이 불에 타 버린 폴리에스테르 관을 내 머리 위에 삐딱하게 씌워 주었다. 섀기카펫.

"함 웃어 보셔!"

녀석이 뺨을 때리기 시작했다. 녀석의 손바닥이 볼에 닿을 때마다 눈앞에서 빗물이 튀었다. 비가 오고 있었다. 저 위 나뭇잎에도, 저 앞 풀밭에도, 저 뒤 숲에도. 쏴쏴. 빗줄기는 점점 더 빨라지고 동시에 거세졌다.

"어서 웃어!"

빌트루트가 청테이프로 덮이지 않은 내 맨 어깨에 젖은 담배를 비벼 껐다. 섀기카펫이 솜브레로 모자를 벗었다. 금발 머리칼이 잔광을 발했다(횃불은 이미 반쯤 꺼져 있었다). 녀석이 내게 박치기를 먹였다.

퍽. *녀석의 코.*

나는 제때 머리를 숙였다.

(아파서 내지르는 미친놈의 늘어지는 말소리.)

"이 나쁜 새끼이이이이!"

녀석이 피 흐르는 코를 감싸 쥐고는 내 사타구니를 걷어찼다. 바로 그때 눈알만 한 우박이 떨어지기 시작했다. 우박은 잠시나마 나를 구해 주었다.

"됐어." 뚱뚱이가 말했다. "나머지는 불개미들한테 맡겨."

그 말이 떨어지기가 무섭게 솜브레로들은 눈 깜짝할 사이에 시커먼 나무 뒤로 사라져 버렸다. 드디어 예보된 지옥 폭풍이 시작되었다.

하늘이 폭발했다.

우박이 세상의 종말을 고하는 최후 심판의 날처럼 퍼부었다.

스타카토로 나무를 쿵쿵쿵쿵 때렸다. 빈터는 순식간에 하얀 눈알의 호수가 되었다.

나?

나는 그게 진정한 구원이 아니라는 사실을 알고 눈을 감았다.

∥

# 세 번째 엽서

**앞.**
암컷 여우 그림(구겨진 모텔 메모지에 볼펜으로 직접 그림).


**뒤.**
글(또박또박 눌러쓴 글씨).

욕조에선 어땠어? 배수구로 도망치고 싶었어? 솔직히, 잠은 안 오더라. 꿈은
꿨지. 솔직히, 함께 돌아가도 좋아. 물론 너 혼자 계속 가도 좋고. 잠깐 바람 좀
쐬고 올게. 돌아왔을 때 볼 수 있을까? 우리 앞으로도 대화는 나눌 수 있는 거
니? 나도 머리를 붉게 물들여야 하는 거니? 에다 물음.

**추신:** 조심해. 암컷의 마음은 네 마음의 절반만큼도 여리지 않아. 내 말 믿어.
그리고 숨김없이 말해 줘서 고마워. 솔직히, 난 네가 (더) 좋아졌어.

◀◀

**뒤로. 목요일, 개학까지 4일**

하얀 아침 햇살이 자동차 안을 비췄다. 나는 눈을 깜빡이며 차가
워진 한쪽 옆얼굴을 손으로 문질렀다. 새들의 노랫소리가 들렸다.
옆 차창에 그대로 머리를 기댄 채 잠시 생각에 잠겼다. 여기가 어
디지?

앞유리에는 죽은 하루살이들이 다닥다닥 붙어 있었다. 내 옆 운
전석은 텅 빈 채 에다의 멧돼지 브로치만 달랑 놓여 있었다.

배 위에 덮인 담요를 걷어 버리고 모자를 똑바로 쓴 다음 차에
서 내렸다. 그러고는 뻣뻣해진 사지를 쭉 늘이며 기지개를 켰다.

에다의 가짜 비틀은 주차장 비슷하게 생긴 아스팔트 바닥에 혼
자 덩그러니 서 있었다. 바닥은 울퉁불퉁했다.

기억이 났다. 주차장은 아니었다.

부채꼴 모양으로 생긴 공간 앞쪽으로 시멘트 기둥 여섯 개가 떠
받치고 있는 가정집 높이의 하얀 골함석 벽이 보였다. 그 하얀 벽
은 울창한 활엽수 위로 새파랗게 펼쳐진 하늘을 향해 우뚝 솟아
있었다. 메시지 없는 거대한 광고판 같았다.

자동차극장 뒤에서는 막 탄환이 발사된 총구에서 피어오르는
화약 연기처럼 아침 안개가 들판 위로 퍼지고 있었다.

"영화가 따로 없네." 마침내 에다를 찾아낸 내가 먼저 말을 건넸다.

에다는 가랑이에 배낭을 끼고 무릎에 지도를 펼쳐 놓은 채 노란색과 빨간색으로 칠해진 건물 벽에 기대앉아 있었다. 창문은 널빤지로 막혀 있고 길가의 깨진 돌 틈으로는 잡초가 무성했다.

"일어났네." 에다가 말했다. "잘 잤어?"

에다는 눈을 감고 턱을 치켜든 채 얼굴에 볕을 쬐고 있었다. 피부에 전해지는 온기를 몹시 즐기는 듯했다.

"인적이 하나도 없네." 내가 말했다.

"유에프오 착륙지로 딱이네, 안 그래?"

에다는 계속 눈을 감은 채 입가에만 미소를 떠올렸다. 코밑 흉터가 미소를 살짝 찌그러뜨렸다. 나는 당황스러운 마음으로 그 묘한 매력을 인정하지 않을 수 없었다.

"우리가 외계인이란 뜻이야?" 내가 물었다.

에다가 새처럼 고개를 옆으로 살짝 젖혔다.

"아니야?" 에다가 물었다. "그럼 이 행성에 지능을 가진 생명체가 최소한 둘은 산다는 얘긴데, 믿기 힘들어."

그제야 에다가 눈을 뜨고 나를 쳐다보았다. 간밤에 고속 도로 다리에서 본 것과 똑같은, 재미있어 죽겠다는 표정. 엄청 오래전 일처럼 느껴졌지만 사실은 몇 시간 전 일이었다. 에다의 말소리가 아직도 귀에 쟁쟁했다.

"손님, 택시 도착했습니다."

에다 뒤로 아파트 단지의 불빛과 별의 바다가 반짝였다. 시동과 전조등이 켜진 상태로 가짜 비틀이 한밤중에 다리 위에 서 있었다. 다리를 끌어안은 채 바닥에 쭈그리고 앉아 있는 내 뺨에 손길이 와 닿았다. 에다의 손.

내 옆, 빛의 웅덩이 속에는 전동 드릴 가방이 세워져 있었다. 가로등 옆에서 깜빡 잠이 들었던 모양이다.

"히치하이크라도 해서 갈 생각이었어." 내가 말했다.

나는 에다의 도움을 받아 일어섰다. 우리는 전동 드릴을 트렁크 속 에다의 배낭 옆에 집어넣었다. 에다가 긴 다리부터 핸들 밑으로 넣으며 미끄러지듯 운전석에 들어가 앉았다.

나는 조수석으로 가 차 안을 들여다보았다. 뒷좌석에는 담요와 둘둘 만 캠핑 매트 그리고 심지어 텐트까지 준비되어 있었다.

에다가 안에서 차 문을 열어 주었다.

음악이 물살처럼 나를 덮쳤다. 비트가 강한 전자음, 다그치듯 울려 퍼지는 베이스, 싱커페이션 리듬으로 두드려 대는 북장단, 목구멍에서 올라오는 노랫소리.

"*헤이야 — 헤이야 — 헤이야······.*"

나직이, 저 멀리 어딘가에서 아주 나직하게. 혹시 인디언 음악?

"안전띠 매." 에다가 말했다.

고속 도로를 달렸다. 나는 사이드 미러로 쇼핑센터 타워와 단지

내에서 가장 높은 K16동이 점점 작아지는 모습을 지켜보았다. 칫솔도 갈아입을 옷도 없었다. 순간, 내가 납치된 것일지도 모른다는 엉뚱한 생각이 들었다.

(도대체 무슨 꿍꿍이지? 왜 날 태웠을까?)

우리는 으스스한 시멘트 터널을 통과하고 분기점과 나들목, 삼거리를 통과해 북쪽으로 달렸다. 전방에서는 하얀 차선이 반짝였고, 오른쪽과 왼쪽으로는 얼마 안 가 잿빛 철제 가드레일과 어둠밖에 보이지 않았다.

"일은 어떻게 하고?" 내가 물었다. "내일 사람들이 찾는 거 아냐?"

"주말까지 휴가 냈어." 에다가 말했다.

에다가 라디오를 돌렸다. 교통 정체 구간 안내 방송이 나왔다. 국경에 훨씬 못 미쳐서부터 극심한 정체가 벌어지고 있다는 보도였다. 믿을 수가 없었다. 이따금씩 일렬로 서서 힘겹게 고개를 넘어가는 화물차 두세 대 말고 다른 차라고는 없는데. 다만 다리 위에 내건 플래카드들은 점점 더 자주 눈에 띄었다.

"페스티벌까지 95킬로미터."

그 옆에 그래피티로 쓰인 구호도 있었다.

"축제가 아니라 투쟁이다!"

속도계의 바늘은 계속해서 130 근처에 머물고 있었다. 출구 예고 표지판을 거듭 스쳐 지나갔다. 나는 모자를 깊이 눌러쓰고 팔짱을 낀 다음 옆 차창에 관자놀이를 대고 기댔다. 윙윙 돌아가는 바퀴의 회전이 뺨에 느껴졌다. 하품이 나왔다.

"지도 좀 봐 줘." 에다가 말했다. "어디 샛길로 빠져야 할 것 같아."

어느새 에다의 말은 내게 거의 전달이 되지 않고 있었다.

요란한 엔진 소리. 옆자리에서 느껴지는 에다의 온기.

에다의 목소리는 먼 데서 들려오는 것처럼 아련했다. 조수석 서랍에서 지도는 간신히 꺼냈지만 펼치는 동시에 눈이 감기고 말았다. 잠시 눈을 떴을 때는 이미 자동차극장에 멈춰 선 뒤였다.

에다가 시동을 끄자 갑작스러운 정적이 찾아왔다. 그러나 내 머릿속에서는 달리는 엔진의 잔향이 (기포가 보글보글 올라오는 탄산수 유리잔에 귀를 갖다 댄 것처럼) 곧바로 다시 들리기 시작했다. 에다가 담요를 건넸다.

놀라운 에다. 에다는 어제 담요에 이어 오늘 아침에도 또다시 절묘한 순간에 최적의 소품을 준비해 두고 있었다.

"아침 먹을래? 사과 있어. 사과, 아님 사과?"

에다가 장난스럽게 말하며 배낭에서 랩에 싸인 여섯 개들이 포장 사과를 꺼내더니 손톱으로 비닐에 구멍을 뚫어 죽 찢었다. 나는 사과를 집어 에다와 나란히 양지바른 곳에 앉았다. 눈은 운동화 끝을 보고 있었다. 에다도 사과를 집어 덥석 깨물었다. 쪽쪽 사과즙 빠는 소리. 생명력 넘치는 소리. 동시에 그 소리는 이게 지금 얼마나 희한한 상황인지 아느냐고 나를 일깨우는 것 같았다.

"왜 갑자기 날 페스티벌에 데려다 주려는 거야?"

"왜 갑자기라니? 어제 나한테 대답할 틈도 안 주고 도망치듯 뛰어나간 사람이 누군데?"

나는 고개를 들어 시야 정중앙에 위치한 흰 스크린을 응시했다. 하마터면 사레들 뻔했다.

"거길 대체 뭐하러 가는지 나 스스로가 잘 모르겠어서 그래." 내가 말했다.

순간 재키 생각이 갑자기 온몸에 메아리치면서 다리 힘이 쭉 빠졌다. 앉아 있어서 천만다행이었다. 에다.

"옳은 결정을 내리게 도와 드릴 수 있을지도 모르잖아."

에다는 췰녀를 생각하고 있었다. 나는 그 상황에서 그럴 수가 없었다. 지난 며칠이 내게는 실체 없는 허상처럼 느껴졌다.

"내가 널 속였을 수도 있잖아? 페스티벌에 가셨는지 안 가셨는지 난 모를 수도 있어. 아주 다른 이유에서 거기 가려는 걸 수도 있다고."

"어떤 이유?" 에다가 물었다.

나는 주저했다. 사실대로 털어놓고 싶은 욕망과 그 결과에 대한 두려움이 속에서 동시에 들끓었다. 그러나 결국 회피하는 쪽을 택하고 말았다. 나는 100퍼센트 내 목소리가 아닌 다소 변색된 목소리로 말했다.

"글쎄, 기분을 좀 전환하고 싶어서일 수도 있지. 우리 아파트에서 벗어나고 싶어서일 수도 있고. 아마 그 아파트에선 절대 눈을 못 붙였을 거야. 사람들이 많은 곳으로 가고 싶어. 여기서 아주 멀리 떨어진."

보이지 않는 죔쇠가 갈비뼈를 꽉 조여 왔다. 나는 이글거리는 석탄불 위에 쪼그리고 앉아 다이너마이트를 만지고 있었다.

"믿기 힘든걸." 에다가 말했다.

에다는 사과에 앉은 벌을 후 불어 쫓아 버렸다.

"……."

나는 어깨만 한 번 으쓱했다. 에다.

"사람 많은 걸 싫어하는 줄 알았는데."

벌이 또 달려들었다. 에다가 이번에는 손가락으로 벌을 튕겼다. 녀석은 땅으로 비실비실 떨어졌다. 에다의 몸뚱이가 마구 커지는 느낌이 들었다. 나는 잠시 동안 카운트다운에 들어간 벌이 된 기분이었다. 나는 나 자신과 싸우고 있었다.

"글쎄, 나도 지금 내 행동이 정상인지 확신이 안 서. 하지만 정상적인 행동이란 게 대체 뭐야? 넌 알아?"

"아니." 에다가 말했다.

"난 그저 작동하고 있을 뿐이야. 놀라운 일이지. 물론 아닐 수도 있고. 칠너가 *내* 손이나 *내* 발을 잘라 버린 건 아니니까. 칠너는 자기 삶을 망쳤어. 나랑은 아무 상관도 없다고."

잠시 침묵이 흘렀다. 에다가 먹다 남은 사과를 다시 기운을 회복

한 듯한 벌 앞에 내려놓았다.

"좋아." 에다가 말했다. "그럼 이제 그만 페스티벌에 가 볼까? 갈 거지?"

"글쎄, 잘 모르겠어. 페스티벌에 꼭 가야 하는 건 아니야."

두피가 가려워졌다. 나는 마른침을 꼴깍 삼켰다.

"그냥 집에만 안 가면 된다 이거야?"

"응."

에다가 지도를 접고 신발 끈을 고쳐 매더니 자리에서 일어나 배낭을 짊어졌다. 그 애의 선명한 그림자가 나를 스쳤다. 에다.

"그럼 그냥 바다로 가도 되겠네?"

나는 모자를 만지작거리며 한숨을 쉬었다. 결정을 내려야 했다. 지금 에다에게 진실을 털어놓든지 거짓말을 하든지. 거짓말이 이겼다.

"당연하지. 바다든 어디든 그냥 멀리 가기만 하면 돼."

에다의 시선이 내게 꽂힌 걸 알고 있었다. 나 역시 기꺼이 그 애의 눈을 들여다보며 그렇게 말하고 싶었다. 그러나 그것은 말을 마친 뒤에도 불가능했다.

(재키 탓? 아니면 쵤너 탓?)

"어서 일어나. 우주선이 기다리고 있잖아." 에다가 말했다.

나는 늑장을 부렸다. 사과부터 한 번 더 갉아 먹고 덤불 쪽으로 휙 던져 버린 뒤 또다시 벽에 몸을 기댔다.

"영화에 나오는 우주인들을 보면 늘 우리 인간들의 어리석은 모조품에 불과하던데. 근데 우리도 어리석지 않나?" 내가 에다의 등에 대고 외쳤다.

에다가 내 말을 듣고 있는 건지 알 수 없었다.

에다는 앞만 보며 똑바로 걸어갔다. 내 시선은 위로 올라가다가 하얀 스크린 어딘가에서 길을 잃었다. 잠시 뒤, 무(無)에서 뭔가가 나타나 어른거리는 것 같았다. 클로즈업된 동영상. 재키(붉은 머리칼). 췰너(눈 옆 상처). 에다(코밑 흉터). 나(머리에 쓴 모자). 마지막으로 마마 자국이 있는 인디언 추장의 얼굴.

나의 홍인종 형제가 집게손가락을 들어 올리더니 햇볕에 거칠어진 자신의 시커먼 눈 밑을 짚었다. 그러고는 곧이어 그 손가락으로 앞을 가리켰다. 돌처럼 굳은 표정. 지켜보고 있으니 정신 차리라는 경고의 몸짓.

(나한테 하는 말인가?)

인디언 얼굴이 채 사라지기도 전에 저 뒤에서는 에다의 가짜 비틀이 벌써부터 화면 속으로 부르릉거리며 달려오고 있었다. 나와 그 애를 태운 채. 비틀은 인적 없는 평원을 내달렸다. 나는 우리가 바다로 가고 있다는 걸 알았다.

■

**앞으로. 금요일 밤, 개학까지 3일**

놀이동산은 텐트에서 너덜너덜한 터키색 깃털 목도리를 꺼내 목에 둘렀다. 내가 주차장에서 돌아와 상처를 치료해 준 뒤로 녀석은 새사람이 된 것 같았다.

"넌 하늘이 보낸 사람이야. 우린 천생연분이라고." 녀석이 장난을 쳤다.

"난 이미 임자 있는 몸이야." 내가 대꾸했다. "그리고 지옥에서 왔고."

"어쨌거나 내가 밥 한 끼 대접할게." 녀석이 말했다.

마지막 햇볕이 사라지자 야영장은 완전히 다른 모습이 되었다. 여기저기서 모닥불과 등불이 빛나고 갑작스러운 활기가 샘솟았다. 음악과 음식 냄새가 공기를 가득 채웠다. 나는 놀이동산의 제안을 마다하지 않았다.

"뭐 좀 도와줘?" 내가 물었다.

사슬에 묶인 채 불침번을 서는 개처럼 배 속이 꾸르륵거렸다.

"됐어, 치프(chief)가 할 거야." 놀이동산이 말했다.

"치프가 아니라 셰프(chef)." 내가 지적했다.

하지만 나는 뜻 모를 비웃음만 사고 말았다.

"그래, 그래, 그 말도 일리는 있지." 놀이동산이 재미있어 죽겠다는 듯이 대꾸했다.

녀석이 주머니칼로 통조림을 따더니 숟갈로 끈적끈적한 덩어리를 냄비에 떠 넣었다. 어마어마한 양이었다. 녀석은 그 인스턴트식품에다가 감자와 피망 그리고 토마토를 좀 더 썰어 넣고 마지막으로 무슨 앰풀에 든 액체를 몇 방울 떨어뜨렸다. 나는 녀석의 마지막 행동에 별 신경을 쓰지 않았다.

"배고프냐, 풋내기?"

놀이동산이 분젠등(가스 불꽃을 이용한 등 —옮긴이) 비슷하게 생긴 가스버너를 켜더니 유명 텔레비전 요리사처럼 얼굴에서 광채를 발하며 냄비를 휘젓기 시작했다. 나는 손전등을 갖다 대고 냄비 안을 들여다보았다. 풋내기라, 왠지 마음에 들었다.

"현미경으로 박테리아 서식지 들여다보는 기분이야."

"최고급 서부 요리를 보고 그게 무슨 말이셔?" 녀석이 기분 나쁜 척을 했다.

우리는 냄비가 끓는 동안 나뭇잎과 가지를 모아 피라미드 모양으로 쌓았다. 놀이동산이 바비큐 착화제로 우리의 작품에 불을 붙였다. 그러고 나서 식사가 시작되었다. 녀석이 양철 그릇 한가득 음식을 건넸다.

"마지막으로 따뜻한 음식을 먹은 게 언젠지 기억도 안 나." 내가 말했다.

매콤한 연기가 나를 감싸며 피어올랐다.

"……와우, 끝내주는데!"

우리는 동그랗게 번져 가는 모닥불 불빛을 받으며 앉아 있었다. 서서히 어두운 잿빛으로 변해 가는 밤의 감청빛이 음식에서 피어오르는 김과 콧김과 모닥불 연기의 경계를 지워 주었다.

건너편 솜브레로 갱들 역시 은백색 담배 연기에 휩싸인 채 모닥불 주위에 둘러앉아 있는 게 보였다.

녀석들은 술병을 돌리고 있었다.

한 명은 지포 라이터를 포테이토칩 통 플라스틱 뚜껑에 갖다 대고 온정신을 집중해 그 플라스틱이 녹는 모습을 지켜보는 중이었다.

나는 나도 모르게 에다의 전동 드릴이 제자리에 있는지를 확인했다. 잘 있었다. 퍼뜩 놀이동산의 자동차 열쇠가 아직 바지 주머니 속에 있다는 사실이 떠올랐다. 그러나 바로 그 순간 놀이동산이 국자로 냄비를 싹싹 긁어 남은 음식을 모두 내 개밥 그릇에 철떡 담아 주었다.

"붕대 밀리지 않았어?" 식사를 끝내고 내가 물었다.

나는 불룩한 배를 문질렀다. 다시 기운이 났다. 이제 다시 가 봐도 될 것 같았다.

"응, 괜찮아." 놀이동산이 말했다. "너 진짜 최고의 간호사야."

녀석이 한 손으로는 엄지손가락을 치켜세우고, 다른 손으로는 내가 요오드 소독 뒤 붕대로 감아 놓은 상처를 어루만졌다. 나.

"주말까지는 특별히 손보지 않아도 될 거야."

"약은 어때?" 놀이동산이 물었다. "진통제 조금 먹는다고 나쁠 건 없겠지?"

놀이동산이 바구니로 감싸인 불룩한 술병을 집어 들더니 한 모금 길게 들이켰다. 그러고는 곧이어 내게도 병을 내밀었다. 나는 일어섰다.

"됐어. 그건 부작용이 너무 심해. 이제 그만 가 볼 때도 됐고."

놀이동산이 깃털 목도리 매무새를 가다듬었다.

"잠깐, 잠깐, 너무 그렇게 서두를 것 없잖아. 난 네가 치프 때문에 길에서 정신 잃는 거 원치 않아."

"……?!"

무슨 말인지 도통 알아들을 수가 없었다. 놀이동산이 히죽 웃었다. 녀석은 느긋하게 앉아 빈 유리병에(안에는 팅팅 분 담배꽁초가 헤엄치고 있었다) 양초만 끼울 뿐이었다.

따뜻한 빛이 녀석의 얼굴을 비췄다.

녀석의 손가락 사이에 또다시 아까 본 그 앰풀이 들려 있었다. 그 작은 라벨에는 깃털 모자를 쓴 인디언 얼굴이 그려져 있었다.

"이게 치프(메스칼린mescaline이라는 환각제의 은어다—옮긴이)야." 녀석이 말했다.

비밀스러운 미소를 머금은 채 손가락 사이로 유리 앰풀을 돌리

며 눈썹을 치켜뜨는 녀석의 모습이 버터플라이 나이프를 가지고
놀 때의 콘도어를 연상시켰다.

"그게 대체 뭐야?"

"자기 자신을 찾아 떠나는 짧은 여행."

그러면서 녀석은 도취감, 수면 욕구 감소, 전달 욕구 증가, 자신
감 등등에 대해 늘어놓았다.

"그건 마약이야." 내가 말했다.

"이건 약이야. 내 말 믿어. 이게 밥보다 더 중요하다고. 그건 늘
그랬어. 사람들은 식물에서 늘 환각제*부터* 만들었어. 빵은 *그다음*
이었고."

나는 솜브레로 갱들의 텐트 옆을 바라보았다. 여기저기 차곡차
곡 쌓아 올린 텅 빈 맥주 상자들이 보였다. 녀석들의 그 풀밭 장식
품은 어둠 속에서 꼭 비석들처럼 보였다.

"증세는 언제부터 나타나는 거야?"

"너무 그렇게 언짢아하지 마. 자, 앉아. 효과가 나타나려면 시간
이 좀 걸리니까. 지금부터 일어나는 일은 그냥 즐기면 돼. 그동안
많이 힘들었잖아. 도움이 될 거야."

놀이동산이 나뭇가지로 모닥불을 쑤셨다. 나의 말과 행동이 우
습게 들리고 보이리라는 것은 알고 있었다. 그럼에도 불구하고 나
는 앉지 않았다.

"난 운동선수야."

놀이동산이 손가락으로 V 자를 만들어 보였다.

"그래, 권투 선수지. 알아. 승부를 가리기 위한 스포츠는 잔혹하고 거부감을 불러일으켜. 거기선 자기 통제만이 살길이지. 어때, 내가 뭐 하나만 말해 줄까? 자신을 통제한다는 건 결국 자신을 기만하는 행위야. 남도 마찬가지고."

"운동은 자신의 한계와 싸우는 거야."

놀이동산이 재미있어 죽겠다는 표정을 지었다.

"그럼 운동도 마약인가?"

"아니, 약이지."

놀이동산은 계속해서 불을 쑤시며 주제를 바꿨다.

"넌 걔 마음에 들었어, 알아? 아주 마음에 들었지. 네가 오길 애타게 기다리고 있어."

"걔가 직접 그런 말을 했어?"

놀이동산에게 약점을 잡혔다. 녀석에게 재키 이야기를 더 많이 듣고 싶었다. 나는 결국 자리에 앉고 말았다. 밤의 검푸른 색이 모닥불 온기와 함께 점점 다가오는 느낌이 들었다. 오장육부가 부풀어 오르는 것 같았다.

"재키를 안 지는 얼마나 됐어?" 내가 물었다.

(목소리가 이상하게 늘어지고 혀는 감각 없는 동물이 되어 있었다.)

"한 사오 주 됐나? 강가에서 우연히 만났어. 걘 보자마자 우리의 과업을 위한 완벽한 홍보 대사라는 걸 한눈에 알아봤지. 걘 요즘 젊은이들의 전형이야, 안 그래? 미모에 따분함에 도도함까지."

"……?"

나는 녀석이 무슨 말을 하는지 잘 알아들을 수가 없었다. 그러나 녀석이 말을 이어 줘서 기뻤다.

"난 그때 나랑 같이 전단지 나눠 줄 사람을 찾고 있었어. 지난번 시위랑 이번 *파우와우*를 알릴 목적으로. 그래서 걔한테 말을 걸었지. 좋아하더군. 흘깃거리는 녀석들은 많았지만 정작 말을 걸어오는 녀석은 없었던 거지. 우리처럼 호모나 권투 선수 빼고 말이야."

놀이동산이 웃었다. 거의 히스테리에 가까운 웃음소리였다.

"뭐가 그렇게 웃겨?" 내가 물었다. 그러면서 나도 따라 웃기 시작했다.

"아무것도 아니야. 그냥 *호모랑 권투 선수*라는 말이 삼류 소설 제목 같아서 말이야."

놀이동산은 웃음을 멈추지 못했다. 땅바닥이 미끄럼틀처럼 기울어지는 것 같았다.

"시작되는 것 같아." 내가 말했다.

"그래? 언제?"

"응." 내가 말했다. 잇새로 공기를 들이켜며.

"응?"

"밑으로 떨어지는 것 같아." 내가 다급한 소리로 외쳤다.

나는 앉은 채로 땅을 짚었다. 솜브레로 갱들의 움직임이 눈에 띄었다. 녀석들은 차례차례 일어나 빈 병을 땅에 내려놓고 새 병으로 웃옷 주머니를 가득 채웠다. 휴대 식량쯤 되는 듯했다.

한 녀석이 피우던 담배꽁초를 우리 쪽으로 휙 던졌다. 우리를 맞히지 못했음에도 불구하고 박수갈채가 쏟아졌다.

"오호, 저 신사분들 이제 슬슬 심심해지셨나 보네." 놀이동산이 말했다.

나는 빛을 향하는 식물처럼 놀이동산의 목소리를 향해 고개를 돌렸다. 고개가 돌아가는 데 한없이 오랜 시간이 걸리는 것만 같았다. 나.

"저 녀석들은 페스티벌에 더 어울릴 것 같은데 왜 이리로 왔지? 안 그래? 대체 여기 *파우와우*에서 뭐 하는 거야?"

"페스티벌에 갔다 왔어?"

"응. 줄줄이 늘어선 자동차들을 따라 걸었더니 거기더군."

솜브레로 갱들이 박쥐 떼처럼 우르르 사라졌다. 놀이동산이 고개를 까딱이며 빨간 모자들을 향해 손 키스를 날렸다.

"그래, 페스티벌은," 놀이동산이 말했다. "진창과 음악과 우매한 군중의 혼합체지, 너도 경험했다시피. 하지만 *파우와우*도 크게 다를 건 없어. 몇십 미터 떨어진 숲 속에서 열리고 공짜라는 거 말곤."

근처 나무 꼭대기에서 바람 소리가 들렸다(단순히 내 머릿속에서 나는 소리일 수도?). 나.

"그럼 넌 여기서 지금 뭐 하는 거야?"

"운동. 내 한계를 시험해 보는 중이야. 하. 하. 하!"

놀이동산은 웃다가 사레들렸는지 내 쪽으로 몸을 쭈그렸다. 눈이 붉게 충혈돼 있었다.

"괜찮아?"

내가 녀석의 등을 두드리며 물었다. 녀석은 급성 변비에 걸려 괴로워하는 사람처럼 볼을 잔뜩 부풀렸다. 그러고는 기침을 해 대며 시뻘게진 이마를 있는 대로 찌푸렸다.

"괜찮아."

녀석이 숨을 색색거리며 둥글게 모아 쥔 손바닥에 기침을 토해 냈다. 순간 내 머릿속에는 황당하게도 에다의 가슴이 떠올랐다. 어젯밤 그 애의 나체를 보는 순간 느껴졌던 그 무게. 나는 얼른 그 생각을 쫓아 버렸다. 나.

"*내가* 왜 여기 왔는지 알아?"

놀이동산이 기침을 하면서 또다시 웃음을 터뜨렸다. 우리의 웃음 근육은 어느새 너무나 헐거워져서 별것 아닌 자극만 가해도 폭소가 터져 나왔다. 놀이동산.

"재키 때문일 테지. 해부학적 조사를 위해."

"아니야, 난 지금 도망 중이야. 더불어 살인범도 찾으면 좋고."

"야, 넌 지금 도망 중이 아니고 *치프* 중이야⋯⋯."

놀이동산이 시커멓게 탄 나뭇가지를 집어 들더니 재로 얼굴에 줄을 그었다. 코 왼쪽에서 오른쪽으로 굵게. 전투에 나가는 인디언들처럼.

"…… 하우." 놀이동산이 인디언 인사를 했다.

"하우. 그래, 맞아. 난 지금 *치프* 중이야. 그리고 도망 중이고."

드러누웠다. 깍지 낀 손으로 머리를 받쳤다. 그리고 구름 뒤에 숨어 버린 달과 별들을 찾았다.

"정확히 누구를, 아님 뭘 피하려고 도망치는 거야?" 놀이동산이 물었다.

생각이 수천 개의 방향으로 흩어졌다. 모든 게 그 어느 때보다도 더 불분명했다. 그런데도 난 이 상태가 계속됐으면 좋겠다고 내심 바라고 있었다. 나.

"내 삶? 그리고 인디언 한 명하고! *하하하!*"

"*푸하하하.*" 놀이동산이 웃었다. "됐어, 일어서. 나랑 춤이나 춰."

‖

# 페스티벌에 대한 라디오 뉴스 2

우박과 강풍을 동반한 저기압 전선이 국경 지방 전역을 휩쓸며 지나가고 있습니다. 인근 동물원에서는 홍학 아홉 마리가 죽었습니다. 두 마리는 우박에 맞아 즉사했고 일곱 마리는 뼈가 부러져 안락사를 시켜야 했습니다. 국경 지방에서 열리고 있는 페스티벌은 어제에 이어 오늘도 악천후 때문에 큰 차질을 빚고 있습니다. 수많은 방문객들에게 이번 행사는 축제가 아니라 자연과의 싸움이 되었습니다. 특히 같은 시간, 같은 장소에서 음성적으로 벌어지는 불법 행사에 참여하겠다며 입장권을 소지하지 않은 방문객이 10만 명 이상 추가 발생함으로써 상황은 더 심각해지고 있습니다. 북미 인디언 부족들의 집회에서 이름을 따 파우와우라고 불리는 이번개 모임 형식의 불법 모임은 현재 그 참가 인원이 걷잡을 수 없이 확대되고 있습니다. 방문자 수가 기하급수적으로 늘어남에 따라 페스티벌 장소뿐만 아니라 인근 야영장까지도 모두 수용 능력에 한계를 보이고 있습니다. 고속 도로는 페스티벌 마지막 날까지 양방향 모두 수십 킬로미터에 달하는 정체 현상을 보일 것으로 예상됩니다.

■

◀◀

### 뒤로. 금요일, 개학까지 3일

꼬리에 광고 현수막을 단 분홍색 프로펠러 비행기가 하늘을 맴돌고 있었다. *무한 할인을 위한 무한 도전!* 어느 통신사의 광고 문구. 소나무 꼭대기 위로 뭉게구름이 둥실둥실 떠 있는 하늘이 오후의 파란빛을 눈부시게 뿜어냈다. 완전한 결백.

자연의 시침 떼기?

높은 철조망으로 둘러쳐진 땅(복사뼈까지 잠기는 경작지 반, 질퍽질퍽한 목초지 반)은 간밤에 내린 폭우의 흔적을 여실히 드러내고 있었다. 나는 연못 크기만 한 비 웅덩이를 빙 돌아 급한 대로 망토 모양 우비를 덮어쓰고 잠든 술꾼들을 경중경중 뛰어넘었다.

그리고 현지 파악에 나섰다.

우선 길게, 아주 길게 늘어선 간이 화장실이 눈에 띄었다(아예 한 구역을 차지하고 있었다). 문 앞에는 화장실에 가려는 사람들이 긴 줄을 이루고 있었다. 주변에는 화장지가 뒹굴고 지린내가 코를 찌르고 모기떼로 시커멨다.

조금 더 가자 분식점, 음료수 가게, 기념품 가게 등등이 모여 있는 텐트 가게촌이 나왔다. 그곳 텐트는 속옷처럼 새하얬다. 이렇게 대조적일 수가!

각각의 판매대 앞에는 페스티벌 방문객들이 포도송이처럼 다닥다닥 들러붙어 있었다.

여기서 재키를 만날 리는 만무했다. 여기는 *파우와우*가 아니었다. *파우와우*는 대체 어디서 열리는 걸까? 열리기는 열리는 건가?

그 어디에도 안내 표지 따위는 없었다. 나는 얼른 이미 희미해지기 시작한 손등의 숫자 모양 흉터(분홍 토끼 인형색 새살이 돋고 있는)를 내려다보았다. 재키가 꿈이 아니었다는 사실을 확인하려는 듯이.

칠너의 상처도 이렇게 빨리 나았을까?

칠너도 지금 여기 어디에 있을까?

나는 야영장 뒤로 우뚝 솟은, 우리 아파트 주차장 건물 뒤로 보이는 쇼핑센터 타워를 연상시키는 두 개의 스피커 탑을 올려다보았다.

대형 스크린 앞에서 걸음을 멈추고 머릿속에 스멀스멀 올라오기 시작한, 뇌 속에서 불어 대기 시작한 기억의 조각들을 쫓아 버리려고 애썼다.

칠너 집 초인종 위를 떠다니던 내 손가락.

초인종 소리(귀청이 떨어질 듯한 소리).

기다림.

작은 문구멍 뒤로 느껴지는 흐릿한 빛의 변화. 그것을 따라 문 건너편에서 들려오는 다른 여러 소리들. 문이 열리는 동시에 증폭

되는 음감.

췰녀의 얼굴. 멀리서 달려오는 자동차 불빛을 정면으로 받은 야생 동물처럼 희부연 코 주위.

췰녀가 내 어깨를 잡고 집 안으로 끌어당겼다. 손길이 억셌다. 눈빛은 흐리멍덩하고 눈가는 붉었다. 췰녀가 입을 열었다.

"라우라가 죽었다. 내가 그랬어."

모든 감각과 사고가 단칼에 잘려 나간 사람처럼 나는 멍하니 서서 복도 벽지만 응시했다. 벽에는 사진 액자들이 걸려 있었다. 권투 장갑 낀 손을 턱 앞으로 치켜들고 굳은 결의에 찬 표정을 한 소년의 사진 위에서 시선이 멈췄다. 췰녀.

"이제 어쩌면 좋을지 모르겠다."

췰녀는 벌써 이틀 동안 주검을 지키고 있다고 했다. 살해되고 몇 시간 뒤부터 라우라의 목에 드러나기 시작한 손자국에 대해서도 이야기했다. 처음에는 희미하던 손자국이 시간이 지나면서 지문이 죄다 드러날 정도로 또렷해지더라고.

"경찰에 전화하세요." 내가 말했다.

집 안 소음에 가려 내 목소리는 거의 들리지 않았다.

"감옥이 두려워." 췰녀가 말했다.

췰녀의 가슴이 한 번 부풀어 올랐다 가라앉았다. 췰녀가 벽에 걸린 사진들 가운데 하나인 것처럼 보이던 그 순간이 눈에 선했다. 우리 두 사람 다 뒷짐을 진 채 긴 복도에 마주 보고 서 있던 그 순간이. 흴녀는 구겨질 대로 구겨진 와이셔츠를, 나는 티셔츠를 입고 있었다.

그리고 뒤에서 왕왕대던 그 텔레비전 소리.

지금 이곳 군중들에게서 터져 나오는 소음만큼이나 귀를 먹먹하게 하던.

나는 대형 화면을 올려다보았다. 화면 속의 입놀림과 실황을 중계하는 목소리가 정확하게 맞아떨어지지 않았다. 어떤 밴드의 공연 모습이 클로즈업되고 있었다. 카우보이모자와 술 달린 조끼를 입은 밴드 멤버들. 공연을 마치고 관객들에게 손을 흔들며 무대를 내려가는 모습.

소음이 천천히 가라앉았다. 옆에서 금발 여자애가 전화기에 대고 맛이 간 터보 엔진 목소리로 따발총을 쏘고 있었다.

나는 손을 바지 뒷주머니에 찔러 넣었다. 모텔에서 나올 때 가지고 온 에다의 엽서가 만져졌다. 오늘 아침 차갑고 텅 빈 욕조에서 눈을 뜨던 순간이 떠올랐다. 어제 아침, 아직 새벽안개가 자욱하던 자동차극장 에다의 가짜 비틀에서 눈을 뜨던 순간도 생각났다. 이곳까지의 기나긴 행군도. 옆에서 계속 통화를 하는 여자애의 목소리가 한쪽 귀로 들렸다.

"아니, 아니, 폭우 쏟아지고 텐트가 떠내려가도 날마다 페스티벌일 수는 있지." 여자애가 쩍쩍댔다. "안 그래? 아침에 얼음 띄운 보드카 마시고, 잠은 하루에 서너 시간만 자고. 하지만 그래 봤자

삶은 삶일 뿐이야. 페스티벌이 아니고. 안 그러면······.”

“······.”

상대방 이야기를 들으며 여자애가 킥킥거렸다. 그 소리를 듣는 순간 귀가 번쩍 뜨였다. 언젠가 들은 적이 있는 웃음소리였다.

“지금 정확히 어디쯤 있는데······.” 여자애가 물었다.

나는 금발 여자애 쪽으로 돌아섰다. 누군가가 자기를 보고 있다는 것을 눈치챘는지 그 애도 내 쪽을 돌아보았다. 과일 향이 그 애 주위를 감싸고 있었다. 체리 향?

“그래, 알았어. 좀 이따 봐, *뽀뽀*.” 여자애가 전화기에 대고 인사를 했다.

여자애는 통화를 끝내자마자 내게 달려들었다.

“······어머, 어머, 이럴 수가! 너지, 너 맞지?!”

여자애가 익스팬더(팔 운동 기구―옮긴이)를 힘껏 늘이듯 음절 하나하나를 열정적으로 길게, 길게 늘였다. 그리고 마지막 단어를 말할 때는 거의 소리를 지르다시피 하며 내 목을 감싸 안았다. 우리가 무슨 오랜 친구라도 되는 것처럼.

“그래, *나* 맞아.” 내가 말했다.

“모자를 안 썼구나. 그래, 바로 그거였어.”

그러면서 여자애가 내 머리를 마구 헝클어뜨렸다. 별로 마음에 들지 않았다. 지금까지 수영장에서 한 번(재키 옆에 앉아 있을 때), 시위하던 날 한 번 본 게 다인데. 이름이 티나틴이던가?

"재키도 지금 여기 있어?" 내가 물었다(어떤 대답이 나올지 뻔히 짐작하면서도).

"걘 다비트 패거리랑 저쪽에 있지, *파우와우.*"

티나틴이 볼을 부풀리더니 앞으로 흘러내린 머리를 훅 불어 올렸다. 포니테일로 묶은 머리는 기름만 바르지 않았다뿐이지 딱 콘도어의 헤어스타일이었다.

"거기 가려고 다 같이 올라온 거 아니었어?"

티나틴의 입술이 보라색으로 반짝였다. 티나틴이 가짜 속눈썹을 깜빡이자 눈에 그림자가 졌다. 굽 높은 샌들, 한쪽이 길게 찢어진 치마. 다리에는 진흙이 튀어 있었다.

"잠깐 가 봤는데, 보니까…… 통기타나 뜯고 앉았고 경계를 뛰어넘어야 한다느니 축제가 아니라느니 완전 외계인 같은 소리나 하고 앉았더라고. 난 잘 모르겠어. 다 그냥 위선 같아."

"그래?" 내가 대꾸했다.

티나틴이 숨을 깊이 들이켜자 가슴이 훤히 드러났다. 그 애 가슴은 꼭 끼는 푸시업 브래지어에서 어떻게든 빠져나오려는 듯 웃옷 네크라인 위로 잔뜩 부풀어 있었다. 티나틴.

"그래. 그리고 어젠 치고받고 한바탕 난리가 벌어졌었나 봐. 난 그런 거 다 필요 없어. 여기가 훨씬 더 재미있단 말이야. 괜찮은 애들도 몇 명 사귀었어. 어젯밤 소나기 내릴 때는 폴크스바겐 불리(폴크스바겐 사에서 나오는 소형 버스의 애칭—옮긴이)에 모여서 놀았는데 분위기 끝내줬어. 정말 살인적이었지……."

"……."

티나틴이 미간을 찌푸렸다. *살인적*이란 단어가 우리 두 사람 사이에 보이지 않게 걸려 있었다. 티나틴이 상냥하게 미소를 지어 보였다.

"어쨌거나 잘 왔어. 완전 쿨한데? 너희 집, 음…… 내가 무슨 말 하려는 건지 알지? 나도 많이 놀랐어. 그래, 좀 어때? 괜찮은 거야?"

재키가 티나틴에게 그 얘길 한 거야? 췰너 이야기를?

명치끝이 쿡 쑤셨다. 이유는 알 수 없었지만 배신당한, 아니, 적어도 들통 난 기분이 들었다. 잠시 운동화를 내려다보았다. 커다란 파리 두 마리가 발치 웅덩이에 떠 있었다.

"도대체 그 *퐈우와우*는 어디서 하는 거야?" 내가 물었다.

티나틴이 휴지에 코를 팽 풀었다.

"미안." 티나틴이 말했다. "아무래도 감기에 걸렸나 봐. *퐈우와우?* 여기서 얼마 안 먼데? 하긴…… 페스티벌 주최 측에서 그거 감추려고 별 난리를 다 치니까. 떼로 돌아다니면서 포스터며 표지판이며 죄다 떼어 버린다니까. 하지만 거기 야영장 찾는 거 쉬워."

티나틴이 대충 가는 길을 가르쳐 주었다. 그러면서 동시에 재키에게 계속 전화를 걸었다. 매니큐어를 알록달록(빨강, 보라, 초록, 파랑, 주황) 칠한 손가락으로 번호를 누르고 전화기를 귀에 갖다 대기를 수십 번. 티나틴이 유감스러운 목소리로 안내 음성을 전달했다.

"*지금 거신 전화는 당분간 수신이 정지되어 있습니다. 나중에 다시 걸어 주십시오. 여기 진짜 전화 안 터져.*"

"……."

티나틴이 보라색 아랫입술을 쪽쪽 빨더니 해결 방법이 생각났다는 듯 나를 끌어당겼다.

"*이리 좀 와 봐. 일단 중앙 무대로 가자. 거기서 누구 만나기로 했거든. 이제 곧 어마어마한 밴드의 공연이 있어. 그거 끝나고 내가 다시 재키한테 전화해 볼게.*"

티나틴은 빽빽한 인파 사이로 나를 잡아끌고 중앙 무대 쪽으로 갔다.

"*저기 있다!*"

티나틴이 갑자기 소리를 지르더니 윈드서퍼 타입에(사흘 정도 기른 수염) 치약 광고 모델처럼 생긴 녀석의 품으로 뛰어들었다. 녀석은 삐뚤어진 코(진짜 코!) 덕분에 내게도 금세 친숙한 느낌으로 다가왔다. 녀석이 티나틴의 보라색 입술에 쿨하게 입을 맞췄다.

"*사람이 워낙 많아서 고개를 30도쯤 숙이고 뚫어야 할 것 같아.*" 녀석이 말했다.

딱히 마음에 드는 제안은 아니었지만 나는 어정쩡한 태도로 쫓아갔다. 얼마 안 가 우리는 사람들 한가운데 서 있었다. 머리통으로 이루어진 바다 속에. 우리가 서 있는 데서 멀지 않은 곳에 우뚝 솟은 설치대 위의 대형 스크린이 무대 위에서 벌어지는 장관을 여러 각도에서 보여 주고 있었다. 윈드서퍼.

"한번 잘 들어 봐. 분명 뿅 갈 테니까. 얘네들 노래는 한 곡 한 곡이 완전 드넓은 초원이야. 그 안에서 헤매다 길을 잃을 수도 있다고. 라이브에 진짜 강한 밴드야."

그리고 시작되었다. 읊조림과 두드림의 쇼. 밴드가 무대로 뛰어 올라오자 분위기는 오직 한 방향으로 쏠렸다. 위로, 위로, 위로. 관중들은 리드 싱어가 마이크에 읊조리고 노래하고 소리 지르고 흐느낄 때마다 비명과 휘파람으로 반응했다.

티나틴과 윈드서퍼는 서로의 어깨에 손을 올린 채 풋 심벌즈의 장단에 맞춰 머리를 흔들었다. 밴드의 연주가 빨라졌다. 해가 구름을 뚫고 나오자 마이크대가 빛을 반사했다. 관중들은 화음이 바뀔 때마다 점점 더 뜨겁게 달아올랐다.

스크린의 곡면 위로 하늘에서 촬영한 장면들이 번쩍였다. 군중들은 하나의 희귀 생명체, 한 마리의 거대한 괴물처럼 보였다.

"진짜 끝내준다." 티나틴의 윈드서퍼가 중간 관람평을 내렸다. "어때, 내 말이 틀리지 않았지?"

그러나 나는 정신이 어찔해지며 눈앞의 형체들이 희미해지는 것을 느꼈다. 눈을 한 번 꼭 감았다가 다시 뜨자 갑자기 사람만 한 분홍색 봉제 토끼들이 나를 에워싸고 있었다.

토끼들은 저 멀리 코딱지처럼 작게 보이는 밴드 멤버들이 무대에서 하는 대로 한쪽 팔을 흔들며 인사를 했다. 곧이어 10만 마리의 분홍 토끼들이 박자에 맞춰 손뼉을 치기 시작했다. 오로지 나만 박수를 치지 않았다, 더 이상은. 대형 스크린에서 뭔가를 보았다.

"그만 가 봐야겠어." 내가 말했다. "좀 급해." (그러나 나는 전신이 마비된 사람 같았다.)

머릿속에 몰려 있던 피가 천천히, 아주 천천히 다시 정상적으로 돌기 시작했다. 나는 광활한 초원을 정처 없이 떠돌고 있었다. 그래, 그 점만큼은 윈드서퍼가 옳았다. 모래 폭풍이 휘몰아쳤다. 토끼들은 어느새 다시 사람이 되어 소리치고 박수 치고 환호하고 있었지만 그들은 이상하게 낯설었고, 나는 외로웠다.

"그래, 나도 완전 뿅 갔어." 티나틴이 내 옆에서 소리를 질러 댔다. "진짜 굉장하다!"

스크린에는 다시 밴드가 나타난 지 오래였다. 그러나 나는 좀 전에 거기서 췰너의 얼굴을 보았다. 의심의 여지가 없었다. 기타 리프(짧은 소절을 되풀이하는 연주법—옮긴이)가 이어지는 동안 빠르게 스쳐 지나간 클로즈업된 얼굴이었지만 카메라가 빙 돌면서 관중을 잡을 때 나는 그 눈가의 상처를 알아보았다.

*네가 착각한 걸 수도 있어.* 머릿속에서 목소리가 들렸다. 마우저의 목소리와 아주 흡사했다. 그러나 흡사할 뿐이었다. 나는 그 목소리를 믿고 싶었다. 마음 같아서는 당장에 도망치고 싶었다. 거기

서 그 시간에 칠녀와 대면하고 싶지 않았다.

"갈게." 내가 티나틴에게 말했다. "사람이 너무 많아서 더는 못 견디겠어."

둥둥거리는 베이스, 나무 관에 못을 박듯 내 머릿속에서 망치질 소리를 자아내는 드럼 소리, 거기에 동반된 현란한 기타 연주가 담벼락처럼 내 말 위로 와르르 무너져 내렸다. 새 노래가 나왔다. 관중들은 발을 구르고 몸을 흔들었다. 그 윙윙거림이 귀에 계속 차올랐다. 그리고 그 소리는 공연이 끝나고 한참 시간이 지난 지금까지도 귓가에 쟁쟁했다.

"멋졌어, 아님 멋졌어?"

우리는 벌레 먹어 쓰러진 나무 위에 쪼그리고 앉아 페스티벌 장소 입구를 바라보고 있었다. 창살 울타리, 빨간색과 하얀색 바리케이드 테이프, 주황색 안전 요원 조끼.

윈드서퍼는 불도 붙이지 않은 담배를 빨았다. 티나틴의 동반자는 감격에 찬 눈빛으로 먼 허공을 응시했다. 녀석이 던진 질문은 예배 끝머리에 목사가 외친 마지막 할렐루야처럼 그대로 남았다.

티나틴은 전화기를 들고 번호를 누르고 귀에 갖다 대기를 반복했다.

"도저히 방법이 없어. 통 전화가 안 돼."

울타리 밑으로 사라지는 들쥐의 기다란 꼬리가 보였다.

"됐어. 그냥도 찾을 수 있을 거야." 내가 말했다.

"그래, 아까 말한 것처럼 고원을 넘어가면 걔네 야영장이 나와. 걸어서 많이 걸려야 한 20분? 재키한테 안부 전해 줘. 너한테 잘하라고 해!"

헬리콥터가 하늘에서 원을 그렸다. 티나틴과 나는 끌어안으며 작별 인사를 했다. 티나틴이 마지막으로 내 볼에 한 번 더 입을 맞추더니 윈드서퍼의 팔짱을 끼고 다시 북새통 속으로 유쾌하게 사라졌다. 나는 말없이 두 사람의 행운을 빌었다.

과연 저 둘에게 행운이 따를까?

알 수 없었다. 그러나 나는 알았다. 내게는 행운이 따르리라는 것을. 전동 드릴 가방은 내가 숨겨 놓은 자리에 그대로 잘 있었다. 나는 그걸 다시 겨드랑이에 끼고 티나틴이 알려 준 대로 *파우와우*를 향해 걷기 시작했다.

석양이 낮게 깔려 있었다. 바람이 불었다. 모자가 그리웠다. 왠지 누군가에게 미행당하고 있는 듯한 아리송한 기분이 들었다. 그래, 누군가 내 뒤를 쫓고 있는 게 분명했다. 칠너를 생각했다. 하지만 그 어떤 누구보다도 인디언 추장이 생각났다.

■

▶▶

### 앞으로. 금요일 밤, 개학까지 3일

놀이동산은 타들어 가는 나뭇가지를 손에 들고 모닥불 주위에서 춤을 추었다. 노래를 불렀다. 터키색 깃털 목도리를 두른 샤먼. 사방에서 음악과 노랫소리가 들려왔다. 야영장 전체가 지극히 다양한 화음으로 구성된 중창을 부르고 있는 것 같았다. 나도 따라 부르기 시작했다. 주변에서 정말로 노래를 부르고 있는 건지 자신이 없어질 때까지. 그건 어쩌면 단순히 바람 소리일 수도 있었다.

"자, 자, 풋내기, 어서 일어나. 춤을 춰. 그렇게 가만히 있지 좀 말라고." 놀이동산이 나를 다그쳤다.

그러나 벌떡 일어서려는 순간 내 푸딩 다리가 힘없이 무너지고 말았다. 나는 엉덩방아를 찧으며 주저앉았다. 솜브레로 갱들이 떠나 버린 빈 텐트에서 까마귀 한 마리가 날아왔다. 녀석은 모닥불 주위에 펼쳐진 흔들리는 불빛 양탄자 위를 의기양양하게 걸어 다녔다.

"저기 좀 봐. 저 녀석 날아갈 생각이 없나 봐." 내가 말했다.

순간 급강하하는 듯한 느낌이 또다시 엄습했다. 치프는 손발의 통제를 그 어느 때보다 어렵게 만들었다. 반면 사고는 부자연스러 우리만치 선명하고 또렷하게 느껴졌다.

"뭐가 안 날아간다는 거야?" 놀이동산이 물었다.

놀이동산은 두 팔로 나는 시늉을 하며 볼을 불룩하게 만들어 보였다.

나는 그걸 내 얼굴이 어딘가 이상하다는 신호로 받아들였다. (얼굴이 부은 걸까?) 얼른 두 볼을 만져 보았다. 평소와 별 차이가 없었다. 가슴이 두방망이질 쳤다. 뒤로 누워 버렸다.

"야, 야, 정신 차려!"

놀이동산이 나를 내려다보며 혹시라도 내가 잠이 들까 봐 조바심을 냈다. 녀석은 환각과 정체성의 관계에 대해 할 말이 있다고 했다. 방금 막 깨달은 사실이라며. 그러고 나서 놀이동산은 절대 끝날 것 같지 않은 강의를 시작했다.

귀를 닫았다. 얼마나 시간이 지났을까. 녀석이 요점을 정리하는 듯했다. 귀를 다시 열었다. 놀이동산.

"통제력과 무기력, 그 이율배반적 관계 속에 바로 비밀이 숨겨져 있는 거야."

"통제력과 무기력이라, 나도 잘 알지." 내가 말했다.

놀이동산이 흘러내린 깃털 목도리를 다시 잘 두르더니 막대기를 집어 들고 모닥불을 이리저리 쑤셨다. 불길이 다시 환하게 치솟으며 녀석의 얼굴을 비췄다. 흰자위가 번뜩이는 게 보였다. 놀이동산.

"환각에 빠지려는 사람은 자아 통제가 불가능한 정신 상태를 원해서야. 그래?”

“그래.” 내가 말했다. 녀석의 말을 제대로 이해도 못했으면서.

“그 말은 결국,” 녀석이 과장된 몸짓을 해 가며 말을 이었다. “한편으로는 자아 통제를 견딜 수 없어서 환각을 통한 자아 상실을 유발하면서 다른 한편으로는 더 큰 자아 통제를 바란다는 뜻이지.”

“난 늘 마약을 하는 건 단순히 자신을 안정시키기 위해서라고 생각했는데.”

“물론 고통과 안정, 쾌락과 수치심의 경감 같은 다른 차원도 있지. 특히 우리 집단처럼 다양한 인간들이 모인 공동체에서는 뇌를 흥분시키는 자극제가 반드시 필요해. 환각은 결속력을 다지는 데 절대적이야. 밥보다도 중요하지. 환각 속에서는 훨씬 더 쉽게 서로에게 다가갈 수 있으니까. 나만 해도 그래. 맨 정신으로는 누구와도 첫 키스를 해 본 기억도, 받아 본 기억도 없어.”

“난 아니야.” 내가 말했다.

“넌 권투 선수니까. 너희들은 하루 평균 24시간 동안 환각 상태 아니야? 안 그러면 어떻게 자진해서 서로의 대갈통을 두드려 팰 수 있어, 안 그래? 그래, 너흰 아마 어떤 종류의 마약도 필요 없을 거야. 특히 향정신성인 건.”

“절대적으로 옳으신 말씀.”

나는 그렇게 말하면서 키득거렸다. 놀이동산도 같이 킥킥대며

다 타지 않은 장작불을 쑤셨다. 불똥이 날아오르며 텐트 지붕 위를 빙글빙글 돌아 숲 속으로 사라졌다.

"자," 놀이동산이 말했다. "이제 나 앰풀 하나만 더 하고 같이 재키 찾으러 가. 어때?"

바람에 나무들이 끽끽 울어 댔다. 까마귀는 여전히 가까이에서 으스대며 오락가락하고 있었다. 아까보다 크기가 더 커진 것 같았다.

"난 큰 바위에 가 봐야 해. 지금 당장 갈 수 있으면 더 좋고." 내가 놀이동산에게 말했다.

에다의 엽서를 떠올렸다. 재키를 떠올렸다. 우리의 첫 키스. 재키의 포옹. 달짝지근한 맥주 향이 배어 나오던 그 애의 입김. 에다의 부드러운 입술. 민트 차 맛. 콘도어. 어찌나 세게 짓눌렸던지 입맞춤이 끝나고도 한참 동안 앞니에 느껴지던 콘도어의 입술.

"지금 그 상태로 어딜 간다고 그래? 넌 지금 제정신이 아니란 말이야." 놀이동산이 말했다.

"그래, 제정신은 아니지. 그래도 너랑은 키스 안 해."

"걱정 마, 풋내기. 나도 안 하니까." 녀석이 말했다.

"안 한다고?"

"너 호모야?" 녀석이 물었다.

"아니. 근데 최근 들어 나 좋다고 달려드는 사람들이 너무 많아."

나는 계속 주절주절 떠들어 댔다. 그 상태로는 내가 봐도 출발이 불가능했다. 게다가 나는 어느새 보면 볼수록 점점 더 커져 가는 까마귀에게 완전히 홀려 있었다.

우리 존재는 아랑곳없다는 듯 녀석은 부리로 잔가지와 나뭇잎을 헤치고 있었다. 녀석의 몸뚱이는 어느새 맹금만 했다.

"어쨌거나," 놀이동산이 말했다. "난 한 방울 더 할 거야."

놀이동산이 텐트 안으로 기어들어 갔다. 나는 까마귀를 향해 뻣뻣하게 손을 내밀었다. 까마귀가 막 팔 위로 뛰어오를 것 같았는데 텐트에 갔던 놀이동산이 돌아왔다. 까마귀가 푸드덕 날아오르더니 불 위를 아슬아슬하게 스쳐 모닥불 건너편으로 가 버렸다. 나는 깜짝 놀라 눈을 비볐다.

"너도 보여?" 내가 놀이동산을 향해 질문을 던졌다.

의심의 여지가 없었다. 추장이었다. 다시 나타난 추장은 땅바닥에 책상다리를 한 채 꼿꼿이 앉아 있었다. 까마귀는 추장의 어깨에 올라앉아 있었다. 추장이 입술을 움직였다.

"왜 속삭이는 거지?" 추장이 놀이동산의 목소리로 말했다. "우주의 입김을 느끼는 게냐, 아니면 그렇게 보이는 것뿐이냐?"

추장이 치프 앰풀을 입으로 가져갔다. 그 순간에는 목소리뿐만 아니라 얼굴도 놀이동산의 얼굴이었다. 추장이 고개를 뒤로 젖혔다.

앰풀 라벨에 그려진 인디언 추장. 모닥불 건너편의 인디언 추장.

햇살 속으로 날아오르는 비눗방울처럼 이미지들이 가볍게 떨리면서 머릿속에서 겹쳐졌다. 추장의 깃털 모자. 독수리 부리를 한 까마귀. 혀 위로 방울방울 떨어지는 액체. 주홍색 불길. 강렬하고 현란한 화면의 자극에 노출된 사람처럼 눈앞에서 섬광이 번쩍거렸다.

나는 곧 그것이 엄청난 속도로 깜빡이고 있는 내 눈꺼풀 때문임을 알아차렸다(열렸다 닫혔다 열렸다 닫혔다). 위아래로 부르르 떨어 대는 곤충의 날갯짓.

"쩐다." 내가 중얼거렸다.

눈을 비벼 깜빡임을 진정시켰다. 그러자 모닥불 주위에 모인 어둠이 순간 더 강렬해지는 느낌이 들었다. 동시에 모든 움직임이 느려졌다.

널름거리는 불길은 더 이상 출싹대지 않고 이리저리 부드럽게 흔들리는 해초처럼 위로 유유히 솟구쳤다. 혀로 입술을 적시는 데도 억겁의 시간이 필요했다. 나의 홍인종 형제는 그런 나를 지켜보고 있었다.

"……?"

나는 우리 두 사람 사이를 가르는 불길을 뚫고 그의 가죽 같은 얼굴을 똑바로 보았다. 거리가 어느 정도 됐음에도 불구하고 땀구멍 하나하나까지 다 알아볼 수 있었다. 그의 뺨에는 전투에 나갈 때 그리는 선이 그어져 있었다.

"제가 이걸 다 이해해야 하는 거죠. 그렇죠, 추장?"

"……."

추장은 아니나 다를까 침묵을 지켰다.

"하지만 이게 뭐죠? 뭘 이해해야 하는 거예요? 제가 도대체 여기 왜 온 거예요?"

"……."

또다시 침묵. 그래, 주위가 왜 이렇게 조용하지?

놀이동산은 어디 있는 거야?

나는 고개를 돌려 보려고 했다. 그러나 옆으로 살짝 기울일 수만 있을 뿐이었다. 눈앞에 어떤 지형이 펼쳐졌다. 그러나 그건 곧 사람의 몸으로 드러났다. 어두운 털 스웨터에 감싸인 몸. 에다가 떠올랐다. 그 애의 카디건 아래 언덕. 몸 안에 온기가 퍼졌다.

"에다랑 입을 맞췄어. 그 애의 나체도 봤고." 내가 중얼거렸다.

고개를 들어 반대편으로 뉘었다. 반짝이는 물이 보였다. 수영장, 타일 그리고 탱탱한 피부 위로 낮은음자리표처럼 툭 튀어나온 재키의 골반뼈. 온기가 몸 밖으로 빠져나가면서 솜털이 감전되는 것만 같았다.

"야, 이거 정말 신기하네." 내가 말했다.

머리를 이리저리 흔들며 타다 남은 모닥불을 바라보았다. 솔방울이 떨어졌다. 타기 시작했다. 누가 던졌을까? 타닥타닥 타들어가는 소리가 들려야 정상 아닌가?

그러나 솔방울 타는 소리는 들리지 않았다. 아니, 그 어떤 소리도 들리지 않았다. 절대적인 고요가 내 위로 내려앉았다. 꿈에서처럼.

야영장 전체가 사라져 버렸다. 조금 전까지 수많은 불빛이 반짝이던 곳에서 짐승의 눈이 번쩍이고 있었다. 멧돼지? 여우?

그 눈들은 나를 응시하고 있었다. 차가운 안개처럼 갑자기 불안한 느낌이 엄습했다. 어디서 나온 느낌일까? 손 하나가 내 머리를 쥐었다. 내 손이었다.

"제 모자를 돌려받고 싶어요. 이게 진실인가요, 추장?"

깊은 명상에 잠긴 듯한 추장의 얼굴.

머릿속이 요동을 쳤다. 식은땀이 갈비뼈를 따라 줄줄 흘러내렸다. 입이 바짝 마르는가 싶더니 눈앞이 까매졌다.

필름이 어쩌면 실제로는 일어난 적도 없는 장면을 향해 거꾸로 돌기 시작했다. 거기서 추장은 치프를 비운 뒤 일어서더니 어깨에 앉은, 갑자기 참새처럼 작아진 까마귀를 움켜쥐고 그것을 불 너머로 던졌다.

까마귀가 나를 향해 날아왔다. 내 입은 비명을 지르는 사람처럼 쩍 벌어져 있었다. 나는 새를 삼키고 말았다. 배 속에서 퍼드덕거림이 느껴졌다. 격렬한 퍼드덕거림이.

"그만 들어가자, 풋내기." 목소리가 들렸다. "야, 좀 일어나 봐. 비가 억수같이 쏟아지고 있단 말이야!"

갑자기 모든 게 환해졌다. 강한 빛이 눈앞으로 쏟아졌다. 손전등?

"……?"

맞다, 손전등이었다. 이제 소리도 다시 들렸다. 누군가가 내 얼굴에 대고 숨을 내쉬고 있었다. 손으로 내 배꼽께를 잡고 마구 흔들었다. 박박 깎은 머리통이 보였다. 놀이동산.

"야, 너 완전 제정신 아니었어. 뭐 좀 마실래?"

"캐머마일 차."

놀이동산이 폭소를 터뜨렸다. 하지만 맛이 간 건 녀석도 마찬가지였다. 녀석은 악몽이라도 쫓는 듯 계속해서 얼굴을 훔쳤다. 정말로 부슬비가 내리고 있었다.

"텐트 안으로 들어가야 해." 녀석이 말했다.

놀이동산이 내 손을 잡더니 출렁이는 바닥에서 일으켜 세웠다. 어느새 놀라우리만치 잘 일어설 수 있었다.

"얼마나 정신이 나갔던 거야?" 내가 물었다.

"한 30분? 잘 모르겠어."

놀이동산이 어깨를 으쓱했다. 그 바람에 깃털 목도리의 한쪽 끝이 타다 남은 모닥불 가까이로 위태롭게 흘러내렸다.

연기만 나나 싶던 깃털 목도리에 금세 불이 붙었다.

폴리에스테르 타는 냄새가 순간적으로 퍼졌다. 놀이동산과 나는 두 명의 룸펠슈틸츠헨(독일 민화에 나오는 난쟁이 —옮긴이)처럼 하늘거리는 깃털 뱀을 마구 밟아 댔다. 그러고 나자 정신이 순식간에

다시 멀쩡해졌다.

"가 봐야겠어." 내가 말했다.

"이렇게 갑자기……."

놀이동산이 깃털 목도리로 축축한 얼굴을 닦고서 나를 가만히 보았다.

"……좋아, 좋아." 녀석이 말했다. "아니, 그러지 말고 같이 가. 내가 재키 찾는 거 도와줄게."

나는 솜브레로 갱들이 남기고 간 모닥불을 바라보았다. 맥주병 뚜껑이 꺼져 가는 불빛 속에서 은색 브로치처럼 반짝였다. 멧돼지 브로치.

"됐어, 괜찮아. 난 큰 바위로 갈 거야. 모자 가지러." 내가 말했다.

∎

# 내가 에다에 대해
## <u>모르는</u> 세 가지

- **키가 실제로 얼마나 될까?**
  (에다의 티셔츠는 내게 꼭 맞는다. 하지만 나보다 최소한 머리통 하나 정도는
  더 큰 것 같은데? 착각일까?)

- **왜 그렇게 말이 잘 통할까?**
  (에다로 분장한 옛 유치원 친구와 대화하는 느낌.)

- **에다에게는 내 안에 잠재된 나의 진정한 모습이 보이는 걸까?**
  내 눈에는 보이지 않는 그 뭔가?
  (에다의 감성 지능은 정말 높다. 그 애의 이야기를 듣고 있노라면 부러워질
  때가 한두 번이 아니다.)

■

### 뒤로. 목요일 밤, 개학까지 4일

에다는 손에 열쇠를 쥔 채 창문 없는 긴 복도의 먼지 낀 불빛 속을 성큼성큼 앞장서서 걸어갔다. 복도를 중심으로 좁은 문들이 서로 마주 보고 있었다. 낮은 천장에 달린 희미한 전구 하나가 멀리서 불을 뿜어 대는 연발총의 총구 섬광처럼 번쩍거렸다. 무늬가 어지러운 카펫에는 담뱃재 구멍이 여기저기 뚫려 있었다.

"정말 멋진 성이군. 특히 여기 이 성 날개 부분은 우리 아파트 엘리베이터만큼이나 유혹적이야." 내가 빈정댔다.

더는 필요 이상으로 숨을 쉬지 않았다. 고양이 오줌 냄새 비슷한 냄새가 소독제 냄새에 뒤섞여 풍겼으니까.

"153호, 여기야." 에다가 말했다.

방 안은 어두웠다. 밖에서 번쩍이는 모텔의 네온사인 불빛만 (빛으로 된 포스터 크기의 타일처럼) 침대 위 벽에 걸려 있었다. 창틀에 끼인 유리가 삐걱거렸다. 고속 도로를 질주하는 차들의 소음이 창을 통해 바닷가 파도 소리처럼 들려왔다.

"정말 좋은 생각이었어. 밖에 비 오는 것 좀 봐."

내가 창가로 다가서며 말했다. 멀리서 번개가 칠 때조차 밖에 세

위 둔 가짜 비틀이 보이지 않았다. 격심한 폭우 때문에 가시거리가 불과 몇 미터밖에 되지 않는 것 같았다. 빗물이 두들겨 대는 창밖 양철 턱은 버둥거리는 곤충들이 홍수를 이룬 것처럼 보였다. 에다.

"아까 자동차에서 인디언 어쩌고 한 건 뭐야, 장난이었어?"

에다가 여행 가방을 내려놓더니 불을 켰다. 차가운 주백색 불빛이 머리 위로 떨어졌다. 침대 가장자리에 앉았다. 머리가 질척한 진흙이라도 든 것처럼 무거웠다.

"인디언 하나가 날 쫓아다녀." 내가 말했다. "어떨 땐 너무나 현실 같아."

"무슨 말이야?"

"글쎄, 나도 딱히 어떻게 설명할 수가 없어. 워낙 미친 소리 같아서. 으스스한 구석도 좀 있고……."

경솔하게 내뱉은 말이 아니었다. 진심이었다.

"……넌 그런 느낌 몰라?" 내가 물었다. "아무도 나처럼 생각하지 않을 거라는 두려움, 내 어딘가가 좀 잘못됐다는 생각."

나는 바람의 흐느낌과 빗소리와 다른 방에서 윙윙대는 텔레비전 소리에 귀를 기울였다. 에다.

"여기, 불빛이 대체 왜 이 모양이야. 침대 옆에 불 좀 켜 봐. 켜져?"

불이 들어왔다. 에다가 천장 불을 껐다.

"좀 낫지?"

"……."

나는 말없이 고개만 끄덕였다. 에다가 뿌예진 안경을 벗어 닦더니 다시 썼다.

"지금 네가 겪고 있는 게 쉬운 일들이 아니야." 에다가 말했다. "그리고 넌 열일곱 살이고. 열일곱 살엔 사람들이 널 이해하지 못한다고 느낄 권리가 있어."

"농담이 아니야." 내가 말했다. "맹세할 수도 있어. 인디언 하나가 날 쫓아다녀. 내 말 알아들어? 인디언! 넌 이 위에서 무슨 일이 벌어지고 있는지 짐작도 못 할 거야. 내 안에 뭔가가 있어. 그게 거의 내장이나 뼈나 피 수준으로 아주 당연하게 이 안에 들어앉아 있다고. 그래서 겁이 나……."

나는 너털웃음을 웃으며 집게손가락으로 머리를 두드렸다.

"……더 이상 뭐가 진짜고 뭐가 진짜가 아닌지 구분이 안 가. 우리 두 사람은 진짜야? 우리가 진짜 국경 근처 모텔 방에 함께 있는 거야? 너랑 나라는 사람이 진짜 존재하는 거냐고?"

"쉬잇."

에다가 등 뒤로 팔짱을 끼고 창문 옆 벽에 기대섰다. 침대 옆 스탠드에서 퍼져 나오는 불빛이 에다의 안경에 반사됐다.

연분홍빛이 감도는 하얀 피부. 입술 위의 하얀 흉터. 오늘 입은 카디건에 달린 은색 멧돼지.

"지금 스스로를 미쳤다고 생각하는 거야? 왜? 머릿속에서 목소리가 들리는 건 흔한 일이야. 누구나 그렇다고. 내가 열일곱 살이 었을 땐 어땠는지 알아? 난 아무하고도 얘길 안 했어. 동물원에 가서 침팬지들을 보며 차라리 얘네들이 제대로 된 인간이구나 했어. 하고 싶은 걸 하면서 사는 게 아름답게 보였지. 동물원에서 나와 다시 사람들 무리에 섞였을 땐 오히려 내가 원숭이인 것처럼 추하게 느껴졌어."

"원숭이를 모욕하지 마."

"난 좀 해도 돼. 걔네들도 날 늘 안경잡이라고 놀렸단 말이야."

"침팬지들이?"

"그래. 녀석들도 너처럼 아주 시건방졌거든."

에다가 웃었다. 나는 에다에게 인디언 추장 만난 이야기를 들려주었다. 비디오 가게, 강가, 호숫가 판자촌, 나무집 등등에서. 얼굴이 점점 달아올랐다. 손으로 피부의 열기를 더듬었다. 뜨거운 이마를 짚었다. 재키의 이름은 단 한 글자도 입에 올리지 않았다. 나.

"어때, 네가 보기엔 무슨 의미가 있는 것 같아?"

"네 생각은 어떤데?" 에다가 질문을 되받아쳤다.

"……."

나는 어깨만 한 번 으쓱했다. 그사이 밖에서는 악천후가 새로운 절정을 향하고 있었다. 에다가 옆으로 한 걸음 옮겨 협탁에 안경을 내려놨다. 에다는 이제 벽에 삐딱하게 걸린 십자가 바로 밑에 서 있었다. 에다.

"어떤 현상의 의미를 찾는 일은 크고 작은 철학자들이 할 일 아니야?"

"……."

돌풍이 세찬 빗줄기를 창문 쪽으로 휘몰았다. 빗방울이 유리창에 부딪히면서 종이컵 피라미드에 물대포 쏘는 소리가 났다.

"어쨌거나 우린 진짜야." 에다가 나지막이 말했다. "확실해. 우린 진짜야."

나는 여전히 침대 가장자리에 앉아 있었다. 에다는 이제 방 한가운데 서 있었다.

안경 벗은 얼굴 때문이었을까? 조명 때문이었을까?

그 애의 옆얼굴은 밖에서 들어오는 네온사인 불빛을, 앞 얼굴은 침대 옆 스탠드에서 비추는 은은한 불빛을 받고 있었다. 그리고 그 두 불빛의 조화가 마치 그 애 몸속에서 빛이 뿜어 나오는 듯한 인상을 자아냈다.

전동 드릴 빌리던 날과 똑같은, 그리고 몇 시간 전 페리 선착장 자동차 안에서 팔의 붉은 점을 발견했을 때 느꼈던 충동이 일었다. 이번에는 그 충동에 응했다.

"혹시 옷 벗을 수 있어?" 내가 물었다.

우리는 침묵 속에서 눈빛을 교환했다. 나는 에다의, 에다는 나의 시선을 붙잡고 있었다.

밖에서는 사나운 빗줄기가 여전히 자기가 떨어지는 자리에 있는 모든 것들을 두드리고 때리고 내려치고 있었다. 나는 에다가 내 말을 알아들었는지 잠시 확신이 서지 않았다.

　그러나 드디어 에다가 회색 카디건의 단추를 풀더니 끈나시를 머리 위로 벗고 브래지어 끈을 어깨 밑으로 내려 팔을 뺀 뒤 컵을 뒤로 돌려서 앞으로 온 혹을 허리께에서 풀었다.

　천천히, 단 한마디도 하지 않고.

　"……."

　나는 기분 좋게 몽롱한 상태로 에다의 가슴을 관찰했다. 타원형의 홍갈색 젖꽃판, 굵고 주름진 젖꼭지. 내 눈은 에다의 손가락을 좇았다. 손은 막 바지를 벗는 중이었다. 벨트 버클 소리. 금속성 지퍼 소리. 바닥에 떨어지는 끈 묶는 반장화의 둔탁한 소리.

　에다가 발을 버둥거려 바지를 발로 벗었다. 허벅지에 파란 멍이 들어 있었다. 모양도 크기도 에다가 하고 다니는 브로치 멧돼지와 비슷했다. 바닷가 식당에서 에다가 식탁 모서리에 다리를 부딪치던 순간이 떠올랐다. 나도 환각처럼 같은 자리에 통증이 느껴졌다. 솜털이 죄다 꼿꼿이 일어섰다.

　에다가 팬티를 벗기 위해 허리를 굽혔다. 머리가 음부를 가렸다. 양말을 벗었다. 그리고 마침내 에다는 옷을 모두 벗은 채 내 앞에 서 있었다.

　비는 차갑게 창문을 두드리고 있었다.

　내 배 속은 뜨겁게 쿵쿵거렸다.

보고 있었다. 듣고 있었다. 내 숨소리가 들렸다. 에다의 숨소리도 들렸다. 불가항력의 파도가 나를 덮쳤다.

에다가 내 손에서 모자를 빼내고 따뜻한 손가락을 내 무릎 위로 가져갔다. 손톱이 분홍빛으로 반짝였다. 모자는 침대 밑으로 굴러 떨어졌다. 나는 에다의 도움을 받으며 바지와 티셔츠에서 빠져나왔다.

에다의 눈은 내 눈을 찾고 있었다. 나는 에다가 지금 막 무슨 생각을 하는지 읽어 내려고 했다. (꿈도 야무지지. 내 머릿속에서 일어나는 일도 모르는 주제에 다른 사람 머릿속을 읽겠다고?)

*우린 왜 키스하지 않는 거지?*라고 물어볼 수도 있었다. 그러나 물어보지 않았다. 에다는 내 팬티를 벗기는 중이었다.

빨갛게 발기된 페니스가 튕겨 나왔다.

에다가 팬티를 무릎 아래로 끌어내릴 수 있도록 엉덩이를 들었다. 아직도 키스를 하지 않았다는 생각이 머리를 스치고 지나갔다. 척추뼈가 앙상한 하얀 등이 보였다. 에다의 입술이 피부에 와 닿았다. 나는 비상 브레이크를 걸고 말았다.

"잠깐." 내가 말했다. "뭐 하나 알아야 할 게 있어."

어딘가 억양이 잘못된 말 같았다. 아니면 희한하게 나도 알아들은 외국어 같기도 했다. 나는 내가 너무 나갔다는 걸, 분위기를 망쳐 버렸다는 사실을 당장에 깨달았다. 모든 게 망가졌다. 전부. 그러나 동시에 차라리 잘됐다는 안도감이 느껴졌다.

“……?”

에다가 단번에 똑바로 앉았다. 얼굴에 곤혹스러운 표정이 역력했다. 바닥에 뒹구는 옷들. 양말, 바지, 티셔츠, 브래지어. 위가 뒤틀리며 반란을 일으켰다.

우리는 알몸으로 마주 보고 앉았다(나는 침대에, 에다는 바닥에 무릎을 꿇은 채). 에다가 오른손으로 계속해서 위팔의 점을 문질렀다. 방 안은 춥지 않았지만 에다는 떨고 있었다.

재키 이야기를 했다. 너무 많이 지껄이고 있었다. 잘못했다고 싹싹 빌면 혹시라도 원했던 걸 받을 수 있을까 싶어 지나치게 용서를 구하는 어린애 같았다. 나.

“나, 여기 있어 줘?”

“응.”

에다의 대답은 머뭇머뭇 나왔다.

“꺼져 줄까?”

“응.”

에다의 목소리에서 위기감이 배어났다. 누군가에게서 빌린 듯한 미소. 에다를 지나쳐 비에 젖은 유리창으로 눈길을 돌렸다. 가 버리고 싶었다. 그대로 머물고 싶었다. 욕실 문이 보였다.

“그럼 난 저기 옆에서 잘게, 됐지?” 내가 말했다.

어디선가 많이 들어 본 밤 인사. 아까부터 세면대 위에 걸린 수납장 거울을 보며 서 있었지만 그 명대사는 머릿속을 계속 맴돌았다. 벽에 귀를 갖다 댔다.

아무 소리도 들리지 않았다.

얇은 업소용 비누 조각, 리놀륨 바닥, 손금처럼 쩍쩍 갈라진 하얀 세면대. 나는 양쪽 측면 거울을 모두 앞으로 잡아당겼다.

평행하게 세워진 거울 속에 미로가 펼쳐졌다. 이쪽 거울이 저쪽 거울을 비추고 저쪽 거울이 다시 이쪽 거울을 비췄다. 거울을 들여다보았다.

상이 무한대로 잡힌 얼굴이 보였다.

나. 오로지 나만. 모자는 없었다.

타일의 차가움 때문에 몸이 떨리는 걸까?

천장의 불을 끄고 텅 빈 욕조로 들어가 누웠다. 이불을 겨드랑이까지 끌어당겨 온몸에 감았다. 주름진 곳을 매만졌다. 손으로 쓸어내리는 정도로는 도저히 진정시킬 수 없는 하얀 모래 언덕.

수도꼭지에서 떨어지는 물방울 소리. 곰팡이 냄새. 물때 낀 벽.

에다는 방에서 뭘 하고 있을까?

혹시 자해 행위를 하고 있을지도 모른다는 두려움이 그 말도 안 되는 생각을 하는 동안 나를 덮쳤다. 그러나 나는 곧 그 생각을 지워 버렸다. 지울 수 있는 만큼 최대한. 그렇지만 누군가를 죽인 것 같은 죄책감은 여전히 남았다. 손에서 떨어진 아이스크림이 액체로 녹아 땅속으로 스며든 뒤에도 얼룩은 계속 남았던 것처럼.

■

▶▶

**앞으로. 토요일, 개학까지 2일**

빈터는 이제 더 이상 빈터가 아니라 죽은 눈의 바다가 되어 있었다. 그리고 그 죽은 눈들 위로 찢어진 텐트의 잔해가 날아다녔다. 조각난 텐트 자락은 공중에서 몇 번을 펄럭펄럭 뒤집히다 숲의 심연 속으로 너덜너덜해진 날개를 퍼덕이며 사라져 버렸다.

나는 더 이상 우박이 내리치는 것을 느끼지 못했다. 온몸이 마비되어 내 몸이 내 몸처럼 느껴지지도 않았다. 그저 피부만 가려울 뿐이었다. 아니, 어쩌면 피부 밑이 가려운 건지도 몰랐다. 발이 여섯 개 달린 곤충 군단이 그 자리에서 총총걸음을 걷고 있는 것만 같았다.

때 묻은 흰색 베일에 가려진 달.

나뭇가지에서 들려오는 약해진 빗소리.

얼음 덩어리에 닿아 튀어 오르는 빗방울.

폭풍이 지나갔다. 나는 아직 살아 있었다.

이마 위로 뜨뜻하고 축축한 뭔가가 흘러내렸다. 피? 아니면 그저 빗물?

그 정체 모를 액체는 눈썹에서 속눈썹으로 떨어진 뒤 눈 속으로 흘러들어 갔다. 손으로 얼굴을 훔치고 싶어 미칠 것 같았다. 나는 팔 하나를 빼내 보려고 별별 짓을 다 했다. 폐를 비워 몸을 홀쭉하게 만든 뒤 나무에 몸을 밀착시키고 이리저리 몸부림을 쳤다. 청테이프 코르셋이 허용하는 한도 내에서 최대한으로. 울퉁불퉁한 옹이가 살 속을 아프게 파고들었다.

헛수고였다. 청테이프는 질기게 내 몸을 옭아매고 있었다.

하지만 몸의 감각이 돌아오기 시작했다. 오장육부가 쓰라렸다.

아쉬운 대로 맨 어깨에다 얼굴을 훔친 뒤 거대한 무덤을 바라보듯 빈터 저편의 깊은 어둠을 응시했다.

시간이 지남에 따라 나무들의 형체가 눈에 들어왔다. 그러나 결국 내가 알아본 것은 가지가 여럿 뻗어 나간 골격뿐이어서 나무들 간의 사소한 차이점은 오히려 그것들의 형태가 기본적으로 큰 차이가 없다는 사실만을 더 강조해 줄 뿐이었다.

그러고 있자니 재키가 주차장을, 그리고 거기서 에다의 가짜 비틀을 찾았는지가 더더욱 궁금했다. 에다와 재키는 날 찾아다니고 있을까. 도대체 놀이동산은 어디 있는 걸까. 그리고 칠녀는 정말로 날 쫓아서 페스티벌에서 *파우와우*로 온 걸까.

(여기서 뭘 하려고? 대체 나한테 뭘 더 원하는 거지?)

밤은 그렇게 느릿느릿 흘러갔다. 희미한 빛 속에서 빈터에 떨어진 얼음 덩어리들이 녹고 있는 것이 보였다. 한 번쯤 허깨비 같은 형체가 획 지나갔지만 입이 막혀 내 존재를 알릴 수가 없었다.

칠녀의 집에서도 그와 비슷한 느낌이었다.

췰너가 나를 복도에 세워 둔 채 텔레비전 소리를 줄이러 옆방에 갔을 때. 췰너는 곧장 경찰에 전화하려 들지 않았다.

"5분만 시간을 줘, 부탁이다." 췰너가 애원했다.

나는 췰너가 옆방으로 들어가 볼륨을 줄이다 결국 완전히 끄고 다시 복도로 나올 때까지 다용도실을 바라보며 서 있었다.

갑작스러운 정적이 내 뼛속에 울려 퍼졌다.

전동 드릴은 다용도실에 있었다. 나는 그런 상황에서도 여전히 전동 드릴 생각을 하고 있는 나 자신이 저주스러웠다.

췰너가 나를 부엌으로 데리고 들어갔다.

나는 상황에 맞는 질문을 생각해 내려고 했다. 떠오르지 않았다. 아무것도. 췰너의 혼란스러운 눈빛을 보며 그저 헛기침만 했을 뿐이다.

"……."

췰너가 고개를 창문 쪽으로 돌렸다.

"점심은 같이 잘 먹었어."

췰너의 눈길은 아파트 단지와 쇼핑센터를 그대로 지나쳐 머나먼 미지의 장소를 향하는 것 같았다.

"……."

"일요일이었어, 비 오던 날. 식사를 마치고 갑자기 말싸움이 벌어졌어. 난데없이 성기 피어싱 한 얘기랑 가슴 성형한 데가 아프단 얘기가 튀어나왔지. 가슴 성형이 내 아이디어였다면서. 물론 말도 안 되는 얘기였지. 아무튼 라우라가 우겨 댄 그대로는 아니었어."

"……"

나는 멍한 상태로 칠너의 얘기를 들었다. 내게 하는 말이 아닌 것 같았다. 칠너가 어이없다는 듯이 웃었다.

"내 인생 최악의 고비는 넘겼다고 생각했는데 착각이었어! 내가 자기를 망치려 든다더군. 다른 남자들이 자기를 매력적으로 생각하지 못하게 말이야. 내가 자기가 고통받는 꼴을 보고 싶어 한다나."

"……"

먼 데 머무르던 칠너의 시선이 다시 부엌으로 돌아왔다.

"여기 서 있었어."

칠너의 손에 떨어질 듯 들려 있는 텔레비전 리모컨이 눈에 들어왔다. 칠너가 그 손 손등으로 개수대 옆 작업대를 쓱 문질렀다. 이번에는 무릎 위로 들린 내 모자가 보였다. 내 손가락이 모자챙을 따라 올라가고 있었다.

"*제가* 경찰에 전화해 드려요?"

"조금만 이따가……."

칠너는 리모컨 전원 버튼을 만지작거렸다.

"……내 화를 돋우려고 작정한 것 같았어. 별안간 칼을 집어 들더니 나한테 달려드는 거야. 칼을 손에서 빼앗았지. 그랬더니 나를 때리기 시작했어. 내가 움켜잡자 몸을 빼 그대로 복도 계단으로 뛰어나갔어. 나도 쫓아갔지. 어쩜 내가 밀었을지도 몰라. 혼자 미끄러졌을 수도 있고. 어쨌거나 여덟 계단 밑으로 굴러떨어져 갈비뼈를 붙든 채 누워 있었어. 머리에서도 피가 났고. 더 이상 소리도 지르지 않았어. 나는 라우라를 다시 집으로 데리고 들어왔어. *의사를 불러 줘. 사고였다고 말함 되잖아.* 말은 그렇게 했지만 눈빛이 거짓말이라는 걸 말해 주고 있었지. 그걸 느꼈음에도 불구하고 난 *다 괜찮을 거야, 사랑해!*라고 말해 줬어. 어쩜 나 스스로가 그렇게 믿고 싶어서였는지도 모르지."

"……."

췰녀가 리모컨을 내려놓더니 얼굴을 두 손에 파묻었다. 둥글게 휜 등이 들썩였다.

"비웃더군." 췰녀가 말을 이었다. "정말이야. 맹세할 수도 있어. 그 멍청한 여자가 내가 절 얼마나 사랑하는지 알아주질 않았어."

나는 거기 가만히 서 있었다. 입을 다문 채. 투명한 막에 갇힌 것처럼. 소리를 지르고 싶었다. *이제 그만 경찰이나 부르세요. 누가 누구를 사랑하는지, 얼마나 사랑하는지, 누가 누구를 사랑하지 않는지 그런 문제가 아니잖아요!* 그러나 감히 입 밖으로 소리 내어 외치지 못했기에 나는 내가 췰녀의 공범처럼 느껴졌다.

"……."

"난 살인자가 아니야……. 내가 그러긴 했지만, 아니, 내가 아니라……."

췰녀가 자기 손을 바라보았다.

"…… 여기, 이게 그랬어." 췰녀가 말했다.

숨을 한껏 들이켰다. 그러나 내 속에 꼭 들러붙은 절규는 출구로 향하는 길을 찾지 못했다, 췰녀의 면전에서는. 마치 췰녀가 나를 리모컨으로 음 소거 상태로 만들어 놓은 것처럼. 그건 지금도 마찬가지였다.

어떤 형체가 빈터를 획 지나는 순간 내 입을 막고 있는 것이 청테이프라는 사실만 달랐을 뿐. 내 외침은 둔탁한 소리로 끝나 버렸다.

다시 혼자가 되었다. 그리고 그 상태로 몇 번쯤 졸다 깨다를 반복했다.

언제였을까. 다람쥐 한 마리가 내 앞으로 뛰어오더니 축축하고 끈끈한 나무 기둥을 민첩하게 기어오르기 시작했다. 내 귀에서 불과 몇 센티미터 떨어지지 않은 곳이었다. 다람쥐는 나를 그렇게 잠에서 깨웠다.

풀밭이 밝아 오고 있었다. 첫 여명에 풀잎 위의 작은 이슬들이 반짝였다. 여기저기 나무마다 폭풍에 부러진 가지들이 부러진 팔처럼 축축 늘어져 있었다.

바닥으로 아예 떨어져 버린 가지와 젖은 이파리에서는 새로 산 운동화 냄새가 살짝 풍겼고, 까마귀 울음소리와 몇몇 새들의 가녀린 노랫소리가 들렸다. 무당벌레 한 마리가 갑옷을 반짝이며 청테이프를 지나 담뱃불 자국이 남아 있는 어깨까지 기어올라 왔다. 녀석이 상처에 와 닿는 순간 잠시 아픔이 느껴졌다.

내가 움찔하자 녀석은 날아가 버렸다.

"하느님 맙소사, 대체 무슨 일이 벌어졌던 거야?"

누구야? 누가 말했지? 놀이동산? 놀이동산!

그의 눈빛. 나를 레몬 씹은 표정으로 바라보고 있었지만 놀이동산이 틀림없었다. 그가 빈터로 다가왔다. 대재앙의 생존자. 속에서 행복감이 뭉실뭉실 피어올랐다. 그러나 그것도 잠시.

놀이동산이 내게서 채 열 걸음도 떨어지지 않은 곳에 주저앉는 것을 본 순간 내면 깊은 곳에서 두려움의 화음이 울려 퍼졌다. 가부좌. 창백한 얼굴. 목에 두른 깃털 목도리. 놀이동산이 손을 흔들었다.

누군가를 부르고 있었다.

바싹 마른 내 입술은 쓰라림을 느끼면서도 헛되이 청테이프와 싸우고 있었다.

도대체 뭘 하는 거야?

췰너가 내 앞에 서 있었다. 다리를 쩍 벌리고.

아직 낮게 남은 해 때문에 바닥에 긴 그림자가 드리웠다.

펄럭이는 셔츠 자락.

손에 들린 검은 소매 회색 점퍼.

며칠째 면도 못 한 얼굴.

췰너가 아주 또렷한 눈빛으로 나를 바라보았다. 도주 중인 사람 같지가 않았다. 칠녀가 딱지에 손을 갖다 대더니 손가락으로 상처를 훑어 내렸다. 그러고 나서 내게 말을 돌려주었다. 입에 붙어 있던 청테이프가 단숨에 떼어졌다.

어제에 이어 오늘도 아픔과 함께 하루가 시작되다.

놀이동산을 보았다.

몇 시간 전 '치프 간주곡'이 끝난 뒤 내가 큰 바위로, 에다에게로 가기 위해 그를 홀로 남겨 놓았을 때처럼 풀 죽은 표정이었다.

■

◀◀

### 뒤로. 금요일 밤, 개학까지 3일

저 아래에서 밤 호수가 반짝이고 있었다. 어느새 박수 소리도 들려왔다. 수많은 손뼉들의 마주침. 트럭에 가득 실린 압정을 길바닥에 쏟아붓는 듯한 소리. 나는 후들거리는 다리로 무대를 향해 비탈길을 내려가는 사람들의 행렬을 쫓았다.

숲 속 어디를 둘러보든 손전등의 둥근 불빛이 현란하게 움직였다. 빛이 닿을 때마다 얼굴과 나무와 빗줄기가 드러났다. 비는 가느다란 실오라기처럼 나무 꼭대기를 통과해 내려오고 있었다. 나는 놀이동산이 작별 기념으로 판초처럼 오려 준 쓰레기봉투를 뒤집어쓰고 있었다. 혀에는 여전히 씁쓸한 뒷맛이 남아 있었다.

놀이동산의 콩 요리가 또 넘어올 것 같아 한순간 가슴이 철렁했지만 구토감을 억누르며 위에 든 내용물을 그대로 간직했다. 안도감. 갑작스레 일었던 메스꺼움은 찾아올 때만큼이나 순식간에 다시 사라졌다. 누군가 스위치라도 켰다 끈 것 같았다.

별 탈 없이 놀라우리만치 가뿐해진 몸 상태로 미끄러운 숲길을 걸어 *파우와우*의 난리 블루스 속에 도착했다. 그리고 야영장에서 건너온 지각생들 무리에 딸려 강당 느낌이 나는 파티 텐트 속으로 들어가다 덫 사냥꾼 옷을 입은 땅딸막한 녀석한테 발이 걸려 넘어질 뻔했다.

"여기가 위그웜이야?" 내가 녀석에게 물었다.

음악이 한밤중을 맞은 숲 속에 쩡쩡 울려 퍼졌다. 난쟁이가 빙긋 웃으며 비버처럼 생긴 앞니 두 개를 드러냈다.

"당근." 녀석이 말했다. 그리고 반문. "나랑 같이 치프 한 방울 어때?"

비버 이빨은 똑바로 앞을 보지 못해 여간 애를 먹는 게 아니었다. *파우와우* 방문자들 대부분이 공통적으로 겪고 있는 문제였다. 특히 위그웜에서 비틀비틀 걸어 나오는 녀석들은 더 심했다. 나는 녀석의 질문을 무시해 버렸다.

"큰 바위에 가야 하는데," 내가 말했다. "어떻게 가야 제일 빨라?"

곧 에다를 만날 수 있다는 생각에 피가 팔과 다리로 뜨뜻하게 퍼져 나갔다.

"큰 바위? 여기 이 위그웜 뒤로 가서 무대를 따라감 돼. 호숫가에 도착하면 보일 거야."

녀석의 눈길이 내 뒤로 옮겨 가더니 이제까지보다 더 멍청하게 히죽 웃었다. 그리고 그와 동시에 누군가가 뒤에서 눈을 가렸다. 목소리.

"모닥불 천 개가 타오르는 곳, 큰 바위는 거기 있어."

비로 젖은 얼굴을 살며시 누르는 따스한 손길이 느껴졌다. 공기

중에는 소녀의 체취가 가볍게 밴 따뜻한 과일 향이 걸려 있었다.

"재키?"

심장에 불길이 치솟았다. 뒤를 돌아보자 재키가 나를 와락 끌어안았다. 우리가 여기서 만나는 것보다 더 자연스러운 일은 세상에 없다는 듯. 재키가 웃었다.

"모자는 어딨어? 하마터면 못 알아볼 뻔했어."

하지만 난 재키를 금세 다시 알아봤다. 물론 처음엔 순간적으로 재키가 아니라고 생각했다. 붉은색 머리가 아니었다. 가발을 쓰고 있었다. 그 가발. 백금색의 매끈한 인조모 패션 가발. 단발 모양.

나는 *파우와우*에 도착하자마자 이상한 영화 상영장 앞에서 만난, 잠자리 겹눈 모양 선글라스를 쓴 여자애를 떠올렸다. (도대체 이 괴상한 것들은 다 뭘까?)

"……."

내 뇌는 모든 계획을 포기하고 전면 휴식을 결정했다.

"왜 그렇게 멍한 표정으로 보는 거야? 마음에 안 들어? 좀 더 예쁘게 입고 있을 걸 그랬나, 너처럼?"

나는 쓰레기봉투를 뒤집어쓰고 있었다. 재키는 새빨간 비옷을 입고 있었다. 그 밑으로 내 운동복 상의의 깃이 보였다. 소매 끝은 회색 밍크 털로 장식되어 있었다.

"놀이동산을 만났어." 내가 말했다. "저 위 야영장에서."

더듬더듬, 몇 마디를 겨우 주워 모으는데 재키의 고무장화도 비옷처럼 새빨간 색이라는 사실이 눈에 띄었다. 재키.

"그리고 이젠 날 만났고."

재키가 내게 입을 맞췄다. 부드럽게. 그러나 나는 자제력을 잃지 않고 입술을 꼭 붙이고 있었다. 재키가 비틀비틀 뒤로 물러섰다. 많이 취한 것 같았다.

"후우."

재키가 한숨을 내쉬며 키 작은 덫 사냥꾼을 붙들자 녀석이 재키의 엉덩이 뒤로 얼른 한 팔을 둘렀다. 하지만 똑바로 서 있기가 힘든 건 녀석도 마찬가지였다. 비버 이빨.

"미안, 하지만 이렇게 뜻깊은 재회는 축하를 해야지……."

녀석이 주머니에서 치프를 하나 꺼냈다.

"……달나라 여행 한 번?"

빗방울이 재키의 얼굴을 두드렸다. 가발을 적셨다. 재키가 찰랑거리는 백금색 앞머리 위로 눈을 치켜뜨고 도전적인 눈빛으로 나를 쳐다봤다. 눈동자가 장난감 자동차 바퀴만큼 컸다. 나.

"고마워. 하지만 난 오늘 벌써 일등석 타고 갔다 왔어."

하여튼, 홱 토라지는 데에는 재키를 당할 사람이 없었다. 재키는 나를 눈빛으로 응징한 뒤 앰풀을 집어 들었다. 두 가지 일이 동시에 펼쳐졌다. 덫 사냥꾼은 인디언처럼 울부짖었고 재키는 앰풀을 땄다.

유리가 딱 소리와 함께 절단됐다.

재키가 머리를 뒤로 젖혔다. 덫 사냥꾼도 따라 젖혔다. 비버 앞니가 반짝였다. 방울 하나가 절단된 앰풀 목을 따라 도르르 흘러내렸다. 재키가 입을 벌렸다. 탐욕스러운 입을. 흘러내린 방울이 재키의 혀 위로 톡 떨어졌다. 한 방울. 또 한 방울. 이어 네 번째 방울까지. 덫 사냥꾼.

"에이, 아가씨, 너무 혼자만 욕심내지 마셔."

덫 사냥꾼이 앰풀을 받아 들더니 입술에 대고 핥았다.

"*축제가 아니라 투쟁이다.*" 덫 사냥꾼과 재키가 합창을 했다.

"춤추러 가자." 재키가 부추겼다.

"위그웜으로." 덫 사냥꾼이 피리 소리를 냈다.

그러면서 고갯짓으로 재키를 가리키며 귓속말스럽지 않은 귓속말로 덧붙였다.

"……자식, 행운아인데. 얘 키스 끝내주잖아."

아니, 어쩌면 *얘 끝내주잖아*라고만 한 걸 내가 잘못 들었을 수도 있다. 알 수 없었다. 그러나 한 가지 확실한 것은 내가 그런 말을 듣고도 전혀 동요되지 않는다는 사실이었다.

"맞아, 난 행운아야." 내가 말했다.

덫 사냥꾼이 멍청하게 고개를 끄덕였다. 나도 녀석을 따라 했다. 바로 그 순간 내 마음속에 환한 불이 켜졌다. 그래, 이건 아니야. 재키한테서 떨어져 나오자.

"에이." 재키가 소리쳤다. "어디 가는 거야, 재미없게?"

"큰 바위!"

저 우스꽝스러운 가발이라니. 끊임없는 의상 연출 말고 재키의 삶에 뭐가 더 있을까? 저 애에 대해 내가 아는 게 도대체 뭐지?

"무슨 일이야? 잠깐 좀 서 봐, 제발."

"……."

재키가 비틀대며 내 반팔 티셔츠 자락을 붙들었다. 쓰레기봉투 판초가 부스럭거렸다. 재키.

"너 이런 거 입으니까 우스워 보여, 정말."

"여자 친구랑 같이 왔어." 내가 말했다.

"투명 인간이야?"

재키가 킥킥거렸다. 나는 아무 말도 하지 않았다.

"……."

재키는 웃음을 멈추지 못해 허리를 굽히고 걸어야 할 정도였다. 한 손은 배를 잡고, 다른 손은 입에 갖다 댄 채. 치프.

"너무 많았나 봐." 재키가 말했다.

우리는 위그웜을 뒤로하고 사람들로 초만원을 이룬 무대 앞 광장으로 향했다. 나는 걸음을 좀 늦췄다.

"뭐가? 좀 전에 먹은 그 네 방울?" 내가 물었다.

볼륨을 최대한으로 높인 기타 소리와 마이크에 대고 질러 대는 노랫소리가 한밤의 어둠 속으로 울려 퍼졌다. 관중들은 다양한 배경음을 만들어 내고 있었다. 재키가 잠시 정신을 가다듬더니 나를 처다보았다.

"네가 와 주길 얼마나 바랐는지 몰라."

재키가 눈을 치켜뜨면 언제나 효과가 있었다. 아니나 다를까, 내 앞에 서 있는 소녀에게 입을 맞추고 싶은 충동이 일었다. 입속에서 그 애의 혀를 느끼고 싶었다. 그러나 욕정 외에 다른 느낌은 일지 않았다. 그것만으로는 부족했다. 나.

"난 곧 집으로 돌아갈 거야. 미안해. 이제 그만 모자 가지러 가 봐야겠어."

가끔씩 자신을 극복할 수 있다는 것은 얼마나 기분 좋은 일인지. 나는 재키의 손을 뿌리치고 인파 속으로 들어갔다. 재키 역시 호락호락 물러서지 않고 계속 내 뒤를 따라왔다.

"내가 뭘 잘못했어? 대체 왜 이러는 거야?"

"잘못한 거 없어." 내가 말했다. "그저 상황이 달라졌을 뿐이야. 가끔씩 그러는 것처럼."

나는 어느새 광장 반대편으로 건너가기 위해 인파 속을 뚫고 있었다. 재키가 내 팔에 더 꽉 매달렸다.

"큰 바위까지 다른 길은 없는 거야?" 내가 물었다.

우리는 발 디딜 틈 없이 들어찬 사람들 사이에서 오도 가도 못하고 서 있었다. 환각에 빠진 땀내와 축축한 흙내 그리고 맥주 냄새와 호수 냄새가 공기 중에 배어 있었고, 사람들 머리 위에는 뜨끈한 땀의 열기가 고여 있었다.

"……."

재키가 뭐라고 했지만 나는 한마디도 알아들을 수가 없었다. 소음의 크기로 짐작건대 행사가 막 절정으로 치닫고 있는 것 같았다. 기타가 시동 걸린 잔디깎이처럼 울어 대자 이어 다른 악기들도 그 소음의 향연에 가세했다.

"돌아가야겠어."

나는 그렇게 외친 다음 뒤로 돌아서 몇 미터쯤 앞을 비집고 나아갔다. 쓰레기봉투 판초가 찢어졌다. 주위는 온통 환각과 상실에 빠진 사람들뿐이었다.

"혼자 가지 마, 부탁이야!" 재키가 뒤에서 비명을 질렀다.

정말로 다급한 목소리였다. 뒤를 돌아보았다. 몇몇 머리통들 뒤로 있는 힘껏 뻗어 올린 재키의 팔. 깊은 호수에 빠진 사람의 절망적인 신호. 나는 사람들을 밀치며 힘겹게 재키 쪽으로 다가갔다. 재키의 얼굴은 성체처럼 창백했다. 눈은 이상하리만치 텅 비어 보였다.

"내 콘택트렌즈." 재키가 훌쩍거렸다.

재키에게 손을 내밀었다. 정적이 내려앉은 것은 바로 그 순간이었다.

"무슨 일이야?"

정전. 관중들이 하나의 커다란 몸뚱이에서 올라오는 듯한 날카로운 신음을 토해 냈다. 그러나 그 소리는 금세 다시 다양한 소리들로 산산이 부서졌다. 일대 혼란.

뒤에 있는 사람들이 우리를 앞으로 밀치기 시작했다.

재키의 팔이 내 등을 밀었다. 더 이상 버틸 수가 없는 모양이었다. 재키를 들어 올리려고 했지만 도리어 나만 넘어질 뻔하고 말았다. 사람들의 입에서 비명이 터져 나왔다. 패닉에 빠진 것처럼 보일 뿐이라고 나 스스로에게 되뇌고 또 되뇌며 마음을 진정하려 했다.

그러나 분명 뭔가가 잘못되어 있었다.

사람들은 나를 밀었고, 내 머리는 앞사람 머리에 가 부딪혔다. 몸뚱이들이 나를 조여 댔다. 내 손가락이 재키의 손가락을 잃어버렸다. 으스스할 정도로 조용했다. 오로지 내 머릿속만 왕왕댔다.

내 몸뚱이를 밀치는 다른 몸뚱이들.

그러나 다음 순간 미는 힘의 방향이 갑작스레 바뀌며 순간적으로 자리가 좀 생겼다. 재키가 바닥에 웅크리고 앉아 있는 게 보였다. 재키를 일으켜 세웠다. 재키의 손가락이 살가죽을 파고들 것처럼 나를 움켜잡았다. 우리는 겁에 질린 얼굴들을 지나쳐 광란에 빠진 군중들 밖으로 비틀비틀 빠져나왔다. 둘 다 쓰러지기 일보 직전.

재키의 눈에는 눈물이 그렁그렁했다. 오한이 나는지 몸을 계속해서 덜덜 떨었다. 눈빛은 텅 비어 있었다.

"아까 그건 왜 먹어서 이 모양이야? 난 진작 큰 바위에 갔어야 한단 말이야." 재키에게 화를 냈다.

(지금 막 경험한 것에 대한 충격의 분출.)

"말이야, 말이야, 말미야, 말미잘." 재키가 헛소리를 해 댔다.

그러고는 엉덩이를 깔고 털썩 주저앉더니 손으로 얼굴을 괴었다.

"……어차피 다 상관없어. 갈 테면 가."

"그래." 내가 말했다.

볼에 손가락 거미줄을 치고 내 발끝에 앉아 있는 새빨간 비옷 차림의 재키를 내려다보았다. 위에서 본 그 애의 가발. 순간 그 애의 상체가 옆으로 기울더니 그대로 푹 쓰러져 버렸다.

재키의 머리가 축축한 땅에 쿵 하고 울렸다.

"젠장." 내가 소리쳤다. "재키?!"

무릎을 꿇고 앉아 허벅지에 재키의 머리를 올렸다.

"……."

재키가 뭐라고 뭐라고 혼잣말을 중얼거렸다. 치프 때문에 완전히 제정신이 아니었다.

"끝내준다."

주위를 둘러보았다. 얼마 멀지 않은 곳에서 한 무리가 이동 화장실 하나를 흔들어 대고 있었다. 화장실이 천천히 앞으로 기울더니 *쾅* 하는 소리와 함께 문이 진흙 바닥에 깔리면서 넘어지고 말았다.

악당들은 웃음을 터뜨리며 어둠 속으로 도망쳤다.

나도 아는 녀석들이었다. 머리에 쓴 빨간 솜브레로.

"예피—예—예헤." 한 녀석이 고함을 질러 댔다.

오물을 뒤집어쓴 채 화장실에 갇힌 소녀를 구하기 위해 힘센 사람 여럿이 달려왔다.

내가 본 바에 따르면 그중 하나는 에다였다. 내가 상상한 바에 따르면 췰녀도 있었다. 그러나 췰녀의 형상은 어스름 속에 가려 있었다. 손전등 불빛이 잠시 스치고 지나갔지만 얼굴의 일부분만 보였을 뿐, 금세 밤의 장막에 덮여 버렸다.

이제 어쩌지?

또다시 위가 뒤틀리기 시작했다. 구역질이 났다.

문득 전동 드릴 생각이 났다. 에다의 전동 드릴이 아직 놀이동산 텐트에 있었다. 나직이 혼잣말을 중얼거렸다.

"행운아……."

재키를 안아 어깨에 둘러멨다.

전동 드릴을 왜 가짜 비틀에 놔두지 않은 거야? 도대체 왜 혼자서 모텔을 떠나 버린 거냐고?

■

**뒤로. 금요일, 개학까지 3일**

환풍기가 헤어드라이어처럼 윙윙 소리를 내며 돌아갔다. 욕조에서 자고 일어나서 한 샤워가 기적을 일으켰다. 코끝에서는 여전히 에다의 체취가 맴돌았지만 혈관을 도는 피의 속도는 확실히 느려져 있었다. 다시 바지를 입고 양말과 신발을 신는데 휘파람이 절로 나올 것만 같았다.

다 잘될 거야. 나는 스스로에게 다짐했다. 다 잘되고말고.

에다가 가까이 있어서 그런 희망이 생기는 것 같기도 했다. 옆방의 움직임 소리가 욕실 벽을 통해 들려왔다.

푹신한 카펫에 잦아드는 발걸음 소리.

지퍼 닫히는 소리.

또다시 걸음 소리. 그리고 문 닫히는 소리.

나를 감싸고 있던 수증기 온도가 최소한 10도는 뚝 떨어지는 듯했다. 얼마 동안 움직일 엄두조차 내지 못했다. 그러고 있으면 순간이 멈추기라도 하는 것처럼, 시간을 벌 수라도 있는 것처럼.

"에다?"

나는 욕실 밖으로 뛰쳐나왔다. 방은 텅 비어 있었다.

불안한 눈길로 방 안을 이리저리 훑었다.

창문에는 블라인드가 쳐져 있었다. 알루미늄 뼈대가 햇빛을 모아 바닥으로 가파르게 내쏘고 있었다. 그 속에서 먼지 알갱이가 어지러이 춤을 췄다.

나는 마침내 안도의 한숨을 내쉬었다. 에다는 떠난 게 아니었다. 가방이 아직 있었다. 나는 가방을 침대에 올려놓은 뒤 티셔츠를 찾았다.

(벌써 며칠째 같은 티셔츠를 입고 있는 거지? 화요일부터던가?)

검은색으로 된 평범한 티셔츠 한 장이 눈에 띄었다. 꼭 맞았다. 목구멍으로 막 머리를 빼내는 순간 협탁 위에 놓인 엽서가 눈에 띄었다.

읽었다. 한 번 더.

"이제 어쩐다?" 나는 혼잣말을 중얼거렸다.

손이 자연스레 전화기 옆 메모지 쪽으로 향했다. 그리고 나 역시 메모를 남겼다. 딱 아홉 마디. *난 정말 바보 천치야. 미안해. 여기까지 데려다 줘서 고마워.* 나는 에다의 엽서를 주머니에 넣은 뒤 방에서 나왔다.

로비로 나오자 세척제처럼 지독하고 과일 맛 껌처럼 달짝지근한 종합 비타민제 비슷한 냄새가 코로 기어올라 왔다.

한쪽에 비치된 음료수 냉각기에서 꿀럭거리는 소리가 들렸다.

나는 프런트 쪽으로 걸어갔다. 관리인이 회전의자에 앉아 소형 텔레비전을 보며 프런트 데스크를 엇박자로 두드려 대고 있었다.

"왜 그러십니까?" 관리인이 물었다. 텔레비전 화면에서 단 1초도 눈길을 떼지 않은 채.

간밤의 폭우 피해 상황에 관한 특별 방송이 진행 중이었다. 뿌리 뽑힌 나무, 침수된 도로, 상상의 동물에게 물어뜯긴 것처럼 보이는 지붕들.

에다를 보았느냐고 물었다. 힘줄이 툭 불거진 키 큰 관리인은 공사판 사장을 연상시켰다(깡마른 인상, 푹 꺼진 두 뺨, 뾰족한 턱). 관리인이 나를 잠시 쳐다보더니 냉담한 손짓을 해 보였다.

"저쪽으로 간 것 같아요."

나는 건물을 나섰다. 모자를 쓰지 않았다는 사실을 그제야 깨달았다. 눈을 가늘게 뜨고 에다를 찾았다. 보이지 않았다.

행선지를 향해서가 아닌 정처 없는 걸음걸이로 다른 자동차들에 에워싸인 채 아직 주차장에 서 있는 가짜 비틀 주변을 걸어 다니다 자동차 문을 당겨 보았다.

잠겨 있었다.

트렁크로 갔다. 트렁크 문은 놀랍게도 열려 있었다. 안에는 딱한 가지 물건이 들어 있었다. 전동 드릴 가방.

나도 내가 왜 그걸 가져가려는 건지는 알 수 없었다. 그러나 어쨌든 집어 들었다. 어쩌면 모텔 방 침대 밑에서 뒹굴고 있을, 지금으로서는 다다를 수 없는 내 모자에 대한 일종의 담보물인지도 몰랐다.

걸음을 옮기며 숨을 한 번 깊이 들이마셨다. 에다 없이 페스티벌에 가기로 이미 결심이 선 뒤였다. 그러나 다음 순간 나는 그 자리에 뿌리라도 내린 듯 우뚝 멈춰 서고 말았다.

모텔 건물 바로 옆에 동물 사육장이 하나 있었다. 울타리가 쳐진 삼각형 잔디밭으로, 야트막한 언덕 바로 아래에 자리한 미니 동물원이었다.

토끼, 오리, 기니피그 사이로 아이들이 이리저리 뛰어다녔다. (부모들은 느긋한 표정으로 아이들을 지켜보고 있었다.)

그리고 나는 에다를 보았다.

꽃무늬 원피스 자락이 다리께에서 바람에 펄럭였다. 에다는 허리를 굽힌 채 연신 입을 오물거리는 토끼에게 손에 든 민들레 이파리를 먹이고 있었다. 어린 소녀처럼 눈을 반짝이면서.

감동 비슷한 것이 나를 덮쳤다. 나 자신이 또다시 부끄러워졌다.

어떻게 감히 그럴 수 있었을까?

국경으로 데려다 달라는 게 하드 하나 같이 먹으러 가자는 것도 아니고, 어떻게 그런 부탁을? 그나저나 에다는 무얼 하든 어떻게 그렇게 당연한 것처럼 당당하게 할 수 있을까?

나는 에다를 지켜보았다. 토끼 쓰다듬는 모습. 몸을 다시 일으키는 모습. 끈 묶는 반장화. 에다는 난쟁이들에 둘러싸인 거인처럼 아이들 사이에 서 있었다. 에다 바로 옆에 머리색이 여우 털처럼 붉은 아이가 한 명 눈에 띄었다(이런 피치 못할 우연이라니!). 재키에 대한 옅은 그리움이 또다시 불쑥 고개를 들었다.

고속 도로에서 단조로운 소음이 둔중하게 들려왔다. 배경음 밖으로 돌출되는 소리라고는 이따금씩 지나가는 오토바이들의 모터 소리뿐이었다.

머릿속에 수없이 떠오르는 가상 시나리오들 가운데 유난히 두드러지는 하나처럼.

그러나 나는 이미 마음먹은 대로 그곳을 떠났다.

"잘 가, 에다." 들리지 않을 소리로 에다에게 속삭였다.

(꿈속에서처럼. 그건 말이라기보다는 생각이었다.)

늦은 오후가 될 때까지 나는 계속 걸었다. 길 안내 따위는 필요 없었다. 잘못 가려야 잘못 갈 수가 없는 길이었으니까. 나는 꽉 막힌 차들을 이정표 삼아 차들이 꼬리에 꼬리를 문 채 굼벵이처럼 기고 있는 국도를 따라 수십 킬로미터를 걸었다.

아스팔트에서 아지랑이가 피어올랐다.

눈부신 햇빛(시체 보관소 불빛)이 자동차 크롬 장식에 반사되었다. 위에서 이 긴 차량 행렬을 보면 등껍질이 알록달록한 금속 다족류가 느릿느릿 기어가는 것처럼 보일 것 같았다. 그러나 얼마 안 가 지금까지와는 전혀 다른 그림이 눈앞에 펼쳐졌다.

정말 희한한 열병식을 사열하는 느낌이었다.

국경이 가까워질수록 교통 체증에 갇힌 사람들의 행동은 점점 더 그로테스크하게 변하고 있었다. 파티를 벌이고, 고함을 지르고,

바비큐를 하고. 다가올 페스티벌을 그야말로 십분 즐기는 듯했다.

공놀이를 하는 사람들이 보였다. 볼링 핀 곡예를 하는 사람도 있었다. 플라스틱 원반들이 자동차 위로 허공에 보이지 않는 포물선을 그렸다. 흥분한 아마추어 사진작가들은 자동차 지붕을 뛰어다니며 그곳에서 벌어지는 일들을 기록으로 담고 있었다.

늘어진 카세트테이프에서, 튀어 대는 CD에서, 크고 작은 붐 박스에서 음악들이 쩌렁쩌렁 울려 나왔다. 볼륨은 최대한 높인 상태였다.

"축제가 아니라 투쟁이다." 어디선가 쉰 목소리가 들려왔다.

"위기 탈출!"

"*파우와우!*"

마치 세상 전체가 열병에 걸린 것 같았다. 체온 상승 중.

비키니 차림의 여자애가 보닛 위에 앉아 일광욕을 하고 있었다. 그 애 근처에서는 마치 공기 자체가 선크림을 바른 것처럼 냄새가 진동했다.

누군가가 아이스박스에서 음료수에 넣을 얼음을 꺼내 왔다. 캔 맥주도 자동차 지붕 위로 상자째 올라왔다. 5리터짜리 대형 맥주통이 열리고, 팩 와인이 이리저리 건네졌다. 사람들은 오이 피클과 통조림에 든 토마토소스 라비올리와 초코 샌드 따위를 먹었다.

땋아 내린 턱수염에 니켈 테 안경을 쓴 남자는 뜨겁게 내리쬐는 햇볕 때문에 자동차 뒷선반에서 커다란 덩어리로 녹아 버린 곰 모양 젤리를 봉투째 받아 들고 기뻐했다. 어떤 커플에게 자동차 뒷좌석에서 섹스를 하라고 부추긴 뒤 그것을 동영상으로 찍는 패거리도 보았다. 차 안에서 차창을 밀어 대는 여자애의 손바닥과 여자애 다리에 휘감긴 채 고개를 숙이고 규칙적으로 엉덩이를 흔들어 대는 남자애가 보였다.

카메라를 든 남자 하나가 좀 더 가까이서 그 장면을 담기 위해 차 안으로 들어갔다.

나는 계속 걸었다.

다음 모퉁이를 돌아서니 소 떼가 도로를 막고 있었다. 차들의 경적 소리 따위엔 무심한 소들이었다. 벨벳처럼 부드러운 눈꺼풀과 빽빽한 눈썹에 반쯤 감춰진 소들의 눈빛을 보고 있는 그 순간에도 나는 또다시 에다를 생각했다. 머릿속에서 간밤의 기억이 생생히 되살아났다. 옷을 모두 벗은 채 무릎을 꿇고 내 앞에 앉아 있던 에다. 내 무릎을 쓰다듬던 가녀린 손.

(도대체 날 가지고 어떻게 한 거지? 다시 돌아가야 하는 걸까?)

거친 싸움이 나를 꿈에서 깨웠다. 여러 차가 연루된 연쇄 추돌 사고 때문에 빚어진 싸움 같았다.

처음에는 밀기만 했다. 그다음에는 자동차 문이 걷어차였다. 미쳐 날뛰는 금발 여자가 흙받이에 침을 뱉었다. 유리병이 녹슨 폴크스바겐 불리의 앞유리를 살짝 비껴 날아갔다. 상대를 위협하는 몸짓들.

그러다 마침내 청조끼를 입은 남자와 금발 여자 사이에 주먹질이 오갔다. 마구잡이로 형편없이 오가던 주먹질은 결국 드잡이로까지 번졌다. 누군가 두 사람을 말렸다. 긴장감은 여전했다. 두 사람이 곧바로 다시 맞붙지 못하도록 사람들이 꼭 붙잡고 있어야 했다.

"이 개 같은 새끼, 죽여 버릴 테니까 두고 봐!" 금발 여자가 악을 썼다.

탁 트인 목초지를 몇 개 지나자 마침내 첫 번째 주차장이 나왔다. 주차 안내원들이 자동차들에 길을 안내하고 있었다. 머리 위에서는 교통 헬기가 빙빙 돌았고 방송국 기자들은 생생한 현장 분위기를 담는 중이었다. 술과 휘발유 냄새가 코를 자극했다.

나는 페스티벌 개최지 전에 있는 마지막 마을을 통과했다.

빈 병과 깡통들이 뒹굴고, 쓰레기통은 넘쳐 났다. 인도에는 토사물이 메마른 웃음을 웃고 있었고 가게 입구에는 오줌이 고여 있었다. 쇼윈도에는 생크림이나 립스틱으로 또 *파우와우*의 구호가 적혀 있었다.

"페스티벌에 가는 길이야?"

내가 페스티벌에 가는 길이던가? 체구가 엄청난 녀석이 나를 붙잡았다. 녀석은 찢어진 바지에 목에는 여러 종류의 조개껍데기 목걸이를 하고, 손가락에는 도장 반지를 끼고 있었다.

"혹시 *파우와우*에는 어떻게 가는지 알아?" 내가 물었다.

"*파우와우?* 모르겠는데."

녀석이 움직일 때마다 조개껍데기가 달그락거렸다. 녀석은 고개를 흔들었다.

"……"

"팔찌가 있는데 싸게 줄게." 녀석이 말했다.

녀석이 페스티벌에 들어갈 수 있는 플라스틱 팔찌를 내보이며 값을 불렀다. 나는 어깨만 한 번 으쓱했다.

"나 돈 없어. 그냥 누구 좀 찾으러 온 거야."

"뭐? 이런 도떼기시장에서? 절대 못 찾을걸. 근데 그 가방엔 뭐가 든 거야?"

"충전 드릴. 절대 안 팔아."

"너 혹시 정신병자나 뭐 그런 종류야? 충전 드릴 같은 걸 왜 여기까지 들고 왔어?"

"얘기하자면 길어."

"요약본 없어?"

"아버지가 사람을 죽였어."

녀석의 눈썹이 미간에 붙어 버렸다. 녀석은 잠시 뭔가를 생각하다가 곧 아무 말 없이 자리를 떴다. 하지만 몇 미터 가다 말고 돌아서더니 목줄이 당겨진 개처럼 다시 돌아와 내 손에 팔찌를 쥐여 줬다.

"어차피 거지 같은 페스티벌이니까 그냥 줄게. 가져."

녀석이 사라졌다. 찬 바람이 훅 불었다. 그 바람은 건물들 사이로 휘파람을 불고, 바람이 통과하는 곳에서는 나뭇잎과 쓰레기들이 이따금씩 소용돌이를 돌았다. 신문 한 장이 보도블록 위로 날아왔다.

바로 내 발끝에 내려앉은 신문은 또 한 번의 바람에 내 발목을 휘감았다. 나도 익히 아는 수요일자 신문 제1면이었다. 신문이 젖혀지며 그대로 땅에 떨어졌다. 내가 아는 사진이었다.

■

**앞으로. 토요일, 개학까지 2일**

아침이 풀밭 위에 찬란하게 펼쳐졌다. 하늘은 머물던 자리에 여전히 머물면서 고압 청소기로 닦이기라도 한 듯 다시금 새파란 빛을 발하고 있었다. 햇빛이 모든 것을 환한 자몽빛으로 비추는 속에서 바람은 거의 느껴지지 않았다. 나는 풀밭에 쭈그리고 앉아 풀을 잡아 뜯었다. 바지에 남은 청테이프 찌꺼기를 보면서.

"넌 정말 날 많이 닮았어. 미안하다." 칠녀가 말했다.

높낮이가 거의 없는 단조로운 음성. 나는 칠녀가 하는 말을 듣고 이해하고 심지어 대답까지 할 수 있었고, 거의 반사적으로 그렇게 했다.

"말도 안 되는 소리 마세요." 내가 말했다.

칠녀가 소매를 걷어올리더니 아래팔을 긁었다. 그러고는 내가 묶였던 나무에 등을 기대고 앉았다. 다리는 가슴에 붙이고, 머리는 옆으로 약간 기울인 채. 얼굴은 그늘에 가렸다.

"네 시합을 볼 때마다 그렇게 생각했지. 어제 네가 솜브레로로 두 명을 상대로 싸울 때도 마찬가지였고. 넌 늘 극한 상황까지 가, 늘……."

한쪽 입꼬리만 올라가는 저 미소.

"……너도 언젠간 날 이해할지도 몰라." 칠녀가 말했다.

순간 칠녀에게 따져 물을 절호의 기회라는 것을 직감했다. *자기 인생을 망쳐 놓고는 저더러 이해하라고요? 너무 비겁한 거 아니에요?* 그러나 입 밖으로는 단 한마디도 꺼내지 못했다.

"절 집에 혼자 놔뒀어요." 내가 말했다.

(무슨 말이 됐건 음절 하나가 입 밖으로 흘러나올 때마다 나는 기쁘기만 했다.)

"그래, 네 말이 맞다." 칠녀가 말했다. "난 모든 걸 망쳐 놨어."

태연해 보이던 칠녀의 얼굴이 갑자기 시무룩해졌다.

"왜 그런 건데요?"

나는 칠녀와 눈길을 마주치려고 했지만 칠녀는 자기에게 적당한 대답을 가르쳐 줄 사람이라도 찾는 것처럼 내 시선을 그대로 지나쳤다.

그러나 그곳엔 우리 말고는 아무도 없었다.

놀이동산은 한참 전에 떠나고 없었다. 주차장으로. 에다와 재키를 찾으러.

"글쎄, 먼저 생각을 좀 해 봐야 할 것 같구나." 칠녀가 말했다.

그건 칠녀 말이 옳았다. 모든 걸 순간적으로 대답할 수는 없으리라. 그렇긴 해도 칠녀는 여전히 나를 납득시킬 의무가 있었다.

"그러세요." 내가 말했다. "언젠간 설명할 수 있을지도 모르죠."

칠녀가 눈을 비볐다. 따가운 모양이었다. 칠녀의 눈은 슬퍼 보였고 충혈되어 있었다. 췰녀.

"사람들 중에는 유난히 운 없는 사람들이 있는 것 같아."

얼굴 주위를 날아다니던 무당벌레 한 마리를 손으로 쫓은 췰녀가 바닥에서 타고 남은 모자를 발견했다. 췰녀는 그걸 한참 들여다보다 손가락을 갖다 댔다. 마치 모자가 살아 있는 뭐라도 되는 것처럼. 손을 대면 움찔하고 움직일 수도 있는 것처럼.

"그럴지도 모르죠." 내가 말했다.

(나도 모르게 머리를 헝클어뜨렸다.)

"……하지만 이유들 중에도 좀 더 그럴듯한 이유들이 있어요."

"날 미워하고 있구나." 췰녀가 말했다.

"그렇지 않아요."

"미워할 이유는 충분해."

나는 어깨만 한 번 으쓱했다.

"무슨 말을 하시고 싶은 거예요?"

"지난 사흘 동안 생각을 많이 했다. 우리에 대해서. 넌 아마 내 존재를 무시할 수 없을 거야, 안 그러니? 그게 바로 딜레마야. 나는 네 아비고 앞으로도 그럴 거야. 미안하다."

또 그 말.

"대체 뭐가 미안하다는 거예요? 정확히 뭐가요?"

췰녀가 일어섰다. 손에는 새카맣게 타 버린 모자가 들려 있었다. 췰녀가 내게 다가왔다. 한쪽 눈으로는 그를 보고 다른 쪽 눈으로는 그를 피했다. 갑자기 무방비 상태가 된 느낌이었다.

축축한 운동화. 진흙이 잔뜩 묻은 바짓가랑이. 여기저기 시퍼렇게 멍든 벌거벗은 상체. 췰너가 어깨에 손을 얹더니 모자를 내밀었다. 비현실적인 장면. 마치 연극의 한 장면을 연습하는 것만 같았다. 그러나 췰너는 어떻게 행동해야 하는지 정확히 아는 사람처럼, 오로지 이 순간만을 기다린 사람처럼 행동했다.

"일대일 농구에서 네가 날 처음으로 이긴 날, 쇼핑센터 옆 운동장에서 말이야, 기억나니?"

내게 모자를 사 주던 날 이야기였다. 갑작스럽게 튀어나온 그 이야기 때문에 당황했지만 나는 주제에서 벗어나지 않았다.

"왜 미안하냐고요?"

췰너가 내 옆에 쭈그리고 앉았다. 체온이 느껴질 정도로 가까운 거리. 췰너 특유의 구강 청정제 냄새가 거의 나지 않았음에도 불구하고 나는 미칠 것만 같았다. 그나마 췰너가 내 머리를 쓰다듬지 않는 게 다행이었다.

"그때 넌 권투를 막 시작했더랬지." 췰너가 말했다. "그때부터 내가 나 자신에 대해 기억하고 있는 일들이 너무나 많이 반복됐어. 행복감과 비애감이 동시에 나를 덮치더구나. 자식이란 저 자신을 발견하는 기쁨이란 말이 그제야 이해가 가더라."

또다시 그 느낌이 엄습했다. 듣는 이의 의지와 상관없이 그를 공범으로 만들어 버리는 고백. 췰너의 애정 고백이 반드시 추잡스럽

게 들렸다고는 할 수 없지만 어쨌거나 방향은 그쪽이었다. 칠녀의
집에서 익히 겪었던 경직 상태로 다시 빠져드는 게 느껴졌다.

"······."

칠녀는 속삭이다시피 했다.

"너도 알겠지만 난 형편없는 수영 선수는 아니었어. 하지만 그
정도로는 충분하지 못했지. 난 재능이 뭘까 하고 수도 없이 곱씹었
었어. 재능은 짐이요, 저주요, 쓸모없는, 그야말로 아무짝에도 쓸
모없는 능력 같았지. 그런데 네가 날 다시 일깨워 주었다. 그래, 재
능은 정말 선물이요 기회더구나. 그래, 그런 게 정말 존재하더라."

칠녀가 또다시 내 어깨를 꾹 누른 뒤 손을 내리더니 바지 주머
니에서 뭔가를 힘겹게 꺼냈다. 얇은 지폐 다발이었다.

"받아." 칠녀가 말했다.

칠녀의 아래팔은 벌레 물린 자국투성이였다.

"······."

나는 얼굴 앞에서 흔들거리는 돈다발을 손짓으로 물리쳤다. 말
은 하지 않았다. 목구멍 속으로 뜨뜻한 덩어리가 올라왔다. 칠녀.

"내가 저지른 일에 대해서는 정말 면목이 없다. 상투적인 말같
이 들리겠지만 정말이지, 되돌릴 수만 있다면 모든 걸 다시 되돌리
고 싶구나. 특히 널 혼자 남겨 놓고 떠난 그날 아침 일은."

눈앞이 희부예지기를 기다렸다. 그러나 그런 일은 벌어지지 않
았다. 나는 냉정함을 잃지 않았다.

"……."

"용서해 다오." 칠녀가 말했다.

어깨에 느껴지는 마지막 손길. 나는 그것도 견뎌 냈다. 턱을 무릎에 괸 채, 아무런 미동도 없이. 돈다발 하나가 내 옆 풀밭에 놓여 있었다.

나는 영원처럼 느껴지는 시간이 지난 뒤에도 그 자리에 여전히 그렇게 꼼짝없이 앉아 있었다. 살갗 아래가 감전이라도 된 것처럼 찌릿찌릿했다. 귓가에서 나직이 윙윙거리는 소리가 들렸다.

칠녀는 이미 가 버린 지 오래였다.

자연이 잠시 휴식이라도 취하는 듯 바람마저 잠잠했다. 들리는 소리라고는 몇몇 동물들의 울음소리뿐. 새, 귀뚜라미, 모기, 그게 다였다. 완벽한 에덴동산. 나는 얼마 동안 우리 행성의 유일한 인간이었다.

놀이동산이 돌아올 때까지. 재키와 함께.

"별일 없었어? 어, 근데 어디 가신 거야?"

나는 어깨만 들어 올렸다. 칠녀에게 이제 어떻게 할 거냐고 묻지 않았다. 생각해 보니 거기에는 이상하게도 전혀 관심이 없었다.

"갔어." 내가 말했다. "근데 에다는 어디 있어?"

그 말을 하는데 벌써 에다가 보였다. 에다는 빈터 반대편에 서 있었다. 나는 돈다발을 집어 들며 자리에서 일어섰다. 재키.

"에다란 애, 정말 괜찮더라……."

빙하처럼 하얀, 그리고 그만큼이나 차디찬 미소.

"……우리가 다시 커플 된 거 에다도 알아. 네가 내 텐트에 왔던 것도 알고."

물론 지금까지 살면서 그보다 더 터무니없는 거짓말도 들어는 봤다. 그러나 그럼에도 불구하고 나는 잠시 할 말을 잃고 말았다. 놀이동산을 돌아봤다.

"……?"

놀이동산은 콜트 자동 소총이 자신을 겨누기라도 한 것처럼 두 손을 들어 올렸다. 그 순간 우주의 다른 곳에 있기를 간절히 소망하는 표정이었다. 재키.

"왜 그래? 텐트에 같이 있었잖아."

재키가 붉은 머리를 어깨 뒤로 휙 넘겼다. 나.

"내 운동복 이리 내."

상처 난 자존심이 얼굴에 확 드러났다. 나를 마치 콧구멍에서 나온 무엇처럼 쳐다보았다.

"추운 거야?" 재키가 까칠하게 물었다. "자."

재키가 어깨에 걸치고 있던 운동복을 벗었다. 그 밑에는 에다의 티셔츠를 입고 있었다. 텐트에 있을 때 내 몸에서 제 손으로 벗겨낸 티셔츠를.

"고마워." 내가 말했다.

재키는 옷을 건네기 직전 마지막으로 한 번 더 천에 얼굴을 갖다 댔다. 데자뷔. 바로 그 순간 에다가 돌아서는 것이 보였다. 방금 죽음을 본 듯한 표정으로. 에다가 나무 뒤로 사라졌다.

"내버려 둬." 재키가 말했다.

나는 내버려 두지 않았다. 허리를 굽혀 타고 남은 모자를 재빨리 집어 든 뒤 운동복을 낚아챘다.

"그럼 조심해서 잘 가!" 등 뒤에 대고 외치는 놀이동산의 목소리가 들렸다. 나는 이미 내가 서 있던 빈터의 반대편 숲 속에 들어와 있었다.

나뭇가지가 얼굴을 때렸다.

‖

# 내가 마우저에 대해
# <u>모르는</u> 세 가지

- 칠녀를 정말로 얼마나 닮은 걸까.

- 칠녀를 정말로 얼마나 닮은 걸까.

- 칠녀를 정말로 얼마나 닮은 걸까.

■

◀◀

**뒤로. 금요일 밤, 개학까지 3일**

솜브레로들 역시 야영장으로 돌아와 모닥불을 다시 활활 지펴 놓고 있었다. 굶주린 밤하늘의 쩍 벌린 입속으로 시뻘건 불길이 너울너울 치솟았다. 작은 불똥들은 바람을 타고 올라가다 빨간 밀짚 모자 위로 펼쳐진 검푸른 허공 속으로 슬며시 꺼져 버렸다. 나는 녀석들을 흘깃거리며 쪼그리고 앉아 있었다.

녀석들은 토끼를 꼬챙이에 꿰어 굽고 있는 것처럼 보였다. 물론 빵이나 뭐 다른 것일 수도 있었다.

뒤에서 폴대에 텐트 문 부딪히는 소리가 들렸다. 놀이동산이 이 글루 텐트에서 기어 나왔다. 안심해도 좋다는 표정이었다.

"가벼운 치프 플래시(마약 사용 직후의 쾌감을 일컫는 은어—옮긴이)야." 놀이동산이 말했다. "한잠 자고 나면 괜찮아질 거야."

자리에서 일어섰다. 아직도 어깨에 재키를 메고 있는 느낌이었다. 그 애를 걸머멘 채 호수에서 여기까지 울퉁불퉁한 길을 달려 올라왔다. 놀이동산에게 무슨 일이 벌어졌었는지 모든 걸 설명했다. 에다와 췰녀가 무슨 유령이라도 되는 것처럼 그 두 사람을 피해 몰래 도망 온 것까지.

"서둘러." 놀이동산이 말했다. "주차장에 가면 그 에다라는 애 아직 만날 수 있을 거야."

놀이동산이 전동 드릴 가방을 건넸다. 가방 옆면이 못 보던 모양으로 긁혀 있었다. 단순화하기는 했지만 페니스가 분명했다. 나.

"솜브레로들 짓인가 봐."

녀석들은 내가 자기들의 예술 작품을 발견한 걸 알아채고 한바탕 웃음을 터뜨렸다. 놀이동산이 잔뜩 풀 죽은 모습으로 고개를 끄덕였다.

"용기가 없어서 막지 못했어." 놀이동산이 말했다.

"잘한 거야." 내가 놀이동산을 안심시켰다.

놀이동산이 나를 꼭 끌어안았다. 쥐도 새도 모르게 살금살금 다가온 솜브레로 녀석 하나가 입을 뾰죽하게 내밀고 우리 바로 뒤에서 쪽 소리를 내며 키스하는 시늉을 했다.

"어서 텐트 안으로 들어가는 게 좋겠어." 내가 놀이동산에게 말했다. "나도 그만 가 볼게."

놀이동산은 다람쥐처럼 재빨리 재키의 옆 텐트로 사라졌다. 텐트 문 지퍼 닫히는 소리를 들으며 나도 길을 가기 위해 돌아섰다.

그러자 방금 전 키스 소리를 연출하던 솜브레로가 길을 가로막았다. 말없이. 이어 무언극의 한 장면이 연출됐다. 내가 오른쪽으로 가면 녀석도 오른쪽으로, 왼쪽으로 가면 왼쪽으로 따라왔다. 거울에 비친 나 자신처럼. 녀석은 그 와중에도 웃음을 그칠 줄 몰랐다.

"그 가방 이리 내. 그럼 보내 주지." 녀석이 말했다.

"……."

입을 꾹 다문 채 걸음을 빨리해 녀석을 빙 둘러 가는데 녀석이 다리를 걸었다. 중심을 잃고 비틀거리다 텐트 줄에 발이 걸려 기다란 줄에 이상하게 꼬인 상태로 넘어지고 말았다.

"진작 그럴 일이지."

넘어지면서 손에서 미끄러진 가방이 바닥에 떨어지며 뚜껑이 열렸던 모양이다. 아래팔에 핏줄이 울룩불룩 튀어나온 건장한 솜브레로 하나가 충전 드릴을 주워 들더니 내게 총처럼 겨누었다.

"그거 이리 내." 내가 말했다.

녀석이 잠시 드릴을 작동시키는 순간 녀석의 솜브레로를 쳐 바닥으로 떨어뜨렸다. 그 볼썽사나운 머리 꼴이라니. 결 반대로 마구 솔질해 놓은 섀기카펫. 색깔은 누리끼리한 맥주.

"이 새끼가! 야, 너 장기 기증하고 싶어?"

섀기카펫은 소리를 지르면서도 거리는 유지했다. 나는 다시 일어섰다. 어느새 뚱뚱하고 턱 없는 녀석도 섀기카펫 뒤로 다가와 다리를 쩍 벌리고 팔짱을 낀 채 서 있었다.

"내가 원하는 건 그 드릴이야. 그것만 주면 구름처럼 사라져 주지." 내가 말했다.

"탕! 탕!"

섀기카펫이 총소리로 대답을 대신했다. 녀석은 전동 드릴을 위이잉위이잉 켜 가며, 방아쇠울에 손가락을 끼우고 자유자재로 권총을 빙글빙글 돌리는 서부의 총잡이처럼 쇼를 했다.

"그렇게 쉽게는 안 될걸." 무턱이 끼어들었다.

나는 협박을 당하면 견디질 못했다. 협박에는 알레르기가 있었다. 그래서 섀기카펫에게 기습적으로 달려들어 녀석의 손에서 드릴을 빼앗았다. 그러나 녀석에게 팔을 붙잡히고 말았다. 긴박한 상황이었다.

"그 친군 권투 선수야. 다들 조심하는 게 좋을걸!"

옆에서 누군가가 끼어들었다. 놀이동산이었다. 맨 어깨에 깃털 목도리를 두르고는 어느새 깨진 와인 병 주둥이를 들고 텐트 밖으로 나와 있었다. 섀기카펫.

"하, 그러셔? 그럼 이 모든 걸 스포츠적으로 해결하면 어때?"

"좋아." 내가 말했다. "그럼 2 대 1로 상대해 주지. 내가 둘 다 쓰러뜨리면 그 드릴은 다시 내 거야……."

(일시적인 판단 미스.)

"……대신 무기는 안 돼. 발도 사용하면 안 되고. 손으로만 싸우는 거야."

솜브레로들은 미심쩍은 모양이었다. 녀석들은 내가 청테이프로 왼손을 등 뒤에 붙여 놓겠다는 추가 제안을 내놓은 뒤에야 시합을 받아들였다.

"괜찮겠어?"

놀이동산의 이마에 근심의 주름살이 비석에 새긴 글씨처럼 깊게 파였다.

"넌 보지 마." 내가 말했다. "*누구 말마따나 승부를 가리기 위한 스포츠는 잔혹하고 거부감을 불러일으키니까.*"

나는 우리 모닥불 쪽으로 몸을 숙인 뒤 축축한 재로 양쪽 뺨에 줄을 두 개씩 그었다. 전투에 나가는 인디언들의 몸치장. 어느새 습관이 되어 버린 의식.

싸움이 시작되었다.

링은 텐트 앞 빈터. 걸리적거리는 모닥불을 두 군데나 지펴 놓은 원형 경기장. 녀석들이 빌트루트라고 부르는 무턱과 우연하게도 이름이 정말로 샤키르인 금발 새기카펫이 빨간 밀짚모자를 옆으로 치웠다.

"복서 면상을 갈아 버려!" 누군가가 외쳤다.

나는 어깨에다 코를 한 번 쓱 문지른 뒤 모닥불 사이에서 기회를 노렸다. 준비는 끝났다. 침착하게 기다리자. 더 이상 아무 감정도 없었다. 그저 해치워야 할 일이 있을 뿐.

"야, 야, 좀 덤벼. 너무 빼는 거 아니야?"

또 한 번의 외침. 상대 녀석 둘이 주먹을 가슴 앞으로 쳐들고 목을 잔뜩 움츠린 채 나란히 내 쪽으로 다가왔다. 나는 한 걸음 물러서면서 오른손을 날려 빌트루트의 눈에 일격을 가했다. 그러고는 제자리에서 가볍게 뛰면서 반격이 없음을 확인한 뒤 빌트루트가 채 정신을 차리기 전에 그대로 새기카펫에게도 주먹을 날렸다.

그러나 빌트루트와 섀기카펫은 곧 정신을 가다듬고 내 얼굴을 향해 주먹을 흔들며 다시 공격했다. 아무짝에도 쓸모없는 마구잡이 주먹질. 나는 녀석들의 주먹을 가볍게 막아 냈다.

"복서치곤 주먹이 영 시원찮네." 빌트루트가 빈정댔다.

나는 녀석의 불룩한 배에 강한 펀치를 한 대 먹임으로써 대답을 대신했다. 그러고는 몸을 숙여 날아오는 섀기카펫의 스윙을 살짝 피한 뒤 한 발짝 뒤로 물러서며 존재하지 않는 빌트루트의 턱에 화살처럼 빠른 스트레이트를 날렸다. 녀석은 핑 돌며 비틀거리다 마침내 뒤로 벌러덩 나자빠지고 말았다.

"하나는 됐고." 내가 말했다.

횃불을 들고 원 밖에서 싸움을 구경하던 나머지 솜브레로들 사이에 일대 술렁임이 일었다. 어느새 텐트 뒤 어둠 속에도 호기심 많은 구경꾼들이 꾸역꾸역 모여든 게 느껴졌다. 이어 그들을 위한 볼거리가 펼쳐졌다. 섀기카펫이 분노에 찬 비명을 지르며 내게 럭비 선수처럼 달려들더니 나를 바닥에 깔아뭉개며 넘어졌다.

옆에서 환호성이 일었다.

"이제 애들 장난 같은 싸움은 끝이야." 섀기카펫이 소리쳤다.

녀석이 내 위에 올라탄 상태로 무릎을 꿇고 앉았더니 팔을 들어 올려 있는 힘껏 내려쳤다.

나는 묶이지 않은 손을 가까스로 빼 들 수 있었던 탓에 주먹의 세기만 조금 완화할 수 있었다. 녀석의 주먹이 내 이마를 강타했다. 아픔의 파장이 금세 얼굴 전체로 퍼지면서 머리뼈 아래까지 깊숙이 스미는 것 같았다. 나는 급하게 숨을 들이켰다.

"……."

"제기랄!"

섀기카펫이 뜨거운 전기 레인지 불판에 덴 사람처럼 손을 흔들어 댔다. 내 이마를 내려치다가 손가락 마디를 다친 모양이었다. 덕분에 나는 녀석의 손아귀에서 빠져나와 다시 일어선 뒤 녀석에게 한 번 더 주먹을 날렸다. 녀석의 눈썹이 찢어지면서 검붉은 실개천이 눈 속으로 흘러들어 갔다. 그러나 녀석은 여전히 꼿꼿이 서 있었다.

"난 아직 쓰러지지 않았어, 복서!"

그러나 녀석을 오래 상대하고 있을 시간이 없었다. 빌트루트가 두 팔을 풍차처럼 휘두르며, 수비는 전혀 무시한 채 나를 향해 돌진하고 있었다. 녀석은 그야말로 내 주먹을 맞으려고 환장한 사람처럼 뛰어들었다.

유골 단지에 흙 떨어지는 소리를 동반한 직격타.

곧바로 이어진 가냘픈 비명 소리. 빌트루트가 가격당한 입을 손으로 눌렀다. 손가락 사이로 피가 주르르 흘러내렸다. 녀석이 인상을 썼다.

이 몇 개는 날아갔지 싶었다.

(그런데 섀기카펫은 어디 있지?)

"조심해, 풋내기!" 놀이동산의 외침이 들렸다.

뒤에서 탁 소리가 났다. 빌트루트를 뒤로하고 돌아섰다. 녀석들은 이제 양쪽에서 날 공격할 심산인 듯했다. 녀석들이 공격을 재개하는 순간 나는 우리가 벌이는 그 싸움이 더 이상 스포츠 정신에 입각한 결투가 아니라—혹시 지금까지 그랬다면—완전히 다른 차원의 싸움으로 변해 버렸다는 사실을 깨달았다. 섀기카펫이 뭔가로 내 허리를 쳤다.

몽둥이? 나는 묶인 손을 풀어 보려고 했지만 헛수고였다.

"우우!" 타원형 밖에서 야유가 터졌다.

"때려눕혀." 솜브레로 하나가 맞받아쳤다.

섀기카펫이 휘두르는 건 몽둥이가 아니었다. 전동 드릴 가방이었다. 섀기카펫.

"어디 이제 실력 발휘 좀 해 보시지!"

내 오른손이 나갔다. 조금 높나 싶었지만 내 주먹은 북미 인디언들이 휘두르던 토마호크 도끼처럼 녀석의 광대뼈를 정확히 강타했다. 나는 쉴 틈을 주지 않고 연타를 날렸다. 녀석의 고개가 뒤로 넘어갔다.

섀기카펫은 비스듬한 자세로 비틀댔다. 그러나 손에서 드릴 가방은 떨어뜨렸을지언정 끈질기게 서서 버텼다. 빌트루트가 나보다 빨리 가방을 집었다.

"아직은 우리 거야." 녀석이 말했다.

"앞으로도 마찬가지고." 섀기카펫이 거들었다.

섀기카펫은 입에 고인 피를 한 번 퉤 뱉어 내고 재공격에 들어 갔다. 녀석이 어찌나 달라붙는지 거리를 유지할 수가 없었다. 나는 녀석을 껴안은 자세로 혹을 퍼붓기 시작했다. 내 단단한 주먹이 녀 석의 갈비뼈를 때리고 또 때렸다. 녀석이 신음 소리를 내며 날 끌 어안더니 머리로 공격을 해 왔다. 녀석의 머리통이 내 턱을 받았다.

"잘한다!" 횃불을 든 솜브레로 하나가 외쳤다.

나는 섀기카펫을 녀석이 풍기는 땀내와 재떨이 냄새, 술 냄새와 함께 뒤로 확 밀어 버렸다. 그러나 녀석은 뒤로 밀리면서 용케 내 주먹을 잡아채서는 입으로 가져가 깨물었다. 그것이 내가 팔꿈치 로 녀석을 케이오시키기 전 녀석의 마지막 공격이었다. 녀석은 그 대로 쓰러지고 말았다.

"둘." 내가 말했다. "끝!"

빌트루트는 그 순간만을 기다리고 있던 게 분명했다.

보지는 못했지만 뒤에서 다가오는 것은 느꼈다. 돌아서려 했지 만 너무 늦고 말았다. 녀석이 드릴 가방으로 내 뒤통수를 후려쳤 다. 무릎에 힘이 빠지는 게 느껴졌다. 나는 휘청거리는 걸음을 앞 으로 한 발 크게 내디뎌 잠시 버텼다.

"자, 이제 정말 끝이야, 이 새끼야." 빌트루트가 외쳤다.

녀석은 기도하는 사람처럼 두 손을 모아 쥐더니 몸을 돌렸다. 두 손으로 강하게 백스윙 하는 테니스 선수처럼.

나는 더 이상 아무것도 할 수 없었다. 녀석의 모아 쥔 두 주먹이 곧게 뻗은 선로를 질주해 오는 고속 열차처럼 점점 더 가까이 다가오더니 드디어 나를 맞혔다.

입에서 느껴지는 구리 맛.

머릿속에서 뒤죽박죽 떠오르는 사건과 장면과 단어와 기억의 조각들.

빛이 보였다. 횃불 빛이 아니었다. 일시적으로 모든 게 환해졌다가 다시 새까매졌다. 나는 흙 포대처럼 그대로 고꾸라지고 말았다.

■

▶▶

**앞으로. 토요일, 개학까지 2일**

급하게 출발하는 자동차의 앞유리가 햇빛에 반짝였다. 나는 눈을 비비며 가짜 비틀이 일으킨 먼지를 고스란히 삼켰다. 혀끝에 씁쓸한 매연 맛이 느껴졌다. 가슴에 차오르는 공허함. 에다가 떠났다.

떠나 버렸다!

나는 빈터에서 야영장 주차장까지 에다를 쫓아왔다. 중간에 따라잡았지만 멈춰 세울 수는 없었다. 그리고 이제는 멀어져 가는 차 뒤꽁무니를 바라보며 불에 타고 남은 모자만 만지작거리고 있었다. 삶이 끝난 느낌이었다. 그런데 바로 그 순간 아무렇게나 자란 도로 옆 관목 속에서 눈 두 개가 보였다. 무릎 정도 높이였다.

"추장……?"

저기 쪼그리고 앉아 있는 게 정말 인디언 추장인가? 손을 들어 올린 건가?

도대체 뭐 하는 거지? 손을 흔드는 건가? 아까 먹은 치프의 여파인가?

나는 두 눈을 바라보며 한 걸음 앞으로 다가갔다. 그 주인공은 흐릿한 형태만 알아볼 수 있을 뿐이었지만 분명했다. 내가 다가가자 그가 나를 피해 한 발짝 뒤로 물러섰다.

그 모호한 형상과의 게임이 계속되는 동안에도 나는 에다를 태운 차가 점점 멀어져 가는 것을 놓치지 않았다.

그런데 놀랍게도 어느새 깨알만 한 점으로 변해 버린 에다의 가짜 비틀이 내 시야에서 사라지기 직전 멈춰 서는 게 보였다. 브레이크 등이 켜졌다.

아니, 에다는 돌아오지 않았다. 그렇다고 페스티벌 장소와 고속도로로 향하는 도로에 그대로 머물지도 않았다.

"뭐 하는 거야, 에다?" 나는 혼잣말을 중얼거렸다.

에다는 분기점에서 호수 쪽으로 방향을 틀었다. 순간 머릿속에서 뭔가가 딸깍하고 켜졌다.

그 형상(이제는 그게 추장이라는 걸 거의 100퍼센트 확신하고 있었다.)이 내게 뭔가를 알리려 한다는 사실을 그제야 비로소 깨달았다. 나는 시험 삼아 관목 쪽으로 가까이 걸어가 보았다.

아니나 다를까. 눈 두 개가 얼른 사라졌다.

쫓아가기 시작했다. 귓전을 스치는 바람 소리와 내 숨소리를 들으며 숲 속을 달렸다. 발소리, 푹신하게 꺼지는 침엽 밑에 숨어 있다 이따금씩 돌발적으로 으스러지는 낙엽 소리.

획획 지나가는 흐릿한 나무 기둥과 나뭇가지와 관목들.

잔가지들이 팔에 생채기를 내고 얼굴을 때렸다.

땀구멍에서 독소가 빠져나왔다. 말 그대로 치프 원자들이 하나둘 땀으로 분비되어 나오는 게 느껴졌다. 지난 몇 시간, 아니 지난 며칠 내내 그랬다.

힘줄과 근육이 소리를 질러 댔다. 피로. 고통. 그러나 거기에 굴하지 않고 맞서 싸웠다. 눈앞에서 불꽃이 번쩍거렸다. 마지막 남은 힘을 죄다 쥐어짜 속도를 올렸다. 그러나 추장은 따라잡을 수가 없었다.

추장은 나무와 나무 사이를 요리조리 멋지게 빠져나가며 번번이 굵은 나무 기둥과 무성한 덤불 뒤로 몸을 숨기는가 싶더니 갑자기 땅속으로 꺼진 듯 사라져 버렸다.

아무리 둘러봐도 흔적조차 보이지 않았다. 나는 미친 사람처럼 제자리를 빙글빙글 돌았다. 피부가 후끈거렸다. 그러나 그늘진 숲에는 주차장 건물 같은 시원한 냉기가 서려 있었다.

냉한 공기가 땀구멍을 통해 몸속 깊숙이 스멀스멀 파고들었다.

나무들이 노래를 부르고 있었다. 나무 꼭대기는 까마득히 높이, 구름을 찌를 듯 치솟아 있었다.

하늘이 보이지 않았다.

뒤에서 소리가 들렸다. 놀란 새 두 마리가 푸드덕 날아올랐다.

조금 떨어진 곳에서 양치식물의 흐늘거리는 이파리가 움직이기 시작했다. 두 눈을, 그 형상을 다시 발견한 것 같았다. 그러나 그 형상은 나무 그늘에서 나타날 때만큼이나 재빨리 다시 그 속으로 사라졌다.

나는 형상을 따라 수풀 속으로 뛰어들었다.

그 형상은 몸을 숙인 채 움직이는 듯했다. 하지만 엄청나게 빨랐다. 빽빽한 덤불 때문에 쫓아가기가 여간 힘든 게 아니었다. 그러나 덤불이 사라지는 순간 그 모든 일이 눈 깜짝할 사이에 일어나고 말았다.

나는 그제야 비로소 이쪽으로 다가오는 자동차 소리를 들었다.

우리는 숲을 가로지르는 오솔길 쪽으로 달리고 있었다. 잡석이 깔린 길이었다. 에다의 가짜 비틀이 모퉁이에서 갑자기 튀어나오더니 전속력으로 다가왔다.

덤불을 벗어나 오솔길로 뛰어드는 추장이(혹은 내가 추장이라고 생각한 그 뭔가가) 저 앞에 보였다.

급브레이크 소리. 제동 걸린 바퀴 밑에서 으스러지는 잡석 소리가 뭔가를 끓이는 소리처럼 요란했다.

바로 그 순간 몸뚱이가 부딪혔다.

차체에 쿵 하고 아주 세게. 차는 그제야 완전히 멈췄다. 시동이 꺼졌다.

보이는 건 없었다(빽빽한 가지들 때문에 시야가 가렸다). 오로지 머릿속에 쿵 하는 소리만 남아 있었다. 소리가 갑자기 멈췄을 때 느껴지는 소란스러운 정적. 극장에서 갑자기 소리가 꺼졌을 때처럼. 단절. 보이지 않는 것이 지니는 잔인함.

(에다! 사고!)

내 다리는 어느새 젤리처럼 변해 나무뿌리가 불거져 나온 오르막길을 흐느적흐느적 힘겹게 오르기 시작했다. 잡석 깔린 오솔길을 향해. 그건 걸음이라기보다는 휘청거림이었다.

공기에는 자욱한 흙먼지 맛이 배어 있었다.

멀리서 호수가 작은 점처럼 반짝였다.

나는 차 문을 홱 열어젖혔다.

심장이 트램펄린처럼 쿵쿵 뛰었다. 두려움, 걱정, 절망. 온갖 감정들이 뒤섞인 공포의 칵테일이 설탕에 물 스미듯 내 속으로 스며들었다.

"에다⋯⋯."

나는 차 안을 멍하니 들여다보았다. 에다의 이마는 운전대에, 손은 무릎에 아주 고요히 놓여 있었다.

"⋯⋯ 괜찮아?" 내가 물었다.

에다가 얼마 뒤 화들짝 고개를 들었다. 그제야 내 존재를 눈치챈 모양이었다(그래서 더 놀란 것 같았다). 에다가 유령이라도 본 사람처럼 눈을 질끈 감았다.

"괜찮은 거야?" 내가 다시 한 번 물었다.

"아니, 안 괜찮아. 동물을 죽인 것 같아."

속삭이는 목소리. 나는 에다 위로 몸을 굽혀 안전띠를 푼 다음 에다를 차에서 내리게 했다.

"후우, 그래도 행운이 따르긴 했네."

"그래, 난 멀쩡해."

에다가 엷은 미소를 지으며 팔과 다리를 꼭두각시 인형처럼 움직여 보였다.

"됐어." 내가 말했다.

에다가 손으로 얼굴을 가렸다.

"죽었어?"

"뭐가?"

"멧돼지를 치었어."

"멧돼지?"

멧돼지. 착각이 아니었다. 차에서 조금 떨어진 오솔길 옆 풀밭에 멧돼지 한 마리가 쓰러져 있었다. 빽빽한 억센 털 밑에서 향신료 냄새 비슷한 노린내가 피어올랐다. 옅은 카레 향에 소시지 데친 물에서 나는 고린내나 오줌 지린내가 섞인 지독한 냄새였다.

나는 입으로 숨을 쉬며 옆으로 드러누운 멧돼지와 그 앞에 무릎을 꿇고 앉은 에다를 번갈아 보았다.

날파리들이 멧돼지의 눈 주위를 윙윙 맴돌았다.

"내가 죽였어." 에다가 말했다.

나무 그림자에 가려진 에다의 얼굴은 창백했다. 에다가 내 쪽으로 고개를 돌렸다. 충격으로 굳어진 얼굴에 온갖 감정이 깃들어 있었다. 경악, 비통, 심지어 뭔가를 절실히 애원하는 느낌까지.

"일부러 그런 게 아니잖아. 어쩔 수 없었어." 내가 말했다.

"화가 나서 그랬어. 화가 나 있어서 차를 너무 빨리 달렸어."

내가 손등으로 코를 비비며 물었다.

"화? 왜?"

살짝 짜증이 밴 목소리였다. 그러나 나도 어쩔 수가 없었다. 에다의 반격은 커다란 두 눈에서 이는 노여움의 불꽃으로 시작되었다.

"*네* 그 빨간 머리 여자 친구가 *내* 티셔츠에 *네* 운동복을 입고 *내* 자동차에 앉아서 밤새 별별 얘기를 다 늘어놨어. 난 너 때문에 지금 여기 있어! 너 때문에 화가 났고. 심지어 산짐승까지 죽었어."

에다가 일어섰다. 평소보다 턱을 높이 치켜들고 있었다. 바람에 무릎까지 내려오는 원피스가 온몸에 휘감겼다.

"멧돼지를 죽인 건 내가 아니야."

나는 순간적으로 그런 말을 한 나 자신이 부끄러웠지만 물릴 수도 없었다. 비난. 해명. 에다와 나는 서로에게 그야말로 악을 써 가며 싸웠다. 튀어 오르는 침이 빛을 받아 허공에서 반짝거렸다.

"난 네 아버지 때문일 거라고 생각했어. 그런데 알고 보니 전혀 아니더라." 에다가 소리쳤다.

"아니면 뭔데?"

"섹스 아니야? 그걸 왜 나한테 물어?"

(아니, 도대체 나한테 지금 무슨 누명을 덮어씌우는 거야?)

"다시 한 번 말해 봐!"

"섹스!"

에다는 그러면서 시비라도 걸듯 눈썹까지 치켜세웠다. 도를 넘어섰다고 느끼는 순간 나도 모르게 손이 올라갔다.

짝!

(하지만 전에 나더러 한 대 때려 달라고 사정하지 않았던가?)

에다가 안경을 고쳐 썼다.

"이제 쌤쌤이야." 내가 말했다.

나는 어느새 10센티미터쯤 더 커져 있었다. 에다는 온몸에 소름이 돋은 채 나를 지나쳐 허공을 응시했다. 턱은 여전히 꼿꼿이 들려 있었지만 손은 옆으로 축 늘어져 있었다.

"그래." 에다가 말했다. "맞아."

에다는 그러고 나서도 죽은 멧돼지 옆에 말없이 서 있었고 나는 돌아서서 차를 살펴보기 시작했다. 기관총으로 고무탄을 난사당한 것처럼 보이는 것은 악천후 때문이었다. 사고 때문에 앞 범퍼 한쪽이 깨지고 그 아래 플라스틱이 부서졌다. 또 라디에이터 그릴에는 음모처럼 뻣뻣한 털이 피와 함께 들러붙어 있었다. 나는 자리에 주저앉아 운동화 끈을 풀기 시작했다. 뒤에서 에다가 다가왔다.

"네가 끈 달린 반장화를 신고 있어서 잘됐어." 내가 말했다.

에다가 내 옆에 쪼그리고 앉았다. 안경에 모인 빛. 그 뒤로 의아해하는 눈빛. 그러나 에다는 곧 알아차렸다. 나는 우리 두 사람의 신발 끈을 묶어 범퍼를 고정했다.

"멧돼지를 묻어 주고 싶어." 에다가 말했다. "하지만 여기는 싫어."

멧돼지를 옮기는 일은 여간 중노동이 아니었다. 세 번을 시도한 끝에 우리는 녀석을 겨우 들어 올릴 수 있었다. 다리는 밑으로 축 늘어졌고 몸이 들어 올려지자 상처에서는 피가 뚝뚝 떨어졌다. 털 사이 공기층에서 또 그 지린내가 훅훅 풍겼다.

"다시는 내 티셔츠 빌려 주지 마, 알았어?"

죽은 멧돼지를 트렁크에 실은 뒤 에다가 손등으로 입을 훔쳤다. 순간 에다의 등 뒤로 나뭇잎 비가 내렸다. 땅으로도 하늘로도 대각선으로.

에다가 가짜 비틀 쪽으로 몸을 숙였다. 나는 에다의 가슴골을 흘깃거렸다. 푸르스름한 핏줄. 숨을 쉴 때마다 오르락내리락하는 둥근 가슴 선. 입술 위 흉터에 송골송골 맺힌 땀방울이 반짝였다.

에다의 땀방울은 우리를 태운 가짜 비틀이 울퉁불퉁한 오솔길을 덜컹거리며 달리는 순간에도 여전히 빛났다.

자동차 통풍구에서 요란한 소리가 났다.

돌출된 바닥에 가끔씩 차체가 긁혔다. 숲이 조금씩 밝아지고 있었다. 나뭇가지와 이파리 사이로 황금빛이 들이쳤다. 한쪽 옆에서만 내려오던 빛은 오솔길 끝이 보이면서 갑자기 앞에서도 쏟아지기 시작했다. 눈부시게 반짝이는 호수.

햇빛 가리개를 내리고 다시 옆을 돌아보았다. 운전대 너머로 저 멀리 빛을 바라보는 에다가 보였다.

‖

## 페스티벌에 대한 라디오 뉴스 3

악천후 속에 투입된 조난 구조대가 예상치 못한 난항을 맞았습니다. 현장에 대거 파견된 경찰에 따르면 경우에 따라 시속 100킬로미터가 넘는 우박이 숲 안팎에 위치한 야영장에 쏟아져 내렸다고 합니다. 텐트가 우박의 무게를 견디지 못해 무너지고 찢어지고 바람에 날아가 수천 명의 방문객들이 잘 곳을 잃고 말았습니다. 그러나 관할 관청은 심각한 피해에도 불구하고 다친 사람은 많지 않다고 밝혔습니다.

인터뷰: 현장에서 응급 치료를 지휘한 의사
─우박 덩어리나 부러진 나뭇가지에 맞아 타박상이나 열상을 입은 환자들이 약 스무 명 정도 있었습니다. 하지만 입원 치료를 받을 정도로 심각하게 다친 사람은 없습니다. 기습적으로 몰려온 폭풍우가 올 때만큼이나 빨리 물러가 준 것을 행운으로 여겨야 할 것 같습니다.

◀◀

**뒤로. 금요일 밤, 개학까지 3일**

주차된 차들의 좁은 틈 사이로 가방부터 던져 넣은 뒤 바닥에 엎드렸다. 그러고는 아무 차나 골라 그 밑으로 기어들어 갔다. 왼팔은 여전히 등 뒤에 묶여 있었다. 숨을 죽였다. 녀석들이 다가오는 소리가 들렸다. 이러쿵저러쿵 떠들어 대는 흥분한 목소리.

"어디 갔지?"

"페스티벌 장소로 갔나?"

"설마……."

녀석들의 횃불이 만들어 내는 빛 웅덩이. 그 속에 어른거리는 그림자. 내 머리에서 불과 팔 하나 길이밖에 떨어져 있지 않았다. 나는 녀석들이 분명히 날 찾아낼 거라고 생각했다. 그러나 바쁘게 멀어져 가는 추격자들의 발소리가 들렸다. 그리고 얼마 안 가 녀석들이 퍼붓는 욕지거리가 멀리서 들려왔다.

드디어 솜브레로들한테서 벗어났다.

그러나 나는 등을 대고 누워 계속 귀를 기울였다.

어디선가 자동차 문 닫히는 소리가 들렸다. 이어 시동 거는 소리. 주차장을 빠져나가는 자동차 바퀴 밑에서 부스럭대는 잡석 소리. 그리고 무엇보다도 점점 강해지고 있는 바람 소리.

이쪽에서는 낙엽이 구르고 저쪽에서는 나뭇가지가 부러졌다. 나무 꼭대기에서는 바람이 휘파람을 불고 있었다.

나는 숨어 있던 자동차 밑에서 기어 나왔다.

목을 조심스레 빼고 흙받이 너머로 어둠을 바라보았다. 대오를 갖추어 나란히 선 자동차들이 희미하게 모습을 드러내고 있었다. 어두운 잿빛을 바탕으로 한 검은색 물체들.

상체를 숙인 채 차와 차 사이의 좁은 공간으로 한 걸음 빠져나왔다.

바람에 낙엽들이 복사뼈 위로 훅 몰아쳤다.

옆쪽에서 뭔가가 움직였다.

동물?

얼른 뒤를 돌아보았다. 아니, 동물이 아니다.

채 세 발짝도 되지 않는 거리에서 보닛에 기댄 채 서 있는 그 인물에게 다짜고짜 덤벼들려는 순간 손전등이 켜졌다.

눈이 부셔 앞을 볼 수가 없었다.

"여긴 좀 불편한데." 목소리가 들렸다. "원하면 차 안으로 들어갈 수도 있어."

끈 묶는 반장화. 꽃무늬 원피스. 브로치. 안경.

"에다?!"

요란한 웃음소리는 여전했다.

"네가 여기서 그렇게 멋진 애들을 사귈 줄 알았으면 굳이 쫓아

오지 않았을 거야. 친구들이 아주 고상하던데?"

에다도 싸움을 본 게 분명했다. 내가 어디로 도망칠지도 벌써 알고 있었다. 할 말이 없었다. 자동차 두 대 건너에 가짜 비틀이 서 있었다.

"……."

"모자 그리웠지? 인정해." 에다가 말했다.

잠시 동안 나를 아주 자세히 뜯어보는 것 같던 에다의 입가에 마침내 미소가 번졌다.

"그래, 인정해. 그리고 이 가방도 돌려주고 싶어. 이놈의 전동 드릴 가지고 다니는 거 이젠 아주 지긋지긋해."

에다가 가방을 받아 들었다. 극도로 냉정하게. 손끝 하나 스치지 않고. 에다.

"모자는 차 안에 있어."

"그래, 고마워." 내가 말했다.

그러나 우리는 그러고 나서도 얼싸안고 재회의 기쁨을 나누지 않았다. 에다가 한 발을 앞으로 내밀다 주춤했다.

잠시 고민한 걸까?

우리 둘 사이에 보이지 않는 벽이 가로놓인 듯했다. 또다시 야영장 바닥에 옴짝달싹 못하고 엎어져 있었을 때의 기분이 스치고 지나갔다. 나는 안팎 모두 고통스럽기만 할 뿐 도무지 말을 듣지 않는 몸뚱이에 갇혀 있었고 솜브레로 녀석들은 내 위에 군림하고 있었다. 빌트루트. 섀기카펫. 녀석들의 얻어터진 면상. 그리고 거기에 나머지 녀석들도 가세했다. 녀석들이 카운트를 하기 시작했다. 다 같이 합창으로.

진짜 심판처럼 허공에다 손가락을 꼽아 보이며.

"……세븐! ……에잇!"

케이오. 나를 놀릴 수 있는 절호의 기회.

나는 본능적으로 일어서려고 애썼다. 땅을 짚으며 있는 힘껏 상체를 들어 올렸다. 그러나 축축한 땅바닥이 나를 다시 끌어당겼다.

"이 녀석, 아직도 버둥대는데!"

나는 흙바닥에 배를 깔고 엎어져 입술에 묻은 흙 맛을 느꼈다.

"이봐 복서, 더 얻어터지고 싶어서 그래?"

섀기카펫이 몸을 굽혀 내 머리를 헝클이고 얼굴을 짓누르며 나의 저항을 유도했다. 나.

"내 발톱이랑 싸울 때도 이보단 치열했어."

콘도어의 명언. 덕분에 갈비뼈를 한 방 얻어맞았다. 별건 아니었다. 또 한 방. 빌트루트.

"……나인. 끝!"

몸을 움츠렸다. 방어를 위해. 저쪽 옆에서 너울거리는 불길이 희부옇게 눈에 들어왔다. 붉은색이 부자연스럽게 느껴졌다. 여우 털처럼 붉은 머리칼 때문에? 팔 위의 붉은 점 때문에? 솜브레로 빨간 밀짚모자 때문에? 도대체 무엇이 내 삶에 불을 지른 걸까?

나는 지금까지 단 한 번도 케이오를 당한 적이 없었다. 마우저는 우아하고 빨랐다. 상대를 케이오시키는 무쇠 주먹이 아니라 진을 빼며 천천히 무너뜨리는 스타일이었다. 그는 늘 전 라운드를 다 뛰었다.

나는 마지막에 늘 일어섰다, 늘.

이번에도 나는 무릎을 꿇고 일어나 앉았다. 솜브레로들 다리 사이로 전동 드릴 가방이 보였다. 가방은 풀밭 위에 아무렇게나 내동댕이쳐져 있었다. 손만 뻗으면 집을 수 있을 만큼 가까웠다.

"자, 이번엔 어떤 계집애를 상대해 줄까?" 내가 물었다.

손들이 한꺼번에 멱살을 움켜잡더니 나를 일으켜 세웠다. 먹은 걸 게워 낸 직후처럼 목구멍이 따끔거렸다.

"이봐, 복서, 그놈의 아가리 닥치지 못해?" 섀기카펫이 소리쳤다. "이번엔 진짜 끝장을 내 주지."

일대 소동. 어디선가 갑자기 나타난 터키색 깃털 목도리가 인파를 뚫고 우리 쪽으로 달려왔다. 최소한 또 한 명의 그림자가 그 뒤를 따랐다. 그들은 나를 도우려 달려오고 있었다.

"이제 그만! 싸움은 끝났어!"

섀기카펫이 소리 나는 쪽을 돌아보았다. 멱살을 쥔 주먹이 잠시 느슨해졌다. 나는 당장 행동을 개시했다.

(다시 없을 절호의 기회.)

있는 힘을 다해 묶이지 않은 손으로 녀석의 사타구니를 움켜잡왔다.

새기카펫이 비명을 질렀다.

어린 카우보이 녀석이 사타구니를 잡혔을 때보다 더 큰 소리였다.

새기카펫이 내 멱살을 놓았다. 나는 중세 성문을 부수던 공성 망치 같은 자세로 녀석들의 밀접 방어진을 뚫었다.

녀석들은 나를 막으려 했지만 나는 한두 걸음 비틀거리다 이내 중심을 잡고 내게 들러붙는 녀석들을 모두 떼어 낸 뒤 한 손으로 드릴 가방을 주워 들었다.

그리고 달렸다. 훅을 날리며. 거치적거리는 녀석들은 모두 옆으로 밀쳐 냈다. 솜브레로들이 바짝 쫓아왔다.

가방 안에 든 부품들이 덜컥거렸다.

내 무릎은 피스톤처럼 빠르게 위아래로 움직였다. 끊임없이. 찬 바람이 머리칼을 뒤로 쓸어 넘겼다. 샘솟는 눈물이 관자놀이 쪽으로 흘러갔다.

눈물은 에다의 자동차에 올라타 문을 닫고 의자에 몸을 맡기는 순간에도 아주 잠깐 한쪽 눈에서 주르르 흘러내렸다.

(단순히 너무 지쳤기 때문일 수도.)

"배고프지?"

에다가 청테이프를 떼어 주었다. 손에 묻은 피는 웅덩이 물에 대충 씻어 냈다. 어느새 머리에는 모자가 씌워져 있었다. 나는 에다가 건네는 빵을 몇 주는 굵은 사람처럼 눈 깜짝할 사이에 먹어 치웠다.

"후우." 내가 한숨을 내쉬었다. "무슨 이런 날이 다 있는지……."

나는 에다가 내 눈물을 보지 못했을 거라고 생각했다. 손전등이 꺼진 지 이미 오래였기에. 에다.

"어떤 여자애 둘러업고 야영장으로 데려가는 거 봤어."

"내 모가지를 비틀고 싶었겠군."

"빨간 머리가 아니던데."

"재키가 가발을 쓰기 시작했어. 큰 바위로 가는 길이었어, 너 만나러. 근데 쓰러지더군."

앞유리로 별들이 보였다. 별들은 구름 사이에서 은종이처럼 반짝였다. 나는 에다에게 그동안 있었던 일을 설명했다.

"싸우는 걸 보면서 얼마나 걱정했는지 몰라." 에다가 말했다.

"나 자신이 무척추동물처럼 어리석게 느껴져." 내가 대꾸했다.

에다를 만지고 싶었다. 아니, 에다의 손길에 몸을 맡기고 싶었다.

"약자를 괴롭히는 건 공정하지 못해. 비겁한 일이야." 에다가 말했다.

너무 어두워 에다가 볼 수 없음에도 불구하고 나는 한껏 상냥한 표정을 지었다.

"불공평한 게 인생이라고 누가 그랬더라?" 내가 말했다.

에다는 내 농담에 응하지 않고 고개를 옆으로 돌렸다.

"……."

에다가 침묵했다. 우리는 앞만 보며 나란히 앉아 있었다. 나.

"횔너도 이곳에 있어."

"오." 에다가 물었다. "얘기해 봤어?"

"아니, 만나고 싶지 않아."

"왜?"

"몰라."

"그럼 여긴 왜 온 거야?

나는 어깨만 한 번 으쓱한 뒤 고개를 젖혀 의자 머리받이에 기 댔다. 하지만 에다는 날 가만히 내버려 두지 않았다. 지금 내 행동이 아파트에 날 혼자 두고 떠난 횔너의 행동과 크게 다르지 않다는 뜻을 넌지시 비쳤다.

"만나도 딱히 할 말이 없어. 경찰에 자수하라는 말 말고는." 내가 말했다.

"그럼 그렇게 말하면 되잖아."

"말했지만 소용없었잖아."

에다는 끈질겼다.

"너랑 대화할 생각이 없다면 굳이 여기 머물지 않으실 거야."

나는 마음이 약해지는 걸 느끼며 소리를 질렀다.

"이건 영화가 아니야, 알아? 이건 현실이라고. 현실은 다르게 진행돼."

"영화는 어떤데?"

"그걸 내가 어떻게 알아?"

내 의지와는 다르게 머릿속에서는 아주 구체적인 장면들이 떠올랐다. 암울한 로드 무비나 유치한 자동차 추격전이 펼쳐지는 액션 영화의 기억들. 에다.

"우리가 트렁크에 숨겨서 국경을 넘겠지, 안 그래? 결국엔 모든 게 다 잘될 테고."

"그래, 영화에서라면 대충 그렇게 되겠지. 국경 수비대랑 총격전을 벌이고, 넌 이 가짜 비틀로 차단기를 부수며 검문소를 통과하고. 별별 액션을 다 펼쳐 보이면서."

"말도 안 돼." 에다가 말했다.

"그래, 그래서 내가 영화가 아니라고 했잖아……."

숨을 들이켰다. 지칠 대로 지쳐 속이 텅 비었다.

"……다시는 예전처럼 될 수 없어." 내가 말했다.

우리는 떠나기로 했다. 에다가 라디오를 틀었다. 밤에 한차례 더 악천후가 예상된다는 보도가 흘러나왔다. 지난밤보다 더 심한 악천후가.

"세 시간 뒤면 집에 도착할 수 있어." 에다가 말했다.

에다가 실내등을 켜더니 열쇠를 찾기 위해 배낭을 뒤적였다. 나는 옆 창문에 비치는 에다의 모습을 보며 에다가 곧 열쇠를 찾으리라는 사실을 알았다. 밖에는 쓰레기봉투가 뒹굴고 있었다.

놀이동산이 만들어 준 비옷 쓰레기봉투와 같은 종류였다. 이것으로 놀이동산과 재키와 이별이라니. 상상할 수가 없었다. 머릿속에 마지막으로 한 번 더 야영장을 그렸다. 모닥불 가에서 본 인디언 추장과의 희한한 경험, 이곳에 도착했을 때의 일, 놀이동산의 상처.

"젠장……."

마구 흔든 탄산수 병에서 솟아오르는 기포처럼 머릿속에 뭔가가 떠올랐다. 에다가 막 시동을 거는 순간이었다. 전조등 불빛이 환히 켜졌다.

"왜 그래?"

에다가 무슨 일이냐는 듯 고개를 돌렸다. 눈길이 교차했다. 나는 엉덩이를 들어 바지 주머니 깊숙이 손을 찔러 넣었다.

"놀이동산한테 자동차 열쇠를 돌려주지 않았어."

■

▶▶

**앞으로. 토요일, 개학까지 2일**

말끔히 닦인 서늘한 느낌의 파란색 하늘. 머리 위에는 한 폭의 그림 같은 뭉게구름 한 쌍. 그들 역시 저 위에서 외로이 떠돌고 있다. 이 아래 에다와 나처럼.

"어디다 묻고 싶어?"

숨을 깊이 들이켰다. 희미하게 송진 냄새가 풍겼다. 호숫가 관목 뒤로 소나무들이 자라고 있었다. 침엽 끝에서 햇살이 반짝였다. 소나무들은 내가 가늠할 수 없을 정도로 키가 컸다. 호수 위에 나무 그림자가 어른거렸다. 술로 장식된 나뭇가지 사이로 빛이 들어와 마치 허공이 금빛으로 빛나는 것 같았다.

"묻지 않을 거야." 에다가 말했다.

"설마 데리고 갈 생각은 아니겠지?"

나는 보닛 위에 걸터앉았다. 바지를 통해 엔진의 열기를 느끼며 반짝이는 수면을 바라보았다.

"땅에 묻지 않고 호수에 묻을 거야."

에다가 벌떡 일어섰다. 그 애가 끌고 지나간 공기 자락에서 향긋한 냄새가 풍겼다. 연한 자몽 냄새. (땀에서 과일 향이 날 수도 있는 걸까?)

꼿꼿하게 편 상체. 큰 보폭. 앞뒤로 내젓는 대신 몸 옆으로 곧게 늘 어뜨린 팔. 에다는 얼마 떨어지지 않은 덤불 속으로 곧장 걸어 들어 갔다.

(뭘 하려는 거지?)

에다가 덤불 가지를 옆으로 젖혔다. 그제야 내 눈에도 들어왔다. 거기에는 배가 숨겨져 있었다. 뒤집어 놓은 카누 한 척.

에다가 손을 흔들며 미소를 지었다. 충격 때문에 얼굴은 여전히 하얗게 질려 있었지만 볼에는 서서히 화색이 돌았다.

"우릴 기다리고 있었나 봐." 다가가는 나를 향해 에다가 말했다.

에다는 보트에서 침엽과 모래를 쓸어 냈다. 보트 표면은 상처에 앉은 딱지 색깔이었다. 우리는 보트를 뒤집었다. 수년 동안 나무좀 에 갉아 먹힌 듯 나무에는 구멍이 숭숭 나 있었다.

"그래, 임자 있는 배는 아닌 것 같네." 내가 말했다.

"물로 가져가자."

처음에는 잡석, 다음에는 모래. 그리고 물가에 다다라서는 질척 질척한 진흙과 선체를 할퀴어 대는 돌멩이들 사이로 배를 밀었다.

"이젠?"

"금방 올게, 잠깐 기다려."

에다가 가짜 비틀로 뛰어가면서 외쳤다. 나는 에다가 자동차까 지 가기도 전에 이유를 알아차렸다. 에다가 나보다 먼저 그런 생각 을 해 냈다는 사실에 살짝 샘도 났지만 동시에 에다의 빠른 두뇌 회전이, 그리고 눈에 띄게 생기 있어진 게 기뻤다.

"자, 네가 해." 에다가 말했다.

에다가 가방을 열더니 플라스틱 케이스에서 전동 드릴을 꺼내 내게 건넸다. 살짝 뒤로 뺀 엉덩이, 쭉 뻗은 팔. 그 모든 게 하나의 의식 같았다.

나는 다용도 날을 드릴에 끼운 뒤 그 나사 모양 쇠막대가 완전히 고정될 때까지 단단히 조였다. 그러고는 배에 올라타 기도하는 사람처럼 무릎을 꿇었다. 내 아래 바닥이 출렁거렸다.

날의 뾰족한 심을 나무에 박아 넣었다. 왠지 어른스러워진 느낌. 뭔가 문제를 해결하고 있는 느낌. 아무튼 기분이 썩 괜찮았다. 근육에 힘을 주고 시선은 전동 드릴에 고정했다.

(정말 그래서였을까? 어른이 돼서 기분이 좋은 경우도 있는 걸까?)

나는 먼저 드릴을 천천히 돌려 날을 조금 박아 넣은 뒤 회전 속도와 압력을 높였다. 뭉툭해진 끝이 빠르게 회전하며 나무 속으로 구멍을 파 들어가자 나선형 드릴 밥이 돌돌돌 말려 올라왔다.

나무가 타기 시작했다. 구멍 주위로 연기가 피어올랐다. 성냥불 켤 때와 비슷한 냄새가 났다.

배 앞쪽과 뒤쪽에 구멍을 각각 열일곱 개씩 뚫었다. 십자가 모양으로.

```
            *
            *
*   *   *   *   *   *   *   *   *   *
            *
            *
            *
            *
            *
```

"이제 녀석을 배에 싣기만 하면 돼." 내가 말했다.

우리는 트렁크에서 멧돼지를 끄집어냈지만 도저히 들고 있을 수가 없었다. 녀석이 쿵 하는 소리와 함께 우리 발치에 떨어졌다.

먼지가 무릎까지 뽀얗게 일었다.

잠시 후 먼지가 가라앉자 멧돼지의 커다란 머리통이 뒤로 꺾인 게 보였다. 녀석은 시커멓고 탁한 눈을 부릅뜬 채 원망하듯 우리를 노려보고 있었다.

에다는 앞다리를, 나는 뒷다리를 잡았다. 우리는 죽은 멧돼지를 잡석 위로 질질 끌며 호숫가로 갔다. 만차인 주차장에서 운전자들이 동시에 성에를 긁어 내는 듯한 소리가 났다.

"자, 셋 하면 들어 올리는 거야." 내가 말했다.

우리가 죽은 멧돼지를 싣기 위해 끙끙대는 동안 배가 위태위태하게 흔들렸다. 나는 배 안에서 녀석을 잡아당기고 에다는 뒤에서 밀었다. 그렇게 다섯 번을 시도한 끝에 비로소 우리는 겨우 녀석을 배에 실을 수 있었다. 나는 에다의 차에 있던 수하물 로프로 가로장과 가로장에 걸어 녀석의 몸뚱이를 고정했다.

　"부장품을 좀 생각해 봐야지." 에다가 말했다.

　"부장품을 주면 해피 헌팅 그라운드(북미 인디언들의 천국─옮긴이)에 가는 데 도움이 되나?"

　에다는 브로치를(멧돼지 브로치), 나는 타고 남은 모자를 내놓았다. 우리는 그 두 물건을 멧돼지 몸뚱이 아래에 쑤셔 넣었다.

　그러고도 아쉬운 듯 에다는 흙 세 줌을 배에 던져 넣은 뒤 멧돼지 등에 손을 얹고 잠시 작별 인사를 나눴다.

　눈에 눈물이 그렁그렁했다.

　"나 원래 이런 일에 좀 잘 울어, 미안." 에다가 말했다.

　"……."

　나는 '미안하긴, 괜찮아' 표정을 지어 보이며 신발과 양말을 벗었다. 에다도 그렇게 했다. 내가 바짓가랑이를 걷어 올리자 에다도 치맛자락을 모아 허리께에 묶었다.

　끙. 에다와 나는 양편에서 배를 있는 힘껏 물 쪽으로 밀었다.

　물이 구멍으로 천천히 새어 들어왔다. 우리는 배가 작은 만을 빠져나와 유유히 흐르는 물결 속으로 흘러들 때까지 방향을 조정하며 걸어갔다.

호수 물이 에다와 내 엉덩이까지 차올랐다. 우리는 마지막으로 한 번 더 배를 밀었다. 배는 불안하게 일렁이는 물살에 에워싸인 채 자신의 마지막 여행을 떠났다.

우리는 다시 뭍으로 돌아와 발이 죽죽 미끄러지는 언덕을 기어 올랐다. 그리고 그 위에서 뚜껑 없는 관이 점점 멀어져 가는 모습을 지켜보았다. 관은 호수 한가운데를 향해 출렁출렁 떠내려갔다. 배가 밑으로 조금씩 가라앉고 있었다.

얼마쯤 시간이 지난 뒤 까마귀 한 마리가 배 가장자리로 날아와 앉는 것 같았다. 배는 어느덧 노 손잡이 폭 정도만 수면 위에 모습을 드러낸 채 천천히, 아주 천천히 물속으로 가라앉고 있었다.

에다와 나는 꼼짝 않고 거기에 서 있었다. 말 한마디 없이.

배는 뒤집히지 않고 끝까지 균형을 유지했다.

이윽고 배가 물을 가득 머금은 스펀지처럼 가라앉았다.

까마귀는 마지막 순간에 다시 날아올랐다. 나는 눈으로 까마귀를 쫓았다. 얼마 안 가 녀석은 저 멀리 까만 점으로 사라져 버렸다. 나는 다행히도 알맞은 순간에 다시 호수로 눈길을 돌렸다. 얕고 환한 물결이 배의 마지막 일부를 덮치는 순간 수면의 반짝임이 유리 조각처럼 내 눈을 찔렀다.

기포 몇 개. 동심원을 그리며 잔잔히 퍼지는 물살. 아주 잠시, 수면 아래 어른거리는 배 그림자가 보이는 것만 같았다.

얼마 뒤 호수가 저절로 잠잠해졌다.

저 멀리 물새들이 떠다니고 있었다. 오리, 백조, 왜가리.

에다가 날 어루만졌다. 그 애의 손가락은 따뜻하고 건조했다. 에다의 손이 뺨으로 올라왔다. 우정 어린, 사심 없는 손길. 이해한다는 듯. 용서한다는 듯.

"물의 성질 말이야, 좀 으스스한 것 같아." 에다가 말했다. "뭐든 가리지 않고 다 삼키고, 삼킨 다음엔 다시 스르르 닫히고."

나는 이상하게도 에다가 나에 대해(또는 자기 자신에 대해) 말하고 있다는 생각이 들었다. 들통 난 느낌. 그러나 동시에 안도감이 느껴졌다.

"이제 어떻게 할 거야?" 내가 물었다.

볼에 아직도 에다의 온기가 남아 있는 것만 같았다.

"글쎄, 무슨 좋은 생각 있어?"

"아니." 내가 대답했다.

에다가 나를 묘한 눈길로 바라보았다. 갑자기 다른 사람이 된 것처럼 표정이 바뀌었다. 에다가 내 손끝 하나 건드리지 않은 채 물었다.

"혹시 옷 벗을 수 있어?"

‖

# 네 번째 엽서

**앞.**
모자 그림(노란 종이에 사인펜으로 직접 그림).


**뒤.**
글(또박또박 눌러쓴 글씨).

너도 잃어버린 게 있고 나도 잃어버린 게 있어. 이곳에 있니? 이곳에 있겠지. 찾으러 간다. 호숫가에 큰 바위가 있어. 22시에 거기 있을게. 24시에도. 그리고 출발 전 자동차 앞에서도 조금 더 기다려 주지. 에다.

**추신:** 왜 이러느냐고? 전에 나한테 물어봤던가? 너 자신에게도 묻니? 이유 따윈 상관없어. 중요한 건 옳다는 느낌이니까.

■

◀◀

### 뒤로. 금요일 밤, 개학까지 3일

강풍이 살갗에서 휘파람을 불어 댔다. 바람의 채찍질이 어찌나 거센지 한 걸음 뒤로 물러섰다. 그러나 다시 몸을 숙이고 턱을 가슴에 파묻다시피 해 계속 달렸다. 놀이동산의 자동차 열쇠는 주먹에 꼭 쥐고 있었다. 달리면서 다른 손으로 모자를 깊이 눌러썼다. 모자챙을 꼭 붙들고 눈을 크게 떴다.

솜브레로 녀석들이 여전히 나를 찾고 있을지도 몰랐다. 궂은 날씨를 피하기 위해 짐을 싸기 시작하지 않았다면.

야영장에서는 다들 급한 대로 텐트와 짐을 싸 모으느라 정신이 없었다.

*파우와우* 방문자들이 주차장을 향해 떼거지로 몰려가고 있었다.

"진짜 태풍이 온대. 이번 여행은 완전 망했어." 누군가 외쳤다.

"적어도 비는 안 오잖아. 그럼 됐지 뭘 더 바라?" 다른 목소리가 들렸다.

나는 대혼란을 뚫고 놀이동산과 재키와 솜브레로들의 텐트가 있는 언덕에 도착했다.

찢어진 텐트 자락이 팔락거리고 있었다.

세찬 돌풍에 맞서면서 분위기를 살폈다. 모닥불은 두 군데 모두 꺼졌다. 불과 한 시간 전에 이곳에서 벌어졌던 싸움은 흔적조차 찾아볼 수 없었다. 솜브레로의 텐트에도 그 주변에도 인기척이라고는 없었다. 나는 용기를 내 가까이 다가갔다.

놀이동산의 텐트는 텅 비어 있었다.

(무슨 뜻일까? 아니, 그보다 이제 어쩌지?)

놀이동산의 열쇠를 만지작거리며 바람에 찢어진 텐트 앞에서 숨을 깊이 들이켰다. 둥그스름한 플라스틱 열쇠 머리, 내 손의 온기로 뜨뜻해진 금속 걸림쇠. 혹시 무슨 단서나 표시라도 찾을까 싶어 이리저리 두리번거렸다.

내면의 불안감이 나를 갉아먹고 있었다. 솜브레로 녀석들이 언제 돌아올지 몰랐다. 녀석들을 다시 만나고 싶은 생각은 추호도 없었다. 가짜 비틀에 있는 에다를 너무 오래 기다리게 하고 싶지도 않았다.

그만 포기하고 발길을 돌리려는데 풀밭에서 뭔가가 내 주의를 끌었다. 재키의 텐트에서 주먹만 한 크기의 붉고 둥그스름한 빛이 어른거렸다. 텐트 벽 가까이 불 켜진 손전등이 놓여 있는 게 분명했다.

"재키, 그 안에 있니?!"

무릎을 굽힌 채 목소리를 죽여 물었다. 알아들을 수 없는 중얼거림이 대답이랍시고 흘러나왔다. 나는 문을 열고 안으로 들어갔다.

"어머, 이게 누구야?!"

재키는 손전등을 들고 아래팔로 바닥을 짚으며 윗몸을 일으켰다. 다리는 침낭 안에 있었다. 빨간 비옷은 옆에 널브러져 있었지만 가발을 쓴 것은 물론 내 운동복 상의도 여전히 입은 채였다. 지퍼는 많이 열려 있었다.

"놀이동산 어디 갔는지 알아? 자동차 열쇠가 나한테 있어."

나는 무릎을 꿇고 주먹을 펴 보였다. 재키가 책상다리를 하고 앉았다.

"너 찾으러 갔나 보네. 근데 지금 어디서 오는 길이야?"

"그럼 나 대신 이거 좀 전해 줘." 내가 말했다. "난 곧 출발할 거야……."

재키에게 열쇠를 내밀었다. 그리고 현재 상황을 간단히 설명했다.

"……너희도 얼른 철수 계획을 세우는 게 좋을 거야."

재키가 웃음을 터뜨렸다.

"너 사는 데선 그런 걸 유머라고 부르니?"

"나 사는 데선 위험이 닥칠 경우 피난처를 찾아."

재키는 받아 든 열쇠를 옆으로 치우더니 변두리 출신 소년인 나로서는 도저히 적당한 단어를 찾을 수 없는 미묘한 눈빛을 던졌다. 색정적이라는 말이 가장 어울릴 것 같았지만 그저 사랑에 빠진 순진무구한 눈길이라고 할 수도 있을 것 같았다. 재키.

"불과 일주일 전에는 나랑 결혼하고 싶어 했잖아."

나는 모자를 고쳐 썼다. 뭔가 탐탁지 않은 일이 내게 일어나고 있었다. 문득 한 가지 기억이 새삼스레 떠올랐다.

"넌 그 덫 사냥꾼이랑도 섬성이 있었어." 내가 말했다.

"도대체 왜 날 괴롭히는 거야?"

재키가 내 다리에 손을 얹더니 윗몸을 숙이며 가까이 다가왔다. 나는 눈 깜짝할 사이에 지난주에 나였던 그 소년의 심정을 아주 잘 이해할 수 있었다. 이성이 빠져나가는 게 느껴졌다.

"우린 안 어울려." 내가 말했다.

하지만 그 말도 나를 궁지에서 구해 주지는 못했다.

"네가 그걸 어떻게 알아?" 재키가 물었다.

내 얼굴에 어른거리는 재키의 그림자. 나는 아무 반응도 보이지 않았지만 재키는 내 어깨에 팔을 올린 뒤 조심스레 내 품속을 파고들었다.

텐트 천장 안쪽에서 곤충 한 마리가 소리도 요란하게 날아다녔다. 개미가 손등 위로 기어올랐다. 거기 났던 상처는 어느새 아물어 있었다. 악몽을 꾸다 벌떡 일어난 사람의 몸부림처럼 텐트가 바람에 한 번 더 요란하게 흔들렸다.

"이제 출발할 거야." 내가 말했다.

"벌써 섰는데." 재키가 말했다.

내 바지 지퍼 위에 놓인 재키의 손. 또다시 좀 전의 그 눈빛. 보이지 않는 힘에 떠밀리는 느낌. 나는 재키와 함께 어느새 캠핑 매트 위를 뒹굴고 있었다. 모자가 머리에서 떨어졌다.

"날 왜 좋아하는 거야?" 내가 물었다.

"……."

재키가 내가 입고 있는 (에다의) 티셔츠를 잡아당겼다.

실밥 터지는 소리.

"왜 날 좋아하냐고?" 반복된 질문.

"너랑 같이 있으면 특별한 사람이 되는 것 같아." 재키가 속삭였다. "세상에 둘도 없는 아주 특별한 사람."

재키의 입술이 내 귀에 닿을락 말락 했다. 재키가 내 티셔츠를 머리 위로 벗기기 시작했다. 나는 그런 재키를 내버려 두었다. 재키가 운동복 상의를 벗더니 나긋나긋한 맨살을 내 몸에 갖다 붙이며 나를 제 위로 끌어당겼다. 재키의 손은 계속해서 내 바지를 벗기는 중이었다. 어디까지가 내 살이고 어디서부터 재키의 살인 건지 더 이상 구분이 안 갔다.

"이러지 마, 안 할 거야." 내가 말했다.

건성으로 반항은 하면서도 재키가 내 팔에, 어깨에, 목에 키스하는 걸 내버려 뒀다.

"난 하고 싶어." 재키가 말했다. "그리고 네 말 안 믿어."

사실이 그랬다. 나 역시 손과 입술을 연신 움직이고 있었다. 재키의 입에서 낮은 신음 소리가 새어 나왔다. 재키가 가슴을 밀착시켰다. 우리가 지금 우리도 모르는 사이에 선을 향해 치닫고 있다는 걸, 아니 어쩌면 벌써 넘어 버렸을지도 모른다는 걸 어렴풋이 깨달는 순간 재키가 내 위에 올라앉으며 입속으로 혀를 깊숙이 집어넣었다.

나는 재키의 머리에서 가발을 벗겼다.

여우 털처럼 붉은 머리카락이 내 가슴과 배를 쓸었다.

"넌 누구니?" 내가 물었다.

"난 재키."

입김처럼 내뿜는 음절. 난 네가 꿈꾸는 전부며 그 이상이야, 하고 말하는 것 같았다.

"……."

나는 재키의 손가락에서 시작해 팔오금의 섬세한 주름을 거쳐 겨드랑이까지 입을 맞췄다. 젖꼭지를 빨았다. 짭짤한 맛. 감초 향이 살짝 배어 나왔다.

재키가 내 귓불을 깨물었다. 재키.

"넌 누구?"

우리는 한 번 더 뒹굴었다. 등이 텐트 벽에 닿았다. 나는 재키의 머리를 뒤로 잡아채며 목을 움켜쥐었다.

"어리석은 풋내기." 내가 말했다.

목소리가 너무 컸나? 재키의 손이 더듬더듬 내 손을 찾았다.

"이러지 마." 재키가 말했다.

"넌 나에 대해 아무것도 몰라, 재키."

(아님 *내*가 나에 대해?)

에다가 떠올랐다. 재키와 내 얼굴 사이에 팔 길이 정도의 간격이 있다는 사실이 문득 기쁘게 느껴졌다.

"그만둬, 하나도 재미없어!"

나는 재키의 목을 조르지도 않았고 조르고 있지도 않았다. 그러나 두 손은 여전히 그 애 목 위에 있었다. 재키가 나를 걷어차려고 했다.

"미안해." 내가 말했다.

손을 치우는 순간 내 행동이 췰너의 그것과 얼마나 유사했는지를 깨달으며 몸서리를 쳤다. (내가 어떻게 된 거지?)

"바보." 재키는 여전히 속삭이며 또다시 나를 덮치려다 불현듯 동작을 멈췄다. 텐트 밖에서 바스락거리는 소리가 들렸다.

"쉿."

나는 재키의 입을 막았다. 어쩌면 이번에도 필요 이상으로 꽉 눌렀는지도 모른다.

"……?"

재키가 뭔가를 물으려는 듯 혹은 뭔가를 지시하려는 듯 눈을 치켜떴다. 평소 그 어떤 일에도 찌푸려지지 않던 그 애의 매끈한 이마에 정말로 주름이 몇 개 잡혔다.

"손전등." 내가 속삭였다.

재키가 더듬더듬 손전등을 찾아 불을 끄자 곧 다시 다른 불이 켜졌다. 텐트 지퍼가 열리면서 머리가 불쑥 들어왔다.

"오호, 이거 보라지? 혹시나 했는데 잉꼬 두 마리가 정말로 들어 있었네!"

솜브레로들이 음흉한 미소를 지었다. 거센 밤공기가 녀석들을 지나쳐 텐트 안으로 몰려들었다. 나는 다시 모자를 찾아 썼고 재키는 운동복 상의로 가슴을 가렸다.

"잠깐 기다려, 곧 상대해 줄 테니까." 내가 말했다.

솜브레로들은 자기들이 날 구원했다는 사실을 모르고 있었다. 당연히 오래 기다리려고도 하지 않았다. 그리고 이번에는 무슨 일이 있어도 자신들이 칼자루를 쥐려 했다.

"어디 이번엔 본때를 보여 주지, 로미오." 섀기카펫이 외쳤다.

섀기카펫이 날 넘어뜨리더니 발목을 잡고 텐트 밖으로 끌어냈다. 나는 아무 저항도 하지 않았다. 녀석들은 여섯이었다. 녀석들이 재키의 텐트를 흘깃거리는 게 보였다.

"여자애는 내버려 둬." 내가 말했다.

"여자애한텐 원하는 거 없어." 빌트루트가 주장했다.

정말로 재키는 그곳을 떠나도 좋다는 허락을 받았다. 나는 뛰어가는 재키의 등 뒤에다 놀이동산의 자동차 근처에 가짜 비틀이 있으니 거기 가서 도움을 청하라고 소리쳤다.

"이름은 에다야. 날 기다리라고 해 줘!" 내가 악을 썼다.

재키가 들었을까? 바람이 휘파람을 불며 울부짖었다. 빌트루트가 흙바닥에서 뒹구는 양말을 주워 내 입을 틀어막았다. 나는 재키를 뒤쫓는 솜브레로가 없음을 확인한 뒤 순순히 입을 벌렸다.

모든 것을 포기했다. 텐트 안에서의 일이 수치스러워 견딜 수가 없었다.

나는 에다의 친구가 될 자격이 없어.

머릿속을 스치고 지나가는 생각. 그러자 삶의 에너지가 몸에서 전부 빠져나갔다. 싱크대 마개가 뽑힌 것처럼.

살면서 처음으로 나 자신이 두려웠다.

분노로 부글부글 끓는 새기카펫이 침을 뱉도록 내버려 두었다. 빌트루트의 발길질을 고스란히 감수했다.

정신을 차려 보니 어느새 청테이프에 꽁꽁 묶인 채 바닥에서 1.6미터쯤 되는 허공에 떠 있었다. 나를 철길 침목처럼 짊어지고 가는 솜브레로 녀석들의 어깨 위에.

싸우고 싶은 마음이 눈곱만큼도 없었다. 밤도, 어둠도 죄다 지긋지긋했다. 피부에 바람이 와 닿았다. 바람의 손길. 눈을 감았다.

잠시 바다로 되돌아가는 꿈을 꾸었다.

II

## 페스티벌에 대한 라디오 뉴스 4

악천후가 지나간 오늘 아침, 예정보다 일찍 막을 내린 페스티벌 지역에서 또 다른 사건 하나가 보도돼 언론의 관심을 모으고 있습니다. 경찰의 수배령이 내려진 지 5일째인 오늘, 그동안 행방이 묘연하던 살인 용의자 에리크 Z의 신병이 확보된 것으로 보입니다. 경찰 대변인은 이번 사건과는 무관하게 펼쳐진 '불심 검문' 도중 에리크 Z가 자수했다는 보도가 사실이라고 전했습니다. 에리크 Z는 아내를 목 졸라 숨지게 한 뒤 집에서 약 이틀간 시신과 함께 생활했습니다. 담당 검찰은 에리크 Z가 이미 1차 심문에서 자신의 범죄 행위를 인정했다고 밝혔습니다. 현재 45세인 에리크 Z는 살인 혐의로 체포되어 구속 기소된 상태입니다. 에리크 Z는 구속 영장 실질 심사에서 자신의 행동에 스스로도 놀랐다고 말한 것으로 알려졌습니다.

■

◀◀

## 뒤로. 목요일, 개학까지 4일

저 능숙함! 스틱 다루는 솜씨가 장난이 아니다. 드디어 기어가 들어갔다. 에다는 단순히 차를 모는 게 아니었다. 그녀는 차에 군림하고 있었다.

"자, 그럼 어디 한번 바다로 가 볼까." 에다가 말했다. "준비됐지?"

우리는 자동차극장을 뒤로하고 어느새 시속 120킬로미터로 속력을 내고 있었다. 인적 없는 들판에는 풍력 발전기만 여기저기 눈에 띄었다.

끝없이 펼쳐진 메마른 목초지, 밀밭, 옥수수밭, 송전탑.

점점 사라져 가는 나무들.

자동차극장을 떠나온 뒤로 나는 입을 꾹 다문 채 단 한 가지 질문에만 빠져 있었다. 그 모든 일들을 겪었는데 난 지금 녹다운되어 있어야 정상 아닐까?

시체 냄새를 맡았다. 살인자의 자백을 들었다. 강도 높은 지진이 내 삶을 뒤흔들었다. 그런데도 나는 그 모든 게 나와는 무관한 일인 것처럼 행동하고 있다. 마치 무너져 내린 건물의 폐허 앞에서 어찌할 바 모르고 멍하니 서 있는 사람처럼. 그 모든 게 어떤 모습이었는지 전혀 기억나지 않는 사람처럼.

(도대체 눈물은 어디에 있는 걸까?)

"말해." 에다가 입을 열었다. "말해 버리는 게 수야."

한 무리의 새 떼가 우리 머리 위를 빠르게 날아가며 부서진 아스팔트 위로 그림자를 던졌다. 나.

"무슨 말?"

"어 그러니까……."

에다가 기어를 한 단 낮췄다.

"……지금 네 영혼을 괴롭히고 있는 그거 말이야. 그냥 말해 버려."

가짜 비틀은 파종이 끝난 들판과 울타리가 둘러쳐진 풀밭 사이의 언덕길을 오르고 있었다. 길게 자란 풀대가 가벼운 바람에 부드럽게 일렁였다.

"바다에 가게 돼서 기뻐." 내가 말했다.

활짝 열어 둔 옆 창으로 타르 냄새가 들어왔다. 나는 펠트지로 덮인 차 천장을 어루만졌다. 대화 주제를 바꿔 보려던 내 작전은 수포로 돌아가고 말았다.

"얼굴은 고민스러운 표정인데? 아님 넌 기쁠 때마다 얼굴을 찌푸려?"

도무지 당해 낼 수가 없었다. 나는 창밖으로 팔을 내밀어 바람의 애무를 즐겼다. 옆을 돌아봤다. 에다는 도로에 정신을 집중하고 있었다.

(나의 냉혹함이 나를 섬뜩하게 만든다고 털어놔야 하는 걸까?)

"고민은 바다도 하지 않나?" 내가 말했다.

"시인이 따로 없네." 에다가 말했다. "그렇다면야 이해가 좀 가지."

에다가 웃음을 터뜨렸다. 편안한 느낌이 쿵쿵쿵 갈비뼈 쪽으로 올라왔다. 에다의 얼굴을 바라볼 수 있어서 얼마나 좋은지.

(대체 이유가 뭘까? 흉터 같지도 않은 흉터가 있다는 결점 때문에?)

조수석에서는 왼쪽 콧방울 밑에 있는 희미한 선이 잘 보이지 않았다. 나는 그것 때문에 속상해하고 있었다.

"그나저나 그 흉터는 어떻게 된 거야?"

"신경 쓰이나 보지……?"

에다가 오른손을 운전대에서 놓더니 쇠고랑처럼 만들어서 소녀다운 분홍색 손톱으로 내 아래팔을 할퀴었다.

"……태아의 손톱은 아주 날카로워." 에다가 말했다. "내가 아마 엄마 배 속에서 그 날카로운 손톱으로 여길 할퀴었나 봐. 그런데 하필이면 그 상처가 아물기도 전에 머리에서 빠진 가느다란 머리카락 한 올이 양수를 떠다니다가 거기 붙어 버린 거야. 그래서 입술 위에 흉터가 진 채로 세상에 태어났어. 진짜 드문 경우지."

"정말?"

"응, 정말. 인생이란 처음부터 아주 위험한 거라고."

나는 검게 그을린 피부에 하얗게 그어진 손톱 자국을 바라보았다. 팔을 드러낸 상태로 쐐기풀 들판에서 넘어지기라도 한 것처럼 그 밑이 따끔거렸다. 순간 그때까지는 느껴 보지 못한 어떤 감정이 싹트는 게 느껴졌다. 내가 빚지고 있는 일종의 애정 같은 느낌. (드디어 에다가 나를 자신이 원하던 그 감정의 자리로 데려다 놓는 데 성공한 걸까?)

"네 생각엔," 내가 말했다. "우리가 지금 왜 같이 국경으로 가고 있는 것 같아?"

에다가 나를 돌아보았다. 내 머릿속을 빤히 꿰뚫어 보는 듯했다. 나에 대해 모든 걸 다 알고 있는 것 같았다. 그런 느낌은 전에도 종종 느꼈다. 그러나 이번에는 내가 그걸 좋아하고 있다는 것을, 그것도 아주 많이 좋아한다는 것을 깨달았다.

"일종의 탐험이지." 에다가 말했다. "결국 도망치는 동시에 찾아나서는 거야."

구름 한 점이 해를 가렸다. 즉각적으로 피부가 서늘해졌다.

"정확히 무슨 탐험인데?"

에다가 통풍 버튼을 만지작거렸다.

"네가 직접 대답해 봐."

따뜻한 햇볕이 다시 모습을 드러냈다. 그와 거의 동시에 뭔가가 자동차 앞유리로 후드득 날아와 부딪혔다. 한 무리의 무당벌레. 갑옷은 유리에 산산이 부서지고 남은 것은 찢어진 날개와 키틴질 조각뿐이었다.

"다 죽었어." 내가 말했다.

"우린 아니야."

에다가 세정액 버튼을 눌렀다. 가느다란 물줄기가 올라왔다. 와이퍼가 대학살의 흔적을 얼추 제거했다. 달달한 세척제 냄새가 통풍구를 통해 차 안으로 밀려들었다.

"그래. 아직은 아니지." 내가 말했다.

발을 계기판에 올렸다. 아직 살아 있다는 생각에 안도감과 좌절감이 한꺼번에 밀려왔다. 그대로 계속해서, 영원히 달리고 싶었다. 초록빛으로 반짝이는 첫 둑이 옆 창을 통해 눈에 들어왔다. 털이 박박 깎인 양들도 가끔씩 무리 지어 서 있었다. 기뻤다.

그 위로는 하늘이 점점 더 커지고 있었다. 새하얀 곱사등과 은회색 배를 불룩 내민 채 찬란하게 빛나는 창공 위를 항해하는 구름들. 저 멀리 물구나무를 선 채 갈라진 산맥을 이룬 구름들.

드디어 도착했다. 해는 우리 머리 위에 높이 솟아 있었다. 천구에 새겨진 이글거리는 원. 에다는 페리 선착장 근처에 가짜 비틀을 세운 뒤 선착장에 딸린 휴게소에서 점심을 샀다. 에다.

"바다 공기는 식욕을 돋워. 간도 짭짤하게 돼 있고 냄새도 좋잖아."

우리는 플라스틱 쟁반을 들고 길게 늘어선 대열에 합류했다. 뺨이 벌겋게 달아오른, 새로운 경험에 목마른, 보상에 굶주린 관광객들 천지였다.

마침내 김이 모락모락 피어오르는 국수를 받아 나오는데 에다가 식탁(시멘트로 된 투박한 괴물. 울타리를 둘러 경계를 세우고 차일을 친 야외 좌석) 모서리에 허벅지를 부딪쳤다.

"멍들겠는데." 내가 말했다.

"용감한 인디언은 아픔을 모르는 법." 에다가 대꾸했다.

"지금 그 말, 네가 인디언이란 뜻이야?"

에다는 더 이상 아무 대답도 하지 않았다. 근처에 자리 두 개가 생겼다. 우리는 과감하게 몸을 던져 자리를 점령했다. 작은 식당은 손님들로 초만원이었다. 나는 어느새 에다와 단둘이 있고 싶다는 생각을 하고 있었다.

"나도 북적대는 거 싫어해." 에다가 말했다.

(우리는 이미 바닷가를 산책 중이었다.)

"……아까 그 식당 같은 장소에서는 내가 나 자신 속에 존재하지 않고 사람들 사이에 존재하지."

걸음을 멈췄다. 수평선이 눈앞에 보이는 그림을 가운데쯤에서 둘로 나누고 있었다. 아래는 물, 위는 하늘이었다. 에다도 멈춰 섰다.

"내가 나 자신 속에 존재한다고? 그게 뭔데?" 내가 물었다.

바람이 부드러웠다. 개펄은 촉촉하고 투명한 매니큐어처럼 반짝였다. 물이 빠지고 있었다. 먼 바다는 비현실적인 색깔로 빛났다. 저쪽은 불투명한 초록 유리병 색깔로, 또 저쪽은 노르스름한 호박석이나 잿빛 점판암 색깔로. 물이 깊은 곳은 검푸른 잉크를 풀어 놓은 것처럼 보였다.

"그건 그냥 너 하고 싶은 대로 하면 된다는 뜻이야."

나는 에다에게 권투할 때 혹은 췔너나 콘도어 등등과 입씨름을 할 때 내가 내가 아니라 다른 사람의 역할을 하는 느낌이라는 사실을 털어놓았다.

"어떨 때는 독백 같은 면이 있고." 내가 말했다. "어떨 때는 기꺼이 몸을 끼워 맞추고 싶지만 맞출 수 없는 너무 큰 옷 같아."

"넌 달라지고 싶은 거야. 다른 사람들도 다 그래." 에다가 말했다.

에다가 제자리에서 반 바퀴를 돌았다. 그러고는 시선을 내게 고정한 채 몇 발자국 뒤로 물러섰다. 해가 에다의 등을 비추었다. 나는 재미있다는 듯 웃음 띤 그 애의 표정을 어떻게 이해해야 할지 알 수가 없었다.

"그래, 너 잘났어." 내가 말했다.

"그래. 넌 유감스럽게도 네가 생각하는 것만큼 특별한 애가 아니야."

하얀 페리가 창공과 바다의 경계를 힘겹게 가르고 있었다. 갈매기들은 끽끽거리며 바람과 싸우고 있었다. 나는 그 완벽한 포토 벽지를 배경으로 선 에다의 옆모습을 바라보았다. 애써 웃음을 참는 모습이었다. 확실했다.

"괜찮아." 내가 말했다. "그러는 너도 인디언은 아니니까."

에다가 허리를 굽혔다. 바닥에는 해파리가 놓여 있었다.

"내가 인디언이 아니라고?"

에다가 손을 바닥으로 뻗었다. 작은 파리들이 제멋대로 날아올랐다.

(에다의 속셈은 불 보듯 뻔했다.)

"인디언들은 죽은 동물 같은 거 안 던져." 내가 경고했다.

"하, 그럼 네 말이 맞았네."

에다는 말을 마치기가 무섭게 그 물컹한 덩어리를 내 얼굴에 던졌다.

"복수!"

나는 내게 날아온 것보다 더 큰 녀석을 집어 들었다. 여기저기 팬 갯고랑을 뛰어넘으며 개펄에서 격전이 펼쳐졌다. 치열하던 전투는 내가 허물어진 모래성에 발이 걸려 넘어지면서 갑자기 끝나 버렸다.

"승자가 결정된 것 같지?" 에다가 말했다.

나는 예의 바르게 축하의 인사를 건넸다.

"축하해, 해파리 여왕님."

나는 착잡한 심정으로 가짜 비틀을 향해 걸었다.

"어때, 이제 계속 국경으로 갈 거지?" 에다가 물었다.

더 큰 곤경에 빠지는 것을 피할 수 있는 절호의 기회였다. 그러나 나는 그 기회가 그냥 지나가도록 내버려 두었다. 말없이 고개를 끄덕이며 차에 올라타서는 속으로 에다에게 책임을 전가했다. 그애가 너무 덥다며 머리 위로 카디건을 벗어 버렸기 때문이라고.

"잠깐 바닷가에 들르기로 한 거, 정말 좋은 생각이었던 것 같아." 내가 말했다.

나는 단 1초도 눈을 떼지 않았다. 에다가 옷을 벗는 동안 겨드랑이가 드러났다. 말끔히 면도됐던 자리에서 거뭇거뭇한 털이 다시 자라고 있었다.

"그래." 에다가 대꾸했다. "에움길로 돌아가면 늘 시야가 넓어지는 법이지."

내 시선은 이제 나시 끈 옆에서 어깻살을 죄고 있는 브래지어 끈에 걸려 있었다. 에다가 끈을 정돈하자 맨살에 팬 끈 자국이 선명히 드러났다. 그러나 나를 가장 놀랜 것은 오른팔 위쪽에 넓게 퍼져 있는 붉은 점이었다.

"잠깐 만져 봐도 돼?"

누군가의 무선 조종이라도 받는 것처럼 손이 무의식적으로 앞을 향했다. 열린 창문으로 들어온 바람 한 점이 에다의 짧은 머리칼을 훅 날렸다. 에다의 눈이 만져도 좋다고 대답하고 있었다.

"허락해 줄게." 에다가 말했다.

나는 에다의 맨살에 손을 갖다 댔다. 그뿐이었다. 그러나 내 피는 순식간에 두 배쯤 더 뜨거워진 것 같았다. 아주 특별한 비밀을 발견한 기분이었다.

"내가 붉은색에 좀 약해."

나는 그렇게 말하면서 에다의 점을 어깨 쪽으로 쓸어 올렸다. 행복감이 혈관 벽을 마구 두드려 댔다. 손바닥에 매끈하고 따뜻한 느낌이 전해졌다.

"……"

에다는 내 눈을 똑바로 응시한 채 아무 말도 하지 않고 아무 몸짓도 하지 않았다. 잠시 동안 파도 소리 말고는 이 세상에 아무것도 존재하지 않는 느낌이었다. 낮게 드리운 저녁노을을 받아 반짝이는 앞유리의 안쪽 세상에도, 바깥쪽 세상에도.

"고마워."

나는 조용히 속삭이며 에다의 어깨에서 손을 뗐다. 완전 바보가 되어 버린 느낌이었다. 드디어 다시 출발하는 순간 나는 안도의 한숨을 내쉬었다.

‖

# 내가 나에 대해
# <u>모르는</u> 세 가지

- **열일곱 살인 게 좋은지.**
  (평생 조수석에 앉아 가는 동승자이길 바라는 사람이 있을까? 솔직히 운전대를 잡는 게 더 재밌지 않나?)

- **권투는 어떻게 할 건지.**
  (마우저 뒷바라지나 하는 건 누구 다른 사람이 씹다 버린 껌을 계속 씹는 것처럼 매력적인 일이지, 아닌가?)

- **살면서 내 결정이 옳았다고 확신할 수 있는 날이 올까?**
  ('그때 그랬다면 어땠을까?' 하는 질문은 해마의 구애 행위처럼 끈질기기 짝이 없는데.)

■

**앞으로. 토요일, 개학까지 2일**

유일한 목격자는 머리 위의 해, 호수 그리고 가짜 비틀. 오전의 희미한 온기 속에서 에다가 고개를 앞으로 빼고 유혹하듯 다가왔다. 두더지 흙더미처럼 보이는 알록달록한 옷더미 위에 안경을 벗어 놓으며. 내 옆에도 그 비슷한 옷더미가 하나 더 놓여 있었다.

우리는 무릎을 꿇은 채 마주 앉아 있었다.

에다의 눈동자에 빙긋이 웃고 있는 내 모습이 보였다. 뒤에는 반짝이는 호수와 소나무 꼭대기 위로 펼쳐진 텅 빈 하늘.

에다가 눈을 감았다. 나도 따라 했다.

솜털 한 올 한 올에 에다의 숨결이 느껴졌다.

에다가 먼저 입을 벌렸다. 내 입술이 벌어지기 전 그 애의 혀끝이 입술을 간질였다.

내 맛에 섞이는 낯선 맛(어린 허브 맛). 목덜미를 타고 올라오는 짜릿함. 뜨개바늘 수십 개가 한꺼번에 챙그랑챙그랑 부딪히는 것만 같았다.

에다가 나를 끌어안았다.

우리는 구르기 시작했다. 하늘과 땅이 몇 번이고 뒤바뀌었다. 맨

살이 풀에 찔리고 모래가 박혔다.

내 밑의 에다. 우리는 그 상태로 잠시 누워 있었다. 발가락이 차가운 흙을 파고들었다. 나는 내 숨결의 흔적을 혀로 쫓으며 에다의 목부터 붉은 점이 시작되는 쇄골 끝까지 선을 그렸다.

눈을 거슴츠레 뜨고 에다의 얼굴을 훔쳐봤다. 계속, 계속해서.

움찔거리는 콧방울. 눈가의 실주름.

내 손은 에다의 가슴으로 해서 옆구리와 허리 그리고 사타구니를 따라 허벅지 사이로 흘러들어 갔다.

원을 그리듯 위아래로 움직이는 내 손놀림에 에다가 엉덩이를 들어 올렸다. 그러나 내 팔이 가로놓여 있었다. 에다의 손이 서서히 올라와 내 배에 닿았다. 에다의 손가락 마디가 내 배꼽을 스쳐 내려가 주먹으로 또 다른 나를 감싸 쥐었다.

에다의 손길에 숨이 컥컥 막혔다. 가슴이 터질 것 같았다. 모든 근육이 일시적으로 오그라들며 골반께에서 잘리는 듯한 아픔이 느껴졌다. 어쩔 도리가 없었다. 정액이 관을 통해 에다의 피부에 쿨럭쿨럭 흘러내렸다. 에다의 목에 얼굴을 파묻었다. 에다가 나를 꽉 끌어안았다.

서로에게서 떨어지는 순간의 짧은 어색함. 강렬한 꿈을 꾸다 퍼뜩 정신이 들었을 때처럼. 여기가 어디지? 내가 누구더라? 눈을 한 번 깜빡였다.

다시 정신이 들었다. 에다가 나지막이 키득거리며 예의 유쾌함

으로 머쓱함을 말끔히 씻어내 주었다. 그러고는 나와 손깍지를 낀
뒤 한숨을 내쉬었다.

"후우."

그뿐이었다. 그러나 내게는 그것이 우리가 살아 있다는 절대적
인 증거였다고 말하는 소리처럼 들렸다. 아마도 그 순간 내 느낌이
그랬기 때문이리라.

어느새 하늘 높이 떠오른 해는 정오를 향하고 있었다. 호수 위로
아지랑이가 피어올랐다. 미풍에 몇몇 나무 꼭대기가 흔들리는 것
말고는 주변 소나무들은 꼼짝도 하지 않았다.

에다와 나는 머리와 머리를 맞대고 누워 볕을 즐겼다. 몸이 가벼
웠다. 나는 드러누운 채로 꿈을 꾸었다. 뜬눈으로. 아무 내용도 없
는 꿈을. 시공을 초월해 잠시 어디 다른 곳에 가 있다가 서서히 귀
로를 생각하기 시작했다.

특이하달 만큼 구체적인 그림이 머릿속에 그려졌다. 시간이란
것이 마치 내가 원하는 대로 되감을 수도, 앞으로 감을 수도 있는
것처럼.

에다가 능숙한 손놀림으로 시동을 걸자 요란스레 기침을 해 대
는 자동차. 부서진 비틀 속에 가득 고인 열기. 플라스틱 부품과 통
풍구에서 훅 밀려오는 먼지 냄새. 우리는 얼른 창문을 내리고 라디
오를 틀고 덜컹거리며 출발했다.

"안전띠 매." 에다가 말했다.

"뭔가 기대해도 좋다는 말처럼 들리는데." 내가 응수했다.

에다를 한 번 본 뒤 고개를 돌려 내 쪽 창밖을 봤다. 숲, 타이어 자국이 난 잡석 길, 훼손된 도로가 차례로 끝나자 끝없이 펼쳐진 벌판이 우리 곁을 획획 스치고 지나갔다.

다른 차들이 우리를 추월했다. 차 안에는 뒤늦게 페스티벌이나 *파우와우*를 떠나는 피곤해 보이는 형상들이 앉아 있었다.

어느 자동차 뒤에 *축제가 아니라 투쟁이다!*라고 쓴 스티커가 붙어 있었다.

나도 모르게 재키가 생각났다. 명치끝이 가볍게 쿡 쑤셨다. 새빨간 머리카락을 손가락으로 돌돌 감는 모습을 두 번 다시 볼 수 없을 거라는 뜬금없는 생각. (인간이란 존재는 스스로에게 영원한 수수께끼로 남을 수밖에 없는 것일까? 이게 정상인가?)

어쨌든 내게는 그런 나 자신이 타인처럼 느껴졌다. 그리고 얼마 뒤 한 번 더 그런 느낌이 찾아왔다. 췰너의 체포 소식을 듣는 순간이었다. 차에서 잡히는 방송이란 방송에서는 모두 간단하게나마 그 소식을 전하고 있었다. 집이 몇 킬로미터 남지 않은 지점에서였다. 이미 저녁이 되어 있었다.

"자수하셨나 봐." 내가 말했다.

"잘됐어." 에다가 말했다.

타이어가 공중에 뜬 벌 떼처럼 윙윙 소리를 냈다.

"이상하게 들릴 테지만 이 모든 게 나랑은 상관없는 일처럼 느껴져." 내가 말했다. "마치 자욱한 안개가 날 감싸고 있는 것처럼."

"끔찍한 현실을 견딜 수 있도록 심리적 방어막을 쌓는 거야. 어디선가 읽었어."

"그럼 이 안개막이 날 언제까지 지켜 주는지도 알아? 거기에 대해서도 뭐 읽은 거 있어?"

"글쎄, 내일? 내년? 아님 네가 더 이상 필요로 하지 않을 때까지?"

K16동과 쇼핑센터 타워 꼭대기가 모습을 드러냈다. 하늘을 찌를 듯 웅장하고 동시에 성냥갑처럼 치졸한 그 건물들이 황금빛으로 반짝이는 아파트 단지 위로 치솟아 있었다. 석양빛에 물든 창들은 촛불이라도 세워 놓은 듯했다.

에다가 고속 도로를 빠져나가기 시작했다. 딸깍 딸깍 딸깍, 방향 지시등 소리.

나는 우리가 곧 다리를 건너게 되리라는 걸 알았다. 에다가 나를 태웠던 그 다리. 그러자 갑작스러운 불안감이 엄습했다.

혹시 나는 여전히 그곳에 앉아 있는 건 아닐까?

어디를 간 적도, 우리 아파트 단지를 벗어난 적도 없는 것 아닐까? 지금까지의 여행은 그저 상상이 아니었을까? 마우저와 내가 한사람이란 것도 그저 내 착각 아닐까?

시간이 조금도 지나지 않은 건 아닐까? 혹시 내가 나 자신을 주인공으로 하는 이야기를 단순히 지어낸 것 아닐까, 나 자신을 탐구

하면서? 앞으로 이렇게도 될 수 있다는 걸 보여 주는 이야기를?

"나 좀 꼬집어 봐." 내가 에다에게 부탁했다.

"뭐라고?"

"나 좀 꼬집어 보라고."

에다가 엄지와 집게손가락으로 내 손등을 집어 살짝 비틀었다. 짜릿함이 손 전체로 따뜻하게 퍼졌다.

"보니까 한잠 자더라." 에다가 말했다.

환한 대낮이었다. 구름 한 쌍이 하늘색 색연필처럼 파란 여름 하늘 위로 찬란한 햇빛을 받으며 유유히 흘러가고 있었다.

"이게 꿈이 아니라는 걸 어떻게 알지?"

"글쎄, 피부가 탄 걸 보면 알 수 있지 않을까?"

에다는 나뭇잎을 하나 따 들고 아래팔에 내려앉은 무당벌레를 유도 중이었다.

일어나 앉았다. 아직 정신이 흐릿하니 눈앞이 뿌옜다.

"집에 가는 꿈을 꿨어."

"지금 당장 출발하고 싶어?"

"여름 방학도 거의 다 끝났어."

에다가 진지한 표정으로 나를 들여다보았다.

"좋아. 하지만 석양 속으로 출발하기 전에 나한테 진 빚은 갚아야지."

"그런 거야?"

에다가 고개를 끄덕였다.

"당연하지. 최소한 키스 정도는 해 줘야지."

에다가 미소를 띠었다.

나는 집게손가락으로 에다에게 가까이 오라는 시늉을 해 보였다. 가까이. 좀 더 가까이. 그러고는 에다의 목에 입술을 갖다 대며 있는 힘껏 후 하고 불었다.

에다가 까르르 웃음을 터뜨리며 반격을 시도했다. 몸싸움이 시작됐다. 에다가 잔뜩 움츠린 내 어깨와 볼 틈새로 턱을 집어넣으려 했다. 이로 내 귓불을 잡아 깨물었다.

내가 팔을 두르자 에다가 내 머리에 대고 뭐라고 속삭였다. 그러나 나는 더 이상 아무 말도 알아들을 수 없었다. 아무것도. 에다와 피부가 닿자 해면체 속으로 또다시 피가 몰렸다.

나는 에다 쪽으로 얼굴을 가져갔다.

뭍에 내던져진 물고기 두 마리가 꼬리지느러미를 파닥대듯 혀와 혀가 날름댔다. 숨이 가빠졌다. 에다 역시. 에다가 내 가슴에 손을 짚더니 등을 곧추 폈다.

음모 속으로 바람이 불었다.

나는 에다의 허벅지를 더듬었다. 에다는 상체를 굽혀 입술로 내 온몸을 가볍게 덮었다. 아래팔 털들이 죄다 꼿꼿이 서는 게 느껴졌다.

이윽고 에다가 자세를 고쳐 내 위에 완전히 올라앉았다.

내 밑 모랫바닥이 꺼지기 시작했다.

나는 온전히 감싸였다. 에다가 나를 덮었는지 아니면 내가 에다 속으로 밀고 들어갔는지는 알 수 없었다. 그냥 자연스레 그렇게 됐다. 느낌이 좋았다. 에다의 안은 따뜻했다. 37도. 최소한.

우리는 정해진 박자 없이 부드럽게 움직였다.

나는 더 이상 내가 아니었다.

더 이상은.

이제 나는 존재하지 않았다.

그리고 마침내 보이지 않는 힘에 의해 곧 재창조될 분자로 분해되고 말았다. 완벽히 동일한, 그러나 동시에 완전히 다른 사람으로 재창조될.

▶ ‖ ▶▶ ◀◀ ■

## | 사운드 트랙

Today  The Smashing Pumpkins 3:20

Spoiled  Sebadoh 3:03

Car  Built To Spill 2:59

Society  Eddie Vedder 3:58

Young and Beautiful  Elvis Presley 2:04

Me and the Devil  Gil Scott-Heron 3:34

A Few Lines  Dan Lyth 5:55

Where Is My Mind?  Pixies 3:54

No Karma  Jaydiohead 3:33

Out of Gas  Modest Mouse 2:31

Aneurysm  Nirvana 4:36

How Can We Hang on to a Dream  Tim Hardin 2:02

Another Lonely Day  Wayne Hussey 4:57

My Little Corner of the World  Yo La Tengo 2:26

2009, 2010년 암룸과 옌펠트에서

# 옛날 옛적 인디언 나라를 떠나 어른 되기

물어볼 게 있습니다. 지금 막 이 '옮긴이의 말'을 읽기 시작한 여러분은 혹시 이 책을 약 30여 쪽까지 읽다가 너무 지겹다고, 무슨 말을 하는 건지 도대체 모르겠다고 생각하여 이곳저곳을 들척이다 이 '옮긴이의 말'부터 읽고 있는 것 아닌가요? 만약 그렇다면, 그리고 이 책을 계속 읽을 생각이라면 부디 반전의 묘미를 포기하지 말고 여기서 다시 앞으로 돌아가 계속 읽어 주길 바랍니다. 장담컨대 여러분은, 아니 아마도 모든 독자는 이 작품을 다 읽은 뒤 분명 처음부터 한 번 더 읽게 될 것입니다.

저도 마찬가지였습니다. 이것은 아마도 시간 계열형으로 쓰이지 않은 특이한 구성 때문일 겁니다. 역자인 저를, 그리고 어쩌면 독자인 여러분까지 어리둥절하게 만든 이 가히 천재적인 구성 덕에 이 책은 어느 독일 신문 서평처럼 영화 「펄프 픽션」이나 「숏컷」, 그리고 저 개인적으로는 「메멘토」를 연상시켰습니다. 이렇게 시공간을 마구잡이로 뛰어넘는 포스트모더니즘적 요소들은 우리에게 퍼즐 맞추기 식 독해를 요구하고 있고, 그 퍼즐 조각들이 짜 맞춰져 어떤 모습이 되는지는 책을 다 읽은 후에나 알 수 있습니다.

크게 2부로 구성된 이 책의 최대 묘미는 작가의 섬세한 문장들을 음미하는 것 외에 아마도 절묘한 반전에 있을 겁니다. 파우와우로 출발하기까지 과거에 일어난 사건들을 소개하는 제1부의 반전은 철저하게 숨겨져 있던 마우저의 정체가 드러나는 순간입니다. 마우저와 나를 혼동한 듯한 표현이나 내가 곧 마우저라는 암시는 사실 책 곳곳에 드러나 있지만(알고 읽으면 잘 보입니다.) 독자 대부분은 아마 그 사실이 분명히 밝혀지는 지점까지 알아차리지 못할 것입니다.

이 책의 주인공은 자기 존재를 양분해서 1부에서는 마우저의 지시를 따르는 미성숙의 상태로 머물며 그의 등 뒤에 숨어 있고, 좀 더 어른스럽고 성숙한 면모를 보여야 할 상황에서는 마우저를 전면에 내세웁니다. 그러나 2부를 보면 마우저는 사라져 더 이상 나타나지 않습니다. 왜 그럴까요? 이는 아마도 주인공이 인생 최대의 난관을 맞아 본격적으로 '나는 누구인가', '남이 씹다 뱉어 버린 껌을 씹는 역할에 앞으로도 만족할 것인가', '인생의 운전을 남

에게 맡기고 조수석에 앉아 가는 짓을 얼마나 더 계속할 것인가'
에 대한, 즉 자신의 정체성과 장래에 대한 고민을 시작했기 때문일
겁니다. 일반 명사로서의 독일어 마우저(Mauser)에는 '털갈이'라
는 뜻이 담겨 있습니다. 2부에서 화자는 이제 자신의 이름에 걸맞
게 유년의 솜털을 벗어 버리고 성숙의 단계로 담대히 올라가려 합
니다. 마우저를 더 이상 타인으로 대상화하지 않고 온전한 제 이름
으로 받아들이겠다는 의지를 드러내 보이는 것이지요.

그리고 그렇게 성숙한 어른이 되어 가는 과정에는 인디언 추장
이 있습니다. 주인공을 성숙의 길로 안내하는 인도자라고나 할까
요? 가만히 보면 인디언 추장은 주인공이 어떤 문제를 놓고 고민
하고 방황하는 시점에, 특히 미성숙과 성숙을 대변하는 재키와 에
다를 두고 갈등하는 시점에 늘 나타납니다. 서양에서 인디언 놀이
는 모든 아이들에게 큰 즐거움입니다. 친구들과 함께 어울려 놀
기 시작하는 세 살 무렵부터 초등학교 저학년까지 아이들은 인디
언 놀이에 그야말로 심취하지요. 이것은 아마도 복잡한 플롯 없이
선과 악이 분명히 갈리는 서부 개척 시대의 인디언 영화나 소설
들이 아이들의 단순하지만 정의에 불타는 동심과 잘 맞아떨어져
짙은 인상을 남기기 때문일 겁니다. 이 책의 원제는 Es war einmal
Indianerland(옛날 옛적 인디언 나라)인데 작가는 이 제목이 세르
조 레오네(Sergio Leone) 감독의 전설적인 서부 영화 "Once Upon A
Time In The West(옛날 옛적 서부에서, 1968)"의 오마주라고 밝혔

습니다. 그러나 그 뜻을 좀 더 깊이 헤아려 보면 이 책 제목은 아이들이 좋아하는 동화의 전형적 앞머리를 이용해 인디언 나라를 과거의 일로, 마무리된 일로 처리함으로써 인디언 놀이는 이제 끝났다는, 어른으로 성장할 마음의 준비가 되었다는 메시지를 강하게 풍깁니다. 어릴 적 내 선(善)의 기준이 되어 주었던 인디언 추장은 주인공이 갈등을 겪는 순간마다 나타나 미래는 허영과 겉멋에 물든 재키가 아니라고, 내실과 진정함이 있는 에다라고 나아갈 방향을 제시해 줍니다. 인디언 추장이라 믿고 쫓아갔던 환영. 그 덕에 이룰 수 있었던 에다와의 재결합. 그리고 추장의 분신이 된 멧돼지의 죽음과 수장(水葬). 에다와 함께 치러 낸 그 수장이야말로 더 이상 어른이 되는 길을 이끌어 주는 방향 제시자가 필요 없어졌음을 보여 주는 의미심장한 상징일 것입니다. 유년 시절 아버지로부터 선물받은 모자가 불타 버리고, (그토록 연연하던 그) 모자를 부장품으로 배와 함께 떠나보내는 행위에서도 역시 주인공의 다부진 결의는 느껴집니다.

이 책에서 한 가지 열린 질문은 제2부의 실재성입니다. 여러분은 2부를 어떻게 읽었나요? 이미 일어난 일들의 기록으로 읽었나요? 혹시, 하나의 소망, 미래의 가능성, 에다의 전동 드릴을 옆에 놓고 다리 위에서 피곤에 지쳐 잠든 주인공의 어지러운 꿈으로 읽지는 않으셨나요? 작가는 그런 가능성을 열어 두고 있습니다. '에이, 설마 꿈일 리가……' 하고 고개를 저을지도 모르겠습니다. 그

러나 2부를 읽다 보면 '어? 이 비슷한 장면을 앞에서 본 것 같은
데?'라고 느껴지는 장면도 많고, 1부에서 이미 한 번 스쳐 지나간
인물들이 마치 작가의 실수처럼 2부에 재등장하는 경우도 많습니
다. 가령 멧돼지 수장 장면은 주인공이 축제 장소에 도착하자마자
본, 어떤 여자의 엉덩이에 투사되어 돌아가던 영화 장면과 비슷합
니다. 영화에서는 배 바닥에 추장이 누워 물속으로 천천히 가라앉
고 있었죠. 주인공이 재키에게 바람맞던 날 먹구름 두껍게 낀 하늘
을 보며 바다를 그리워했던 것과 2부에서 에다와 진짜 바다에 감
으로써 소망이 이루어진 것은 그저 우연의 일치일까요? 그리고 그
날 집으로 돌아오는 길에 마주친 시끄러운 청년들이 솜브레로를
쓰고 있었던 것과 2부에서 등장한 갱들이 솜브레로 모자로 특징지
어진 것도 혹 알아챘나요? 수영장에서 주인공에게 파우와우 전단
지를 건네주던 비버 이빨과 파우와우에서 재키와 앰풀을 나누던
덫 사냥꾼(역시 비버 이빨), 그리고 비쩍 마른 공사장 사장과 역시
비쩍 마른 모텔 관리인의 외모가 너무 닮았다는 생각이 들지는 않
았나요? 2부에서는 정말이지 곳곳에서 꿈에서나 볼 법한 데자뷔
적 느낌이 반복됩니다. 잠자는 장면이 2부에 유난히 많이 나오는
것도 이러한 생각을 뒷받침합니다.

　우리가 모든 일이 다 잘되었다고 느끼며 책을 덮는데 혹시 횔너
는 여전히 도주 중이요, 우리의 주인공은 여전히 다리 위에 쪼그리
고 앉아 꿈속을 헤매는 건 아닐까요? 비몽사몽 선잠 속에서 이렇

게 될 수도 있다는 희망을 그저 꿈으로만 꾸고 있는 것 아닐까요? 이것이 아마도 이 책을 덮는 순간 느껴지는 또 하나의 반전이요, 최대의 아찔함일 겁니다. '과연 2부는 꿈인가?' '어디까지가 꿈이고 어디까지가 사실인가?' '그렇다면 아까 읽은 그 장면이 혹시 꿈을 암시했던 것……?' 이 모든 것이 꿈이었을지도 모른다고 생각하는 순간, 사실이라고 믿은 모든 것이 암시가 되어 버리는 묘한 기분 속에서 여러분은 아마 온몸에 소름이 돋는 것을 느낄 겁니다. (그러나 물론 꿈이 아닐 수도 있습니다. 작가 역시 그 결정을 여러분에게 맡기고 있으니까요.)

이렇게 절묘한 구성과 심상을 잡아 과거와 현재의 사건들을 영화처럼 오버랩시키는 뛰어난 문장력으로 닐스 몰은 2012년 독일 청소년문학상을 수상했고 높은 수준의 교양 성장 소설을 창조해 냈다는 호평을 받았습니다.

장담합니다. 여러분은 분명 간과해 버린 암시를 찾아 좀 더 완벽한 퍼즐을 맞추기 위해 다음 순간 이 책을 반드시 한 번 더 읽게 될 것입니다.

2014년 10월
김영진

**창비청소년문학 62**

## 인디언을 보았다

초판 1쇄 발행 • 2014년 10월 10일

지은이 • 닐스 몰
옮긴이 • 김영진
펴낸이 • 강일우
책임편집 • 정편집실
펴낸곳 • (주)창비
등록 • 1986년 8월 5일 제85호
주소 • 413-120 경기도 파주시 회동길 184
전화 • 031-955-3333
팩시밀리 • 영업 031-955-3399 편집 031-955-3400
홈페이지 • www.changbi.com
전자우편 • ya@changbi.com

한국어판 ⓒ (주)창비 2014
ISBN 978-89-364-5662-7  43850